BESTSELLER

Mercedes de Vega es socióloga y escritora. Nació en Madrid en 1960. Ha residido y trabajado en Nueva York y Barcelona. Cursó estudios de literatura en la Universidad Complutense de Madrid y ha participado en numerosos talleres de escritura creativa. Colabora en las revistas literarias *Resonancias* y *Los papeles de Iria Flavia*. Ha publicado las novelas *El profesor de inglés*, *Cuando estábamos vivos* y *Todas las familias felices*; el libro de relatos *Cuentos del sismógrafo*; artículos y publicaciones, y diversos relatos en antologías colectivas. Ha sido galardonada por dos años consecutivos (2013 y 2014) en los Premios del Tren «Antonio Machado».

Para más información, visite la página web de la autora:
www.mercedesdevega.com

Biblioteca
MERCEDES DE VEGA

Todas las familias felices

DEBOLS!LLO

Papel certificado por el Forest Stewardship Council®

Primera edición en Debolsillo: marzo de 2019

© 2018, Mercedes de Vega
© 2018, 2019, Penguin Random House Grupo Editorial, S. A. U.
Travessera de Gràcia, 47-49. 08021 Barcelona

Penguin Random House Grupo Editorial apoya la protección del *copyright*.
El *copyright* estimula la creatividad, defiende la diversidad en el ámbito de las ideas
y el conocimiento, promueve la libre expresión y favorece una cultura viva.
Gracias por comprar una edición autorizada de este libro y por respetar las leyes del *copyright*
al no reproducir, escanear ni distribuir ninguna parte de esta obra por ningún medio sin permiso.
Al hacerlo está respaldando a los autores y permitiendo que PRHGE continúe publicando libros
para todos los lectores. Diríjase a CEDRO (Centro Español de Derechos Reprográficos,
http://www.cedro.org) si necesita fotocopiar o escanear algún fragmento de esta obra.

Printed in Spain – Impreso en España

ISBN: 978-84-663-4672-6 (vol. 1228/1)
Depósito legal: B-2.133-2019

Compuesto en M. I. Maquetación, S. L.

Impreso en Black Print CPI Ibérica
Sant Andreu de la Barca (Barcelona)

P 3 4 6 7 2 6

Penguin
Random House
Grupo Editorial

A Ángel Luis Arias

Todas las familias felices se parecen unas a otras; pero cada familia desdichada lo es a su manera.

> Lev. N. Tolstói,
> *Ana Karenina*

Familia Anglada de la Cuesta

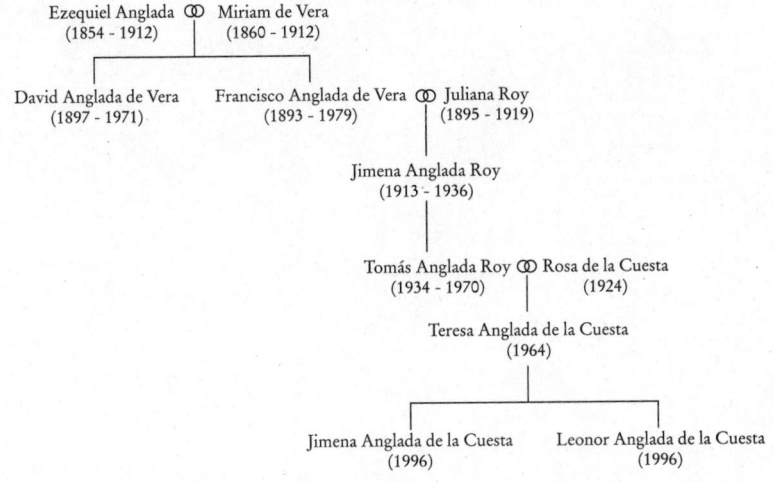

Familia Oriol Arzúa

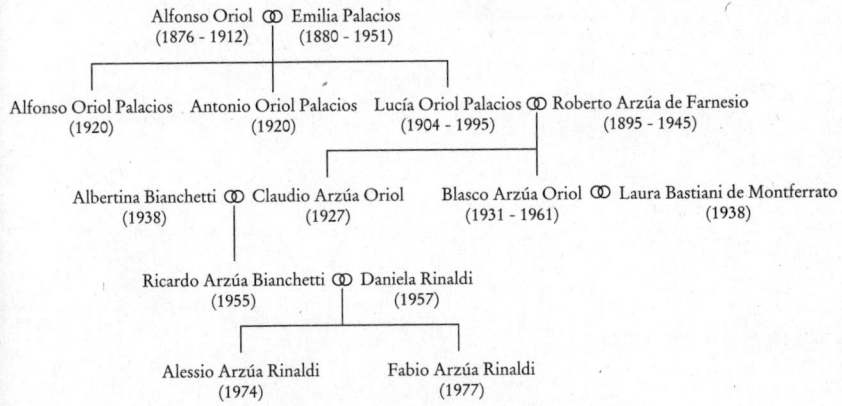

1

Les feuilles mortes

Ciudad Lineal, 21 de diciembre de 1970

Todas las dudas caen sobre él. Dudar, esa es su enfermedad. Y la dolencia del que duda, el miedo. Y tras haber superado el temor al miedo, otra vez la duda. La duda le indica el buen camino, eso piensa.

Tomás Anglada se pregunta otra vez si es buena idea arrancar el dos caballos, de tercera o cuarta mano, con la capota roída por el viento, en el interior del gélido y mal pintado garaje de su casa, en el que reina el orden pulcro y exacto del buen *bricoleur*. Sus herramientas están clasificadas por tamaños y tipos, sujetas con perfectos clavos a la pared de su banco de trabajo. Ruedas usadas, recogidas en desguaces y recauchutadas una y otra vez por sus propias manos, grandes y huesudas, cuelgan de las paredes como aros olímpicos. Los estantes contienen botes de pinturas de todos los colores y tamaños, antióxidos, lijas, barnices, espátulas, ceras, algodones, trementinas; junto a sacos de cemento y arena, ladrillos y tejas apiladas. Cuida con esmero sus dos carretillas, la hormigonera, las sierras, una desbrozadora y las herramientas de jardín que abarrotan la antigua cochera para más de tres vehículos.

Si existe el paraíso, es la destartalada casa de Arturo Soria.

Son las siete de la mañana de un día ordinario y cualquiera, y no sabe que es la última mañana de su vida que recorrerá el garaje con la mirada.

Piensa en lo mucho que le gusta la rutina; pero la decisión está tomada, por más que le pese. Le sobran argumentos para no dirigirse al trabajo, sino al lugar del que jamás regresará. No se imagina, ni por lo más remoto, lo que el destino ha guardado para él este gélido lunes, 21 de diciembre. Ni el discurrir de los acontecimientos desde este instante. Aunque es capaz de reconocer y experimentar la incertidumbre y el desasosiego ante lo desconocido, como la opresión que ha sentido en el pecho mientras sacaba los documentos que ha preparado cuidadosamente y que guarda entre sus libros de resistencia de materiales de la estantería de su estudio.

Apenas ha podido pegar ojo en toda la noche pensando en el viaje, atormentando su imaginación. Baraja distintas hipótesis. Pero, como suele ocurrir con el destino, a veces uno se queda atrapado por la hipótesis menos probable y más remota, y tiene mil excusas para arrojarse temprano a la carretera, recorrer doscientos kilómetros y regresar con la ilusión de saber algo más de su incierto origen. Necesita algo sólido entre las manos que ofrecer a Teresita. Por fin ha decidido hacer caso a su mujer. En mil ocasiones ella le ha pedido, desde que nació la niña, modulando la voz como una hábil consejera, que no se niegue al pasado, porque en él están las respuestas que, ahora como padre, tiene el deber de ofrecer a su hija. «No sigas huyendo, cariño. El final del camino estará vacío, y nuestra niña te acompañará en tu terrible soledad. ¿De qué tienes miedo, Tomás?»

Teresita, tan sana y hechicera, tiene los ojos del color del chocolate. Es pequeña como un bonsái, y se mece en las dulces ramas de la infancia. Es alegre y feliz, como los niños al arrullo del amor. De un amor tan feroz e inocente como la vida y la muerte de Tomás Anglada.

Antes de salir de casa se ha puesto su americana de espiguilla y coderas de ante, color tabaco. Es de una lana áspera que le irrita el cuello, con tres botones de asta de búfalo. Lleva unos pantalones beige de pana gruesa y un jersey marrón de cuello alto a juego con las coderas. La chaqueta le da un aspecto imponente de hombre encantador. Es un regalo de Rosa, comprada en Galerías Preciados, con una pequeña parte de los ahorros de la venta de su tienda de modas, atesorados en una lata de mantequilla para extras y pequeños imprevistos que guarda en un armario de la cocina.

A las siete de la mañana Rosa duerme tranquilamente envuelta en su camisón de satén, y sus piernas largas y seductoras son la promesa que él necesita para soportar la jornada. Tomás le ha dado un beso en la frente antes de abandonar la alcoba. Lo hace todos los días. Pero ella desconoce que este beso es el último beso de su marido, y que habrán de pasar más de treinta años para que sepa de su muerte. Y cuando llegue esa noticia, igual Rosa ya no está en su sano juicio para entenderla. Si es que la muerte de quien se ama más allá de lo real se puede entender. Porque Rosa de la Cuesta ha sido hija única, caprichosa, y ama con fiereza y ya no posee más familia que su idolatrado Tomás y la Teresa de su alma.

Tomás tampoco sabe que ha heredado la altura y la corpulencia de los Anglada, la cintura estrecha, la delgadez de su madre, y sus ojos fríos y azules hielan la sangre cuando miran de verdad. Su cabello es rubio y rizado. Es de apariencia equilibrada, de perfil exacto y desgarbado. Es tan alto que le saca a Rosa más de cuarenta centímetros y, al verlos juntos, se pueden comprender muchas cosas. La rectitud de su conducta y su serio comportamiento de hombre responsable en exceso y un poco triste, que vale más de lo que dice, le dan un aire taciturno y ausente que entristece a Rosa, pendiente y alerta de los vaivenes emocionales de su joven marido. Porque Tomás es diez años menor, y ella lo ama con una locura casi enfermiza. Es el hombre que le ha prometido un amor eterno, un amor que se hunde en las entrañas. Y lo que más le gusta a Rosa de la Cuesta es la alegría infantil que observa en el rostro de Tomás cuando abre la cancela del chalé y cruza el jardín a grandes zancadas para entrar en casa, sobre las seis de la tarde, y comenzar la jornada hogareña, día tras día, para abordar como un prestidigitador los numerosos trabajos de remodelación de la vivienda que todavía quedan pendientes.

A Tomás las cosas le van bien en Madrid. Aunque sea la única ciudad que conoce. Una ciudad que ama en lo más profundo de su convicción y que nunca ha abandonado. Es el nido perfecto. No necesita conocer otros lugares ni vivir más aventura que la de enlucir paredes y pintar a muñequilla. Pero ha comprado dos billetes de avión para hacer las paces de una discusión que nunca debió producirse. Ha estado pensándolo durante días, el vuelo lo tiene intranquilo. Pero es lo mejor para volver a la normalidad con ella. Incluso ya desea estar de vuelta de ese viaje de fin de año a Italia que no le acaba de convencer. Porque vivir en la Ciudad Lineal es todo lo que él soñó en la infancia. Es disfrutar de la urbe sin estar en ella, es la tranquilidad del extrarradio apacible. Un barrio-ciudad de antiguos chalés y grandes casas vacías, la mayoría en mal estado. Algunas se vienen abajo. Otras han sido reconstruidas tras la posguerra. Refinadas residencias que conservaban el espíritu del pasado y la historia de un barrio ideado por un raro inventor-urbanista caído en el olvido de una torpe ciudad que mal preservaba su legado.

Los derribos en el barrio son numerosos y constantes.

Las grúas se elevan en el horizonte y demuelen fachadas de piedra y amarillentas balaustradas. Los jardines están siendo colonizados por casetas de obra. Las lujosas residencias y sus ornamentos desaparecen bajo las piquetas de los obreros que tanto irritan a Tomás. Los nombres de esas casas también están desapareciendo de la memoria de los vecinos, que hacen referencia a sus antiguos propietarios, personajes ilustres y adinerados de comienzos del siglo XX, como Villa Fleta, antigua mansión de un tenor aragonés, y todos los herederos se apresuran a vender a precio de saldo a constructoras que levantan pequeños bloques de viviendas con piscina y jardines para los niños. La usura de la modernización especula y se beneficia de los amplios terrenos con los que se había dotado a las antiguas construcciones de la Compañía Madrileña de Urbanización. Están cayendo en el olvido los siniestros torreones y los tejados de pizarra que salpican el cielo de la Ciudad Lineal. Hay casas más humildes, para obreros y empleados de fábricas y talleres, al otro lado de la avenida principal. Aunque el barrio todavía conserva mansiones que han sobrevivido a la especulación, transformadas en clubes y bailes de moda con el glamour de antaño.

Es pleno invierno. Pero los pinares mantienen sus rudas acículas para recordar a Tomás el placer del verano en su barrio, cuando se cuelga al hombro la bolsa de la piscina y Rosa y él se turnan para llevar a Teresita en brazos, porque es perezosa, no le gusta andar y protesta mientras caminan los tres hacia la piscina Formentor, la que más le gusta a Rosa, dice que hay menos gente y se escurre mejor el sol entre las copas de los árboles. Pero Teresa no chapuceará más dentro de su flotador en la piscina de los niños, ni se le enrojecerán los ojitos por el exceso de cloro que hay en el agua. Rosa tampoco se tumbará bajo los pinos, sobre la toalla, para tararear *Delilah*, que sonará, como el verano pasado, por los altavoces colgados de las ramas, mientras Tomás vigila a la niña en su baño y se fuma un cigarrillo sentado bajo un pino, invadido por la languidez de la tarde.

Durante el último verano, cada vez que Tomás se pasaba el peine por el cabello para desenredarse algún rizo excesivamente largo, se había sacado varias canas. Eso lo tuvo preocupado tan solo unos fragmentos de minuto porque el trabajo por hacer era enorme.

En primavera desbrozaron juntos la tierra y podaron árboles y arbustos asilvestrados de más de cincuenta años. El huerto presentaba el abandono de su peor época. El cuenco de mármol de la fuente del jardín seguía partido por la mitad y sus caños de bronce habían desaparecido. Todavía se pueden distinguir restos de hollín en las esquinas de toda la casa, bajo capas de pintura barata.

Con el tiempo Tomás ha aprendido albañilería, hace de fontanero, de jardinero y electricista, y calcula los costes de los materiales. Emplea hasta el último segundo en su herencia misteriosa, pequeña muestra de los lujos de un pasado desmantelado. Está seguro de ello.

Siempre lleva el lápiz y el bloc de notas en el bolsillo de la camisa, para no olvidarse de nada. La puerta de la buhardilla estuvo durante años atrancada. Las palomas la habían convertido en palomar y entraban a través de un agujero como el cráter de un obús.

Seis meses después de la boda, tiraron la cocina de carbón y colocaron una nueva de gas licuado. Rosa se alegró de haber vendido su tienda de modas para poder contribuir a la reforma, ya apenas le quedaban clientas, habían pasado a vestir de *prêt-à-porter*, sin tiempo para acudir a la modista y pagar más por unas prendas que compraban en grandes almacenes a mejor precio. Tomás había conseguido un préstamo de su empresa para habitar la casa y que no se les cayera encima hasta que Rosa consiguiera culminar la venta de la tienda. También las hermanas del orfanato les prestaron una pequeña cantidad, a devolver en pequeños plazos. Claro que ya no contarían en el futuro con el sueldo de Rosa, pero el dinero de la venta les dio para reconstruir la galería acristalada del primer piso, dos dormitorios, el salón principal y la chimenea. Todo destrozado por un antiguo incendio.

El chalé, deshabitado y abandonado durante décadas, había sufrido los estragos de la Guerra Civil y los expolios de la posguerra, y componía la única y extraña herencia que llevó consigo Tomás Anglada al ingresar en el hospicio de las monjas, a principios de la guerra. La vivienda había caído en el abandono hasta que Tomás y Rosa entraron en ella, el 24 de marzo de 1956, el día de su boda.

Pero lo cierto es que nunca le ha querido trasladar a su mujer las emociones que experimentó la primera y única vez que descendió al sótano de la cocina. Por lo cual, ha caído en el olvido esa parte innecesaria de la casa. Tampoco desea preguntarse el porqué de las impresiones negativas cuando piensa que en algún momento deberá descender allí abajo. Y su humor se recrudece al imaginarse restaurando esas paredes, como las de un búnker.

Evita recordar la sensación que lo invadió la mañana que accedió a aquel lugar, bajo la rampa de madera, oculta en la leñera de la cocina; y la sacudida que lo llenó de desasosiego, tan negativa que no supo cómo reaccionar. En lo más profundo de su ser se hallan emociones desagradables y recuerdos remotos nada claros. Tiene la certeza de conocer ese lugar, pero le es imposible acordarse de nada de una forma clara y concisa. Una nube de oscuridad le nubla la frágil memoria de la infancia.

Él acababa de cumplir dieciséis años y, como era habitual en las cosas importantes de su vida, lo acompañaba la hermana Laura. La monja decidió que era el momento de que conociera su herencia.

—Eres un chico con suerte —le dijo.

Él tenía la impresión de haber estado allí antes. No solo en aquella cueva de húmedas paredes, sino también por el jardín, el huerto, la cocina y todo el espacio cercado por una verja de hierro y densos árboles de hoja caduca. Pudo casi sentir la hojarasca bajo sus zapatos de niño y el frío traspasando un raído abrigo de terciopelo. Pero no le dijo nada a la hermana de esos estremecimientos, desde que había entrado en la casa, y menos cuando subió descompuesto del sótano. La hermana estaba en la cocina, intentando reparar el goteo de un grifo, y dejó caer la llave inglesa al verlo tan agitado.

—¿Qué te ha pasado, mi niño?

—Yo he estado aquí antes, hermana.

La monja miró hacia la trampilla abierta de la leñera. Y él, tan alto y tan pálido, dijo:

—Es una habitación vacía, parece saqueada, hermana. Solo es una sensación, una angustia… Hay restos de maderas carcomidas tiradas por el suelo, lana podrida de viejos colchones, pero nada más.

Ante ella, con las manos temblando, dijo haber tenido una visión: un niño atado a una cama, pidiendo socorro. La hermana guardó silencio con gesto de preocupación y le besó en la frente poniéndose de puntillas sobre sus sandalias de cuero. Le vio tan desarmado para enfrentarse a la vida que sintió verdadera piedad por el muchacho. Demasiado joven para hacerse cargo de aquella casa. Era un chico con la mente despierta. Su cerebro empezaba a abrirse a las novedades del mundo y en unos años podría mudarse a aquel desagradable lugar, si así él lo decidía. La hermana pensó entonces que, antes de ser abandonado en la puerta del convento, bien podría haber vivido en esa casa, no hacía tantos años. Al fin y al cabo, había pertenecido a su abuelo, según las escrituras.

—Vayámonos —sentenció la monja—. Mandaré a Pedro a que arregle lo imprescindible para que no se venga abajo este lugar, antes de que algún día puedas vivir aquí, si Dios lo permite.

El joven Tomás de entonces obedeció a la hermana con los ojos cerrados y salieron del deshabitado chalé tras un vistazo rápido por todas las plantas, casi vacías, deterioradas, medio derrumbadas y cubiertas de telarañas y restos de muebles sin patas ni cajones.

Tomás no quiso saber nada con respecto al tema del sótano, porque la casa era una bendición caída del cielo para un joven que no contaba con nada más que consigo mismo y unas cuantas monjas que lo habían criado y mimado como a un hijo, hasta que finalizó sus estudios en la Universidad Complutense. Antes de terminar la carrera de matemáticas, ya había conseguido un empleo en la compañía IBM. Y con su primer sueldo le regaló a Rosa la tela de su vestido de novia.

¿Qué más riesgos estaba dispuesto a asumir?

La vida le parece perfecta y la ama como es. Ha conseguido una felicidad que creyó inalcanzable, tras pasar su infancia y parte de su juventud en un pequeño y austero internado para huérfanos de guerra. Niños llenos de ilusiones que jugaban al fútbol en el patio de tierra del diminuto hospicio en el extrarradio de Madrid. Tras su independencia y matrimonio con Rosa, y un nuevo proyecto para la implantación de un gran ordenador traído desde Estados Unidos, que nadie entiende, trabaja sin descanso en su viejo caserón, y de ello ha hecho su cruzada particular.

Desea conservar esa casa y ver crecer a Teresita, disfrutar de la infancia de su hija y de las que lleguen. Ama su sencillo hogar y está aprendiendo a ser el padre desconocido que nunca tuvo. Y confía en un futuro esperanzador que traerá más hijos.

Sí, hijos, muchos hijos. Porque Rosa pudo por fin dar a luz con cuarenta años, tras un embarazo extrauterino, mucho reposo y un tratamiento que les dejó la caja de los ahorros vacía. Y Rosa le ha prometido por su vida a Tomás Anglada Roy, a pesar de su edad, todos los hijos que pueda engendrar; aún está a tiempo. Es una mujer valiente para llenar de críos el vetusto chalé de la Ciudad Lineal que le llegó a su marido como caído del cielo.

Porque Rosa es su maga: la madre, la hermana, la esposa, la amante. Pero a Tomás le preocupa que ella lleve cuatro años colocándose con ansiedad el termómetro bajo la lengua cada mañana, a la misma hora, para encontrar la oscilación en la temperatura de su cuerpo que revele el momento más propicio para seguir intentándolo, mientras los pacientes ojos de Tomás observan cómo la fortaleza de ella se debilita mes a mes, y ve que Rosa va renunciando a hablar de sus temores con él, a la espera de que el milagro llegue a tiempo, sin bochornos, para dar a Teresa, que ya tiene seis años, un hermano y aliviar la desolación de la casa con un nuevo hijo. Espacio sobra, pero tiempo, no; por lo menos para ella. Dio a luz a Teresa con un solo ovario y cuarenta años, y en lo más profundo está segura de que no volverá a parir otro hijo. «Esas cosas las mujeres las sabemos», piensa, viendo en el espejo cada mañana cómo su belleza se desgasta y las arrugas de su rostro aparecen como maldiciones, mientras Tomás proyecta sobre planos, calcula y presupuesta y toma nota de todo para recopilar vestigios, como un etnógrafo, la gran reforma integral y definitiva que ambos anhelan. Solo necesitan un golpe de suerte para culminar el proyecto. Es todo lo que piden de la vida. Y son felices juntos acariciando el gran cambio de transformar ese desastre en la villa que debió de ser en el pasado.

Es de noche todavía. Huele a tierra mojada cuando Tomás abre la puerta del garaje y se quita la chaqueta de espiguilla. La deja doblada cuidadosamente sobre el asiento de al lado, junto al mapa de carreteras y una carpeta verde, atada con dos gomas, en cuyo interior ha guardado los documentos reunidos durante el último año: su partida de nacimiento, el certificado de defunción de su madre y una libreta con anotaciones, lugares y fechas, con trazos de recuerdos que parecen más ensoñaciones que realidades pasadas.

Entre sus notas hay un dibujo a carboncillo. Es un rostro de mujer. Una cara sobre una cuartilla amarillenta que sus dedos trazaron de niño, durante años, con la precisión que ha sido capaz de recordar para dar un rostro a su madre. Un recuerdo dibujado con todos los detalles que recopiló en su cabeza o en su inventiva. Evocaciones difusas y añoranzas. Una impresión de aquí y otra de allá, mezcladas con su poderosa imaginación. Realmente no sabe nada a ciencia cierta sobre ella. Nadie ha sido capaz de explicarle quién lo dejó en la puerta del orfanato, con dos años y pico de edad, atado con un cinturón. Pero desde luego, la persona que lo hizo debía sufrir de auténtica desesperación. Por lo menos eso le contaba la hermana Laura para amortiguar su desdicha durante toda su infancia. En la guerra había tanto infortunio que formaba parte de la naturaleza del desastre. ¿Quién era capaz de satanizar a nadie durante los años de desmoronamiento? En ese sentido, las hermanas consolaban y protegían a los hijos de los muertos y de los muertos en vida.

A sus treinta y seis años, ha decidido abandonar la incertidumbre. Es demasiado tiempo, y ya no es tan joven.

Desliza el portón del garaje, cruza el jardín sorteando el barro helado de la madrugada con sus gruesos zapatos de cordones y abre la verja exterior. Hace demasiado frío. La niebla cubre la calle y él se tapa la boca con el cuello del jersey. Mira a su alrededor. La avenida se pierde en la soledad de la madrugada y solo oye los pasos del sereno; el bastón va golpeando los raíles del tranvía, porque suena a metálico. Jacinto debe estar cruzando el bulevar, a la altura de la calle Bueso de Pineda.

Regresa a la cochera y sale conduciendo lentamente hasta la

calle por el camino lateral que bordea la casa. Escucha el chapoteo de los neumáticos al aplastar el embarrado de la lluvia que ha caído durante la noche. «Es un diciembre demasiado frío», piensa, «igual nieva hacia el norte». No ha cogido el abrigo, tras las preparaciones y tanto pensar en el viaje.

Detiene el dos caballos junto a la acera con toda la suavidad de la que es capaz y sale a cerrar el portón. Se frota los brazos y se estira las mangas del jersey. Desiste de la idea de subir a por el abrigo por miedo a que Rosa lo pueda oír y le desbarate los planes, o le tenga que mentir antes de tiempo. Odia mentir a su mujer. Luego da dos vueltas de llave a la cerradura de la cancela y la guarda en la guantera. Ve el sobre de la agencia de viajes que hay cerca del trabajo. Tiene un avión dibujado en una esquina y dentro hay dos billetes para Venecia. Piensa en la ilusión de ella y en la reconciliación que vendrá después.

Ahora se sorprende de lo que está cambiando el barrio, y tiene un presentimiento inexplicable al ver el kiosco de Gerardo con los cierres echados, en medio del bulevar. El árbol que plantaron hace seis años ha crecido, sus ramas llegan hasta la antena del tejadillo. El viento de la noche lo mece y piensa en ella, en el rostro moreno e ilusionado de Rosa cuando lo plantaba en medio del paseo, con sus botas altas de tacón cuadrado y una falda plisada de cuadros escoceses, la pequeña azada en la mano y él deslizando el joven pino hasta el fondo del hoyo. Después le compraron a Gerardo un cucurucho de altramuces para celebrar el día del árbol y se fueron de la mano a misa de doce del domingo. Esa mañana se había autorizado un mitin político dentro del cine Ciudad Lineal y, como de costumbre, había terminado en batalla campal, la policía irrumpió en la iglesia en medio de la liturgia, a pesar de las protestas del párroco, y desalojó a golpe de porra a los estudiantes que habían entrado escapando de la redada. Al salir de la iglesia, la calle estaba desbordada de octavillas del Partido Comunista de España que pedían la amnistía para los presos políticos. La propaganda, tirada por los balcones de los edificios desde López de Hoyos hasta la acera del metro de Ciudad Lineal, procedía, probablemente, de vietnamitas clandestinos. El barrio es un hervidero de protestas políticas.

Pero esta noche las farolas iluminan la calle blanquecina y los adoquines brillan en la humedad de la madrugada, ajena a la vida de la gente. La tranquilidad es absoluta. Tiene un nudo en la garganta y levanta los ojos hacia su casa por última vez, antes de arrancar el motor y salir de su barrio para siempre. Detiene la mirada en la ventana de su dormitorio y luego en el de Teresita. No ve nada tras los cristales de la habitación de la niña, solo el reflejo de los árboles. Siente un extraño dolor en el pecho, pero mantiene intacta la ilusión del regreso. El viento sopla con furia. Un escalofrío le recorre la espalda y piensa amablemente en el camino que le espera hasta llegar a su destino. «¿Qué encontraré en él?», piensa. Vacila y se preocupa.

Por un momento duda. ¿Es la acción correcta, la decisión adecuada? Se mira en el espejo retrovisor, se pasa los dedos por el bigote corrigiendo su orden descendente. Es un hombre guapo, y Rosa lo besa incansablemente en cuanto tiene ocasión. Si no fuera tan grande se lo comería entero, eso le ha dicho miles de veces.

Tomás ese día andará alerta. Piensa regresar a casa al atardecer, a ver si en ese pueblo tropieza con una cara parecida a la suya. ¿Encontrará a hombres rubios con el pelo rizado y los ojos azules, altos y bien formados como él? Bien podría pasar por alemán o nórdico, en vez de descender de un pueblo minúsculo de los campos de Guadalajara. Aunque todavía le queda por averiguar su ascendencia paterna, la del hombre desconocido, sin nombre ni apellidos ni una firma en el papel que da origen y sentido a la vida; quizá sea extranjero. Ha fantaseado con todas las posibilidades: un periodista llegado a Madrid para cubrir una noticia, un diplomático desplazado temporalmente, un ingeniero dedicado a algún proyecto de envergadura; desde luego, un tipo inteligente, porque él es un lince para las matemáticas y el cálculo. En IBM está haciendo carrera y le espera un buen futuro. También desde muy joven se encargó de la contabilidad del orfanato, aliviando a la congregación de un gasto más. La carrera la terminó con brillantes notas y fue número dos de su promoción, orgullo de la hermana Laura y de todas las monjas de la «residencia», como él llama al hospicio. Quizá la soledad, la disciplina y la austeridad han forjado su espíritu de sacrificio, honor y deber. También han hecho de él un solitario, un tipo con fama de raro al que no le gustan las reuniones sociales ni el gentío.

La cabeza le va de un lado a otro, de un pensamiento al siguiente, con un orden extraño. Presiente la insensatez del viaje. Rosa se enfadará por la mentira, cuando le cuente a su regreso que no ha ido al centro de cálculo porque pidió el día libre, y esté de vuelta a la hora de siempre, como un día cualquiera.

Ahora piensa que ha debido invitarla al viaje para que sea testigo de lo que pueda encontrar en Milmarcos, de donde era natural su madre. Pero ha preferido callar, guardar silencio y no contar nada de lo que ha estado tramando, como avergonzado de hacer de detective privado de su propia vida, de seguirse a sí mismo para hurgar en la herida y dar con el paradero de su familia, si es que existe familia por alguna parte.

Le confesará con humildad que al final le hizo caso y se acercó una mañana al registro civil para solicitar los documentos. Recogió las partidas y se enteró de lo que se tenía que enterar. No ha hallado padre conocido en su partida de nacimiento. Solo su madre le había traído al mundo en Oyarzun, Guipúzcoa, a los veintiún años de edad, con una tal Lucía y otra mujer llamada Fernanda como testigos. Los apellidos de las dos mujeres son ilegibles, como si unas lágrimas hubieran caído en ese lugar para borrar la tinta del documento. Concluye que su madre era soltera, natural de Milmarcos. ¿Cómo llegó él entonces a Madrid para estar el 21 de diciembre de 1936 en la puerta de un hospicio de la calle de López de Hoyos?

Siempre le ha parecido un misterio.

Luego solo tuvo que cruzar los datos del certificado de defunción de su madre, fallecida el 21 de diciembre de 1936, en Madrid y en plena Guerra Civil, en el Hospital Provincial de

Madrid, a causa de espina bífida oculta, según resulta de la certificación facultativa del director del hospital, apellidado Monroe. «La fallecida es vecina de Madrid.» Y lo más extraño: no especifica su lugar de enterramiento ni los testigos del suceso. Solo leyó en un renglón la frase: «Cuerpo no encontrado, causa: bombardeo del hospital». La inscripción del fallecimiento en el registro es de oficio, por la Jefatura de Policía de Madrid. El dato más fiable que puede cotejar es el nacimiento de ella: 1913, en Milmarcos. Esa fecha aparece también en su partida de nacimiento.

Lo que tiene muy claro es que su madre no pudo abandonarlo allí, porque ese día se estaba muriendo en el hospital. No pudo hacer las dos cosas a la vez. Una mujer con esa enfermedad no podría ni levantarse de la cama.

¿Y si fue su padre quien lo dejó allí? ¿Y por qué? Son dos buenas preguntas. De haber sido él, ¿por qué no aparece su identidad en el registro de su nacimiento como progenitor y deja perdido a un niño en el mundo?

Cómo explicarle todo esto a Rosa. Con qué voz se lo dirá, con qué ojos la mirará.

Cuando Tomás terminó entonces de leer por primera vez su historia familiar, resumida en diez líneas, en un par de hojas manuscritas con un sello oficial, llenas de silencios y líneas en blanco, rompió a llorar y se golpeó en la frente con el puño cerrado. Su cuerpo, delgado y grande, se vino abajo al conocer la mala suerte de esa madre a la que no podía recordar. Era preferible no saber, seguir ignorando, como había hecho siempre. Por un momento se arrepintió de haber hecho caso a su mujer. Y maldice la suerte de su pasado. Pero, una vez que se empieza y se escarba en la basura y se llena uno de nauseabundo olor, es imposible quedarse a medias. Debe llegar hasta el hedor más aborrecible, cueste lo que cueste. Necesita ir en busca de lo que pueda quedar de la familia de su madre. Una oscura mujer a la que recuerda o imagina y a la que dibujó a carboncillo para intentar retener esa cara con la que soñaba constantemente en una eterna pesadilla cuando era niño. El pelo, negro y lacio, le caía sobre medio rostro, escuálido de hambre; y esos ojos, de una transparencia insólita, cual profecía. Como los suyos. Y era posible que él, en su alucinación, al querer recordarla, le hubiese atribuido sus mismos rasgos, y con sus propios dedos indecisos había dibujado tras el pelo una cara torturada y una larga cicatriz en la mejilla.

Todo lo que ha podido averiguar sobre su infancia está en un papel timbrado y firmado por las autoridades civiles, y es precisamente lo que ha tratado de impedirle a Rosa que supiera. Será él quien, de momento, salvo que encuentre en el pueblo de su madre buenas noticias y quizá unos primos o tíos lejanos, levante el telón de su origen. Pero también es posible que encuentre una decepción, una amargura, una extrañeza: un vacío. Lo que halle deberá descubrirlo solo, como solo ha estado hasta que la conoció, si es que hay algo que descubrir y todo vestigio de su apellido lo engulle el tiempo y la ensoñación.

No se decide a arrancar el Citroën, parado junto a su verja, para hacerlo rodar por Arturo Soria hacia la carretera de Barcelona. La madrugada avanza hacia su fin. En hora y media Rosa despertará a la niña para llevarla al colegio. De repente se acuerda de sus discos con la triste sensación de estar perdiéndolos para siempre. Anoche rebuscó entre ellos: Jacques Brel, Juliette Gréco, Charles Aznavour, Jorge Sepúlveda… Se detuvo en el de Édith Piaf, comprado para Rosa, y siguió hasta encontrar el de Yves Montand. Lo colocó suavemente bajo la aguja y se sentó en su sofá de tela desgastada, junto al fuego extinguido de la chimenea para pensar y sentir lo que podría ser su vida a partir de ese viaje. La melodía comenzó a sonar y creyó que no era justo que un hombre cantara de esa manera tan brutal para ahondar en la melancolía, pero él necesitaba esa noche una dosis extra de evocación.

Según gira la llave y escucha el motor, mirando por la ventanilla, le parece ver una luz tras la ventana de Teresita, tan tenue y macilenta como la de una vela. Las cortinas se mueven y cree atisbar por última vez el rostro de su niña pegado al cristal de la ventana despidiéndose de él ante el largo viaje del que no va a regresar. Y mientras *Les feuilles mortes* suenan en su cabeza, la melodía resquebraja el silencio de la noche dejando caer el sonido de las hojas muertas del olvido. Desea recordar, como le recuerda esa canción, que la vida separa a quienes se aman, para recoger a montones y con las manos desnudas los recuerdos y lamentos que se llevan los vientos del norte.

2

Desaparición en el Reina Sofía

Madrid, 21 de diciembre de 2003

El tráfico se mueve lento y opresivo bajo las bombillas navideñas colgadas de hilos transparentes, de un lado a otro del paseo del Prado. Un autobús vira a la izquierda y Teresa pisa el freno.

—Nos vamos a matar, mamá —dice Jimena.

—No le hagas caso, hazlo otra vez —interviene su hermana, Leonor.

—No es divertido, idiota —contesta la primera, completamente aburrida.

—Paz, muchachas. No ha pasado nada —dice Teresa mientras extrae el tique de la máquina expendedora, al final de la rampa—. Y esa lengua no me gusta, Jimena.

—¡Esto es más triste que un funeral! Y para colmo está lloviendo, se me mojarán los zapatos y me resfriaré —protesta Jimena, asomándose al asiento delantero de su madre—. Te dije que me dejaras ponerme las botas del año pasado, no sé por qué no te gustan las botas; me voy a poner mala, me subirá la fiebre... y luego tendré que tomar ese jarabe repugnante. Creo que me voy a morir.

—Como todos los días —contesta Leonor—. Lo que pasa es que no quieres ir a ningún sitio, ni hacer nada. Eres una aburrida. Una aguafiestas.

Las tres salen del coche. Avanzan hacia la salida del parquin subterráneo. Jimena sigue protestando:

—¿Qué vamos a hacer tanto tiempo ahí dentro? No sé dibujar, odio los cuadros.

—Te obligará a ti —contesta burlona Leonor, corriendo escaleras arriba para salir del parquin.

En la fachada del museo hay dos largas banderolas. El viento las mueve y se puede leer en ellas: «Calder. La gravedad y la gracia». El frío es intenso. En la plaza hay poca gente. Algún turista hace fotos, y un grupo de japoneses está reunido en torno a su guía. En las terrazas de los bares hay calentadores eléctricos y casi todas las mesas están vacías. El día es tan gris como el edificio de Sabatini.

—¡Menudo lugar horrible! Es enorme. Estará helado —protesta Jimena cuando levanta la cabeza y mira el edificio del museo, absolutamente contrariada.

Hay un gran cartel de Juan Gris en la fachada, a la izquierda de la puerta principal. A la derecha, otro de Jeremy Blake. Ascienden las tres por la escalinata, junto a dos ascensores que se elevan por el interior de dos torres de vidrio transparente.

—Quiero subir, mamá —dice Leonor, con el mismo abrigo fucsia de su hermana, los mismos guantes y leotardos blancos.

—Claro que sí, cielo.

—Me voy a marear; yo no pienso montarme —proclama Jimena de mal humor.

Las tres entran en el vestíbulo del Reina Sofía. El día comienza lleno de esperanza para Teresa. Por segunda vez en su vida, desde hace quince años, cuando era estudiante, va a estar ante el *Guernica*. Le dan igual las exposiciones temporales, solo piensa en el cuadro. Únicamente en ese cuadro. Ha organizado la mañana para llevar a las niñas al museo, a un taller infantil organizado por la Asociación Amigos del Museo. Hoy no irá al plató. Se ha tomado el domingo libre. Serán dos horas de soledad, entre los muros de piedra de ese espacio que le parece tan mágico como el brillo de una estrella muerta hace millones de años.

Abriga un único pensamiento esa mañana: el cuadro. La primera vez que lo vio, acababa de llegar al Casón del Buen Retiro, desde el Moma de Nueva York. Era el año ochenta y uno, ella tenía diecisiete y esperó sola en la cola, frente a la verja del Retiro, durante más de nueve horas, muchas bajo la lluvia del mes de noviembre, para ser de las primeras en presenciar tal acontecimiento. El cuadro regresó a España acompañado por la Guardia Civil. Ella lo encontró en una sala pequeña, tras una estructura de cristal blindado. Y lloró nada más verlo. Su madre le había hablado tanto de él que la emoción se rindió a los recuerdos. Se limpió las lágrimas con la manga del abrigo. Se emocionó. La memoria de la guerra y del exilio volvía a casa. España no era una república, pero era libre y democrática, por ello la obra regresaba, tras cuarenta y cuatro años de exilio. Una ley aprobada por el Congreso norteamericano autorizaba su devolución, años después de las primeras elecciones en España del setenta y siete, tras la muerte de Franco. La voluntad del artista se veía así satisfecha. Una voluntad póstuma. La voluntad del retorno. La obra debía regresar a España, porque es de España de lo que habla. La sacaron del Moma por la noche y un vuelo de Iberia la dejó en Madrid.

«Qué sencilla parece la historia cuando la gente se pone de acuerdo», pensó entonces Teresa.

—Ahora, a divertirse, chicas —dice, para despedir a sus hijas en la puerta del aula del taller.

Jimena se asoma. Es una sala de la planta baja, al final del corredor de entrada, a la izquierda. Ya hay niños con guardapolvos blancos y las manos manchadas de yeso y témpera de colores. Leonor sonríe y le entrega el abrigo a su madre, pero Jimena dice que tiene frío. No piensa ni por asomo quitárselo.

—Como quieras, si tienes calor luego no te quejes —dice su madre.

—Lo hará. Y se lo manchará —censura Leonor, y se da la vuelta y entra en el taller.

Teresa le desabrocha el primer botón del abrigo a Jimena y le da un beso en la mejilla.

—Te va a gustar, cariño. No tengas miedo.
—Eso no lo puedes saber.
—Yo estaré por aquí, muy cerca.

Jimena, con el ceño fruncido, la mirada fría y desafiante, le da la espalda a su madre con dramatismo y desaparece en el aula como si ese acto de obediencia forzada pensara cobrárselo en otro momento.

Una lluvia de pasos acompaña a Teresa por el largo corredor, con el abrigo de Leonor en el brazo. Se guarda en el bolso los guantes de las niñas. Hay bastante gente por las escaleras y siente que le vibra el teléfono dentro del bolso. El móvil sigue estremeciéndose. Se imagina quién llama. Espera a que regrese uno de los ascensores y entra rápido para apearse en la planta segunda.

Sus tacones suenan a hueco por los altos pasillos y las sucesivas salas, hasta que entra en la 206. Un escalofrío de sensaciones le sube por las piernas hasta el estómago. Lleva la falda por la rodilla, y medias demasiado finas. Se ha desabrochado el abrigo y el bolso le cuelga del hombro con desenvoltura. Se alegra de estar sola, de que sea domingo y Ricardo no esté disponible. Necesita reencontrarse con ella misma, cara a cara. Y es el lugar perfecto. Un museo. Impersonal. Silencioso. Donde nadie te mira. Nadie quiere conocerte. Un lugar para el asombro y la fascinación. Un lugar sagrado. «El arte es la religión del siglo XXI», dice Ricardo. Ahora está de acuerdo con él, aunque solo en tal afirmación.

Nunca ha entendido por qué le emocionan esos dibujos en blanco y negro, de grises planos y azules y blancos, y figuras deformadas aullando por las esquinas del cuadro. Picasso fascina su cerebro. La soledad entra en su alma cuando tiene delante el *Guernica*. Tan grande. Tan solo. Abarca toda una pared de la sala. Es una guerra cruenta. Se aproxima para observar con mejor perspectiva a las cuatro mujeres, que la impresionan: una sostiene a un niño muerto en sus brazos y ruge como el toro que está sobre ella; otra está en llamas, gritando, con la boca agónica; la tercera huye, va hacia el centro del cuadro, a la luz, alargando el cuello como un galápago; la cuarta porta una vela en la mano.

¿Quiénes son estas mujeres?

¿Seres anónimos devastados por el drama?

¿Es de día o es de noche, ahí dentro?

Es una superficie sin dimensiones, donde no se sabe si el caos del dolor sucede sobre la tela o fuera de sus límites. Una dimensión de realidad trasmuta otra realidad dentro de un espacio pensado para observar. Observarse. Mirar hacia fuera para verse a uno mismo. Sentirse. Se siente más viva que en ningún otro lugar de Madrid. Hay algo en el cuadro, en la sala, entre los muros del edificio, que le produce inquietud. Cree que el lienzo la impresiona demasiado. Un hombre la empuja, casi pierde el equilibrio. Su acompañante es tan alta que su cabeza sobresale de la multitud que observa el *Guernica*. No se siente bien, se desplaza unos metros y le decepciona la situación. El teléfono no deja de vibrar en su bolso, la desconecta mentalmente de las sensaciones que busca. Los últimos meses no han sido buenos. Pero ha de poner fin a la relación. Pensar en una fecha de despedida y ser valiente para no dejarse convencer de nuevo por él. La emoción ha dado paso al desencanto, a la decepción, incluso a la aversión, en algunos momentos. La última semana se ha sentido muy cansada, tras los programas; no ha querido quedar con él. El brillo de la relación se ha extinguido. Las ideas pasan de una a otra en su cerebro. En la sala la gente tose, se mueve igual que fantasmas que miran y observan el *Guernica* como se adora la imagen de un Dios, cuya furia puede desencadenarse en cualquier momento para arrasar a la humanidad. Y alguien, de pronto, a sus espaldas, le tapa los ojos y dice, susurrando:

—Hola. He venido.

Ricardo lleva una impecable chaqueta de espiga verde, y un pañuelo rojo le asoma por el bolsillo superior. Sus ojos pequeños e intrépidos caen sobre ella, y la abraza.

—Ves de lo que soy capaz —dice él, y le roza la mejilla con el dorso de la mano—. Estás guapísima. ¿Y las niñas?

—Hoy es mi día con ellas.

El rostro de Ricardo se crispa, cambia de color. Ha adelgazado demasiado en los últimos meses jugando al squash, todos los días a las ocho de la mañana, para perder peso. Tiene el pecho como hinchado del gimnasio. Su sonrisa es su mejor arma con ella, pero no le sale. Le gustaría sacarla de allí, delante de todo el mundo; que lo vieran. Pero se contiene. Cierra el puño y baja el brazo para que nadie lo vea. Y menos ella. Le arde la cara. Reprime el descontento y el tono y, como un locutor de seriales radiofónicos, dice:

—¿Vamos a ver *El gran masturbador*? Está en la sala de al lado, igual Dalí te anima y yo termino el trabajo.

—Eres un gilipollas.

Teresa odia las apariciones inesperadas de Ricardo, le parecen actos oportunistas, y busca con la mirada una forma de escapar de allí.

—Pero ¿qué coño quieres que haga?, ¿que me pegue un tiro? —Él levanta la voz y la sujeta del brazo.

El vigilante los mira y aprieta el receptor que lleva en la mano. Teresa le envía una sonrisa forzada y los dos abandonan la sala.

—Solo quiero estar con mis hijas un miserable domingo, ¿es mucho pedir? ¡Suéltame! No has debido venir —le dice Teresa, junto a un ventanal que da a la calle Santa Isabel, en uno de los pasillos. Los brazos de él la envuelven, acaparadores; quiere besarla allí mismo, delante de todo el mundo.

Siempre hay algo tentador en él. Excitante. Ella lo piensa cuando lo tiene delante. Un tiempo atrás hubiera dado más de lo que tenía por Ricardo. Hubiera sido capaz de soportar su divorcio. Hubiera podido enfrentarse al odio de sus hijos, y se hubiera acomodado a jugar el papel de la amante que rompe un matrimonio de veinticuatro años con dos jóvenes en la universidad. Pero ahora no tiene que rendir cuentas. Es libre, siempre lo ha sido y no piensa dejar de serlo.

—Puedo llamar a Daniela y decirle que no me espere a comer. Me gustaría ver a las niñas…

Ella se agacha, sale del recinto que él ha amurallado con sus brazos y dice:

—Mañana tengo que estar en el estudio a las siete de la mañana. Necesito descansar. Es mejor que te vayas a comer con tu mujer.

Teresa se da la vuelta y cruza una sala con litografías. Entra en un pasillo y baja por las anchas escaleras de granito como quien accede a las catacumbas de Palermo. Llega a la galería norte de la planta baja con las manos entre el abrigo fucsia de Leonor y entra en el patio central. El frío es reconfortante. Ricardo no la sigue, ha desaparecido de su horizonte. Es mejor así. Últimamente hace cosas de ese estilo, como presentarse de improviso en medio de una grabación para quedarse observándola durante minutos, detrás de un cámara, sin mover una sola pestaña, pensando algo extraño, por la cara que pone. Luego se le borra esa actitud y la sonríe. ¿O es que la controla?

Se sienta en un banco, delante de una fuente. Ha de olvidarse de Ricardo, de lo que representa. El frío le enrojece la nariz. El día es oscuro. Se abrocha el abrigo, abre el bolso y se pone los guantes de Jimena. Huelen a colonia. A niño. A inocencia. El amor honesto la llena de misericordia y se alegra de haberse quitado de encima a Ricardo. No quiere que las niñas lo vean. Ha de poner distancia de por medio y esperar que ellas se olviden de él. Es lo mejor para las tres. Eliminar a Ricardo de sus vidas. Nunca debió dejar que se acercara a ellas.

Cuando sean mayores se acordarán del hombre que entraba en casa y les daba las buenas noches sentado en el borde de la cama. Igual no pueden acordarse de su rostro, pero el perfume de Ricardo puede quedarse grabado en la memoria de un niño. «¿Quién era ese hombre?», pueden preguntarle sus hijas cuando sean mayores: «Sí, mamá, ¿no te acuerdas? El hombre que nos traía marrón glasé en un tarro de cristal con un lazo dorado. Jimena cogió una indigestión de castañas azucaradas, y ya no le sientan bien». A Leo le gusta más el chocolate, y siempre hay una caja de bombones Godiva en el asiento trasero del coche de

Ricardo para ella. Solo han de decir que les gusta algo para que él se lo haga llegar a través de Juan, el portero de casa, que les sube las cartas y los paquetes cuando llegan del colegio, acompañadas siempre por Raquel, a las seis de la tarde. Teresa se enfada si Raquel no le cuenta los caprichos que llegan para sus hijas y que luego a ella le toca descubrir por el dormitorio de las niñas.

Pero hace tiempo que Ricardo ya no envía nada.

Él odia que no sean sus hijas y se lo reprocha a Teresa con cierta descortesía, más a menudo de lo que cree. «No entiendo cómo pudiste hacer eso. Tienes un valor a prueba de hombres», le ha dicho varias veces. Y la castiga con toda la dureza embistiéndola por detrás, y ella gime y se retuerce, y él aprieta más y le hunde los dedos en la garganta por haberse quedado embarazada de un desconocido. Luego le pedirá perdón por la brusquedad. ¿Por qué no se lo había pedido a él, en vez de haber recurrido a un banco de semen? Le besará el cuerpo con desesperación. Lo lamerá desde la punta del pie hasta el oscuro vello del pubis. Lo acariciará. Lo morderá con delicadeza. Ella se reirá y se lo quitará de los labios, y él le dirá que es un antropófago y una noche se la comerá entera. No dejará ni los huesos. Y ella se volverá a reír.

Pero esa risa hace tiempo que desapareció del rostro de Teresa para dar paso a la indiferencia, al hastío y a las ganas de huir de su lado.

Los pies se le han quedado helados, sentada en el banco. Vuelve a mirar el reloj, es hora de recogerlas. Ricardo le ha destrozado su mañana de museo y se levanta para dirigirse al taller. Comerán las tres en el Vips de Ortega y Gasset, porque a Jimena le encantan las tortitas con sirope de caramelo que hacen allí, y a Leonor, las quesadillas de pollo. Luego, si les apetece, no le importará llevarlas al cine. Han estrenado *Elf*, la historia de un niño criado por elfos. Hace tantos meses que no les dedica un domingo entero que no desea desaprovechar la oportunidad de ver a sus hijas convertidas durante un rato en pequeños y juguetones elfos en sus butacas de cine. No recuerda en qué momento de su vida dejó de imaginar, de creer en la ficción, y le parece increíble pensar en los elfos como si fuesen reales.

Al entrar en el aula, hay varios padres recogiendo a sus hijos, agachados algunos poniéndoles el abrigo. Sobre todo a los más pequeños. La monitora está hablando con una pareja que recoge a dos mellizos con el babi blanco. Él lleva a un bebé en una mochila, sobre el pecho, y ella está embarazada otra vez. Teresa mira por encima de las mesas y Leonor va hacia ella con las manos recién lavadas; se va limpiando con un papel. Ya no lleva el guardapolvo, lo ha colgado junto a los demás, en las perchas. No ve a Jimena por ninguna parte.

—¿Qué tal, preciosa, te ha gustado? ¿Dónde está tu hermana?

—No la he visto en todo el rato. Ha estado genial, mami, quiero volver el domingo. ¿A que es bonita? —Y le enseña una especie de máscara de colores con formas redondeadas y picudas que saca de una bolsa de tela—. Mamá, voy a ser escultora; lo tengo decidido. Dice Laia que tengo talento con las manos.

Y estira los dedos y las muñecas, orgullosa, hacia su madre. Teresa le vuelve a preguntar dónde está Jimena. Da una vuelta por el aula. Van quedando pocos niños, solo dos cuyos padres no han llegado todavía, sentados a una mesa pintando con lapiceros. La monitora ha terminado de hablar con la prolífica pareja. Teresa le pregunta por Jimena. Le contesta que estaba en su sitio hace un rato. Salen las dos al pasillo. No la ven. Hay mucha gente entrando y saliendo de las salas, alrededor del patio. A Teresa no le gusta la situación.

—No se preocupe, estará en alguna parte —la tranquiliza la profesora, que lleva bordado en el bolsillo superior de la bata el nombre de Laia.

Es joven, probablemente licenciada en Bellas Artes, alta, con la cara alargada, el pelo muy liso y las manos muy finas. Su cara es amable y morena.

—Habrá ido al baño —añade—. Lo más seguro.

—¿Le ha dado usted permiso para salir del aula? —le pregunta Teresa.

No lo recuerda. Ha habido un momento de confusión cuando han entrado los padres. Los niños, casi todos a la vez, reclamaban su atención para terminar el trabajo que estaban realizando.

Teresa pregunta dónde está el aseo y sale hacia allí, visiblemente nerviosa. Laia se queda en el aula a esperar a los padres que faltan por venir, y por si aparece Jimena.

—Igual ha salido al patio, en un descuido —le dice Laia a Teresa cuando aparece en el aula, alterada: no ha encontrado a la niña en los aseos, y sale hacia el patio.

A Leonor no le importaría modelar un muñeco mientras aparece su hermana. Está acostumbrada a que Jimena monte numeritos. Así se lo dice a Laia, haciendo una mueca con los labios.

—Aparecerá cuando le dé la gana. No te preocupes —dice.

Teresa vuelve al cabo de unos minutos con el abrigo de Leonor en la mano. Lívida. Las dos mujeres intercambian una mirada llena de significado por encima de Leonor. La profesora comienza a preocuparse de verdad. Teresa no ha visto a su hija por ninguna parte. No está en los aseos de la planta ni por el pasillo de los talleres ni por el patio, que lo ha cruzado varias veces, ni por los corredores que lo rodean. Las tres se dirigen rápido hacia la entrada, a hablar con el servicio de seguridad del museo.

—Ahora mismo lo comunicamos a todos los vigilantes —dice el agente de seguridad con el que hablan. Añade que han de esperar en el punto de encuentro.

Laia forma parte del personal del museo y explica a Teresa que hay más de cien vigilantes de sala, y disponen de ciento setenta y cinco agentes de seguridad privada. Cámaras de vigilancia por todos los rincones.

—Si hay un lugar inexpugnable, es este edificio —añade, para calmar a Teresa—. Nadie puede entrar ni salir sin ser visto. Aparecerá enseguida, no se apure tanto.

Pero los minutos pasan. Teresa camina de un lado para otro del corredor, frente a la entrada principal. Leo se sienta en el suelo a jugar con su máscara y le dice a su madre, ajena a la situación:

—¿Me la pongo, mami? Ya se ha secado.

Teresa no la escucha. La gente entra y sale en ráfagas, como si la compuerta de submarino se abriese cada minuto. Ve al personal de seguridad con trajes azules hablando por receptores, de sala en sala y por las escaleras. No puede quedarse ahí de pie, a esperar con Leonor, absurdamente. Necesita hacer algo y salir en busca de su hija.

—¿No querías montar en un ascensor? —pregunta a Leo, templando los nervios.

Suben hasta la cuarta planta, colgadas en la mañana de invierno. Leonor apoya la frente en el cristal del ascensor mientras se eleva, suspendido en el aire, y la niña se embelesa con los tejados de Madrid. A continuación, recorren las desmedidas salas, una por una, mirando por cada rincón. Es un laberinto. Todo es tan grande. Inmensos techos, muros muy anchos; hay tantos cuadros, de todos los tamaños, formas y nombres, que las dos se agobian a medida que avanzan de la mano. Teresa tiene la sensación de estar en una batidora, o en el sueño surrealista de uno de los lienzos de Dalí de la sala 205. Leonor dice que está cansada, mientras las dos bajan por la escalera para revisar la planta tercera.

—Me mareo, mamá, no pienso seguir buscando a esa idiota —le dice Leo a su madre—. Me da vueltas la cabeza. Seguro que ya ha aparecido, y nosotras aquí, muertas de cansancio.

Y su madre la ve correr escaleras abajo, hacia la salida. Se asoma por el hueco de la escalera y grita el nombre de Jimena. La gente la mira. Cuando llega al vestíbulo, dos vigilantes uniformados, con revólver y esposas colgadas de la cintura, están junto al jefe de seguridad del museo. Este último estrecha la mano a Teresa y se presenta con un tono amable. Es la voz de un hombre que conoce las emociones descontroladas y temporales del ser humano. Observa a Teresa con prudencia, esperando la reacción de una mujer que ha perdido a su hija.

3
Amigos de la infancia

Camino de Milmarcos, 21 de diciembre de 1970

Tomás echa un vistazo rápido al plano de carreteras, extendido sobre el asiento de al lado, con el cigarrillo en la boca para calmar la ansiedad. Marcada con rotulador está la ruta que ha establecido de antemano. Comienza a chispear sobre la carretera. El cielo, a medida que avanza hacia el noreste, presagia una lluvia inclemente, y el limpiaparabrisas acompasa con nostalgia las canciones de Yves Montand, que le evoca los años pasados en que acariciar a Rosa era acariciar el mundo y la vida. *Les feuilles mortes* es el mismísimo amor que comparte con ella como comparten dos mendigos el festín en una gran casa a la que han sido invitados. Nunca le ha sobrado optimismo, y menos con el cielo encapotado del amanecer, que oscurece aún más sus pensamientos. Y aunque se esfuerza por olvidar la desagradable discusión del lunes en que hizo llorar a su mujer, como nunca se imaginó, esa imagen le estalla como un explosivo.

Se arrepiente de todas y cada una de las acusaciones hacia Rosa que salieron de su boca, endiablada por la desesperación, mientras llega a la altura de los pinares de la piscina Tabarca, en la carretera de Barcelona.

El día no acaba de abrirse, pero el horizonte clarea en cuanto toma hacia el este la avenida de Aragón. Las copas frondosas le recuerdan los días de verano y esa piscina que habían frecuentado de novios, los veranos anteriores al nacimiento de Teresita, cuando él se escapaba de las clases de la facultad y ella de su tienda de costura para tumbarse al sol, uno encima del otro, y luego nadar duro para enfriar la sangre y no llegar hasta donde no debía llegar con la mujer con la que se iba a casar. Eso le advertía la hermana Laura cuando le abría la puerta del orfanato a las diez de la noche, él colorado como un tomate y tostado por el sol y el placer de haber retozado con Rosa, y la monja, escrutadora y pesarosa —con ese rostro salpicado de una viruela juvenil—, maldiciendo la relación de su pupilo, que no podía evitar ni bendecir con una mujer diez años mayor que él, sin contar otras observaciones, no menos trascendentes.

Como tampoco él ha podido evitar la conmoción que le supuso el lunes el encuentro fortuito en Embassy, a la salida del trabajo, con sus dos amigos de la infancia. Por su hija intenta olvidar lo que Antonio Reigadas y Eusebio Magdaleno le insinuaron sin intención alguna, y que cambió bruscamente la percepción sobre Rosa que se había creado a lo largo de los años. Y por Teresita creyó la versión de su mujer y no la de sus amigos, con los que había compartido la infancia y parte de la juventud, hasta que Antonio y Eusebio salieron de la «residencia» de las monjas para trabajar como aparejadores en una constructora, poco después de terminar los estudios en la Escuela de Aparejadores.

Ellos tres eran los únicos de la «residencia» —de una docena de chavales recogidos de la calle durante la Guerra Civil y sus prolegómenos— que habían logrado completar estudios universitarios. Reigadas y Magdaleno salieron del centro unos años antes que Tomás, y desde entonces no los había vuelto a ver. Se lamentaba del desarraigo con sus compañeros de la infancia. Quizá porque cuando uno sale de allí piensa y cree que le espera un prometedor futuro, pero realmente lo único que pretende es olvidar una niñez en la que un «sin familia» no puede sentir orgullo e intenta esquivar cualquier conversación sobre la infancia.

Una infancia que se remite a convivir entre raídos guardapolvos grises, el olor de la tiza, los terrores nocturnos con la luz apagada, el viento soplando entre las juntas de las ventanas, un frío que pela entre sábanas ásperas y acartonadas, rezos interminables, tardes de domingo jugando al fútbol con los zapatos rotos, educados por un puñado de rectas y solitarias mujeres, casi tan pobres como ellos, cuyo destino no es otro que procurar sustento a los niños «sin techo».

Unos «sin techo», eso habían sido los tres. Pobres de solemnidad. Pobres a los que nadie espera en el vestíbulo del orfanato para sacarlos de allí ni en Nochebuena. Quizá a él también le sucede, a su manera, eso de marcar distancias con el pasado. Solo que su vinculación con las mujeres que lo criaron es demasiado estrecha para desear olvidar su infancia.

De los dos, Eusebio Magdaleno había sido su mejor amigo, el fiel compañero de Tomás que jugaba al fútbol como ningún otro de la «residencia» y, hacía tiempo, cuando la pubertad despertaba en la oscuridad de los dormitorios, Magdaleno tuvo la ilusión de ser «alguien». Un ojeador de la Agrupación Deportiva Plus Ultra, durante un partido con el equipo del colegio Isidro Almazán, de la calle Luis Cabrera, lo vio jugar, quedó sorprendido y habló con la hermana Laura para que accedieran a dejarlo entrenar con el equipo alevín. Corrían entonces los años cincuenta y, Magdaleno, joven bullicioso y altanero, ya había cumplido doce años y era la viva imagen de un deportista superdotado. La hermana accedió a que saliera del colegio para los entrenamientos en el Velódromo de la Ciudad Lineal, el estadio oficial del club, todos los días por la tarde, tras la merienda y concluidos los deberes impuestos. En el Plus Ultra entró en la categoría alevín y llegó hasta 2ª B. Pero la carrera de Magdaleno como futbolista le duró tan solo seis años, terminó con ella un mal golpe en el pecho contra el poste de la portería contraria, en 1956, en pleno partido, que le paró unos segundos el corazón. Tirado en el césped, con solo dieciocho años, sin respirar y como muerto, el silencio se hizo de pronto en el estadio. Tomás salió despavorido de entre las gradas de cemento y sus propias manos de joven inmenso, golpeando el pecho de Magdaleno como si fuera su propio hermano quien yacía muerto, lo devolvieron a la vida antes de que el enfermero llegase al área de juego. Los dos permanecieron juntos entre lágrimas y melancolía en el vestuario, mientras llegaba la ambulancia. Lo sucedido apenas dejaba respirar a Magdaleno, tan ancho y fuerte como un jugador de rugby, de rostro cuadrado y nariz ancha de boxeador y cara noble y atractiva.

Nadie estaba seguro de que el traumatismo de tórax le dejara secuelas de por vida a Magdaleno. Solo una arritmia, que con los años se le ha vuelto intrascendente, quedó de recuerdo y le truncó los ideales de ser «alguien» y dejar de ser un «sin techo», sin padres ni familia, como todos en el orfanato. Para él no era solo un pasatiempo ser delantero del Plus Ultra, era liberarse de la mala suerte. De esta forma concluyó su carrera de estrella, sin alegría alguna, con lástima y pesar de todos sus compañeros y de las hermanas, que ya creían que tenían una estrella en el hospicio. Magdaleno había intentado borrar de su memoria ese fracaso como si nunca hubiera ocurrido y no fuera él quien había llorado, noche tras noche hasta terminar la carrera de aparejador, en una cama junto a la de Tomás. Y éste, sin pegar ojo durante años, oía con la almohada sobre la cabeza la frustración y la rabia de Eusebio Magdaleno.

Antonio Reigadas era otra cosa. Era como polvo suspendido en el aire. Jamás se le oía ni una palabra más alta que otra y guardaba para sí cualquier expresión de debilidad y desasosiego. Siempre apretaba la boca para esconder sus secretos. Era jovial y etéreo, con la facultad de estar en todas partes sin estar del todo en ninguna. Odiaba el fútbol y le gustaban poco los juegos y mucho los animales, andaba muy recto, con los brazos al costado del cuerpo, como en formación, y la mirada altiva. Tomás le contaba a Teresita que, de niño, Reigadas tenía debajo de su cama una pecera redonda siempre con agua, pero sin peces, que le había comprado la hermana Asunción por unos Reyes Magos porque el pez se le murió a los seis días, y como no había dinero para comprar otro, él metió en la pecera uno del belén que le dio la hermana Asunción, ante tanto llanto y desasosiego, y nunca le faltaba ni agua ni la palmerita de plástico. El día que salió Reigadas del hospicio, al cumplir veintiún años, con trabajo y una habitación alquilada en una pensión de la calle Atocha, lo hizo con la pecera debajo del brazo; para entonces ya nadaban en ella peces de verdad.

Magdaleno se matriculó en aparejadores porque Reigadas tiró de él para que dejara de una vez por todas de lamentarse por su fracaso como futbolista, y no hubo un solo día durante los años de carrera que Reigadas no guardase el sitio en el aula —en la primera fila— a Magdaleno, que siempre iba a la zaga porque solía perder el tranvía. Reigadas odiaba esperarlo, tras la oración de maitines y el desayuno, y era el primero en traspasar las puertas de la «residencia», como la nombraban tanto Tomás como ellos dos a sus compañeros de universidad, que vivían en una residencia de estudiantes. Para ellos tres era una vergüenza, que aprendieron a superar con el tiempo, eso de vivir en un hospicio, «porque el tiempo todo lo cura y nos pone a todos en nuestro sitio en el mundo, con la ayuda del Señor», palabras de la hermana Laura, orgullosa de tener en la institución a tres universitarios. En el despacho de la hermana colgaban las tres orlas, que solía mostrar a las visitas del obispado. Tres residentes entre doce que no habían terminado ni el bachillerato le daban a la hermana una media del 25 por ciento de licenciados universitarios salidos de entre aquellas paredes que tantos sufrimientos habían padecido en el pasado, y abría una nueva época de prosperidad y de futuro en un Madrid que se modernizaba a una velocidad inimaginable para las hermanas, retiradas del mundo entre las viejas paredes de la calle de López de Hoyos.

Respecto a ellos tres, al terminar la universidad, se suponían a sí mismos salvados de algo oscuro y terrible, y solo deseaban dejar atrás un mundo de soledad y, aunque quisieran repartirla entre todos los muertos de hambre recogidos del hospicio, seguían sintiendo la misma soledad, la soledad del patio de tierra, de los pasillos oscuros, de las clases con goteras, del comedor helado, de una infancia sin padres, de monjas siseando oraciones día y noche, arrastrando los hábitos por los suelos, de campanas para la misa diaria y el silbato de la hermana Cloti, la más veterana, para llevarse a todos a la cama y dar gracias al Señor por el sustento diario.

El lunes pasado una enorme sacudida hizo tambalear los cimientos de ese edificio que Tomás Anglada había construido, ladrillo a ladrillo, junto a su mujer. La atracción era puro instinto hacia la modista morena, de profundos ojos castaños, de fuerte carácter y sonrisa pizpireta, elegante como ninguna. Ella copiaba los diseños de Balenciaga con maestría y belleza, y confeccionaba con los mejores retales del taller sus vestidos y trajes de chaqueta, que le quedaban perfectos y ceñidos, marcando las curvas peligrosas de una carretera que Tomás recorría hasta estrellarse en sus muslos y su vientre. La alegría y las ganas de Rosa por vivirlo todo siempre le habían desbordado, era ella quien le inoculaba la dosis de optimismo y seguridad que no le sobraba nunca.

Por su carácter, un poco huraño y tendente a creer a todo el mundo, Tomás dio enseguida crédito de verdad a las feas insinuaciones de Reigadas y a la mirada cómplice de Magdaleno cuando les mencionó en Embassy que se había casado.

Ese día Tomás había terminado la jornada antes de lo habitual. Eran sobre las cinco de la tarde. Le dolía la cabeza y pensó en un buen café bien cargado y una aspirina antes de regresar a casa, en la cafetería de la esquina con Ayala. Acodado en la barra sujetaba la taza de café con una mano y con la otra el cigarrillo, cuando por la puerta entraban dos hombres a los que casi no reconoció; pero eran ellos, sí, eran ellos, bien parecidos, con dos buenos abrigos por debajo de la rodilla y las solapas cruzadas. Estaban desconocidos. Magdaleno, como mermado, y Reigadas con el mismo rostro de niño.

—Pero… ¿quién está aquí? ¡Por los clavos de Cristo! Si es el gigante de Tomás Anglada. ¡Qué alegría, hombre! Cuánto tiempo... —dijo Reigadas, tan delgado como siempre.

Tomás imaginó que debía seguir con su afición acuariófila, pues su rostro le pareció en ese momento la viva imagen de un pez.

—¡Qué bien os veo, caray! Trabajo aquí mismo, en IBM —contestó Tomás, conteniendo la emoción.

—¡No me lo puedo creer..., Tomás Anglada..., en IBM! Lo sabía. Lo sabía. Sabía que llegarías lejos, pitagorín —añadió Magdaleno, más entrado en carnes de lo que Tomás recordaba, y le dio una palmada en el hombro.

—¡Qué edificio acabáis de inaugurar, carajo, esto es nivel! En plena Castellana —dijo Reigadas con auténtica sinceridad y cariño hacia su amigo—. Impresionante Fisac. Un arquitecto que admiro. Enhorabuena, Tomás, de corazón.

Después de que Reigadas y Magdaleno le hablaran de sus respectivos empleos como aparejadores de éxito en Dragados, Tomás les explicó su labor en el centro de cálculo de IBM.

—Hemos quedado con unos contratistas —añadió Magdaleno—. Ya sabes, negocios. El país crece y crece, y aquí estamos. No somos Fisac, pero vamos por buen camino.

Con declaraciones de amistad, humo de cigarrillos, palmadas en la espalda y nuevos abrazos, Reigadas y Magdaleno, con la confianza de antaño, pasaron a contarle a Tomás los últimos once años que llevaban sin verse y los proyectos de futuro que esperaban los dos. Se encontraban desbordantes.

—Quién lo iba a decir..., tres huérfanos de la cabrona guerra, con una mano delante y otra detrás, y mira por dónde con buenos trabajos para pillar lo que nos echen —dijo Reigadas, sacando un puro del bolsillo superior del abrigo. Sus ojos acuosos habían cambiado de brillo. Reigadas era un hombre siempre con ganas de demostrar a los amigos sus buenos argumentos.

Luego llegó un café y otro más, y unos brandis Peinado Solera, sentados los tres a una mesa bajita para celebrar el reencuentro, junto a la cristalera de la calle Ayala. Reigadas y Magdaleno, cuatro años más jóvenes que Tomás, parecían mayores. Sus relatos sobre cubiertas de hormigón armado, estadios de fútbol, planes de ensanches, palacios de congresos, obras públicas y edificios oficiales le empezaban a aburrir. Advertía en ellos la mercantilización que pudre las almas, eso pensaba al observar el cambio producido en sus amigos, apenas reconocibles. Tomás había evitado durante la conversación hacer referencias a su vida privada, como si temiera que fueran a robársela. A los veinte minutos, miraba su reloj de muñeca con ganas de retirarse y aún no habían aparecido los contratistas, cuando Tomás dijo que Rosa le esperaba en casa, con la idea de liberarse de ellos.

—¿Qué Rosa? —le preguntó Magdaleno, con los ojos inflamados por el brandi y le echó el brazo por encima del hombro como cuando eran pequeños y ganaban el partido y se iba a fumar detrás del pozo, donde no iba nadie porque crecían las ortigas y a las monjas les daban urticaria.

Tomás pensó que debían de recordar a Rosa. No quería sacar el tema, se sintió un metepatas.

—¿La costurera? ¿La del taller? —preguntó Magdaleno, y dio una fuerte calada al cigarro que se había encendido.

—¿La Ava Gardner? —añadió Reigadas, y se ajustó el cinturón del pantalón de una forma grosera sobre su diminuta cintura.

—Hay muchas Rosas en Madrid —contestó Tomás, desconcertado, con las objeciones negativas que halló en aquellas sospechosas afirmaciones; «La Ava Gardner, la costurera, la del taller», se dijo, jadeando. De buena gana les hubiera pegado un puñetazo a cada uno.

—Menos mal —continuó Reigadas—. Y, por cierto, ¿os acordáis de ella cuando nos entregaba los encargos?

—Cómo olvidarla, tan rumbosa, la morenaza... ¡Qué tiempos de inocencia! —respondió Magdaleno—. Menuda pieza.

—¿Por qué decís eso?

—Anda, no te hagas el inocente, Tomás —le contestó Magdaleno, que encendió un fósforo y acercó la llama a los claros ojos de su amigo para alumbrarlos—. Si era un grito a voces. Le gustábamos los peques, a la señora. Con discreción, porque tenía clase. Tú, como eras mayor, no te hacía ni caso, por si largabas de más a las monjas y la dejabas sin el negocio de los remiendos.

Magdaleno sopló sobre el fósforo y lo dejó en el cenicero.

—¿Qué mierda me estáis contando?

—Nada fuerte, hombre, no te asustes —apuntó Magdaleno—. Nunca llegaba la sangre al río. Tonterías. Unas manos preciosas, y precisas, las de la costurara; cómo me gustaba esa mujer, ¡qué brío! Y los capones que tenía que dar a Paquito para ponerme a la cola por delante de él y ser yo el mandado a recoger los encargos. Un par de veces me invitó a sentarme en esa butaquita que parecía comprada en París y dejó caer sus deditos encima de mis muslos, que decía que eran de futbolista famoso.

—Y las monjas… ¿Qué me dices de las monjas? Pobres inocentes —le interrumpió Reigadas, retrepado en la butaca de cuero, con el puro en la boca. La cara de Tomás iba del uno al otro—. A mí las hermanas siempre me cayeron bien, nunca sospecharon que la costurera revoloteaba con nosotros y nunca he tenido nada que reprocharles, eso sí. Unas mujeres admirables, las pobrecillas. A ver si nos acercamos un día y les damos una sorpresa.

—Venga, dinos, Tomás, ¿quién es esa Rosa, tan afortunada de llevarse a un brillante tipejo, a un matemático que trabaja en un proyecto que nos va a revolucionar la vida? —preguntó Magdaleno, achicando los ojos—. Porque IBM no es moco de pavo. Menuda empresa. Tenemos que hablar de negocios, Tomás. ¿Quién sabe…?, los tentáculos de Dragados llegan a todas partes, y Madrid es la leche para sacar una buena tajada.

Tomás se azaró.

—No te hagas ilusiones, yo paso de trapicheos y de esa mierda. Solo quiero vivir tranquilo.

—Venga, suelta, ¿quién es esa Rosa? —insistía Magdaleno.

Reigadas abrió la cartera y soltó encima de la mesa un billete de mil pesetas para invitar.

En ese momento Tomás observó a dos hombres con cara de

matones y trajes con solapas demasiado anchas, que caminaban hacia su mesa. Llevaban unas abultadas carpetas debajo del brazo. Deseaba poner punto y final a la absurda conversación que iba por derroteros muy desagradables. Se alegró de la oportuna llegada de los contratistas y se levantó dispuesto a irse inmediatamente. Medio gritando, con el rostro incendiado por un calor que emanaba del fondo del alma, dijo:

—¡Es una gran mujer! ¡Una buena mujer! Me ama y me hace el hombre más feliz del mundo, y me ha dado una hija preciosa que no merezco. ¡¿No os parece suficiente?!

Se hizo un silencio incómodo. Magdaleno y Reigadas en sus butacas se miraron lamentando haber hablado de más, dándose cuenta de que «su Rosa» era la modista de López de Hoyos. Tomás salió del salón tirando con furia del abrigo, apoyado en el respaldo de su asiento. Pero lo que más le dolió fue sentir los ojos de sus amigos llenos de lástima siguiéndolo a través de la cafetería hasta que salió por la puerta de Embassy y desapareció en plena Castellana, hundido en la vergüenza, caminando con la cabeza gacha entre la gente que él sentía que lo apuntaba con el dedo. Así de estúpido se encontró, como un animal en extinción. Llegó a Arturo Soria desasosegado, sin poder respirar, con el mayor disgusto de su vida.

La discusión que se produjo después en el chalé fue tan lamentable que Rosa se pasó los días siguientes llorando sin descanso por todos los rincones de la casa. Sus largas pestañas se cubrían de lágrimas que caían en las camisas de Tomás mientras planchaba. Abría y cerraba los cajones de los armarios en silencio, y le preparaba a Teresita la comida con hipo y desgana.

Tomás no soportaba las imágenes que le llegaban de ella cuando él todavía era un niño, y ella, una mujer diferente a cualquier otra en aquellos años. Independiente, con un negocio propio. Sin novio ni marido que la protegiera, llevaba su tienda y dirigía a una oficiala y a varias aprendizas que trabajaban para ella en el piso de arriba, donde estaba el taller, con las mesas donde cortaba los patrones, la plisadora a vapor, las chicas dándole a la aguja con todos los encargos que llegaban de la calle. Su estilo de vida le impresionaba. Pero el carácter de Rosa, alegre, resuelto e independiente, acarreaba también sus sombras. Ahora comprende que no hubiera un hombre a su lado porque está seguro de que le gustan los jovencitos, o por lo menos le habían gustado. Y así se lo escupió a la cara entre insultos y hasta casi con un golpe que reprimió cuando ya tenía el puño en lo alto y ella le desmentía las terribles acusaciones. ¿Es que era culpable de hacerles un precio especial, casi regalado; devoción a la obra de las hermanas con la infancia? Cuando realmente él sabe que Rosa es atea y odia la religión aunque vaya a misa con él porque no tiene más remedio.

Pero Tomás la deseaba más que nunca y repudiaba el placer que sentía como una tormenta. Buscaba excusas, elementos disuasorios para atenuar sus terribles pensamientos. La amaba por su experiencia, por la edad; lo reconocía, porque era su maestra. Rosa le mostró el camino hacia el placer insaciable que se hallaba en ella, entre sus muslos, en su herida abierta, que él embestía con el furor de toda iniciación. En su cuerpo él hallaba la excitación de un continuo principio. Toda ella era un pozo profundo de sexualidad y él era consciente de que nunca llegaría a tocar el fondo.

Días después, refiriéndose a sí mismo, se dijo que debía reparar su mala conciencia y dejar de dudar de ella, porque la amaba con locura. Sin ella su vida no existiría; absoluto desierto. Y fue cuando entró tímidamente en una agencia de viajes, junto al trabajo, y compró dos billetes de avión. Sintió un impulso al pasar junto al escaparate, antes de entrar en el coche para regresar a casa, cuando vio un póster de Venecia pegado en la puerta del comercio con una góndola sobre el Gran Canal. Apoyó la frente en el cristal y deseó estar con ella en esa barca y recorrer su cuello mordisqueándola con dulzura, arrepintiéndose de haberla acusado de pecados infames. Tomás metió la mano en el bolsillo del pantalón para tocar la cartera con el cheque de la paga de Navidad. Una locura que nunca había cometido. Ya era hora de atreverse a un imprevisto, dar a su mujer una alegría.

4
Miedo y desesperanza

Madrid, 23 de diciembre de 2003

Ni el lunes ni el martes ha ido Teresa al trabajo. Sentada sobre las sábanas, repasa las páginas de la prensa con ansiedad y culpa. Algunos periódicos están esparcidos por el suelo; y otros, revueltos sobre la cama. Ricardo permanece acostado, a su lado, en la desnudez de los dos. Ella se lleva las manos a la boca cuando escucha la televisión, que ha encendido él hace un rato, para ver el informativo de las tres de la tarde. Es la voz de una compañera la que da la noticia de la desaparición de su hija. Teresa reconoce al milímetro los párrafos que lee la periodista en el *prompter*, porque ha sido ella quien los ha escrito. Los confirma uno por uno. Ha repasado ese texto cien veces, emborronando varios folios; cambiando comas, puntos, términos; ha tachado expresiones; derramando lágrimas y náuseas. Si alguien iba a dar la noticia, prefería ser ella la fuente y quien juzgara en conciencia cómo se debía de dar, porque su hija todavía no ha aparecido.

Ricardo ha entregado al jefe de los servicios informativos de la cadena, con toda discreción, el texto de Teresa y cómo debía tratarse el tema. Se ha reunido con él en su despacho, a primera hora de la mañana, y le ha expuesto, tal y como lo había acordado con ella, lo que deseaban que se supiera.

Un comunicado escueto, reelaborado una y otra vez por los dedos angustiados de Teresa:

> Jimena Anglada de la Cuesta, hija de la periodista Teresa Anglada de la Cuesta, compañera de nuestra cadena, desapareció en la mañana del domingo, 21 de diciembre, dentro de las instalaciones del Museo Nacional Centro de Arte Reina Sofía, de la capital de España. La niña, de siete años de edad, se encontraba junto a su hermana asistiendo a una jornada en un taller infantil de arte organizado por una asociación cultural, de donde nadie se explica cómo pudo salir sin ser vista. Los dispositivos de búsqueda del personal de seguridad del Centro de Arte Reina Sofía, de la Policía Nacional y de la Guardia Civil no han arrojado hasta el momento ninguna información. La policía estudia las cámaras de videovigilancia del museo y baraja distintas hipótesis sobre la desaparición de la niña el pasado domingo.

El silencio irrumpe en el dormitorio cuando el dedo de Teresa pulsa el mando a distancia y se apaga el televisor; a Ricardo le gusta su perfil de gato, la perfecta silueta de su cara, sus senos desnudos y tersos, y ella se desliza bajo las sábanas tapándose la cara como si deseara desaparecer de la faz de la tierra. Dice que quiere morirse. Su voz no parece su voz, está ronca y le duele la garganta de la tensión y el miedo.

Él la destapa y le besa la frente. Va al baño y enciende la luz.

—Tengo una reunión a las cinco y media —dice desde la puerta, mirando la montaña blanca que forma el cuerpo de Teresa, derrotado—. Y Raquel puede llegar en cualquier momento con Leo.

Ricardo Arzúa y Teresa Anglada llevan saliendo diez años. Él es el director de la cadena de televisión en la que trabaja ella y, cada día que transcurre a Teresa le parece que la relación no es real, como si se basara en hechos ficticios, justo lo contrario de algunas novelas que toman prestada de la realidad su ficción. Y ficción le parece ahora ese hombre orgulloso, prepotente, al que creía amar hasta hace poco, o eso quiere creer, sin saber por qué; quizá porque era agradable que el jefe supremo se preocupara por ella y por su insignificancia en su jerarquía para abordarla después sin ningún miramiento. ¿A quién no le gusta pensar que por un momento puede alcanzar el cielo sin haber pagado por ello el peaje correspondiente? O eso creyó entonces, pobre ignorante. «Con los hombres poderosos no se juega —le había dicho su madre varias veces—. Y menos si están casados. Ándate con cuidado.» Y con cuidado está intentando deshacerse de él sin conseguirlo desde hace tiempo.

Teresa lo oye ducharse. Deja de llorar y asoma la cabeza del encierro en el que ha escondido el desahogo necesario para soportar un día más sin noticias de la niña. Cómo es posible que nadie la haya visto, que ninguna cámara haya registrado la presencia de la pequeña por ninguna parte. De momento. La policía sigue revisando las cintas y hablando con el personal del museo. Han interrogado a las personas que se encontraban en las salas, en las inmediaciones, en la cafetería, en la tienda, en la librería, la biblioteca; nadie ha visto a ninguna niña con un abrigo fucsia y leotardos blancos, ni sola ni acompañada. Se ha registrado exhaustivamente el museo, varias veces. Los perros tampoco han olfateado ningún rastro definitivo. Todo es una locura. No puede estar dándose una situación tan absurda e incomprensible.

Durante la mañana del lunes, Teresa no ha hecho otra cosa que apurar el tiempo hasta el mediodía, por si una llamada colmaba su esperanza, antes de dar la noticia a su madre. Al final, tras la indecisión, no ha habido más remedio que descolgar el auricular, como quien ha de enfrentarse a la ira de los dioses por haberlos desobedecido. Ha estado evitando por todos los medios hablar con ella, confiando en que se produjera un milagro. Y es que su madre no se merece enterarse por la televisión, único entretenimiento del que no se despega, desde que se levanta hasta que el sueño la vence por la noche. Además, tiene las piernas hinchadas y ha engordado en los últimos años. La dieta que ha comenzado la tiene de peor humor.

Cuando por fin Teresa ha colgado el teléfono, tras conversar con ella en un tenso monólogo lleno de silencios y reservas porque Rosa apenas ha podido despegar los labios ante un suceso imposible de comprender, acaecido en uno de los lugares más vigilados de España, en una de las pinacotecas de arte contemporáneo más importantes del mundo, Leonor, acompañada por Raquel, ha salido de casa inmediatamente para hacerle a su abuela compañía el tiempo que haga falta. La tristeza de Rosa ha sido indescriptible. Su nieta, desaparecida. No es posible. Teresa no sabe si su madre podrá con ello, tampoco ha encontrado ninguna forma de hacerla salir al exterior de esos viejos y mohosos muros, entre los que habita desde hace más de veinticinco años.

—¿Cómo es posible, hija mía? Pobre de ti. Pobre de mi nieta —ha sido el único pronunciamiento de Rosa antes de colgar el auricular.

Y las dos han omitido pronunciar las peores palabras. Las impronunciables. Las que dicen que un 21 de diciembre el padre de Teresa había desaparecido.

Y ahora la noticia volverá. Será desempolvada de las páginas ocultas del tiempo por algún indiscreto compañero de Teresa ávido de carroña. Y la carroña desnudará lo que ella ha tratado de tapar durante toda su vida, desde ese día en que no llegó su padre a las seis de la tarde. Ni a las siete. Ni en toda la noche en la que su madre no se despegó de la ventana de su alcoba, detrás de las cortinas, esperando a su marido. Y así se pasó Rosa de la Cuesta todas las noches durante años, con las manos cosidas a los visillos, esperando ver una silueta en la madrugada que entrara por la cancela del jardín, alcanzara los peldaños del porche, subiera por la escalera en el sigilo de la noche para tenderse en su cama. No le interrogaría. El silencio sellaría sus preguntas para siempre, le cubriría la boca con sus labios y la vida volvería a ser como antes.

Pero no sucedió así. La vieja casa del padre de Teresa volvía a estar maltrecha. Nadie había vuelto a reparar nada. Había goteras en los dormitorios de arriba y las tejas desaparecían por los vientos y la lluvia. Rosa se negaba a dejar entrar a los reparadores del seguro cuando se inundaba un baño o una cañería de la cocina se atascaba. Hace tres años Teresa llamó a los bomberos para dar un susto a su madre y convencerla de las reparaciones urgentes que había acordado con un aparejador que le acompañó a la casa, en contra de la voluntad de Rosa, que se escondió en su dormitorio para no ver a nadie ese día. A la semana siguiente un equipo de reparadores entró en la casa de Arturo Soria con Teresa. Su madre volvió a esconderse en su alcoba, pero esta vez, dentro de la cama, y lloró durante todo el primer día. No salió del dormitorio en las cuatro jornadas, hasta que se marcharon los operarios, a los que espiaba detrás de la puerta, poniendo el oído por si le destrozaban la casa. Raquel dejaba una bandeja con alimentos en el pasillo, tres veces al día. Y, por fin, se impermeabilizó la cubierta y se repusieron las tejas rotas. Se repararon todas las humedades de los pasillos y los dormitorios. Se colocaron las baldosas que faltaban en la cocina. Se arreglaron lámparas y se revisó la instalación eléctrica. Teresa compró una cocina de inducción para prevenir incendios, y se sustituyó la antigua pila de piedra por una de acero inoxidable con un grifo nuevo. Para rematar, Fagor instaló una nueva caldera y revisaron los radiadores.

Por la intromisión de Teresa en los asuntos del chalé, Rosa dejó de hablar a su hija durante más de seis meses, hasta que se acostumbró a los cambios impuestos. Solo hablaba con las niñas cuando llamaba a casa de su hija, y a Raquel la utilizaba como intermediaria para los recados de siempre y para que continuara llevando a sus nietas los sábados por la mañana. Solo desea la casa como estuvo siempre, como la dejó Tomás, por si vuelve algún día. Y si lo hace, se teñirá las canas y adelgazará. Hay ahora centros de belleza que te quitan diez años de encima, le ha dicho Teresa, y en la televisión salen mujeres de su edad que parecen chicas de cincuenta y tantos. Abrirá el viejo armario y volverá a entrar en los vestidos de seda y guipur que se hizo en la tienda de modas para ser la mujer que era antes. Conserva los viejos zapatos de Gilda en sus cajas originales. Y los sombreros y las mantillas los lleva Raquel a la tintorería todos los años para tenerlo todo a punto.

El tiempo se parará y comenzarán juntos una nueva vida. Ha mantenido la barra del garaje en la que Tomás hacía sus flexiones colgándose de ella, todas las tardes, antes de cenar. La mantiene recién pintada para que él se dé cuenta de lo que le echa de menos. También cada año, barniza ella misma la tabla inclinada de madera que usaba su marido para tumbarse de espaldas, con la cabeza hacia abajo, y que el riego sanguíneo le oxigenara el cerebro. Rosa ha intentado tumbarse alguna vez y beneficiarse de los conocimientos de Tomás, pero se marea al incorporarse y la cabeza le da vueltas. También ha desistido de hacer los ejercicios visuales que le recomendaba su marido para la vista, cuando lo veía sentarse en una silla y cerrar los ojos para cubrírselos con las manos y evitar la luz, pensar en una oscuridad profunda e insondable, y concentrarse en ella respirando lenta y profundamente, imaginando un mar en calma, una cima nevada, un bosque de arces en otoño… Así durante unos cinco minutos. Y Rosa, mirándolo, ahí sentado, con lo alto que era, con los ojos cubiertos, maravillada de la originalidad de su marido, sentía lástima de él. El segundo ejercicio de Tomás consistía en extender el brazo con el dedo pulgar hacia arriba, enfocándolo con la vista mientras lo aproximaba y lo alejaba, tres veces seguidas, sin dejar de enfocar. También lo realizaba con un lapicero. Al terminar la rutina, de la concentración le caían lágrimas por las mejillas y los ojos los tenía tan rojos como si acabara de tener un berrinche.

Y ahora Rosa nunca sale de los límites de la parcela. Permanece en ella como un guardián mitológico que custodia un recinto sagrado al que nadie puede acceder, más que sus seres queridos.

Cada seis meses le da a Raquel la lista con lo que ha de comprar para ella en el herbolario del centro comercial de Arturo Soria, donde se realizan las compras y se llenan los armarios de la cocina, en especial en el que guarda, ordenados por tamaños y tipos, los tarros de comprimidos de espirulina, copos de levadura de cerveza, germen de trigo, comprimidos de multivitaminas y minerales, propóleos, gránulos de polen y jarabes laxantes a base de ciruelas claudias y semillas de lino. Repasa con asiduidad, sentada a la mesa de la cocina con las gafas puestas, los apuntes de la libreta de salud de Tomás. Está amarillenta y tiene el canutillo de plástico dado de sí, pero la abre con cuidado y estudia de nuevo lo que él escribió en ella, con dos objetivos: uno, contemplar otra vez la maravillosa letra de su marido como si todavía siguiese escribiendo en ella; y dos, repasar cada producto y actualizar los caducados, que ella ni prueba, porque vomita con solo acercarse a la lengua una de las grageas verdes de algas que Tomás se tragaba en el desayuno como si fueran caramelos. De esta manera pasa revista todas las semanas, cuando abre la puerta del mueble y da la vuelta a los últimos envases para comprobar las fechas de caducidad. Ha de tenerle preparados los complementos que tomaba para cuando regrese. Porque va a volver de un momento a otro, tiene la certeza desde que se fue, como pensamiento único, tan certero como que la tierra gira alrededor del sol.

A Teresa le exasperan las excentricidades de su madre, pero calla y mantiene un silencio hostil, evitando abrir la despensa para no ver los cientos de pócimas y sustancias magistrales acumuladas contra todo pronóstico de racionalidad y sensatez: las caducadas detrás y las corrientes delante, sin tirar un solo envase a la basura durante treinta y tres años, testigos de lo que su padre debió haber ingerido en el transcurrir del tiempo, como una masa en espiral avanzando dentro del enorme armario de la cocina con la pintura descascarillada. Una especie de vida prefabricada, eso le parece a Teresa que su madre intenta defender.

—Tómate el tiempo que necesites. Estaré pendiente de cualquier noticia —dice Ricardo.

Él se encuentra fuera del estruendo que Teresa tiene en la mente. Sigue tirada en la cama desde hace horas. El tiempo transcurre sin rumbo. Él le acaricia la mejilla con el dorso de la mano, una costumbre que ha adquirido cada vez que se acerca a ella. Se agacha para darle un beso condescendiente en la frente febril, con el abrigo puesto y la bufanda blanca perfectamente colocada alrededor del cuello. Un cuello demasiado largo para el tamaño de su cabeza, piensa Teresa. Lo ve satisfecho por el reencuentro, por la debilidad que hay en ella, porque ahora ella es la personificación de la impotencia.

—Tengo miedo —dice.

—Estoy a tu lado. Nada malo va a pasarle a la niña.

—Me invaden los pensamientos más siniestros. A medida que pasan los minutos se restan posibilidades de que aparezca. Tú lo sabes. Lo dicen las estadísticas. Lo sabe todo el mundo.

—Concéntrate en estar fuerte para su regreso, y para Leo.

Él dice que se encargará de todo, hablará con el director de su programa. Tiene que relajarse y ser positiva.

—Siempre he pensado en ti como en alguien a quien no le gustaban los problemas.

—Tú no eres mi problema.

—¿Cuál es tu problema?

—Olvídalo.

Teresa lo ve desaparecer del dormitorio, ajena a la presencia de un hombre que ya no significa nada para ella. Solo es eso, una presencia. Una nebulosa desplazándose fuera de la órbita de su vida. Y no quiere mantener una actitud de negación. Ni seguir en la cama, escapando de la realidad bajo las sábanas. Debe levantarse antes de que aparezca Leo por la puerta con Raquel. Su hija no puede ver a su madre como un astro desintegrado tocando la atmósfera. Se supone que una madre está obligada a mantener la compostura ante las adversidades. Y ser un ejemplo de algo que no entiende.

El teléfono de casa comienza a sonar. Estridente, absurdo. Nadie tiene el número, solo las personas más íntimas. Se acerca a él y ve en el visor el nombre de la hermana Laura, parpadeante y líquido.

Lo descuelga y oye a una anciana. Es la voz de la monja, todavía enérgica y dulce en extraña combinación. Hace más de un año que no recibe noticias suyas. Lo reconoce, se avergüenza; tenía que ser ella quien llamara. No ha debido perder el contacto con el único referente de la vida de su padre. Ahora se alegra de que la hermana se halle al teléfono. Por dignidad ha de explicarle ella misma lo que ha sucedido, y lo que ya habrá escuchado en las noticias. No entiende por qué su madre rechaza tan profundamente a esa mujer. Pero lo cierto es que el nombre de la hermana Laura es un tabú para el alma atea de Rosa de la Cuesta.

—Me gustaría verte, niña preciosa. Ven a verme en cuanto puedas.

—¿Cómo se encuentra, hermana? ¿Está bien de salud?

—El Señor me mantiene con la energía necesaria. Solo me manda los achaques de la vejez: es piadoso conmigo.

Le extraña que no haga referencia a su hija. ¿Es posible que no lo sepa?

—Voy ahora mismo, hermana.

—Dios te bendiga, hija mía; sobre todo por lo que tienes que estar pasando. El Señor te enviará a Jimenita, sana y salva, estoy segura. Rezo por ello cada instante. Me gustaría que supieras algo, por si puede arrojar alguna luz a tu desesperación. Sabes el amor que te tengo...

Si hay alguien a quien Teresa puede ver en estos momentos, es a ella.

Deja una nota garabateada en la cocina para Raquel y sale enseguida de casa para reencontrarse con esa voz. No ha pensado en la hermana Laura un solo instante desde hace tiempo, y ahora la monja irrumpe en su vida como si fuera a darle un mensaje de su propio padre.

En el cerebro de Teresa están los dos tan unidos como se unen las neuronas, y siempre creyó que entre la monja y su padre se había establecido la sinapsis perfecta.

5

El orfanato de la Prosperidad

Madrid, 18 de diciembre de 1970

La hermana Laura le había dicho a Tomás que anduviese con cuidado. La prudencia debía guiar sus pasos. También el amor. Pero del amor estaba segura. Si algo había hecho bien en la vida, era haberle enseñado a amar. El amor por la totalidad, por la voluntad de amar. Y su pupilo amaba el amanecer y el ocaso; amaba las matemáticas, el cálculo, la arquitectura, el bricolaje; amaba a su mujer, a su hija, a las hermanas del convento, a sus compañeros y a quien tuviera que amar si así se lo pedía la hermana Laura. Pero ella nunca le pidió que amara a Rosa de la Cuesta; era una conversación que no pensaba mantener con él, ni ese día ni nunca. Al final no resultó tan peligrosa como ella auguraba, y sus desvelos nocturnos dieron paso a la reflexión. Tomás era tan feliz al lado de esa mujer que ella no debía mostrar la más mínima fisura.

Cuando entró Tomás en el despacho de la hermana Laura, ella estaba sentada sobre su vieja silla de cuero con el terciopelo del respaldo envejecido, las lentes puestas y la cabeza agachada sobre un viejo volumen de *El libro de la vida*. A él le pareció que la monja era todavía joven y hermosa, y nunca hasta entonces había experimentado una sensación tan agradable al encontrarse con ella. Creyó estar delante de una pintura hiperrealista y no de una mujer de carne y hueso. Ni su hábito descolorido y sin ceñir a la cintura, ni sus manos gruesas y la cara redonda y pequeña de niña, con salpicaduras de viruela en el rostro que le habían dejado profundas y diminutas cicatrices, le restaban un ápice de belleza, a sus cincuenta y tres años.

Quizá porque hacía varias semanas que no la veía, sintió extrañeza de estar ahí, delante de la monja, en el sobrio despacho del colegio, y cayó en la cuenta de que a la hermana solo la separaban siete años de Rosa. Y porque siempre sintió a la hermana como madre y religiosa, apartada del mundo y de los hombres, nunca pensó que pudiera ser también una mujer, con debilidades. Unas debilidades que sintió en aquel momento, en sus negros ojos, dándole la bienvenida como si se la diera a Jesucristo.

La hermana Laura es la superiora, y la monja más antigua del convento, exenta de la docencia y dedicada a la gestión del colegio, que seguía funcionando gracias al obispado y a la caridad de las donaciones. Durante los últimos treinta y tres años, Tomás se había convertido para ella en la personificación de su lucha por la supervivencia. Y él redimía sus temores charlando con ella durante horas; también los pecados del ser humano que había padecido la monja durante la guerra, y antes de ésta. Los años de hambre que llegaron después fueron borrados de su espíritu como si Tomás hubiera sido el mesías que estaba esperando. La dedicación hacia ese niño, que creyó enviado por Dios para paliar su tristeza por el mundo, había sido absoluta, tal y como se lo había pedido la superiora Juana, la fundadora de la congregación, antes de fallecer; debía tomar a ese pequeño que acababa de llegar al convento, como el hijo no nacido que arrebataron de su vientre, para salvarse del oscuro pozo de la locura en el que había caído, antes de profesar en el convento a la edad de catorce años.

Tomás creía que las lecturas de santa Teresa acrecentaban el misticismo de la hermana, que parecía haber superado tiempo atrás. El fallecimiento de la superiora Juana, tras la guerra, le devolvió la cordura para luchar por la singular institución. Y el niño formaba parte indisoluble de la vocación hacia Dios que se había impuesto para combatir el desamparo infantil de una época que a Tomás le pareció que nunca había existido de verdad, más que en los sueños de un huérfano. Y una pesadilla había supuesto para la monja el sonido de los obuses y los camiones que tiraban los muertos por las cunetas, los fusilamientos sobre las tapias de los disidentes de Dios y del diablo, y contaba los días que faltaban para que asaltaran el convento y las quemaran a todas. Pero nunca sucedió. El final de la guerra llegó y la tranquilidad y la cordura fueron regresando a la mente de la joven hermana Laura a los pies de la cama de la superiora, enferma, hasta verla morir en sus brazos una madrugada.

Quizá por el aspecto desolado del pequeño edificio de ladrillo gris, por haber sido un viejo almacén destartalado en el que nadie reparaba, en un suburbio obrero, desperdigado, se había mantenido en pie durante la guerra y tras ella.

Tomás había presenciado en la barriada la paulatina desaparición de los destartalados talleres, las huertas, los sembrados, los perros hambrientos, las vaquerías y las casitas con corrales. Los descampados y las demoliciones dieron paso a bloques de viviendas, colonias, polígonos de promoción pública, con nuevas calles y trazados que transformaban la vieja barriada de la Prosperidad para alojar a la inmigración del campo que acudía a Madrid escapando del hambre de la posguerra. Pero de aquello nadie se acordaba mejor que la hermana Laura, que presenciaba a través de las ventanas del colegio la transformación radical del arrabal, que se convirtió en dos décadas en un barrio popular y tumultuoso de abigarrados edificios de ladrillo con la ropa tendida en los balcones, entre casitas obreras y estrechas y serpenteantes callejuelas en cuesta.

Quince años atrás, el orfanato había sido remodelado. Se mantuvieron las fachadas. Construyeron una capilla y un ala nueva para alojar los dormitorios de los internos, en la zona sur. Se acondicionó el reino de los niños destronados —así llamaba al convento la superiora Juana—, bajo la atenta mirada de la hermana Laura. Tomás siempre lo sintió su hogar, su referencia, la infancia perdida, la juventud conquistada. Las ilusiones y los sueños vivían entre aquellas paredes que daban a un patio de tierra y a un viejo huerto convertido en campo de fútbol que en invierno se cubría de hierba y de charcos, y su vida se desarrollaba entre oraciones de mujeres, el sonido de las campanas y las comidas compartidas escuchando las hazañas de los santos. Tomás adoraba el olor de la tarima del aula y de la nube de tiza al aplastar la felpa del borrador sobre la pizarra. Añoraba las tardes de estudio en el despacho de la hermana, con las velas encendidas, la cera escurriéndose y la monja tomándole la lección antes de la cena. Y años después, Tomás continuaba en el despacho, por la tarde, tras la universidad, atendiendo las cuentas y los bancos, las donaciones y los gastos, bajo la atenta y feliz mirada de la hermana; y más de una vez se sintió tentado de llamarla madre en lugar de hermana. Y madre la llamaba en su cabeza cuando era niño y ella era su sombra y su consuelo constante. «El favorito», así lo despreciaban a escondidas sus compañeros. Y más de un rumor tuvieron que acallar las hermanas porque Eloy Pérez Pardo dijo un día en el patio que la hermana Laura era la verdadera madre de Tomás Anglada: la que lo parió. Porque era imposible que una monja tan buena quisiera así a un desgraciado, a un miserable, a «uno de nosotros».

Ella levantó la mirada del libro en cuanto sintió que Tomás entraba en el despacho. Su rostro, a la mortecina luz del flexo, se iluminó. Sus pequeños y oscuros ojos escrutaron a Tomás preguntándose a qué se debía la inesperada y agradable visita.

—Pensé que te habías olvidado de nosotras —dijo.

—Querrá decir de usted —contestó Tomás, dándole un beso en la frente, contento de estar a su lado.

—¿Cómo está tu linda Teresita?

—Preciosa, hermana. Y Rosa, también. Y usted, ¿cómo se encuentra?

—Perdiendo la vista. Pero Dios me dará qué ver con otros ojos. —Cerró el libro, estiró el brazo y acercó una silla junto a la suya—. Ven, siéntate. No tienes buen aspecto, ¿comes bien, hijo mío?

—Prefiero estar de pie. Vengo del Hospital de Atocha.

La hermana hizo una mueca de extrañeza y arrugó la frente. Se vio apurada y pequeña ante el enorme Tomás. Él enseguida se dio cuenta de que la monja había fumado. El despachito olía al mentol de sus cigarrillos, a pesar de que la ventana estaba entreabierta. Como de costumbre, la hermana guardaría el cenicero en el último cajón del escritorio. Tomás se sacó del bolsillo del abrigo el paquete de Fetén y la hermana Laura le deslizó una cajita de fósforos por encima de la mesa. Él le ofreció un cigarro y ella negó con la cabeza. Tomás se encendió el pitillo ante los ojos abiertos y preocupados de la monja, que no dejaba de observarlo, como si estuviera encendiéndose el pitillo con las brasas del infierno.

—¿Qué has ido a buscar a ese lugar? Está cerrado. —Se agachó para sacar el cenicero del cajón de su escritorio—. ¿No estarás enfermo? Y córtate esos rizos, Tomás, pareces un hippie. ¿Es que tu mujer no te cuida…? Ese hospital lo desmantelaron. Se lo llevaron todo al nuevo Francisco Franco.

—Lo acabo de saber —contestó él muy molesto con la monja—. Y también que las dependencias del Hospital de San Carlos, el Universitario, las trasladaron hace dos años al nuevo edificio del Cerro del Pimiento, en la Moncloa. Lo han abierto tras diez años de reconstrucción. Quedó devastado en la guerra.

—No sabía que te gustase la historia de Madrid, y tampoco sé qué has ido a hacer al antiguo Hospital de la Pasión. Allí solo quedan gatos y malos recuerdos.

—Ya lo sé. En él murió mi madre.

La monja sintió que la tierra dejaba de girar bajo sus sandalias. Supo que era el momento de enfrentarse a ciertas confesiones. Lo veía en la melancólica mirada de ese hombre joven y grande que no guardaba secretos para ella.

—Tengo su partida de nacimiento. Y la de defunción —dijo él.

—¡Bendito sea Dios! Que el Señor la tenga en su seno.

Tomás continuaba de pie, con el abrigo abrochado hasta el cuello y el pelo revuelto por el viento de la calle.

—Sé que hay muchas cosas que usted no me ha contado —aseguró con tal firmeza que la monja se consternó.

—Te he explicado todo lo que sé. Bien sabe Dios que he intentado siempre protegerte.

Tomás no estaba tan seguro. Había algo de falso en la expresión de la hermana, porque el miedo se había apoderado de sus manos, que temblaban. Unas manos que de pronto le fueron desconocidas, frágiles, cansadas de bordar día y noche para sacar unas pesetas con las que contribuir al sustento de la congregación y de los niños. Unas manos con los dedos deformados por el trabajo, los pedidos y las noches en vela.

—Cuando se empieza a saber no se puede parar, es una enfermedad —dijo Tomás.

—Enséñame esas partidas. ¿Qué dicen?

—Qué más da. ¿Le preocupa?

Los ojos cansados de la monja se deslizaron pidiendo ayuda a las dos mujeres de la fotografía de encima de su escritorio, en un sencillo marco de madera.

Por educación él tomó asiento en la silla de formica que le había acercado la hermana, pero antes la separó de ella marcando la distancia necesaria para no caer preso de los argumentos de la monja. A su izquierda, colgaba de la pared un marco dorado con la imagen de santa Teresa de Jesús, y a la derecha una fotografía de Pablo VI. Dos archivadores de pie y un mueble castellano con cajones formaban el anticuado mobiliario del despacho. La monja volvió a mirar la fotografía de la mesa. Lo hacía instintivamente, sin darse cuenta de su inseguridad.

—¿Por qué mira tanto esa foto? —dijo él—. Siempre lo hace.

—Pido ayuda a la hermana Juana, que en paz descanse y el Señor la tenga en el altar que merece. Ella alumbra nuestro camino.

—Cuénteme algo de la otra mujer. Nunca he querido preguntar.

—Es doña Lucía Oriol, nuestra principal donante. Por sus acciones la conoces.

—A un lado el corazón y al otro el interés, ¿verdad, hermana?
—No digas eso. Su generosidad y desinterés nos han salvado la vida en los momentos más difíciles. A ella le debemos nuestra supervivencia.

—Hermana, necesito saber si hay alguien más ahí fuera, en el mundo, en la vida que no he vivido; entre la niebla que usted nunca ha querido despejar.

—Siempre he sido sincera contigo, y no me gusta que hables así. La vida no son ecuaciones matemáticas, Tomás. Solo existe un detalle que nunca te he contado, y tienes edad y derecho a saberlo, ya que empeñado estás en salir de esa niebla de la que hablas.

—Quiero que me vuelva a explicar cómo llegué al convento, pero la versión completa, la que nunca me ha contado.

Ella se esforzó por encontrar un tono de firmeza, nerviosa ante la proximidad del cuerpo de él.

—El día que entraste en el convento, el veintiuno de diciembre de 1936, quien te dejó aquí te ató con un cinturón a la argolla de la puerta. Estabas medio muerto. Nunca habíamos visto nada parecido. Los niños en aquella época, durante la guerra, siempre nos llegaban de manos de algún familiar o amigo cercano. Nos los entregaban directamente, casi siempre con lo puesto y su tragedia particular como tarjeta de presentación. Nunca negamos a ninguno. Pero jamás nadie nos dejó a un niño en la calle, y eso entonces no era tan raro, pero ¿atado? La hermana Juana te halló en el suelo, sin rechistar, tumbado en la tierra, en el frío del mes de diciembre. Estabas empapado, con hipotermia, la piel amoratada y manchada con chorretones de tinta. Alguien te había envuelto en papeles de periódico antes de abandonarte, y se habían deshecho con el agua. Había llovido y estabas tan mojado como si te hubieran tirado a una fuente. Algo extrañísimo, porque encima de los papeles llevabas tu ropa: un abrigo azul marinero con botones dorados y unos pantalones cortos de lana de buena calidad. No eras pobre, Tomás. Si hubiésemos tardado un par de horas en darnos cuenta, te habrías muerto de frío. Estábamos en guerra. Helaba. Nunca abríamos la puerta, por precaución. Entonces todas las hermanas aquí dentro corríamos verdadero peligro. Los conventos ardían y las masacres de religiosos eran diarias. Teníamos miedo, y la hermana Juana, como superiora, se encargaba de lo más peligroso, como abrir la puerta de la calle. Te puedes imaginar lo que era aquello.

Tomás se había quedado mudo. Sus ojos se iban oscureciendo como la luz del atardecer que entraba por el ventanuco.

—Siento en el corazón lo que te estoy contando. —Hizo una pausa para mirar al Papa, en la imagen de la pared—. Pero ya que necesitas saber, buscaré la voluntad de contarte lo que sé, a ver si puede descansar tu alma de una vez por todas y encontrar la paz. Ay, mi querido Tomás…, ahora tan grande y tan pequeño a la vez.

Ella se levantó sigilosa, sin apenas hacer ruido, con las faldas del hábito rozando las baldosas para acercar aún más su silla a la de él y tener un gesto de cariño y afecto. Le tomó las manos, grandes y fuertes, les dio la vuelta y observó sus callos y las uñas blancas del yeso de enlucir las paredes de su casa. Se las llevó a los labios y las besó como quien besa los pies de un mendigo, para poder continuar:

—Yo iba a cumplir quince años cuando conocí a tu madre, ese mismo año ingresé en el convento, que realmente era un pequeño orfanato con más niños de los que podía sustentar. En aquel entonces todo me daba miedo; tuve una vida muy difícil hasta que mis huesos dieron con la hermana Juana y entré en la congregación. Gracias a ella encontré el camino del Señor y él me socorrió de una lastimosa vida que no viene al caso. Quiero que me escuches bien, porque no te lo voy a contar otra vez. Lo que oigas que te sirva para saciar esa curiosidad tuya. Y luego lo olvidas. ¿Me lo prometes? Te olvidas de todo lo que hayas descubierto y regresas a tu vida, que no es otra que la de tu esposa, tu hija y tu trabajo. ¿Lo has entendido, Tomás?

—Las cosas no son tan sencillas, hermana.

Él desaprobaba las intenciones de la monja de borrar el pasado como si estuviese escrito en una pizarra y retiró su mano de entre las de ella. Luego tuvo miedo. El mismo miedo que intuía en la religiosa que tenía delante como si fuera su propia madre. Porque el miedo se contagia, como aquella viruela que se había extendido por el rostro de la hermana, pensó, mientras sentía que ya era tarde para frenar la corriente que lo arrastraba muy lejos de aquellas paredes que habían sido los sólidos muros de un mundo que se venía abajo.

La miró con piedad.

—Eres un rubio hermoso, pero tu madre era morena —dijo ella—. Solo la vi una vez en mi vida, y por una visita que nos hizo; fue la única vez que vino a la congregación, que yo sepa. Tenía el pelo más largo que jamás había visto, hasta la cintura, tan cuidado, tan liso, tan negro. Me pareció una Virgen. Delicada. Frágil. Nos deslumbró a todas. Los niños quedaron asombrados. Yo, también. Parecía extranjera, y era todavía más delgada que tú. Daba una imagen enfermiza. Tan alta…, altísima; la mujer más alta que he conocido. Recuerdo que estuve más de una semana bordando para ella un pañuelo con sus iniciales. Creo que fue mi mejor bordado, muy esmerado y fino, que tu madre rozó con sus delgados y largos dedos como si tocara algo sagrado. Me emocionó. Nadie había apreciado de esa manera hasta entonces un trabajo hecho por mis manos. Me estremecí cuando vi su rostro y sus ojos bendiciendo el pañuelo que yo le entregaba como regalo. No parecía de este mundo, ni de ningún otro que uno pueda imaginarse. Y no te exagero, hijo mío. A tu madre la trajo al convento doña Lucía Oriol, la mujer de la fotografía, para que conociera nuestra obra. —Miró hacia su escritorio—. Querido Tomás, solo vi una vez a tu madre, y me pareció un ser fuera de lo corriente. Su padre, es decir, tu abuelo, Francisco Anglada, donaba dinero a la orden. Era algo así como un benefactor. Hizo varias aportaciones para nuestra causa y mantenimiento; entonces éramos terriblemente pobres. Pero, sin duda, quien debía de conocer bien la historia de tu madre y de tu abuelo era la hermana Juana, que en paz descanse. La superiora era amiga y confidente de doña Lucía. —Hizo una pausa y pensó lo que iba a decir sobre ella—. Doña Lucía era hija de la marquesa del Valle, nuestra principal benefactora, quien nos cedió los terrenos y este sencillo inmueble para instalarnos aquí. Su generosa contribución nos mantenía, y doña Lucía se hizo cargo de seguir con la obra de su madre, una señora con muy mala salud. Ya sabes que doña Lucía sigue colaborando en nuestro sustento, y con gran generosidad, desde el extranjero. Tú mismo contabilizas los asientos de las transferencias que aporta; nunca ha sido un misterio de dónde sacamos el dinero.

»Recuerdo que doña Lucía y la hermana Juana pasaban horas y horas, tardes enteras, encerradas en este mismo despacho, multiplicando los panes y los peces. Yo les traía café con leche y rosquillas, cuando teníamos harina para hacerlas. Doña Lucía, antes de la guerra y del exilio, llevaba nuestras cuentas, al igual que tú lo haces ahora. Ella se encargaba de protegernos porque eran tiempos muy malos para la religión. A ella la recuerdo muchas veces, con su ropa sencilla y una belleza un tanto singular. Era lo que se dice vulgarmente una fea guapa, bajita, comparándola con tu madre, y ese día se presentó con ella. Entonces tu madre tendría unos dieciséis o diecisiete años; no sé, pero era muy jovencita y, por supuesto, tú ni habías nacido. ¡Pobre hermana Juana!, murió tras la guerra. Ella sí que hubiera podido contarte…; pero conmigo no hablaba de esas cosas. Yo era el último mono en el convento. Todas las hermanas eran mayores y yo ayudaba con obediencia y sin rechistar a todo lo que dispusieran y me mandaran.

»Tomás, hijo, solo puedo decirte que no sé nada más de tu madre, salvo que has sacado sus ojos y su altura. Es posible que te parezcas a tu padre. La superiora Juana, al terminar la guerra, escribió a doña Lucía para que nos proporcionara cualquier información sobre tu familia. Y su respuesta fue: «Todos desaparecidos en la contienda».

—Nunca he visto esa carta de doña Lucía —replicó Tomás, desconfiado—. ¿La conserva usted?

—Desgraciadamente, no. ¿Pones en duda la palabra de la superiora Juana?

—No se apure, no lo voy a hacer. —Y meditó durante unos segundos lo que había ensayado una y otra vez para tener la fortaleza de poder decírselo—: Mi madre era soltera. No tengo padre conocido. Ni una miserable firma he encontrado en mi partida literal de nacimiento. Jimena Anglada Roy murió en 1936, hermana, y no por la guerra, sino por una enfermedad congénita. ¡Falleció con veintiún años! ¡Con veintiuno! ¿Eso es justicia de Dios?

—La justicia solo existe en el reino del Señor.

—Usted conoció a mi abuelo. Cuénteme lo que sepa de él.

—Solo lo vi una vez —dijo ella—, al igual que a tu madre, y escucha: no creo que hubiera nadie más. Estaba viudo. Y vivía solo, con tu madre. Desconozco el lugar, pero me suena que por el barrio de Argüelles. La guerra lo destruyó todo. Siempre he intentado protegerte, créeme. Juana y yo solo pretendimos guardarte del infortunio y de la desgracia. Bastante tuviste con ser abandonado de esa forma. Tenías dos años y poco. Yo no sabía de tu existencia. Ninguna de nosotras sabía que Jimena Anglada tenía un hijo.

A la luz tenebrosa, el rostro de la hermana se veía blanco y demacrado. En sus ojos oscuros se adivinaba su deseo de mostrarse cariñosa y doliente ante él. Estaba preocupada por la enorme inseguridad de Tomás. Necesitaba decirle de una vez por todas lo que sabía o creía saber sobre su familia, y no guardarse nada. Se acabaron los tapujos y los pretextos para evitarle sinsabores.

—Mira, Tomás, tu abuelo debió de morir en las refriegas. O después de la guerra, quién sabe… Era un hombre muy liberal, amigo de intelectuales republicanos, de judíos, pero también de gente muy de derechas. No sé cómo terminó, pero debieron de ajusticiarle, los unos o los otros, como hacían con los que colaboraban con los rojos o con los nacionales. De quien sospechaban, lo detenían y le pegaban un tiro; o cosas peores. Nunca supimos de él, tras una mañana que se presentó desesperado en el convento. Me acuerdo como si lo estuviera viendo ahora mismo.

»La cosa es que tu abuelo vino a pedirnos ayuda, estoy segura, una mañana del mes de diciembre, unos días antes de que tú aparecieras; ya no me acuerdo bien, pero estábamos en plena guerra, que se había extendido como la lepra. Tu abuelo llamó a la puerta del convento esa mañana heladora y yo le abrí por orden de la hermana Juana, que lo había visto llegar en su coche desde esta misma ventana. —Señaló el ventanuco en lo alto de la pared—. Siempre estaba vigilante por si acaso. Decía de él que era un hombre elegante y apuesto, alto y bien parecido; moreno como tu madre. Pero el hombre al que atendí nada tenía que ver con lo que de él se decía antes de la guerra. Lo que yo tenía delante era un ser en ruinas, hambriento, desaliñado, con una mirada de loco que asustaba, parecía un gigante y me dio miedo; tengo su gesto de desamparo en la memoria. Esas impresiones nunca las olvidas, Tomás.

»Él buscaba a la superiora Juana con desesperación; pero lo que nunca supe ni pregunté a la hermana es por qué no le quiso recibir y me ordenó decirle que estaba enferma para dejarlo marchar como un lobo solitario en medio de una estepa en la que sería devorado. Un misterio. No lo entendí ni lo entiendo ahora, porque tu abuelo nos hacía generosas donaciones y, a priori, motivos muy poderosos debía tener la hermana Juana para no recibirlo. Hubo algo que hizo tu abuelo que me impresionó cuando, antes de cerrarle la puerta del convento, rebuscó en los bolsillos de sus desastrados pantalones, aunque llevaba un jersey realmente bueno, y me entregó unos billetes arrugados como intentando hacer algo por mí. Yo tenía aspecto de pasar un hambre terrible. No sé quién de los dos daba más pena, pero sus ojos de sufrimiento y desconsuelo no los he podido olvidar. Creo que le perseguía la muerte. Solo un hombre con el diablo pisándole los talones puede mirar así. Tomás, pasábamos hambre de verdad. Nadie sabe hoy en día lo que era aquello, se te queda en la memoria como una herida que nunca deja de sangrar. Y se fue por donde había venido. Arrancó su lujoso automóvil y se perdió. Jamás oí hablar otra vez de Francisco Anglada. Luego apareciste tú. Deduje que podía haberte dejado aquí tu propio padre, o quizá él... Pero son especulaciones; no hay indicios de nada. Lo cierto es que llegaste atado con un cinturón que traía un hogar para ti: las escrituras de tu casa. Ya te dijimos dónde las encontramos, en ese cinturón.

—¿Qué más sorpresas me esperan? —preguntó él.

—No te pongas melodramático, Tomás. Es todo más sencillo de lo que ahora te parece. Dios está donde se le llama, y el diablo, también.

—No meta al diablo en mi vida.

—Tú no mereces ese pasado. Deseaba ahorrarte los detalles. —Se quitó las gafas y se frotó los ojos dejando su rostro expuesto a la luz del flexo y de la bombilla amarillenta del techo, donde las antiguas pústulas de su rostro eran pequeños orificios sobre la piel.

—¿Cómo se dieron ustedes cuenta de lo que había en el cinturón?

—A la hermana Juana le pareció extraño que fuese tan grueso e intentó abrirlo. Yo no estaba presente. Ella era muy recelosa con las cosas importantes. Estaban dentro, en un doble forro, a tu nombre. Tu madre las firmaba como tutora. Por eso supimos tu identidad. ¿Por qué crees que te llamas Tomás Anglada y no de otra forma? Porque esas escrituras así lo dicen. Por la fecha de tu nacimiento, tu complexión y tu parecido con tu madre estaba clarísimo que eras tú el titular de aquella propiedad de la Ciudad Lineal que la hermana Juana y yo fuimos a conocer una vez finalizada la guerra. La vimos tras la verja. Se encontraba tan abandonada que nos dio miedo. El resto de la historia la conoces. Así que estate tranquilo y en paz, posees un legado, algo tan importante como una gran casa, y de tu verdadera familia.

—Siempre he sentido que ese lugar me pertenece de verdad; incluso con sus malas vibraciones. Creo que de niño estuve en la casa, pero sería tan pequeño que no recuerdo nada.

—Lo he pensado muchas veces, hijo. El día que te llevé a verla yo tenía el corazón en un puño. No sabía cómo ibas a tomarte todo aquello. Antes mandé a Pedro a echar un vistazo por si nos encontrábamos con algo desagradable dentro. Pero su informe, aparte de encontrar la casa destrozada, nos despejó el camino. Existía la posibilidad de que la conocieras, de que te pudieras acordar de algo, si habías estado allí antes de llegar a nosotras. Esa casa era propiedad de tu abuelo Francisco, que la puso a tu nombre, y tu madre firmó por ti. ¿Cómo llegaron esas escrituras al cinturón? Otro misterio. Es posible que tu madre se las entregara a tu padre y él las escondiera en el cinturón para hacérnoslas llegar cuando te confió a nosotras. Es muy probable que él se alistara en el frente como hacían miles de hombres para luchar por la República o por el Caudillo, como fue el destino de miles de hombres que murieron y jamás regresaron para buscar a sus hijos. Pero fuera como fuese lo que les sucediera a tu padre y a tu madre, lo cierto es que la casa es tuya.

—No se puede triunfar a base de derrotas, hermana. ¿Conserva usted el cinturón?

—¿Estás seguro de que lo quieres ver, Tomás?

—Completamente, hermana. Me pertenece.

La monja se puso de pie, su hábito sonó de nuevo en el silencio del despachito y se sacó de la enagua interior un manojo de llaves, sujeto a un escapulario con dos imágenes del Sagrado Corazón. La monja fue hacia el mueble de la pared y deslizó una gaveta hacia ella para sacar algo parecido a una serpiente marrón, ya amarillenta, todavía flexible y cuarteada por los años. Ella se acercó a él con el cinturón en la mano y Tomás no quiso ni tocarlo. Se echó hacia atrás y se levantó de la silla como si la serpiente le fuese a escupir su veneno, como si ese trozo de piel abrigara la maldad del mundo. Puso los ojos sobre la hermana Laura con estupor. Sus miradas se cruzaron. Tomás cogió el cinturón con una mano y lo elevó en el aire como a la serpiente del pecado original. Podría morderle como Eva mordió la manzana prohibida del árbol del bien y del mal. Él nunca había dado naturaleza de verdad al Génesis, ni su interpretación sobre el dolor del hombre que lo ataba a su maldito origen del pecado; pero en ese momento el mito cobraba naturaleza de verdad a través de esa serpiente que lo amarraba a su incierta procedencia.

En la penumbra del despacho, el silencio solo era roto por las voces lejanas de los niños en el piso de arriba, que devolvieron a Tomás al presente. Se pasó el cinturón por la cintura, sobre el abrigo que no se había quitado. Acarició la fina piel agrietada y se lo apretó.

—¿Me lo puedo quedar?
—Es todo tuyo, hijo mío.

La voz de la monja resonó como si Dios le estuviera diciendo: «Maldita sea la serpiente entre todas las bestias y entre todos los animales del campo». Porque ese cinturón era el símbolo de la piedra que llevaba a la espalda Tomás Anglada desde que nació. Llegó atado a él hacía treinta y seis años y se iría de allí de la misma manera.

Las manos le temblaban y le dolía el pecho. La respiración se le aceleraba y sentía en la garganta los latidos del corazón. No dejaba de pensar en las escrituras que llegaron dentro, con el sello de un notario ya desaparecido. Dos hojas amarillentas y arrugadas, como planchadas por el tiempo, escritas a plumilla, tan finas como papel de biblia. Había leído una y otra vez, y mil veces, su propio nombre escrito en ellas. Debajo, había leído mil veces la firma estampada de su madre, Jimena Anglada Roy, con un trazo seguro y audaz que acababa en punta de látigo. Casi nunca podía leer más allá, desplomado en el sillón de su estudio.

—¿Te encuentras bien, hijo?
—No es nada, hermana, solo impresiones borrosas. Estoy bien.

El ruido exterior iba en aumento. El jaleo de los internos se extendía por los pasillos del centro; ecos de pisadas cada vez más fuertes y ruidosas; un alboroto familiar y nostálgico.

Tomás se sentía una figura imprecisa, como si no existiera realmente y nunca hubiera estado en aquel despacho, en el que había trabajado cientos de horas llevando la contabilidad del centro, ni jamás se hubiera sentado en esa silla de formica, ni visto los anaqueles, y tampoco hubiera permanecido durante horas, noches, en la penumbra del despacho apenas rota por el flexo, estudiando interminables asignaturas. Los secretos que guardaría aquel lugar, pensó. Cuánta diplomacia, disimulos, astucias y ardides habrían presenciado esas paredes de cemento entonces satinadas con pintura brillante para tapar las miserias del pasado. Y oyó la voz suave y amorosa de la madre que había sido para él la hermana Laura. Recordaba el bálsamo de sus besos y arrumacos cuando el desaliento saqueaba su niñez. Observó en la monja el orgullo de ser una madre para él.

Oyó a la hermana, junto él, como cuando era un niño, llena de cariño.

—¡Cuánto siento la muerte de tu madre! Dios la tendrá en un altar, no lo dudes jamás, hijo mío. Rezaré por ella todos los días de mi vida.

El silencio y el avance de la tarde disipaban la presencia de la monja. Su hábito formaba el propio tejido de la noche, toda ella parecía haber desaparecido de la habitación. Se oía su respiración agitada confundiéndose con las voces de los niños, las cuales iban disminuyendo; estarían entrando en el refectorio.

—He de irme, hermana.

Tomás desistió de decirle a la hermana que debía dejar en el centro a Teresita, a su cuidado, por unos días; no le parecía el mejor momento. Tres noches y estarían de vuelta tras el Fin de Año. Sabía que la hermana se emocionaría por tener a la pequeña con ella. Hallaría mejor ocasión de pedírselo a su regreso de Milmarcos.

—Que la gracia del Espíritu Santo te acompañe —dijo la monja.

—¿De qué espíritu me habla, hermana? ¿Del de mi desgraciada madre? ¿O del de ese pobre desdichado que dice usted que fue mi abuelo? Quizá de los espíritus del viejo hospital y de todos sus muertos.

Entonces sintió la impresión que le había causado el pétreo edificio, ubicado en la calle Santa Isabel. No tenía conocimiento de su existencia hasta el día en que supo que el inmueble abandonado de la plaza de Atocha había sido el Hospital Provincial en el que, según la partida de defunción, su madre había encontrado la muerte. Y hasta allí había ido aquella mañana, guiado por un impulso incontrolable sin saber qué buscar exactamente. Se tapó los oídos cuando bajaba del autobús con el periódico bajo el brazo y le pareció estar en otro Madrid. Tan lejos de la tranquilidad de su barrio. Cruzó el hotel Mediodía y encontró el hospital desierto, arrinconado y vacío; un edificio enorme, oculto por las pasarelas elevadas del Scalextric de Atocha. Recordaba haber leído en el *ABC* las declaraciones del alcalde de Madrid, Arias Navarro, por su inauguración: «Yo creo que los madrileños todos sabrán comprender que habrá que sacrificar lo que a todos nos duele en aras de resolver el pavoroso problema del tráfico en el que estamos inmersos».

Con esa obra el ministro de Obras Públicas había construido el primer paso elevado de Madrid. El tráfico se encaramaba por anchos pasadizos elevados que impedían ver la plaza de Atocha, la fuente, los árboles que se habían arrancado. La fachada de la estación quedaba oculta desde el otro lado de la plaza. Humo, motores en funcionamiento, contaminación, vapores insalubres y una extraordinaria rampa descargaba vehículos sobre el paseo del Prado como si salieran a un gran portaaviones. No le gustaba el centro de la ciudad, odiaba la confusión y el desorden. Una corriente de vehículos circulaba por las pasarelas para encontrarse con otras que unían el paseo del Prado con Santa María de la Cabeza y el paseo del General Primo de Rivera. Se recordaba a sí mismo, aturdido, dando la vuelta al edificio del hospital varias veces para refugiarse en la placita de la entrada principal. Se sentó en un banco a recobrar el aliento ante la decepción. Las palomas lo ensuciaban con sus inmundicias. A la derecha tenía el viejo edificio del Hospital de San Carlos, también cerrado y desmantelado. El viento levantaba los papeles y las hojas por la plazuela. Los mendigos dormían sobre cartones, pegados a las tapias del edificio. Otros, despiertos y con botellas en la mano, esquivaban cristales rotos. Gruesas rejas de manicomio tapiaban las ventanas del hospital donde había muerto su madre. Los gatos andaban a sus anchas correteando por la larga acera, entrando y saliendo del interior de los sótanos por estrechos ventanucos, pegados al suelo.

Y de pronto estaba en otro lugar y otro tiempo. Olía a estercolero, a muerte, a tragedia, a metralla, a bombas. Olía a explosiones y gritos. Olía a un tiro en la cara y en el corazón. La gente corría a su alrededor, despavorida. Él llevaba en la boca miga de pan formando una bola imposible de tragar, y tenía frío; mucho frío entre los brazos fuertes de un hombre que lo amarraban a su pecho y a su aliento. Caminaba entre un pasado remoto que llevaba escrito a fuego en lo más oscuro y profundo de su mente. La misma sensación y escalofrío que le recorrió la espalda cuando entró por primera y única vez en el sótano de su casa de Arturo Soria y salió de allí despavorido para no volver a bajar nunca. Y entonces, como si despertara de una pesadilla, corrió a coger otro autobús y dejar de ver ese edificio en ruinas que le hería el alma, para ir en busca de la hermana Laura. La única persona a la que podía acudir sin sentirse un loco.

«Ándate con cuidado, Tomás. El mundo está lleno de peligros —escuchó que le decía la monja—. La prudencia ha de guiar tus pasos. Ten presente que te mereces toda la felicidad del mundo. No la desperdicies. Cada día Dios nos regala nuevas oportunidades de volver a empezar.»

Tomás se quitó el cinturón, lo enrolló cuidadosamente y se lo guardó en un bolsillo del abrigo. La monja lo observaba con cautela. Pensó que la sonrisa sincera de Tomás se dibujaría de nuevo en su rostro de hombre sereno. Le esperaban un hogar y una familia que le harían olvidar que una vez había sido abandonado.

Salió del convento sin despedirse de ninguna hermana, ni de la mujer que lo había enseñado a leer y a escribir y los ríos y las montañas del mundo. Recorrió el pasillo, abrió la puerta de la calle, ya nueva, de hierro y cristal, cruzó el pequeño jardín y se hundió en las aceras del barrio de la Prosperidad, por todo López de Hoyos, hasta llegar a Arturo Soria, con el cinturón que lo ataba al pasado y al futuro en el bolsillo, como un fugitivo que huye de la escena de un crimen.

6

La hermana Laura

Madrid, 23 de diciembre de 2003

Teresa acude enseguida a la llamada telefónica. La hermana vive en la Casa Provincial de las Hijas de la Caridad desde que cerraron el hospicio de López de Hoyos, en 1967. El taxi la deja en la calle José Abascal, frente a la puerta principal de la verja que rodea toda la manzana. Es un conjunto de edificios de ladrillo oscurecido por el tiempo. Un lugar familiar para Teresa, inmutable desde hace un siglo. Una construcción creada como hospital asilo para convalecientes. Las edificaciones racionalistas parecen haber establecido un pacto con el tiempo. O con Dios, según las religiosas que viven en él. Hay jardines y espacios para pasear y tomar el aire, en pleno centro de la ciudad, como un oasis que invita a la sobria contemplación. Teresa le da su nombre al vigilante de la garita de seguridad; no le reconoce, tiene un bigote anticuado y un uniforme distinto; cruza el jardín y sube por la escalinata hasta la puerta de entrada del edificio principal con el ansia de ponerse a prueba nuevamente, como cada vez que está ante ella y los recuerdos de la infancia le arrancan el sosiego que ha conseguido con dificultad y esfuerzo durante tantos años.

La hermana Julia la ve entrar en el vestíbulo, a través de la ventanilla de su oficina, y sale corriendo y le da a Teresa un abrazo sentimental. Es una monja gruesa, campechana y solícita. No lleva su antiguo y desmesurado hábito negro con la toca blanca y alada, sino una falda azul por debajo de la rodilla, chaleco y blusa blanca. Un pañuelo azul marino, sobre la cabeza, ha sustituido a la aparatosa toca del pasado. La hermana agasaja a Teresa con fruición y cariño tras el abrazo. Huele a café con leche.

—Anda, ve, que te espera en la salita. Date prisa, está de muy mal humor. Recuérdame que te dé unos turrones para casa.

La monja le suelta las manos y se queda mirándola con cariño cuando Teresa se da la vuelta junto a la escultura de san Vicente Paul, con dos niños en brazos, iluminada mortecinamente por un foco de bajo consumo, y se dirige a la sala de visitas, al final del pasillo. Los tubos fluorescentes parpadean. No es el mejor ambiente para su estado de ánimo. El olor de la merienda cada vez es más fuerte, con matices de rosquillas fritas cuando se para en el vano de una puerta y ve a la hermana en su silla de ruedas, con zapatos ortopédicos y medias opacas, mirando por la ventana las luces del intenso tráfico de la calle Modesto Lafuente.

Teresa enseguida oye el sonido de una radio portátil que la monja lleva sobre las piernas y que apaga en cuanto siente una presencia.

—Bendito sea Dios, hija mía. Qué guapa estás, no me lo puedo creer. Acércate, que te vea bien.

La lámpara de la mesita camilla ilumina el rostro demacrado de Teresa. Pero conserva su esplendor, el esplendor de una virgen sufriente, piensa la hermana, tomándole las manos. Las aprieta tan fuerte que quisiera que esas manos tan pequeñas, a diferencia de las de su padre, no se fuesen nunca de su lado. No es posible querer tanto a un ser humano como la monja quiere a Teresa, aunque la vea tan poco, porque siente que no tiene derecho a más. Esa joven ni le pertenece ahora ni le ha pertenecido nunca.

La monja hace sentar a Teresa en una silla a la mesa. Hace calor bajo las faldas. El brasero eléctrico es un peligro.

—Lo he puesto por ti. La sala estaba helada, como siempre... Y con este invierno que viene tan de sopetón en Madrid.

—Se está muy bien, hermana; no se preocupe. Perdone mi desconsideración por no haberla llamado en tanto tiempo. Pero…

La monja la interrumpe con la mano.

—No hacen falta disculpas entre nosotras —dice.

—Ya lo sé… —contesta Teresa, que se echa a llorar. El dolor masacra su voluntad al hallarse ante la monja.

—Venga, venga, Teresa… Desahógate, el Señor te enviará la serenidad que precisas para encontrar a tu hija.

Teresa levanta la cara. Sus negros y almendrados ojos, como los de su madre, enternecen a la hermana, que piensa lo mucho que se parece a Rosa de la Cuesta cuando era tan joven como ella. Entonces cosía para la congregación los hábitos envejecidos y los arreglos más laboriosos de los internos. Madre e hija le parecen tan iguales como dos gotas de agua, pero tan diferentes… Teresa es relajada y tranquila; serena, templada; medita cuanto hace; valora los riesgos, como su padre. En cambio, Rosa era impulsiva, atolondrada; una mujer que no piensa ni valora lo que hace; obedece al corazón, a los instintos, al placer desbocado. Es lo que piensa la hermana al tenerla delante, porque en sus pensamientos, Teresa es indisoluble a sus progenitores. No lo puede evitar. Siempre ha pensado en esa criatura como un ser no autónomo, sin atributos propios y únicos que hacen de ella quien es. Para la monja Teresa no es más que la continuidad de Tomás en la tierra, y lo único que le agradece a Rosa de la Cuesta, porque cada cual esconde los secretos que corren el alma, en silencio.

Una joven hermana entra en la salita sujetando indecisa una bandeja con dos vasos de café con leche y rosquillas en un plato de Duralex. La deja sobre la mesa y sale con la misma contrición, haciendo una reverencia a la hermana Laura.

—Tómate el café, te sentará bien. Las rosquillas no te las recomiendo, tienen demasiado aceite; en cocina hacen lo que les da la gana, ni un miserable papel absorbente. Quiero contarte algo.

Teresa desenvuelve un terrón de azúcar, lo deja caer en el café y da unas vueltas con la cuchara sin pensar en lo que está haciendo. El sosiego regresa a su estado de ánimo y el café le reconforta.

—Quiero que te tomes con espíritu práctico lo que te voy a decir, hija mía. Creo que lo has de saber y sacar tus propias conclusiones. —Las marcas de viruela del rostro de la hermana se entretejen con las profundas arrugas de una anciana cansada de la vida—. Has de saber que tu padre vino a verme unos días antes de que desapareciera. Entonces estaba en pie nuestro pequeño convento de López de Hoyos. Entró en mi despacho y lo vi excitado. Traía una actitud nada habitual en su carácter; estaba como alterado por algo, nervioso y ofuscado por alguna idea que lo debía de llevar preocupado. Necesitaba consuelo: es la conclusión a la que llegué, y por otro lado, no me resultaba extraño. Mis antiguos niños, ya hombres y con sus propias vidas, recurrían a mi consejo cuando algo importante los preocupaba o debían tomar una decisión trascendente. Pero tu padre... ya sabes lo especial que era para mí. Me dijo que venía del antiguo Hospital Provincial, también lo que buscaba en él. Hacía años que el edificio estaba cerrado, ocupado por gatos y pobrecitos mendigos.

—¿Qué buscaba en ese lugar?

—Al parecer, bastante. Por lo que me contó. No sé si tu madre te habrá explicado la vida de tu padre y cómo llegó a nosotras.

—Sí, lo sé, puede ahorrarme los detalles. A grandes rasgos, lo dejaron en la calle, atado a un cinturón con las escrituras de la casa de Arturo Soria. Sé que sufrió mucho. Nunca quiso buscar a su posible familia, fuera quien fuese quien lo dejó allí. Según mi madre, él nunca hablaba de ese tema, solo decía que todos habían muerto en la guerra. Creo que quiso hacer borrón y cuenta nueva cuando se casó con ella.

—Sí, pero cambió de idea. O por lo menos sí tuvo curiosidad, porque ese día me dijo que había descubierto que su madre había fallecido en el hospital del que venía, en Atocha. Me figuro que quiso acercarse a verlo, imaginarse cómo pudo ser el edificio en el treinta y seis. Tu abuela murió ese año. Cuando este mediodía he visto en la televisión la terrible noticia de Jimenita, me ha venido a la memoria, porque hay un dato que me ha dado un terrible escalofrío, por la coincidencia. Como si el diablo hubiera actuado en contra del Señor conviniendo los sucesos.

—¿De qué habla, hermana? ¿Me está diciendo que mi abuela murió en el hospital que hoy es el Museo Reina Sofía?

—Así es, hija, tu padre me lo dijo, venía de allí; entonces estaba vacío, abandonado. Pero hay más: según él, tu abuela murió el veintiuno de diciembre de 1936. Eran tiempos de guerra. No sé lo que habría averiguado tu padre, porque su hermetismo me asustaba, como si me estuviera ocultando algo terrible, la criatura. Su cara reflejaba sigilo y dolor. Mi corazón me dijo que tramaba algo o sabía algo que me escondía. Yo siempre le había leído el pensamiento, menos aquel día. No pude.

—¿Qué cree que podría tramar?

—No lo sé.

—¿Le contó usted a la policía cuando desapareció mi padre el día que era?

—¿Cómo no iba a hacerlo?, por Jesucristo. Pero no dieron ninguna importancia, esos guardias que me interrogaron, a que tu padre desapareciera el mismo día en que murió su madre. Coincidencias... Y respecto a tu madre..., ya sabes lo que piensa ella.

—¿Qué piensa mi madre?

—Que la abandonó por otra mujer. Una real tontería que se ha montado en la cabeza.

—Mi madre es muy especial. Pero yo nunca lo he creído, por mucho que ella se empeñe. Es como una protección que se ha fabricado para seguir creyendo que él va a volver. Creo que, si no pensara así, se habría muerto de pena hace años.

—Cada uno se defiende de las penas como puede. Yo acudo a Dios, y ella es atea.

—Los celos son malos consejeros, hermana.

La monja acaba su café con leche y mantiene la mirada fija en el atasco de la calle cuando deja el vaso vacío sobre la mesa. Ya es noche cerrada. Las luces rojas de los frenos iluminan la calle como una feria.

—Eres inteligente, Teresa. Aquel día tu padre necesitaba saber. De pronto parecía que todo lo que no había preguntado de niño quería que fuese respondido de adulto. Me sorprendió y, desde luego, le conté todo lo que sabía de su familia. Poca cosa, pero creo conveniente que tú también lo sepas. Aunque sea una tontería, pero es lo que hay, hija mía.

Guarda silencio y se frota las rodillas con la mano como si le doliesen.

—¿Y, qué es lo que hay, hermana?

—Yo conocí a tu abuela Jimena, y a su padre, don Francisco.

Teresa se queda helada. No es ninguna tontería. Y la reprocha, molesta:

—Toda la vida creyendo que no existe nadie en el mundo que sepa algo sobre la familia de mi padre y, mira por dónde, usted conoció a sus miembros más importantes.

—Solo a ellos dos. Y fue una vez, nada más.

—¿Mi madre lo sabe?

—No, que yo sepa; salvo que tu padre se lo hubiera contado al llegar a casa ese día, después de estar conmigo. Me dejó muy preocupada.

—Mi padre jamás le contaba a mi madre las visitas que le hacía a usted.

—Me imagino...

—¿Por qué ha esperado tanto tiempo para contármelo? ¿A que mi hija tuviera que desaparecer el mismo día que desapareció mi padre y murió mi abuela? ¿Cómo lo llama a esto, hermana? ¿Un conjuro? ¿Un aquelarre familiar? ¿Voy yo también a morir un veintiuno de diciembre? ¿Y qué me dice de Leonor? ¿Tengo que encerrarla en casa, o en una urna, todos los veintiuno de diciembre?

—No pierdas los nervios, Teresa. Ni seas irrespetuosa. ¿Cómo iba a saber yo que volvería a acontecer algo terrible en esa fecha? Y más a una de tus hijas.

Las arrugas de la monja se endurecen. Necesita una tregua al cansancio de sus huesos, que mueve nerviosamente sobre la silla de ruedas.

—Cuénteme todo lo que sepa. Yo le puse a una de mis hijas el nombre de esa abuela a la que nunca conocí, de la mujer que aparecía en las escrituras de la casa, y ahora resulta que las dos pueden estar conectadas por algo más profundo que un nombre.

—Por algo será.

—¿Qué quiere decir? ¿Ahora actúa de pitonisa, en vez de ser la esposa doliente de Cristo? ¿Cree que me reconforta oír semejante crueldad? ¿Realmente me tiene cariño, hermana? ¿O se está vengando por el odio que profesa a mi madre por haberse llevado a su pupilo más amado de entre las faldas de su hábito? Sé lo que usted le quería, y quiero pensar que era un amor sano y puro. Tengo que irme. No puedo seguir oyéndola.

Teresa se pone de pie y coge el abrigo y el bolso del respaldo de su asiento. La hermana reacciona y gira su silla para acercarse a ella e impedir que se vaya de esa forma, no ha debido hablar tan de repente de todo aquello. «¿Cómo he podido ser tan estúpida e imprudente?», se dice la monja. Pero ya no ve a Teresa, porque ha desaparecido de la salita. Sin despedirse de nadie, ha cruzado la Casa Profesa y la barrera de seguridad, y llega a la acera de José Abascal. Respira profundamente, agachándose, con las manos sobre el vientre. Inspira y espira. Siente presión en la cabeza. El ruido es insoportable. Los cuatro carriles de la calle están atascados de vehículos al ralentí, con las luces encendidas. La acera le da vueltas.

En la calle hay un ambiente de tiovivo macabro. Los semáforos se suceden: rojo, ámbar, verde, y vuelve a empezar por todo José Abascal, hacia el paseo de la Castellana. Se incorpora. Vuelve a respirar. Necesita caminar. El teléfono vibra. Abre el bolso, lo saca y pulsa la tecla verde. Es un número desconocido, y lo que escucha le hace gritar.

—¡¿Dónde?!

Abre la boca. Quiere escupir la rabia y el dolor, la culpa de las últimas horas.

—¿Cómo es posible?

Se apoya en la verja y se tapa la cara con las manos y llora. Una pareja que pasa a unos metros de su lado se acerca a socorrerla. Teresa está como adherida a las rejas por una sustancia inmaterial y, cuando por fin puede moverse les dice, limpiándose las lágrimas con la manga del abrigo:

—¡Han encontrado a mi hija!

7

La abadía del Monasterio de Piedra

Monasterio de Piedra, 21 de diciembre de 1970

Solo necesita concentrarse en la carretera. La lluvia arrecia sobre el pavimento. Una avería en el motor y su propósito se vendrá abajo. Pero Tomás conseguirá llegar sano y salvo a su destino, y todo saldrá como ha planeado, piensa, aunque no ha contado con el mal tiempo ni con los efectos adversos de la soledad y su poca pericia al volante.

Nunca se ha tenido por un hombre intrépido y cree que está traicionando su espíritu tranquilo. No entiende su falta de previsión. Ni el abrigo ni la gabardina se ha acordado de guardar en el coche. Por lo menos la oscuridad de la noche da paso a la mañana, aunque gris y lluviosa sobre los fríos y desangelados campos del norte de la provincia de Madrid. A los setenta kilómetros de haber cruzado la ciudad de Guadalajara, se extraña de no haber encontrado todavía el desvío a Molina de Aragón. Se fija en los mojones y comprueba que circula por la Nacional II. La lluvia se desploma sobre el parabrisas, y las viejas escobillas, en su lento batir, le impiden ver bien las señales de la carretera.

El agua golpea la vieja capota del dos caballos como en la tripa de un tambor a punto de reventar. Continúa unos kilómetros más con poca visibilidad. Sigue sin encontrar el desvío. Se acerca al cristal para distinguir el firme de la carretera y resopla cuando ve una flecha pintada de negro con el nombre de Medinaceli en la fachada de una posada. No puede ser. Su pálida tez se enrojece al anhelar la posibilidad de darse la vuelta, porque se ha pasado de largo y se encuentra en la provincia de Soria. Todavía conserva el descuido atolondrado de la infancia. Se lamenta de sí mismo. Mira hacia el cielo y aparece entre la bruma la ciudad de Medinaceli. Sus amarillentas piedras, entre la arboleda de la montaña, apenas las distingue entre la neblina. Le preocupa haberse pasado el cruce, pero es temprano y su destino está cerca; es mejor no dar la vuelta y seguir adelante. Calcula que le queda más de la mitad del camino. Tomará otra carretera para entrar a Milmarcos por el norte, por el camino del Monasterio de Piedra. La lluvia amaina y continúa aferrado al volante como si llevase pegamento en las manos. Acelera de una forma tenaz y casi violenta. El motor del coche hace más ruido del habitual, y siente que una fuerza desconocida emerge de su espíritu. Ya no piensa en Rosa ni en su hija, sino en alcanzar su destino.

Cruza las poblaciones de Arcos del Jalón, Santa María de la Huerta, Ariza y Alhama. Nunca creyó que pudiera tener una naturaleza tan torpe y poco intuitiva, aun con el despliegue de planos que ha estudiado durante una semana. Hasta ha comprado un mapa topográfico de la provincia y ha leído todo lo que ha encontrado. Lleva en la memoria la geografía de la zona del norte de Guadalajara: poblaciones, sierras, valles, afluentes... Pero no pensó en llegar hasta Aragón. No le extraña. Es un hombre distraído y con poca concentración para las cosas prácticas de la vida.

Llegar al pueblo de Nuévalos le anima. Tiene sencillas casas de piedra y una iglesia en lo alto, bajo un espolón rocoso con restos de un castillo, al borde de las aguas del pantano. Parece deshabitado a las diez de la mañana. El día se abre cuando realiza un giro inesperado de volante, al dejar atrás la curva del embalse. Las ruedas del coche patinan y entra en el camino del Monasterio de Piedra. Igual le puedan dar un café antes de continuar, es lo que piensa; no hay un solo bar por ninguna parte. En una hora llegará a

Milmarcos, contando con la mala carretera de las hoces del río Piedra. Los barrancos tienen fuertes desniveles. El sol se levanta entre las nubes, al igual que su humor; después de todo, se retrasará una hora y media de sus previsiones. Si se le hace tarde buscará desde donde llamar a su mujer por teléfono; ya pensará en lo que le va a contar. Fue buena idea instalar una línea telefónica el año pasado. Ahora piensa que el gasto ha merecido la pena. Ella siempre tiene razón en todo.

Las almenas de una torre sobresalen entre los árboles, sobre una pequeña planicie excavada en la montaña. Entra despacio en la explanada de acceso al monasterio y agradece que no llueva. No hay signos de vida por los alrededores y la carretera termina, cercada por grandes árboles.

Entre la vegetación, tras la torre, asoman viejos edificios, posiblemente del monasterio. Leyó sobre él, años atrás, en un libro de la hermana Laura de su estantería del despacho. Es de la orden del Císter, pero nunca hizo el menor caso a su historia. Piensa que es suficiente con haber vivido entre monjas toda la vida, y su mujer huye cada vez que se habla de religión.

La familia que le queda a Rosa fue socialista y antirreligiosa durante la Segunda República y la Guerra Civil. Su padre murió de heridas de guerra, en las milicias republicanas, y un par de tíos pasaron por el penal del Puerto de Santa María, acusados de anarquización y quema de imágenes. El estigma y el apelativo de «rojos» había caído sobre la familia De la Cuesta y Rosa alguna vez se expresa en términos bruscos contra el Caudillo y evita hablar de política y de religión. Pero sus ojos marrones se ensombrecen cada vez que Tomás se refiere a la hermana Laura. «No quiero saber nada de las mujeres de negro», le contesta ella, celosa, incapaz de racionalizar la relación de su marido con la monja, que declinó la invitación a su boda, sin asistir a la ceremonia religiosa, después de conseguir que fuese oficiada en la sencilla capilla del orfanato, por mucho que Rosa arguyera en contra de celebrar el oficio en un lugar tan tétrico; y luego el convite ¡en el refectorio!, sin adornar y entre imágenes de santos. Un pulso de la hermana Laura, que la ganó para satisfacer su predominio sobre Tomás y consolar a las religiosas del hospicio.

Rosa, desde entonces, procura mantenerse lo más lejos posible de la monja y de todo lo que huele a la congregación, y sabe que con el Caudillo nadie habla de política, y ellos, tampoco. Pero le fastidia la neutralidad de Tomás. Él considera toda actitud política una fuente de disgustos y de sufrimiento, peligrosa, y se conforma con su vida pacífica. Está contento de sentirse totalmente desposeído de cualquier espíritu revolucionario.

Los enfrentamientos de los estudiantes con la policía, en la Facultad de Ciencias Económicas y Empresariales de la Ciudad Universitaria, tras el concierto del cantautor Raimon, el 18 de mayo, dos años atrás, consumen una mecha de manifestaciones y huelgas en Madrid que él condena por un miedo profundo y desconocido que le lleva a chocar con su mujer. No entiende la actitud de ella, en contra de todo orden y moral establecido, eso cree Tomás. Solo pensar en ser detenido y encerrado en los sótanos de la Dirección General de Seguridad de la Puerta del Sol le hace temblar. Qué será de Teresita si a alguno de los dos o a los dos los detienen. Los universitarios se enfrentan a la policía, alentados por canciones protesta. Le preocupa que Rosa taratee las de Violeta Parra y Víctor Jara, Paco Ibáñez y Rosa León por el jardín y mientras hace las labores de la casa, y él baja el tocadiscos en cuanto llega del trabajo por si algún vecino los denuncia. Esconde las revistas secuestradas por la ley de prensa que encuentra sobre las mesas o en el dormitorio y pone cara de tonto cuando Rosa le ruega que se las devuelva. «Yo no he visto nada ni he oído nada, cielo», se ha acostumbrado a contestar, y le valió una discusión con ella cuando él condenó las violentas protestas y las barricadas de los estudiantes de París que vio por televisión. Lo percibió como un auténtico agravio en tiempos de paz. Y paz es lo que ahora siente por hallarse al final de la tormentosa carretera al bajar el cristal y sacar la cabeza por la ventanilla, tras aparcar el dos caballos bajo unos árboles.

El monasterio le impresiona nada más levantar la vista y salir del Citroën. Agradece encontrarse bajo lo que parece la torre del homenaje del edificio principal que da acceso a un recinto amurallado. Sobre el tejado las cigüeñas han hecho sus nidos. El color de su automóvil, único vehículo en el solitario lugar, es de un chillón insoportable entre los altos castaños que rodean el conjunto de edificaciones. Un auténtico monasterio cisterciense, del siglo XII, en armonía con la naturaleza; austero, sobrio. Le parece un lugar habitado por dinosaurios.

Se pone la chaqueta y se levanta el cuello. El frío arrecia y avanza hacia el interior del recinto a través de un arco por un camino de tierra. Sigue un mandato que desconoce, hundido entre las solapas de la chaqueta. La muralla queda a la derecha. La hierba escarchada cruje bajo sus pies. Observa parte de los muros de una iglesia y la galería de un claustro; al oeste hay edificios que parecen bodegas, cilleros, galerías de trabajo; al sur la cocina, el refectorio y el calefactorio. Todavía recuerda la distribución de los monasterios medievales.

Cruza otra explanada. Desconoce hacia dónde va y por qué, pero continúa hasta llegar a una plaza rodeada de edificios de mampostería de dos plantas. Los vidrios están rotos y parece deshabitado. Las edificaciones tienen un aspecto ruinoso. A la izquierda hay huertos y frutales abandonados, pero le parece ver que sale humo de una chimenea. Por la orientación debe ser la cocina.

Se siente atraído por el descubrimiento de las ruinas de una abadía. Es como si las piedras pronunciaran su nombre. Sus pasos suenan a hueco. La bóveda está derrumbada y él queda atrapado por la ensoñación, el abandono y el misterio que supura ese lugar como si de una herida abierta se tratara. Las naves, con forma de cruz latina, dos capillas a los lados y un anchísimo transepto, están abiertas a cielo raso, como bombardeadas por una guerra. Desde el altar mayor observaba las altas columnas perderse en raídos capiteles. Se da la vuelta y siente el rumor de saltos del agua. De pronto un escalofrío le recorre la espalda: cree que alguien lo observa. Aguza el oído y el viento parece llevar tenues rumores de cantos gregorianos desde el interior del claustro. Una campana redobla. Pero es tarde para Tercias y pronto para Sextas. Se sobresalta al sentir faldones que se arrastran por el suelo cuando una sombra que parece un monje sube desde unos escalones de piedra desgastada que ascienden hasta el suelo del crucero, frente al altar, en los que él no ha reparado.

Los ojos del monje dominan a Tomás de una forma absoluta, a medida que sube con dificultad saliendo como de una cripta; son tan azules como un mar que deslumbra, redondos y grandes, bajo la capucha de una cogulla blanca, suelta, sin escapulario. Esa visión lo impresiona. No sabe qué hacer. El monje va hacia él, agachado, y cojea. Da la sensación de que va a derrumbarse de un momento a otro. No es un anciano. Bajo la túnica puede apreciar su extrema delgadez y juventud. Pero Tomás no se siente amenazado, sino atraído por esa figura blanca que irradia amistad. Los monjes son hombres de Dios y de paz, y se alegra de ese pensamiento positivo. Necesita pensamientos positivos.

—¿Te sientes cansado, hijo?

—No, no estoy cansado. He llegado por casualidad, padre.

—Nadie llega aquí por casualidad.

La voz del monje es poco masculina, chillona. Encaja con su frágil aspecto.

—¿Qué quiere decir?

—Demos una vuelta.

—No tengo tiempo, padre.

—¿Sabes por qué estás aquí?

—Solo echaba un vistazo.

—No estés tan seguro.

Tomás está acostumbrado a tratar con religiosos, pero aun así el monje le produce una sensación desconcertante. Los cantos gregorianos que ha creído oír hace un momento vuelven de nuevo a flotar en el aire, entre las piedras derrumbadas de la abadía, como un susurro de bienestar, y le parece todo tan irreal como si estuviese en un sueño o viajando en el tiempo, ocho siglos atrás. Presiente que nada es casualidad, y ahí está, en medio de una iglesia abierta al cielo, con mil años, por algún motivo. Y le responde:

—Yo no estaría aquí de no haber sido por el temporal que me ha impedido ver los desvíos de la carretera. Solo estoy de paso y tengo prisa. ¡Mucha prisa!

—Aun así, has venido.

Sin darse cuenta ya caminan el uno al lado del otro. Han entrado en el claustro del monasterio, contiguo a las ruinas de la abadía. El monje lleva la cabeza hundida en el pecho y las sombras le ocultan el rostro. Es tan alto como Tomás y aún más delgado, y su lento caminar, de pronto, le resulta familiar.

Los corredores del claustro están oscuros y silenciosos. Los pasos reverberan bajo las enervadas bóvedas. Toman asiento en un banco de piedra, en el corredor. Los cantos han cesado y se oye el rumor de una fuente.

—Disfruta de mi compañía —dice el monje.

—No soy un turista, padre, debo seguir mi camino. ¿Le conozco de algo?

El monje guarda silencio y a continuación dice que algunas acciones nos conducen hacia la muerte.

—No llegues hasta el destino que te busca —añade.

—No busco más horizonte, padre, que el que me lleve a Milmarcos; ese es mi destino. Solo me quedan quince kilómetros hacia el sur.

—Sé perfectamente dónde está Milmarcos. Yo nací allí —dice la voz chillona del monje, con suavidad.

—¡Ahora sí creo en la buena suerte! —dice Tomás de forma respetuosa, como si fuera un niño que despierta de una pesadilla, y añade, entusiasmado con el descubrimiento—: Voy buscando a los familiares de una mujer. Quizá usted los conozca y pueda darme alguna referencia.

—Yo no conozco a nadie.

Tomás piensa, intenta mirar al monje a la cara como buscando parecidos.

—Jimena Anglada Roy —añade—. ¿Le dicen algo esos apellidos? He recorrido muchos kilómetros para saber de ella. Nació en Milmarcos.

—No quiero acordarme de nada. Pero estate seguro: tu madre te quería, eras toda su vida.

Tomás cree que se ha debido de dormir en el coche, aparcado junto a la torre del homenaje, porque no es posible una situación semejante.

—Es tu madre quien te ha desviado hasta aquí —añade el monje.

—¿Quién es usted?

—Eso no importa. Yo no existo. Tú, sí. Por eso has emprendido este viaje, para existir. Pero has de darte la vuelta. Hoy es un mal día: el peor que has podido elegir.

El monje mantiene escondida la barbilla tras la cogulla mientras habla. Tomás intenta verle la cara, con signos visibles de enemistad. El monje posee una voz que lo desconcierta, es como la de una mujer. De pronto, sin saber por qué, y dominado por un arrebato sentimental, grita:

—¡No tengo padres, ni hermanos, ni a nadie, más que a mi mujer y a mi hija! ¡Soy un hombre sin pasado! ¿¡No lo entiende?! Siento un boquete en el estómago a medida que me acerco a mi destino. ¡Nunca debí emprender este viaje! Nunca debí hacer caso a Rosa, porque nada me va a salir bien.

—No lo creas, hijo. Hay algo que te ha salido bien: has llegado hasta mí. ¿Por qué crees que estás aquí?

—Porque me he perdido. Casualidad.

—No, Tomás: no existe la casualidad.

—¿Cómo sabe mi nombre?

—La pregunta es innecesaria.

La voz del monje resuena en su tórax como si estuviese el hábito vacío, cruza las piernas y Tomás imagina su rótula a través del grueso tejido de la túnica.

«¿Quién es realmente el ser surgido de la abadía?», se pregunta Tomás cruzándose la chaqueta por el escalofrío que recorre su cuerpo mientras se separa del hombre hasta situarse en el otro extremo del banco. El monje está tan encorvado que parece no tener columna vertebral, sino una serpiente retorcida sujetando un esqueleto. Qué horribles pensamientos pasan por la mente de Tomás. Una mente analítica y matemática, experta en ecuaciones y racionalidad, qué está haciendo en este extraño lugar. Se levanta dispuesto a marcharse corriendo, arrancar el Citroën y largarse de allí antes de que sea tarde, cuando la voz del monje le dice:

—Da la vuelta y regresa a tu casa, junto a tu mujer y tu hija, y no continúes con tu insensato viaje. Olvida que existen Milmarcos y esos apellidos. Allí no hay nada bueno para ti. Regresa inmediatamente por donde has venido. Y si no crees en Dios, confía en tu intuición y date la vuelta. Llega a tu hogar como si regresases del trabajo. Tu mujer te abrirá la puerta y tu hija se tirará a tus brazos. Tu vida continuará. Hazme caso, hijo, no busques la mala suerte porque la vas a encontrar. En Milmarcos está la peor suerte, esperándote.

Eso dice la voz.

—¿Quién es usted? —le grita, tapándose los oídos.

No piensa creer a un extraño que no ha dado la cara desde que lo ha visto salir del subsuelo como un muerto resucitado.

—¿Sabes qué día es hoy?

—Perfectamente —responde Tomás.

—Entonces sabrás a qué te expones.

Hasta ese momento Tomás no ha reparado en la fecha, aunque haya contestado afirmativamente. Ahora se da cuenta, ¡¿cómo ha podido ser tan estúpido?! ¿Es un juego siniestro del destino lo que está viviendo? ¿Es víctima de una broma? No es el día de los Santos Inocentes, en que sus antiguos compañeros de hospicio solían excederse haciendo bromas pesadas, sino el día en que su madre murió; en su partida de defunción lo ha visto.

El cisterciense, si realmente lo es, ha ido muy lejos. Tomás quiere levantarle la capucha, pero no lo hace y se sujeta la cabeza con las manos intentando aclararse las ideas o despertarse del sueño. En sus divagaciones, el monje se incorpora lentamente del banco y se pierde en la oscuridad del corredor mientras susurra una letanía:

—*Fili, qui me non nosti? Redi in domum tuam. Quid est enim mater tua,**

»*Fili, qui me non nosti? Redi in domum tuam. Quid est enim mater tua,*

»*Fili, qui me non nosti? Redi in domum tuam. Quid est enim mater tua,*

El monje, literalmente, se ha evaporado en medio del corredor. Ya ha desaparecido de su vista cuando quiere reaccionar para agarrarlo del cuello y que deje de recitar esas siniestras palabras en latín que no entiende, pero cuyo significado imagina.

Oye ruidos de ventanas al cerrarse en el piso alto del claustro. Y, mirando hacia allí, repara en la fuente del centro. No es una fuente normal y cualquiera: es una clepsidra. Percibe su movimiento, y el sol, en ese instante, se oculta tras la luna en un eclipse que de pronto oscurece completamente el patio del claustro, tornándose noche cerrada. Mira hacia el cielo y toda luz diurna ha desaparecido, cual antiguo sortilegio.

Él está confuso y grita al viento el nombre de su madre. No sabe por qué lo hace. Corre hacia el exterior. Le ha bastado el intento de ver al monje la cara para saber que esa voz aflautada es la voz de su madre, y ese rostro que no ha visto, escondido en la casulla, es el rostro de sus sueños, del que no puede acordarse desde que era niño y que tantas veces ha dibujado. Desea no olvidarse de las últimas palabras del monje y las repite una y otra vez en su cabeza: «*Fili, qui me non nosti? Redi in domum tuam. Quid est enim mater tua*».

Oye murmullos de oración en la sala capitular que ha dejado atrás. Las voces a coro de los monjes van en aumento. Ahora sí entiende el recitativo. Son esas mismas palabras que él reproduce, repitiéndolas en su cabeza en una falsa noche, como falso es todo lo que le parece estar viviendo ese día, desde que salió de su casa: una quimera, una alucinación, una impostura del destino.

---

* «Hijo mío, ¿no sabes quién soy? Vuelve a tu casa. Hazlo por tu madre.»

Deja atrás la abadía y la gran plaza, en la noche. Y de pronto se cruza con gatos; oye sus maullidos histéricos. Gatos. Muchos gatos. Gatos que antes no ha visto: gatos de colores, gatos blancos y negros, y con manchas; de todo tipo, tranquilos y agazapados, con las caras hambrientas. Hay tantos gatos que no es posible que no los haya visto antes. Sus lomos brillan bajo la luz de la luna como pequeños montes nevados.

Corre a través de la explanada para dejarlos atrás, retirándolos con el pie, dándoles patadas porque intentan trepar por sus piernas, hasta cruzar por el arco de la torre y ver el precipicio bajo la muralla. Está sofocado, ¡en pleno día y sin luz!, con la luna llena en lo alto del cielo y el reflejo del sol tras ella.

Ya tiene el dos caballos delante, pero da un traspié y resbala por la gravilla. Extiende los brazos para sujetarse en la tierra y amortiguar el golpe. Siente dolor, un desgarro en la palma de la mano, cuando percibe el calor de la sangre. Se pone en pie y se sacude el pantalón. Le escuece la mano. La sangre le corre por la muñeca y le mancha el puño del jersey. Se enfada. Maldice esa noche impostada. El claro de luna le muestra el brillo de un trozo de vidrio clavado en la palma izquierda: una gruesa esquirla de la base de una botella. Alrededor del coche hay restos de cristales rotos y exclama mentalmente: «¡Quién habrá dejado esto aquí, por el amor de Dios…! ¡Maldita sea! ¡Maldito de mí! ¡Maldito monasterio! ¡Malditos gatos! ¡Maldito día!».

Y vuelve a dudar.

Se apoya en el capó y cuidadosamente se retira con los dedos el pedazo de vidrio clavado. Se está mareando. Siente vértigo. La herida es profunda. Se ha debido de cortar una pequeña vena. Enseguida se le empapa la manga del jersey y entra en el coche comprimiéndose la herida con el pulgar de la otra mano. Sigue presionando con fuerza. Le tiemblan los brazos. Rebusca en la guantera. Palpa el pañuelo de lunares que usa su mujer para recogerse el cabello cuando retira la capota los días de calor y se envuelve la mano con él.

De momento ha controlado la situación. Pero apenas puede

introducir la llave y arrancar el motor, dominado por una especie de mal augurio y maldiciendo la equivocación de haberse desviado hacia el Monasterio de Piedra. Porque esas piedras le caen encima como una muralla, y sus sensaciones discurren entre el terror y la melancolía. Derrapa sobre la gravilla para dar marcha atrás y enderezar el volante. Mira por el espejo retrovisor y ve una flecha de madera clavada en el suelo, donde pone: Peña del Diablo y Gruta del Espejo. Deja atrás las solitarias edificaciones del monasterio, en dirección oeste, con los ojos crispados y la mano herida, y encuentra la carretera que coincide con la orientación que marca su mapa, mientras el sol aparece esquivando a la luna. Y la luna desaparece.

«¿Qué más me espera en los kilómetros que todavía me quedan para llegar a Milmarcos? ¿Es una alucinación poderosa lo que acabo de creer que he vivido o es una ensoñación provocada por los nervios y las ruinas del monasterio? ¿Es un sueño? ¿Es ella, mi madre, la mujer de la cicatriz en el rostro, la que ha resucitado para avisarme de mi mala decisión de haber emprendido el viaje? De ser así: ¿por qué te has manifestado en este lugar, madre?»

Pero nadie va a evitar que alcance su meta final, golpeado, vivo o muerto, se jura a sí mismo, sorteando los baches de la estrecha carretera hasta llegar a Milmarcos, creyendo que el viaje lo enajena.

8

Encuentro con el comisario

Madrid, 23 de diciembre de 2003

Su corazón la lleva a parar un taxi y entrar en él. Su corazón la conduce a abandonarlo en la calle Doctor Esquerdo, a tropezar con un banco vacío en la noche temprana, y a subir las escaleras de la entrada principal del Hospital Universitario Gregorio Marañón. Se siente invisible y transparente en el ascensor y por los pasillos, como túneles de luz con puertas que se cierran y puertas que se abren, hasta llegar sofocada y sin aliento, con el bolso a cuestas, a la Unidad de Cuidados Intensivos, donde la espera el policía que investiga la desaparición de su hija. También estará el coordinador de la UCI.

Ha sido un comisario quien la ha llamado para darle la noticia de la aparición de la niña y reclamar su presencia en el hospital. No ha querido anticipar el estado de su hija por teléfono. Solo ha dicho: «La hemos encontrado, sana y salva». Y luego ha contestado a la pregunta de Teresa: «En el museo». Añadiendo después que está inconsciente, sin signos de violencia ni de sucesos traumáticos.

Cuando sale alocadamente del ascensor, numerosas preguntas se le acumulan como estratos formando una roca que se funde en su cabeza y va licuando sus órganos, uno por uno, descendiendo por el interior de su cuerpo. Es una sensación horrible.

Espantosa. Pero la niña está viva, «sana y salva», ha oído perfectamente. Y el tono de voz del policía ha sido realista y sincero. Se abre una puerta ancha y verde por la que accede a un rellano amplio. En el centro hay un mostrador y dos enfermeras tecleando en unos ordenadores. Ella da el nombre de su hija y entrega su identificación. «En el box número siete», dice una auxiliar que la ha reconocido, porque se la queda mirando con una expresión que repugna a Teresa, que le da las gracias y sigue su camino hacia un luminoso pasillo con habitaciones acristaladas a los lados.

No puede creerlo, ve a su hija tras el cristal de una pequeña habitación. No tiene cerradas las lamas de la persiana y observa entre ellas el cuerpo de Jimenita en la cama, bajo unas sábanas con una raya azul y las iniciales del hospital. Las lágrimas vuelven a irrumpir en sus ojos, pero de felicidad, de alegría, de lo negativa que ha sido pensando que nunca iba a aparecer. De lo absurdo de sus pensamientos: violada y maltratada por un trastornado; alguien la encontraría en un contenedor de basura cortada a pedazos, dentro de una bolsa; o muerta, con las faldas levantadas y sin braguitas entre los matorrales de un parque; liberada de un sótano al cabo de los años, con dos o tres hijos y varios abortos practicados por su secuestrador. Su tortura mental terminaba en ese instante, al ver a su niña dormida. Tranquila. Con el semblante dulce y el pelo, oscuro y largo, sin enredar. Parece descansar en un dulce sueño tras un día tranquilo y feliz.

Una voz se eleva en el aire, y ella se gira.

—¿Teresa Anglada? —dice el comisario Suárez, que añade cuando ella asiente—: Ha tenido usted mucha suerte.

El duro semblante del hombre se ve satisfecho y con prisa por aclarar la situación. Lleva una gabardina verde oscura y pantalones marrón chocolate. Tiene aspecto de haber salido de un tebeo de policías y ladrones. Pero es real, de carne y hueso, y de mandíbula ancha. Tiene la boca redonda y pequeña. Es rubio, pero las canas pueblan su pelo ralo, que le cae por los ojos.

—Necesito entrar —gime Teresa—. ¿Dónde están los médicos?

—El doctor Ayala vendrá en unos minutos. Acabo de hablar con él.

—¿Cuándo la han encontrado? ¿Cómo ha sido? ¿Dónde ha estado todo este tiempo? —pregunta, enloquecida, y se muerde el labio inferior.

—Se está haciendo sangre —dice el comisario—. Salgamos de aquí.

Ella lo sigue por un pasillo brillante y aséptico, y entran en una habitación oscura. Él enciende la luz, le abre el camino y cierra la puerta. Es una sala amplia, con dos sofás de escay de tres cuerpos idénticos enfrentados y una mesita en medio, un mueble con un televisor apagado y un reproductor de vídeo VHS en la balda inferior. Al lado hay una cafetera eléctrica, vasos de plástico, servilletas de papel y azucarillos. La habitación no tiene ninguna ventana y la luz es intensa.

El comisario se sienta en uno de los sofás, y ella, en el otro. El comisario intenta descifrar el lenguaje del cuerpo de Teresa, desde los tobillos hasta su forma de llevar el cabello, de la mujer que ha renacido con su llamada. Teresa toma conciencia de su aspecto. Abre el bolso y saca una bolsita roja y un espejo. Ve en él un rostro demacrado que no reconoce. Sus ojos han empequeñecido y tiene unas oscuras bolsas bajo los párpados; parece haber salido de una centrifugadora.

—No se preocupe. Sé por lo que está pasando —dice el comisario, mirándose las uñas como si eso le ayudara a aliviar la situación.

—Cuéntemelo todo —dice ella, impaciente por saber.

—La hemos encontrado en los sótanos del museo. Estaba como dormida, acurrucada en el suelo, en un rincón de una sala cerrada hace años; un lugar sin uso. Las cámaras de la entrada a los sótanos no han registrado la presencia de la niña en ningún momento. No sabemos cómo ha podido entrar en esa zona clausurada a la que solo accede el personal de mantenimiento del edificio. —Se acerca a Teresa como si fuera un secreto—. Si llegó por sí misma o alguien la llevó. Pero no tiene señales de haber sido violentada. El doctor nos dará los resultados de las pruebas. Nos da la sensación de que se debió de perder. Desconocemos completamente cómo y por qué llegó hasta allí ni lo que buscaba, si es que buscaba algo o a alguien. Los niños a veces tienen comportamientos imprevisibles. Creemos que no ha salido en ningún momento del edificio, que ha permanecido en él durante todo el tiempo. La hemos encontrado a las seis de la tarde. Estamos investigando las circunstancias, y cuando tengamos las diligencias cerradas le daremos el informe. Si usted quiere presentar una denuncia contra el museo, hable con su abogado. Ahora solo deseo saber cuándo, cómo y por qué su hija llegó hasta allí abajo. Hay una verja cerrada antes de entrar a los pasadizos y los túneles que conducen a la sala donde ha sido encontrada. Datan de la construcción del edificio, hace más de tres siglos.

—¿Cómo es posible que haya llegado tan lejos? ¿Qué hay en esa sala?

—Nada, está vacía. Solo hay humedades.

A Teresa le cuesta respirar, como si inhalara el gas de un escape radiactivo. Necesita saber en qué estado han encontrado a su hija.

—La ha hallado uno de nuestros perros, tras el tercer intento. Él nos ha dado la señal de que podría haber alguien cuando ha pasado, a unos cuarenta metros del lugar, con nuestro personal de búsqueda. Su hija estaba inconsciente, acurrucada sobre el lado derecho, con las manos haciendo de almohada. No ha reaccionado, ni se ha despertado cuando se han acercado a ella. Llevaba el abrigo puesto y abrochado y los leotardos y zapatos bien colocados. Parecía dormir plácidamente. Jamás hemos recuperado a un vivo desaparecido de una forma tan pacífica y tranquila. El equipo sanitario del museo ha llegado inmediatamente, y a continuación el SAMUR, que se ha hecho cargo de la evacuación hasta llegar aquí.

El comisario ha leído en algún libro que el peor sufrimiento es el que no se puede compartir, y está dispuesto a colmar la necesidad de esa mujer de saber los detalles de la desaparición de su hija. Le dice con su áspera voz que según los antiguos planos y la documentación que ha estudiado su equipo para buscar a la niña, el edificio ha tenido varios usos a lo largo del tiempo. El último como sala del anatómico forense. Cuando cerró el antiguo hospital, la sala se desmanteló en la reforma para transformar el edificio en museo. El inmueble ha sufrido numerosas reestructuraciones desde su fundación, cuando comenzó como albergue de mendigos a principios del siglo XVII.

—En esos sótanos se estableció la primera escuela de cirugía de España. Hay libros de historia en la librería del museo que hablan del edificio. En estos momentos, solo tenemos motivos para estar contentos y alegrarnos.

Teresa se abraza las piernas y se encoge en el sofá para dar las gracias, no sabe si a la hermana Laura o a Dios, a la policía o a quien haya intervenido para hacer regresar a su hija por arte de magia, como si un ilusionista la hubiera hecho aparecer tras un pañuelo y la hubiera colocado en la posición más benévola.

—Los niños son seres extraños —añade el comisario Suárez, y dirige sus redondos ojos hacia la puerta. No se ha quitado la gabardina. Teresa, tampoco el abrigo.

—¿Tiene usted hijos? —pregunta ella.

—Llevo casado treinta y cinco años, y ya es tarde para que surja el milagro. Como el milagro que hoy le ha sucedido a usted. No hay que tirar nunca la toalla.

—Yo decidí traer un milagro al mundo, en contra de la opinión del universo entero, y el milagro o la inexactitud de la ciencia, no sé todavía muy bien, me trajo dos. Es lo mejor que me ha pasado nunca: mis hijas. Casi nadie se tomó bien mi decisión. Pero aquí estoy, recuperando mi vida, tal y como yo quería que fuera.

—Me alegro. Es usted valiente.

Enseguida se levanta el comisario. Tiene la gabardina arrugada de estar sentado y va a encontrarse con un hombre delgado que abre la puerta con atuendo de cirujano. Teresa también va hacia el médico, con el abrigo abierto y las manos en los bolsillos. Intenta ocultar el nerviosismo y mantener el tipo.

El cirujano se presenta como el doctor Walter Ayala. Tiene una perilla recortada, patillas estrechas y largas, y se advierte el acento argentino en cuanto pronuncia las primeras palabras:

—La niña está estable. En el reconocimiento no hemos hallado ningún signo de violencia física. Ni señales que nos hagan suponer que ha sido ni forzada ni maltratada. Se encuentra en estado de vigilia sin respuesta.

—¿Mi hija está en coma?

—Sí, técnicamente. Pero tiene respuestas motoras, aunque débiles.

El médico intenta ser franco y su voz adquiere matices acústicos algo extraños, para tranquilizarla. Dice que puede deberse a un fuerte impacto emocional o a una caída, un traumatismo, aunque no se han encontrado signos de nada de ello en el reconocimiento.

—La resonancia magnética no ha detectado ninguna lesión o hematoma cerebral. Es completamente normal. Sus constantes vitales son normales. También la analítica. Todo es normal menos su estado de conciencia.

—¿Qué le ha podido pasar, por el amor de Dios?

—Lo estamos investigando —contesta el comisario.

—No sabemos cuánto tiempo lleva en estado comatoso —continúa el médico—, si desde que desapareció o en las horas posteriores. Pero las primeras veinticuatro son cruciales para que pueda despertar cuanto antes. Es imprevisible el tiempo que puede durar esta fase. Tenemos un servicio de información a familiares y necesitaría que rellenase un cuestionario médico y de antecedentes familiares de usted y del padre de la niña que he dejado en el mostrador de planta.

Teresa asiente a todo que sí, como un autómata al que han dado cuerda. Un rictus de tristeza asoma a sus labios, ante la sagaz mirada del policía, y ella dice:

—No sé quién es el padre de mis hijas. Desconozco su identidad. Tiene una gemela, por si le sirve de algo.

—Está bien saberlo, gracias —dice el doctor, ahuecándose el borde del cuello de la bata verde.

Su acento es muy tenue. No es más alto que Teresa. La bata le queda algo grande, y los zuecos, también. Ella siente que debe añadir algo, dar una explicación. Completar el relato. Debe mostrarse con confianza delante de un jefe de policía que apesta a tabaco y con feas arrugas en el rostro. No cree que pueda entenderla. Lo piensa dos veces y retira la intención inicial de explicar que sus hijas nacieron gracias a un donante anónimo. El tratamiento por el que tuvo que pasar para que una mañana pudiera dirigirse a la clínica con una dosis tan alta de hormonas como para inseminar a una vaca, y le introdujeron una delgada cánula en el útero cargada de espermatozoides anónimos y criopreservados. En una sala azul comenzó la vida de sus hijas. No en un lecho de amor propiamente dicho, sino en un lugar aséptico y neutral, sin bacterias ni emociones, donde el más grandioso acontecimiento de la vida se realiza sobre una camilla iluminada por dos lámparas de quirófano, rodeada de paredes azuladas y brillantes, con máquinas que parecen de ciencia ficción y personal con guantes de látex y mascarillas quirúrgicas, formando parte del ritual científico, experimentado y verificado con estadísticas de éxito y fracaso. La vida de sus hijas comenzó en un laboratorio, mesurable y predecible, alejada de su forma más primitiva y simple, que vulgarmente se llama «follar».

Aunque no dice nada de eso. Se lo guarda para ella y solo añade que quiere ver a Jimena y que rellenará el cuestionario, pero sigue pensando en los atributos del único espermatozoide que alcanzó su óvulo, cuando abierta de piernas y cubierta por una sábana verde, aflojaba los músculos de todo el cuerpo escuchando una melodía oriental de relajación para sentir la magia de la vida germinando en su vientre.

El milagro.

Y el milagro se llama Leonor y Jimena cuando entra en el box de la UCI y tiene delante a la hija que nació segunda. La pequeña. Más débil de carácter. Introvertida. Malhumorada. Silenciosa. Inteligente. Reservada. Profética. Mística. Tímida. Asocial.

Intuitiva. Pitonisa. Profunda. Sigilosa. Discreta. Protestona. Todo lo opuesto a la mayor, de la que la separan doce minutos.

El comisario se queda tras el cristal de la habitación y se le ve desaparecer por el pasillo, hundido bajo las solapas levantadas de su gabardina verde, con un periódico gratuito debajo del brazo que ha cogido de un expendedor metálico junto al mostrador de urgencias.

Teresa no sabe que el comisario Suárez participó en la investigación de la desaparición de su padre. Pertenece a la Brigada Provincial de la Policía Judicial de Madrid. En el año 1970 era un joven oficial recién salido de la academia. El comisario ha tenido que hacer un esfuerzo de concentración para recordar los detalles de entonces, mientras hablaba con Teresa en la sala de descanso del personal de la UCI. Llegó a conocerla de niña. Y a su madre. Y a la monja que había criado a su padre. El comisario intenta hacer memoria de camino a la comisaría. Desempolvará el extraño caso de Tomás Anglada Roy. Como extraña ha sido la desaparición de la nieta de un hombre al que solo conoce por varias fotografías en blanco y negro. Tan extraño como la aparición de la niña. A Tomás le recuerda como un hombre apuesto, con una sonrisa ancha y fracasada, excéntrico, por los informes que leyó en su día, o quizá sea el poso que le ha quedado en la memoria al ver cómo la hija de él, poco a poco, se ha recobrado en el transcurso de la conversación. Lentamente han ido calando en el comisario recuerdos difusos que se van enfocando como si mirara el pasado a través del visor de una cámara de vídeo.

Fue su primer caso de desaparición. Y su primer fracaso.

Hubiera sido inaceptable para la hija de ese hombre saber que se hallaba ante un policía incapaz de arrojar luz a la tragedia de su infancia. Toda su credibilidad hubiera saltado por los aires como cuando alguien da una patada a un puzle imposible y todas las piezas vuelan a su alrededor. Y se alegra de no tener que interrogar por segunda vez a Rosa de la Cuesta, ya que el caso ha tenido un final feliz. El protocolo así lo exige con los familiares cercanos de todo desaparecido. El interrogatorio lo hubiera practicado uno de sus hombres para no volver a sentarse tras una mesa de escritorio delante de esa mujer, que entonces le alcanzó el alma. «A una mujer tan guapa no deberían pasarle esas cosas», pensó en aquella época de principiante, mientras escribía a máquina sobre una hoja por duplicado con papel de calco, aun sabiendo lo incorrecto de ese sentimiento. Pero ella no dejaba de llorar en cuanto pronunciaba el nombre de su marido. Llegó a ser una pesadilla en la comisaría. Todos los días se plantaba delante de la entrada, para incomodarlos, con el bolso colgado al hombro y un paraguas los días de lluvia. Porque no faltaba ninguno, así cayeran chuzos de punta. Los primeros meses solían echarla de allí sus compañeros de guardia, luego se acostumbraron a ella y la dejaron quedarse en la esquina de la calle —por piedad y deferencia del comisario de entonces—, en invierno y en verano, durante horas y horas, bien vestida; normalmente con botas por debajo de la rodilla y abrigos de colores fuertes; en verano se ponía valientes vestidos estampados, hasta que desaparecía a las cuatro de la tarde. Así durante más de cinco años. Incansablemente. Era su forma de presionarlos. Hacerse presente, a diario, desde que dejaba a su hija en el colegio hasta la hora de ir a recogerla. A muchos les daba pena, y a más de un compañero se le ocurrió acercarle un bocadillo del bar, que ella rechazaba con la cabeza bien alta, para contestarles con reproches: «Encuentren a mi marido», pese a que todo el mundo sospechaba que su marido la podía haber abandonado. Alguien le puso el mote de la Viuda, y los agentes hablaban entre ellos de la Viuda, algunos con piedad y otros con desprecio.

Ahora será una anciana, pero está seguro de que, si se acerca lo suficiente, ella lo reconocerá, aunque él esté transformado por los kilos de más, el cansancio del oficio y la decepción de los años.

Es una suerte haber encontrado a la pequeña Anglada. Parece el sino de esa familia, que sus miembros desaparezcan. Siente que le debe a Teresa y a su dignidad saber cómo llegó la pequeña hasta los sótanos del museo. No quiere ver el miedo en los ojos de esa mujer, porque ha reconocido el mismo terror que vio hace tantos años en los ojos de Rosa de la Cuesta, avellanados y tan marrones como el café. Tuvo que hacer un esfuerzo en la conversación con Teresa para dejar de ver a su madre en ella.

«Los sentimientos nos paralizan», pensó.

Nunca quiso ver a Teresa en el programa que le gustaba a Dolores. Siempre supo que era la hija del «desaparecido de Arturo Soria», como llamaban en comisaría a Tomás Anglada. Cuando entraba en su casa y coincidía con la emisión del programa, pasaba de largo por delante del salón y entraba en la cocina para picar algo sin molestar a su mujer, en aquel entonces. Pero siempre oía la voz de Teresa a través del pasillo, entrevistando a sus invitados. Cuando alguno lloraba o gemía, él daba un grito a Dolores para que bajara el volumen, porque estaba un poco sorda desde hacía unos años. Odia esos programas televisivos donde la gente se queda en carne viva y el periodista de turno escarba a fondo para sacar la inmundicia del ser humano y convertirla en índice de audiencia.

Ha tenido ganas de decirle a Teresa cuando se hallaba cara a cara con ella, en los sofás de escay, que debía dejar ese programa. «No le hace ningún favor a nadie, y menos a usted, acorralar a la gente y hacer de sus problemas entretenimiento.» Pero no iba a estropearlo todo, y la ha visto tan débil y desesperada que no le ha parecido la misma mujer, sino una especie de doble, una gemela, como si alguien hiciera de ella sin ser ella. Alguien que nada tenía que ver con el carácter ni la desmesura de la mujer de la televisión.

9

Milmarcos y el destino

Milmarcos, 21 de diciembre de 1970

Le está costando llegar hasta el recóndito pueblo por cientos de hectáreas de tierras sembradas, pinares y gayubas desde que ha salido de los cañones del río Piedra. Cruza la sierra escarpada, sin incidentes. El sol aparece entre las nubes y enrojece los bosques de coníferas y las gargantas arcillosas. El paisaje se ha ido transformando radicalmente desde el Monasterio de Piedra. Valles, quebradas y desfiladeros han dado paso a llanuras onduladas. La carretera es estrecha. No hay un alma por ninguna parte, ni poblaciones ni más vehículos que el suyo. Nunca pensó que existiera un paisaje laberíntico tan cerca de Madrid, hasta encontrar los barbechos y sembrados de Milmarcos.

La niebla baja de los cerros hasta el empedrado de la plaza cuando Tomás aparca el dos caballos frente al único bar del pueblo, tras dar una vuelta por él. No ha sido capaz de hallar ninguna sensación que le evocara recuerdo alguno de esas calles de tierra sin aceras. El centro del pueblo está cercado con empalizadas. Un encierro de vaquillas o toros se ha debido de producir de madrugada. Hay sangre en la arena de las calles, papeles, botellas vacías en cada esquina y petardos quemados. Tras la ventanilla del coche, observa los banderines de la plaza bamboleándose por el viento.

Solo piensa en un café con leche y un pincho de tortilla. Está hambriento. Dos olmos gigantescos se yerguen en medio de la plaza del pueblo, junto a una iglesia recién restaurada. Sale del coche y estira las largas piernas, comprimidas durante el viaje. El ayuntamiento está cerrado y comprueba que el bar también. Empuja la puerta y se mueve la cortina del interior. Hay una barra a la izquierda y servilletas usadas por el suelo. Llama al timbre varias veces. No se oye sonido alguno que no sea el de las aves del cielo y el agitado murmullo de las ramas peladas de los olmos.

Nadie a quien preguntar por ninguna parte. El viento se levanta y va a chocar entre sus piernas un papel. Se le queda pegado en el pantalón. Se sacude para despegarlo. Lo coge. Le llama la atención. Es la hoja pequeña de un calendario del mes de diciembre y tiene marcado con un círculo el día de hoy, 21 de diciembre. Se deshace de la hoja, pero esta vuelve a estrellarse contra su entrepierna. El aire le agita el cabello y de un manotazo se deshace del papel, aunque no puede deshacerse del día que es, porque el viento silba como la voz chillona del monje, y quiere sacarlo de su cabeza y se repite que es una invención, un espejismo, un delirio de ansiedad.

El pequeño pueblo le lleva de la mano por sus calles a otra época que nunca ha vivido e intenta desenterrar un pasado que desconoce, pero que está ahí, en algún lugar de las viejas casas de piedra caliza con escudos; y de adobe y ladrillo, más arriba, formando calles empinadas que acaban en el monte. Mientras camina por una de ellas, protegido tras su chaqueta de tweed con coderas marrones, le parece ver una figura en la puerta de una casa al final de la cuesta. Es un hombre mayor, con una pelliza de oveja sobre los hombros y una boina bien encajada. Está sentado en una banqueta y, con la cabeza agachada, se enciende un pitillo. El hombre levanta los ojos y mira a Tomás cuando lo tiene delante, le dice que la parienta no le deja fumar dentro. Tomás le pregunta si conoce a los Anglada, imaginando que debe de haber Angladas en aquella soledad.

—¿Quién no los conoce? —contesta el anciano.

—¿Y a los Roy? —pregunta, sorprendido por la respuesta afirmativa.

—Había un Roy, que yo recuerde, hace mucho: el Felipe. Le llamaban el Tío Fraile. Era el curtidor del pueblo, luego se hizo el puñetero guardián del cementerio.

El hombre tiene la pelliza como embadurnada de una grasa pastosa y blanca, y añade que lo llamaban «Tío Fraile» no porque fuera fraile, puesto que era judío, sino porque al morir su hija se colocó un hábito de monje y jamás se lo volvió a quitar. Lo enterraron con él, como mortaja.

Tomás necesita saber más. Le pregunta. Le bombardea con su interés desmedido. Tiene ganas de un pitillo. El día se despeja y el frío le cala los huesos. El viejo de la pelliza le contesta que a Felipe lo veía alguna vez, entre lápidas y panteones, con el hábito hecho jirones y un cubo en la mano para restregar los mármoles. Era escurridizo, ya lo cree. Y curtidor, de joven. Había tenido un taller de cuero en las Piñuelas —señala hacia el este del pueblo—, pero desapareció en la riada del cuarenta y siete, y Felipe con ella. Era de los pocos judíos que quedaban por allí. Tomás le pregunta si está seguro de que los Roy eran judíos. Le contesta que es lo que se decía.

—Y los Anglada, a medias; mezclaos —le aclara el viejo encendiendo otro cigarro sin filtro. Escupe unas hebras de tabaco y ladea la cabeza, para proseguir. Tiene la lengua suelta y habla bien para ser tan viejo—. Como muchos antes. Sé que el Tío Fraile tuvo una hija que murió muy joven. Se cayó del caballo en las aguas del río Piedra y murió desnucada. Hay más Roy en el pueblo, pero no viven aquí. Éstos eran conocidos, porque la pobre desnucada era la mujer de un Anglada.

Tomás le pregunta por ella, lo que recuerde. Pero el viejo nunca la conoció en persona, solo rumores sobre esa criatura, que no andaba muy cuerda, siempre cabalgando por los sembrados y esos montes de Dios, sola, sin compañía alguna, y menos de su marido; día y noche, como un ánima perdida, hasta que un día el caballo la tiró al río. Lo único que sabe el anciano es que tuvo una muchacha. No recuerda el nombre de la mujer del Anglada ni de la hija que tuvieron. A la rapaz se la llevaron a Madrid, hacía tanto tiempo que al hombre le parece una eternidad.

—¿Cuántos años me echa? —dice el viejo, con voz glutinosa, y se levanta de la banqueta con claro esfuerzo.

Tomás titubea.

—Pos voy pa los cien, aunque mi memoria es la de un rapaz. ¿Y por qué pregunta usté tanto?

—Mi madre nació en este pueblo. Se llamaba Jimena. ¿Ha oído ese nombre alguna vez?

—Deje que piense... —Da la última calada al Bisonte y lo tira al suelo. La colilla sigue ardiendo sobre la tierra de la calle. Tomás se fija en los dedos del hombre, artríticos, amarillentos. Dedos con cien años—. Pue que hubiera una Jimena, la rapaz, me parece a mí. Pue que fuera la nieta del Tío Fraile e hija de la desnucada. Pero no me haga caso... Hablo por no callar.

El hombre tiene frío y sus delgados hombros se encogen bajo la pelliza. Antes de darse la vuelta y entrar a la casa, Tomás le pregunta por los Anglada. Quiénes son. Dónde viven. Al viejo no le sostienen las piernas y está impaciente por entrar en su vivienda, pero le dice que los Anglada del pueblo son dos hermanos.

—Dos viejos que viven solos en un cacho finca de allá padentro. —Señala con el dedo hacia un cerro verde y escarchado.

El hombre desaparece en el interior de la vivienda y un perro canela asoma el hocico arrastrándose por el suelo antes de que se cierre la puerta. «La desnucada», piensa Tomás, podría ser su abuela. Se sube el cuello de la chaqueta, se da la vuelta y baja por la calle hacia la plaza a recoger el dos caballos. No hay signos de vida humana por ninguna parte, solo una cortina de silencio a su alrededor, la misma que lo ha acompañado siempre.

Es día festivo en Milmarcos y la gente humilde sigue durmiendo en sus pobres casas y en algunas chozas que encuentra a las afueras del pueblo. Circula por un sendero. Los caminos están secos y la niebla se ha disipado en los campos. Cruza unos huertos y un par de regueros. Las perdices corren a su izquierda. Llega a un alto, desde donde divisa el camino de robles que el anciano le ha señalado. Piensa dejar para mejor ocasión el cementerio. Quizá a la vuelta, si está a tiempo de regresar a Madrid a buena hora. El sol ilumina la carretera cuando lee «Tres Robles» en un poste, a la entrada de una ruta tras conducir unos cinco kilómetros hacia el oeste. El paraje es solitario. El camino ha mejorado, es llano y la tierra está compactada. A tres kilómetros encuentra una verja medio oculta entre zarzas. Cree que ha llegado a su destino. Hay una gruesa cancela y un muro de piedra que debe rodear la casa y la finca. Espera encontrar a esos dos hermanos de los que le ha hablado el anciano. Hay un timbre sobre una mocheta y llama una vez. Se apoya en la verja y se enciende un Fetén. Espera durante unos minutos y oye una voz desde la rejilla metálica.

Cuando Tomás pronuncia su nombre y apellidos, se hace el silencio. Tras dos caladas de cigarro, la cancela se abre suavemente y la misma voz le dice que pase. Tira el pitillo al suelo, lo pisa en un acto reflejo y entra en el auto. La cancela se vuelve a cerrar tras el dos caballos.

Tiene la firme convicción de que ha entrado en Tres Robles, la finca de los Anglada a la que ha sido enviado por el anciano de Milmarcos. En ese momento su corazón se acelera y cree con rotundidad que el monje del monasterio solo ha existido en su imaginación.

10

Regresar al mundo

Madrid, 24 de diciembre de 2003

Qué día es para ella cuando abre los ojos por primera vez? ¿Qué hora marca el reloj en los minutos de su vida? ¿Sigue teniendo siete años o el tiempo ha variado de lugar como varía la posición de la tierra en el espacio?

Teresa cree ver cierto movimiento de los párpados de su hija, sentada junto a ella. Un parpadeo imperceptible, lento y sucesivo. Luego va tornándose nervioso hasta que sus pupilas se contraen a la luz. La niña ha abierto y cerrado los ojos varias veces. Teresa le ha tomado la mano y ha sentido el cuerpo de su hija fundido con el suyo. Ha visto ligeros movimientos en sus piernas, bajo las sábanas. Le ha pasado un paño húmedo y caliente por la cara y el cuello, y luego por las manos y los brazos. Con el peine ha subrayado una línea en el centro de su pelo, que le ha recogido en dos trenzas.

Sabe qué ha de hacer para estimular la conciencia de su hija. Se lo ha explicado el doctor Ayala: «Será conveniente que su hija pueda escuchar su voz. Háblele. Esté con ella y estimule su piel. Tome su mano y bésela mientras le susurra esas palabras que ustedes las madres saben tan bien pronunciar. —A Teresa ese médico le parece un hombre tierno y delicado, y se alegra de haber caído en sus manos—. Si logramos que responda a algún estímulo, puede superar lo que llamamos "síndrome de vigilia sin respuesta", que es la situación exacta que padece su hija. Y puede salir de ella en cualquier momento. No se desanime».

Teresa le ha hablado a Jimenita a intervalos, en un tono pausado y lánguido. Cariñoso. De baja intensidad. Y entre todas las cosas que le ha contado: las buenas manos que la cuidan, las del primer médico que la ha auxiliado cuando llegó al hospital. Se llama Walter. Nació en Buenos Aires. Pero sus abuelos paternos eran de Asturias, de un pueblo llamado Castropol, junto a la ría del Eo. Enfrente, le ha dicho a Jimena, está Ribadeo, pero ya no es Asturias, sino Galicia, y para cruzar de un pueblo a otro, antiguamente te pasaba un barquero porque no había un puente como ahora. Le ha explicado la toponimia de los dos concejos. Luego le ha hablado de Leonor, de lo que quiere estudiar cuando se haga mayor y la casa en la que quiere vivir para criar a los diez hijos que desea tener. «Y tú, preciosa, ¿cuántos nietos me vas a dar?», le susurra al oído y le acaricia la frente, brillante, recién hidratada por la crema que le ha puesto hace un rato por todo el cuerpo.

Lo que no le ha contado a su hija es la situación que tiene con Ricardo. Ni que a las nueve de la mañana se ha presentado en la UCI. Ella no quería cogerle el teléfono, pero él no dejaba de insistir y le ha tenido que contar la situación de Jimenita e indicarle el hospital donde se encuentra. No ha tardado ni veinte minutos en llegar a la puerta de urgencias. Teresa ha salido a la calle a recibirlo, sin el abrigo, con una rebeca de punto, a intentar que no entrara en el hospital y aclarar la situación. La repele haber pensado en utilizar la típica estrategia para alejarse del hombre casado: la de que él debe centrarse en su familia y en sus hijos, y ella, en las suyas, sobre todo ahora que Jimenita la necesita en su totalidad. Pero el rostro demudado y nervioso de Teresa se ha ablandado al ver a Ricardo acercarse por la acera con un traje azul cobalto y un abrigo de cachemira echado por los hombros, entre la niebla de la mañana y el tráfico de esas horas. Ella ha mirado hacia un vehículo oscuro, estacionado en un vado, en la calle Ibiza. El conductor de Ricardo, que tan bien la conoce, estaba en el interior, leyendo el periódico.

Él la ha abrazado en medio de la calle en cuanto la ha visto. La ha rodeado con sus brazos y le ha acariciado la mejilla con el dorso de la mano. La calidez del cuerpo de Ricardo y su olor a Loewe recién pulverizado, en ese instante de debilidad, han derrumbado su estrategia para abandonarlo. Lo tenía delante, enérgico, avasallador, dispuesto a ver a la niña y a pasar por encima de todas las normas del hospital, y Teresa ha pensado en darse un poco de tiempo.

—Quiero entrar —ha dicho él—. Voy a hablar con el director. Sé quién es y me va a recibir.

—Creo que sería mejor que dejaras las cosas como están, Ricardo. No hace falta que hables con nadie.

—Te veo cansada. Tienes un aspecto pésimo. —Y la ha sujetado por los hombros, mirándola como si no la reconociera.

—No he pegado ojo en toda la noche. Dentro de un rato vendrá Raquel, y me pasaré por casa a adecentarme.

Mientras entraban en el edificio, Ricardo le ha explicado las gestiones que está haciendo en la cadena. Ha hablado con el director de su programa y podrá tomarse las vacaciones que necesite. A las cuatro de la tarde, Ricardo tiene consejo de administración y luego charlará del futuro de Teresa con el director de programación. No debe preocuparse por nada. Solo centrarse en la niña y su recuperación.

—Eres de nuestros principales activos, cariño. No vamos a abandonarte ahora —ha dicho cuando entraban en el pasillo que conduce al Servicio de Medicina Intensiva.

Caminaban juntos tras cruzar los ascensores, y ha dicho Teresa:

—¿Sabes que mi padre desapareció un veintiuno de diciembre, y que mi abuela murió en el Hospital Provincial un veintiuno de diciembre?

Teresa no comprende qué impulso le ha guiado a decir aquello. Él la ha mirado como si no la reconociera:

—Tonterías, Teresa. Son bobadas.

Ricardo se ha encogido de hombros con el abrigo colgando de ellos como si se le fuera a caer de un momento a otro:

—¿No me has dicho que no conocías a nadie de la familia de tu padre?

Llegaban al box de Jimena. Se han situado frente a la habitación acristalada. Él ha mirado a la niña a través del cristal, casi sin verla, y se ha vuelto hacia Teresa para desnudarla con los ojos. Teresa guardaba silencio. Solo necesitaba ver a su hija dormida, respirando silenciosamente. Y ha dicho, volviéndose hacia él:

—¿Cómo sabes que me refería a la madre de mi padre?

Él se ha recogido el abrigo y se lo ha extendido doblado sobre el brazo izquierdo.

—Lo he deducido, querida. ¿Puedo entrar?

—No, no puedes.

—¿Por qué estás así? ¿Qué cojones te pasa?

—Nada. Necesito pensar, estar sola...

—¿Es por algo que he hecho, que he dicho? ¿Por qué me miras así? ¿Por qué no me coges nunca el puto teléfono?

—¿Te parece poco lo que le ha sucedido a mi hija?

—Solo quiero ayudarte.

—Lo sé, lo siento. Esto me hunde, pero me recuperaré. Dame tiempo y no insistas. Buenos días, doctor. —Y se ha girado para saludar al doctor Ayala.

El médico ya no iba dentro de un traje de cirujano, con la mascarilla colgada del cuello, llevaba una bata blanca e iba acompañado de una enfermera y dos auxiliares que han entrado en la habitación de la niña, han cerrado tras ellas la puerta y las lamas de las cortinas.

Sin dejar hablar al médico, en medio del pasillo, Ricardo le ha interpelado si estaban empleando todos los medios de los que disponían para sacar a la niña del coma.

—Porque el aspecto de esta UCI deja mucho que desear.

Teresa lo ha mirado perpleja. El médico, también, y la enfermera ha entrado en la habitación. Ricardo, ahuecando la voz, ha dicho:

—Tengo una reunión con el director del hospital y me voy a encargar personalmente de que los mejores especialistas que haya en este centro traten a Jimena, mientras estudiamos —y ha mirado a Teresa— su traslado al mejor centro de Madrid para este tipo de enfermedades.

—La paciente no tiene ninguna enfermedad, que hayamos detectado.

Teresa ha querido matar a Ricardo: odia la actitud prepotente y altiva que siempre muestra con las personas que cree inferiores a él.

—¿No crees que deberías irte a tu cita?

—Como quieras, cariño.

Ricardo le ha acariciado la mejilla con las yemas de los dedos y se ha dado la vuelta hasta desaparecer por el pasillo, erguido, con el abrigo sobre el brazo, hacia los ascensores.

El doctor Ayala y Teresa han comenzado la conversación sobre Jimena. Han caminado juntos pasillo arriba, pasillo abajo. Él le ha explicado la medicación; las pruebas; los resultados de la neuroimagen que han obtenido del cerebro de la niña; el comportamiento que se espera en breve; la posible rehabilitación posterior a su despertar, si es capaz de seguir evolucionando y hay signos positivos. Le ha explicado ciertos detalles de las delicadas estructuras que regulan la conciencia, los hemisferios cerebrales y sus zonas de asociación primaria y secundaria. Le ha enumerado los distintos grados de alteración de la conciencia para ilustrar en el que se encontraba su hija y cómo la están tratando, para reconocer las causas del coma.

Mientras, las auxiliares han cambiado a Jimena, han acondicionado la habitación y la enfermera le ha suministrado la alimentación y el tratamiento.

En el transcurso de la hora siguiente, Ricardo, tras la conversación con el director del hospital, de la que no ha salido satisfecho, le ha dicho a Teresa que no se fíe del diagnóstico de ningún médico de ese hospital y que hará gestiones para encontrar el mejor. Ella no comprende el ansia de ese hombre por tomar un protagonismo que no le corresponde.

Una hora después de haberse ido Ricardo, ha llegado Raquel con ropa limpia y una bolsa de aseo. Raquel le ha explicado que Leonor quería ver a su hermana y había protestado por tener que volver con la abuela, a esa casa que siempre está helada y es horrible. Raquel se encontraba realmente afectada y triste por la situación y por la fecha.

—Es veinticuatro de diciembre, señora, y Leo no quiere cenar en el chalé de su madre, sin árbol ni decoración navideña. Odia tener que esperar un día más para ver a su hermana, y necesita estar con usted.

Teresa, sentada en una de las sillas del pasillo, con el rostro demacrado y agotada, le ha dicho que esperaba de Leonor que supiera estar a la altura de las circunstancias: ya tenía edad para ello.

—Que cene con la abuela y sea buena nieta. Es lo que quiero que haga.

A las siete de la tarde han trasladado a Jimena de la UCI a una habitación controlada de la planta de pediatría.

Teresa se levanta de la silla y se inclina hacia la niña para verle la cara y observar su mirada, puesta sobre alguno de los objetos familiares que hay encima de la mesilla: un pequeño osito de peluche al que llama Persy, una Barbie vestida de domadora de leones, una figura de Tintín poniéndose una gabardina beis junto a su foxterrier y una cajita china de música en la que guarda Jimena sus pendientes favoritos. Son objetos elegidos por Leonor para su hermana. Cosas que adora. Se da cuenta de que su hija gira las pupilas para verlas. Luego mira a su madre. Hay un instante de mutua contemplación. Silenciosa. La alegría de Teresa es indescriptible observando el largo cuerpo de la niña como si fuera un planeta recobrando el movimiento. La vida. El agua y la atmósfera. Se siente agradecida. No es posible tanta magnanimidad.

La luz de encima de la cama ilumina el espacio. Raquel ha dejado en el mueble que hay junto a la ventana un pequeño belén compuesto por unas figuritas mejicanas de barro que trajo Teresa de un corto viaje a Teotihuacán.

Ve a su hija con todo el poder de la vida: parpadea y hace movimientos extraños con los dedos de las manos. Tiene varios temblores en la boca; le parece creer que Jimenita quiere hablar. Pero hablará, le ha dicho el doctor Ayala, en cuanto ha comprobado los progresos con unos sencillos movimientos que le ha practicado a lo largo del día.

—Ha entrado en la fase previa al despertar. Lo llamamos «estado de mínima conciencia». Más del ochenta por ciento de los pacientes que entran en este estadio tan rápidamente se recuperan. Los niños son los primeros en hacerlo.

La voz del médico reconforta a Teresa y dice que hoy es Nochebuena y hay buenos motivos para celebrarlo. Ella lo mira con la ilusión de recobrar a su hija y piensa que ese hombre ha entrado en su vida para darle buenas noticias. El doctor Ayala usa un tono de voz modulado y musical que solo los argentinos son capaces de producir. Algo así como: todo se arreglará, volverá a ti, no pierdas la fe, es tu hija, ámala más que nunca, ella se da cuenta de todo.

La niña reconoce el dolor. Parece querer comunicarse. Abre la boca y los ojos como un pececillo, durante segundos, e intenta asir los objetos, moviendo los dedos, postrada en la cama con cierta angustia en la mirada en cuanto sus párpados se abren. Luego se relaja, deja de mover las manos con esa rapidez extraña y algo vehemente, y vuelve a entrar en el sueño.

—Son señales que nos avisan —dice el doctor—. Estemos pendientes.

—¿Es normal que agarre las sábanas y crispe la boca? ¿Es normal que le caigan lágrimas en cuanto me asomo a su ángulo de visión? ¿Por qué mi hija no despierta del todo?

—Es normal. Muy normal. No se despierta de golpe, como se ve en las películas. Es un proceso paulatino. A veces lento. En ocasiones hace falta una terapia de rehabilitación. No sabemos qué sucede en la mente. No puedo conocer la sensación real de la niña, ni saber si está soñando o no. Creemos que sueña por la actividad cerebral que se observa en la resonancia. A veces el cerebro está como muerto; otras, en actividad frenética. Observamos y medimos las reacciones ante determinados estímulos, y elaboramos estadísticas.

—No quiero conocerlas. ¿Sufre?

—Manifiesta emociones. Es una suerte. La sonrisa y el llanto se adecúan a su estado emocional.

—Gracias, doctor.

—De nada.

Las palabras de los dos quedan suspendidas en el aire cuando él se despide para salir de la habitación.

11

Tres robles enfermos

Tres Robles, 21 de diciembre de 1970

Un hombre sale a su encuentro. Ha dejado la puerta abierta y ha cruzado el porche de la casa con dificultad para bajar los escalones. Espera a que Tomás salga del coche, apoyado con decisión en un bastón con el puño de nácar. Viste una bata de cuadros hasta los pies, zapatillas de piel forradas de borrego y lleva envueltos el cuello y la boca en una bufanda verde. Aunque Tomás solo ve unos ojos cansados y claros, tras unas gafas de pasta, a medida que va hacia él tras abandonar el dos caballos bajo tres robles pelados. Pisa sus hojas caídas, que sin recoger aún, forman pequeñas montañas, como la canción que le gusta a Rosa, y observa que cuando estaban vivas se hallaban enfermas.

Los dos hombres, frente a frente, son de exacta estatura; la misma mirada, esquiva e insegura; el mismo color de pelo si las canas del anciano no repoblasen sus rizos todavía abundantes y desordenados para la edad que tiene. Los ojos de Tomás escudriñan enfebrecidos otros ojos que le parecen los suyos, secuestrados e ignorantes. Si alguien ajeno los contemplara, pensaría que son como viento azotando el mar.

—Entre, por favor. Venga conmigo —dice el hombre.

Es una casa de campo. El calor agradable estimula en Tomás un bienestar extraño cuando entra siguiendo al hombre, seguramente enfermo, a un despacho, tras pasar por un hall con una larga escalera que sube a las habitaciones superiores. Es una casa antigua, sobria y algo anacrónica. Han debido de vivir en ella varias generaciones, y Tomás tiene una sensación de tristeza, como si entrara en el reino perdido.

Los muebles del despacho son de recia madera y las paredes no tienen un hueco libre, atestadas de orlas y títulos académicos en marcos macizos y vetustos. Hay una mesa inclinada con lápices y bolígrafos sobre papeles manuscritos, como un *scriptorium*.

Cómo es posible el parecido de Tomás con el hombre cuando el anfitrión deja la bufanda en el respaldo de un sillón, junto a una chimenea apagada y se miran de nuevo, cara a cara. Pero la chimenea pronto se pone a arder, en cuanto las manos expertas del anciano prenden las teas con un fósforo. Parece un ritual, una demora innecesaria. O quizá no. Igual ese hombre no sabe cómo comenzar una conversación con su hijo. Sus primeras palabras son suaves, su boca amplia y sus rizos anárquicos y blanquecinos sobre un rostro apergaminado, ancho y fuerte, de labrador, cuando se presenta como David Anglada, y pregunta:

—¿Se ha perdido usted por mis tierras?

Tomás se siente ridículo pero valiente porque cree que ese hombre es algo suyo cuando lo ve sentarse en un sillón y sonarse la nariz con un fino pañuelo de hilo que se saca de un bolsillo de la bata. Tomás le contesta que no se ha perdido.

—Disculpe que lo reciba con este aspecto, tengo una gripe terrible. Gracias al Señor, o al diablo, me repongo. Mis padres murieron de gripe. Odio la gripe. Pero no crea que me asusta la muerte, ni mucho menos, la estoy esperando de un momento a otro. Y aunque no lo crea, quizá muera cuando usted cruce las lindes de mis tierras. ¿Me puede decir de nuevo su nombre? Quiero pensar que lo he oído correctamente, a través de ese artilugio que me acaban de instalar.

Tomás lo repite, se acaricia el bigote muy nervioso. Es un acto reflejo.

—No nos hemos visto nunca —dice David.

—No, que yo recuerde.

—Tome asiento a mi lado —le indica, acercando sus manos heladas y frágiles al calor del fuego, mostrándole un sillón frente a él, y prosigue—: ¿Es usted hijo de Jimena?

—Soy el hijo de Jimena —contesta, y se levanta del sofá, impetuoso.

Los ojos cansados y frágiles de David recorren el cuerpo alto y enérgico del joven, reconociendo su propia corpulencia a su edad.

—Siéntate —le insiste David, tuteándolo con una autoridad que le extraña a Tomás, y éste obedece, como si se lo pidiese su propio padre, con la sensación de que es su padre quien se lo está pidiendo.

—Yo adoraba a tu madre.

—No me acuerdo de ella —dice Tomás.

—Tu nacimiento es una historia difícil y complicada de contar, y de entender.

—He venido para escuchar. Nunca pensé que tuviera una familia.

—Tu madre era mi sobrina. Tú naciste de nosotros dos. Lo siento. No sé qué decirte ni cómo explicarlo. Desconozco lo que ha sido de ti desde tu nacimiento. —Sus palabras son frías e inhóspitas. Quizá necesita refugiarse en la regia autoridad del sacerdote que había sido, intentando buscar la verdad en alguna parte—. Al comienzo de la guerra, mi hermano huyó de Madrid, cruzó el frente y llegó a Tres Robles, en enero de 1937. Me contó que desapareciste con tu madre en el bombardeo del Hospital Provincial en el que estaba ingresada por su mala salud. Y ahora estás aquí, treinta y seis años después. Creo que mi hermano es el diablo en persona. Si no ¿cómo explicarte ahora, cuando tendrías que haber muerto a la edad de dos y medio entre los escombros del sanatorio, el día veintiuno de diciembre de 1936, junto a tu pobre madre?

Hace una pausa. Tomás está perplejo. No sabe si creerlo o no. Hoy es 21 de diciembre, están pensando los dos, y ninguno se atreve a decirlo. No es momento de conmemoraciones ni duelos. David continúa hablando durante más de tres horas mientras la luz recorre las paredes del despacho. ¿Qué le cuenta? La historia completa de la familia Anglada. Luego, su paso por el seminario hasta hacerse sacerdote y su amor incondicional y frustrado, desde niño, por una mujer que murió a la edad de veinticuatro años por un accidente de caballo.

Se llamaba Juliana Roy. Era la esposa de su hermano y madre de Jimena. Tomás piensa: «Debe ser la desnucada. La Roy de la que ha hablado el lugareño de Milmarcos». Según le cuenta David, Juliana tenía una personalidad bulliciosa y explosiva, pero con crisis de silencios y ataques de melancolía. Él la quiso siempre, la respetó; no era para él, tampoco debió ser para su hermano, pero Francisco se casó con ella. Se la quitó, como siempre ha hecho, quitarle todo. Por esa mujer se hizo sacerdote y huyó de la finca para regresar a su muerte. Nunca debió morir así. Le explica a Tomás cómo se peinaba Juliana y cómo odiaba a su marido; también cuánto la quería su padre, Felipe, de profesión guadamecí, aunque terminó sus días cuidando el cementerio del pueblo, velando día y noche la tumba de su hija. Se volvió loco. «Ese debe ser el Tío Fraile. No andaba descaminado el lugareño de la pelliza», reconoce Tomás. Felipe hablaba durante horas con ella, pegando la boca a la lápida, según contaba la gente que acudía al cementerio a dejar flores a sus muertos. Un día las lluvias decidieron inundar el viejo taller, en el que dormía Felipe, y murió ahogado por la riada. Tomás piensa que Juliana Roy debió ser muy importante para David Anglada, que habla de ella con veneración, y se da cuenta de que esa mujer, que murió por una caída de un caballo, según le cuenta atropelladamente, era su abuela. Tomás no entiende muy bien todo lo que está escuchando, los nombres que aparecen en los labios de ese desconocido y que descubre con cierto horror.

David pasa a contarle el nacimiento de Jimena y cómo él educó a la hija de su hermano y de Juliana como si fuera suya, con miedo a que hubiera heredado el desequilibrio de su madre. Hasta dejó el seminario y la Universidad Pontificia de Zaragoza, en la que daba clases de filosofía, para dedicarse a esa niña con el amor de un padre.

—Pero la niña creció y mi hermano la sacó de Tres Robles y se la llevó a Madrid para que estudiase. Esa niña era tu madre —le dice a Tomás con despecho.

Tomás se emociona, llora, sus lágrimas se extienden por su jersey de cuello alto y lo mojan. Y David le sigue hablando de la vida de Jimena en Madrid.

El despacho se inunda de la luz amarilla del invierno. Esa luz que hace más humanos los gestos de los hombres; de los de Tomás se puede extraer el dolor de la historia de la familia. De su familia. David prosigue su relato emocionado al hablar abiertamente de Jimena por primera vez en muchos años, e intenta poner su alma en paz. Pero no lo consigue. Observa los ojos desconcertados de Tomás.

—Mi hermano atribuyó tu nacimiento al error de su hija con un joven revoltoso —le aclara—, medio novio de tu madre por entonces. El chico campaba a sus anchas por la universidad y los comités revolucionarios. Mi hermano le odiaba con todas sus fuerzas. No es de extrañar que Francisco, conociéndolo como lo conozco, fuera capaz de abandonar al hijo de Pere Santaló en el orfanato de su amante cuando murió nuestra Jimena. Pobre de ti.

»Pere Santaló era un descamisado, no te apures —le asegura, como queriendo recordar algo que le viene persiguiendo desde hace años. Sus ojos enrojecidos se vuelcan en su relato para darle veracidad—. Era un revolucionario, así le llamaba mi hermano, un don nadie que no tenía más en la vida que estar tirado a la bartola a la espera de que transcurriera el día para ver caer la noche hasta el día siguiente sin otro propósito que la suerte que le pudiera caer del cielo provocando algaradas y revueltas en la universidad, repartiendo pasquines, asistiendo a comités revoltosos y asaltando alguna que otra institución religiosa, acompañado por sus camaradas de la CNT y otros grupos de agitadores, que en el Madrid de los años treinta eran el terror de las calles.

»Tu madre se sentía atraída por ese joven, pero solo por el hecho de molestar a su padre, al que no perdonó nunca por alejarla de Tres Robles, de mí y de la vida tranquila de esta finca. Cuanto más irritaba Pere Santaló a mi hermano con su insistencia en la relación con Jimena, en sus afanes por conquistarla, más cerca de él se sentía ella, aunque a tu madre le repugnasen aquella sonrisa de escualo y los dientes triangulares del joven. En más de una ocasión, ella advirtió a mi hermano de que si no la dejaba regresar conmigo haría de Pere Santaló su esposo. De hecho, nos amenazaba a los dos con ello, para presionarnos; odiaba la ciudad, le aturdía Madrid y no hubo un solo día desde que dejara Tres Robles, con dieciséis años, que no añorase el regreso. Pero los acontecimientos jamás lo permitieron, mi rebelde sobrina, tu pobre madre —David se mira las manos ancianas, como si hubieran sido las culpables de su desgracia—, se quedó embarazada a los cinco años de llegar a Madrid, sin terminar la carrera, con cierto desequilibrio emocional; nadie sabía que ya estaba enferma de espina bífida; te juro que te concebimos de forma accidental, y únicamente ocurrió una vez.

Tomás cree que ese hombre está loco de remate y es un insensato por hablar de esa forma a un desconocido. Pero los dos saben que no es un desconocido, sino tan solo un hombre abandonado a su destino. Los abultados ojos del anciano sufren, son indescriptibles. En el fondo a Tomás le da pena, no deja de hablar de Jimena con veneración.

—Por culpa del maldito Pere Santaló yo viajé a Madrid a socorrer a tu madre por la paliza que le había dado mi hermano, el muy miserable, con el terrible saldo de la cicatriz de su cara. Durante mi estancia fue cuando tú sucediste.

David había viajado a la casa de Madrid, donde vivían Jimena, su padre y el ama Fernanda, tras recibir en Tres Robles una carta de su sobrina. Ella estaba desesperada, solo pensaba en regresar a la finca. Era incapaz de soportar el control de Francisco. Habían discutido. Jimena andaba con una mala compañía y deseaba abandonar la universidad. La carrera se le había atascado.

Francisco, en la ofuscación y la disputa, la había pegado con el cinturón, con la mala suerte de que la hebilla había caído sobre el rostro de su hija causándole una profunda herida. Entonces ella envió a David una terrible carta pidiéndole ayuda, que la rescatase de Madrid y de la ira de su padre. Él, joven e insensato, salió al instante de la finca al auxilio de su sobrina. Su estancia en la capital la recuerda con un sabor agridulce. Jimena había cumplido los veintiún años, y él tenía ya treinta y seis. Y sin darse cuenta, ni saber cómo ni por qué, yació con ella, cometiendo el error más grave de la humanidad. Luego, temeroso de Dios y de las consecuencias, porque no hay que olvidar que por entonces todavía se sentía sacerdote, abandonó Madrid esa misma noche huyendo como un cobarde.

—Porque soy un cobarde. Un gran cobarde. Siempre he sido un cobarde —se declara ante Tomás.

David intenta justificarse, busca explicar su comportamiento. Dice que Jimena le perseguía por la casa con la obsesión de su persona.

—Pere Santaló fue quien le entregó a tu madre los pasquines que mi hermano encontró en su dormitorio y que desencadenaron la discusión, creyendo que ella estaba metida en actos de sabotaje y quema de iglesias, que entonces eran el pan nuestro de cada día en todas las calles. Pero no fue así, era Pere quien la arrastraba a la rebeldía. Te voy a ahorrar los detalles, solo te digo que ella dejó creer a mi hermano que tú eras hijo de él cuando, realmente, nadie más que ella y el ama Fernanda conocían la verdadera identidad de tu padre. Fernanda nos descubrió en el gabinete de mi hermano de la calle del Pintor Rosales, donde entonces vivían, y me echó de allí como a un perro. Nunca se lo reproché, fui un cobarde aceptándolo, y jamás volví a ver a tu madre. El ama se llevó la verdad a la tumba, en la posguerra, y tú, Tomás, para todos y, sobre todo para mi hermano, siempre fuiste hijo de Pere Santaló, hasta su muerte y tras su muerte. El joven acabó muy mal, de un golpe en la cabeza el mismo día del asalto al Cuartel de la Montaña y del comienzo de la guerra; era uno de los milicianos que sitiaban el cuartel en el que se encerró el general Fanjul con miles de cerrojos de fusil, atendiendo las órdenes del Generalísimo, sublevado en África. Pere encontró la muerte de forma trágica. Pero esa es otra historia que pertenece al treinta y seis, como tantas y tantas historias de muerte de aquellos años en que comenzaba el horror.

David no volvió a ver a su sobrina. Sabe que dio a luz, nueve meses después, en una casa de campo, en el País Vasco, adonde la llevó Lucía Oriol para que pariera fuera de Madrid y de las miradas y del odio de Francisco. David se ocultó en Tres Robles y los abandonó a su suerte en una ciudad en la que comenzaría una guerra. Ni siquiera pudo rezar al cadáver de su sobrina, años después, perdido en el bombardeo del hospital cuando fue ingresada por una dolencia de espalda. Apenas ya podía caminar, los dolores de columna, acrecentados por las penurias de la guerra y por la maternidad de Tomás, acabaron con ella en el depósito de cadáveres del Hospital de Atocha.

Tomás piensa que se está hablando a sí mismo, que se escucha con la intención de convencerse de una historia tamizada por su memoria y conveniencia. Es todo tan enrevesado, tan oscuro; ese hombre declarándose su padre por error, por yacer con su propia sobrina, dejando que todos creyesen que el culpable de su embarazo era un revolucionario que murió violentamente. Se va enfureciendo por momentos. No puede aceptar esa historia, es demasiado cruel.

¿Es posible que una guerra o los prolegómenos de una guerra conviertan a las personas en crueles máquinas de hacer el mal?

David sigue con la actitud de compadecerse de sí mismo. Busca la comprensión de Tomás, que, angustiado y con el rostro congestionado, no está dispuesto a entender.

Le jura David que era una época difícil de entender hoy en día, que esté tranquilo, porque su madre obtuvo toda la ayuda que necesitó de Lucía Oriol. Es una mujer rica y ociosa, afincada en Roma desde que comenzó la guerra y huyó de Madrid. Fue ella quien impidió que a Jimena le indujesen un aborto, como deseaba Francisco, que no soportaba ver a su hija embarazada del joven revolucionario. Lucía se la llevó a Vascongadas, a una finca que posee en Oyarzun, a que pasara el embarazo.

—Por eso naciste en Guipúzcoa, le aclara el anciano; por la intervención de esa mujer que te salvó de no haber nacido. Enseguida regresaste a Madrid con tu madre y el ama Fernanda, que la acompañó. Mi hermano accedió a dejarte entrar con tu madre en Pintor Rosales convencido por Lucía Oriol; otra vez más esa mujer mediaba entre tu madre y mi hermano; para él era muy difícil aceptar el regreso de su hija con un bebé bastardo. Pero no tuvo más remedio, y allí vivisteis los tres, con el ama Fernanda, hasta que comenzó la guerra, en esa casa maldita frente al Cuartel de la Montaña. En vuestro barrio se creó un frente de guerra, vuestra casa quedó destruida por un obús y os trasladasteis a la casa de la Ciudad Lineal hasta la muerte de tu pobre madre. Yo me encerré en Tres Robles. Jamás he vuelto a salir de aquí.

—No me conmueve —le dice Tomás con cara de pocos amigos y ganas de estrangular a ese hombre que está haciendo añicos sus pretensiones de encontrar una familia en Milmarcos. Esta cruel historia no es la que esperaba.

Tomás desea saber algo más de esa mujer del retrato que siempre estuvo encima de la mesa del despacho del orfanato y que tanto mira la hermana Laura y antes lo hacía la superiora Juana.

—Lucía Oriol tenía sus sombras, y eran alargadas —le responde con despecho—. Era una adúltera. —Tomás piensa: «Para este hombre no hay nadie bueno. Habla con odio y rencor»—. Con mi hermano engañaba a su marido. Un fascista italiano, un hombre de Mussolini, un camisa negra, no demasiado mala persona; inocente en los temas del amor, aunque un asesino al que no le temblaba la mano para pegar un tiro a cualquiera que considerara comunista. Sin embargo, jamás se metía en la vida de su mujer, y hacía la vista gorda en lo que pudiera suponer un conflicto familiar, ya que se pasaba en Italia gran parte del año. Se llamaba Roberto Arzúa de Farnesio.

La voz de David va adquiriendo matices de ensoñación y de envidia cuando rememora el tipo de romance apasionado que su hermano y Lucía Oriol habían mantenido en Madrid hasta que la guerra estalló y que continuó en el exilio de ella, en Roma, años después.

—Lucía enmascaraba su adulterio con obras de caridad —dice con rabia—. Como ese orfanato de la calle de López de Hoyos, donde mi hermano te abandonó. Porque ahora estoy convencido de que fue él quien lo hizo ¿Quién si no?

Poco a poco disminuye el ímpetu de su relato, sus ojos se ensombrecen, el cielo se nubla y deja de entrar el sol invernal. Tomás sigue de pie. Parece un muerto al que han clavado en el suelo y no oye la voz de David hablándole de Lucía como si fuera lo más importante del universo, y de cómo su marido se la llevó para hacerla desaparecer de un Madrid bombardeado, con sus dos hijos y los padres de ella, al comienzo de la Guerra Civil, para instalarla en Roma y que definitivamente abandonara a Francisco en una ciudad cautiva de la República y sus crímenes. Eso es lo que oye Tomás: «crímenes», con una rabia indescriptible en la entonación de la palabra.

David piensa que Roberto Arzúa se hallaba al tanto de los amores de su mujer con Francisco y vio la oportunidad de alejarla de Madrid cuando las cosas se pusieron muy mal en España para los Oriol, perseguidos por apoyar el golpe de Estado del general Franco. Roberto Arzúa de Farnesio los sacó de España porque amaba a Lucía por encima de todo, aunque no pudo disfrutar de ella ni de sus hijos al hallar la muerte de manos de partisanos en el norte de Italia, en 1945, unos días después de Mussolini. Otra historia que a Tomás no le interesa. No obstante, encuentra en ella cierta humanidad para venir de un peligroso fascista del *Duce*.

—Lucía pertenece a una familia poderosa, su padre era marqués y en los años treinta compartía con mi hermano negocios inmobiliarios en el ensanche de Madrid. Tu abuelo compró vuestra casa de Pintor Rosales al marqués. En una notaría de la calle Alcalá comenzó su romance con Lucía, por el año veintiocho, comprando esa casa maldita, donde yo te concebí y donde viviste con tu madre. Mi hermano la hizo su residencia. Lo siento, Tomás, la vida no es como pensamos que tiene que ser, sino como ella quiere ser, y yo ya no meto a Dios en el destino de los hombres. Fue mi hermano, con esa relación y con sus acciones, al abandonarte después, quien dictó tu destino. Nadie se merece un abuelo así.

»Lucía y su madre, la marquesa del Valle, fundaron el hospicio de López de Hoyos. —Ahora todo le encaja a Tomás. Ha contabilizado cientos de veces las donaciones de esa benefactora y su nombre aparece en los asientos contables del orfanato. Oye en la lejanía, ensimismado—: Lucía, tras salir de Madrid, nunca volvió a España, y menos tras la muerte de su marido. El trauma de la Guerra Civil y de Europa después le dejó secuelas muy profundas y mi hermano lo aceptó sin reservas. Has de saber que uno de los dos hijos de Lucía, Blasco Arzúa, no era del fiel y cornudo Roberto, sino de mi hermano.

¿Por qué insiste en contarle cosas que no le interesan? Son unas palabras muy duras las que vienen después contra Lucía y Francisco. Tomás piensa que los celos son nefastos consejeros y a David le duelen las capacidades de su hermano porque le devuelven las incapacidades propias. Deja muy claro su poco cariño por Claudio Arzúa, hermano de Blasco, que ahora lleva las empresas de los Anglada, y es quien va a tomar el relevo cuando ellos no estén, y no va a tardar muchos años, «pues la muerte nos ronda, somos ya demasiado viejos».

—Ese joven es nuestro sucesor y ahora te veo aquí, tan parecido a mí, y se me revuelve el estómago —dice—. Toda la vida sin saber de ti y apareces ahora, en este momento, mal momento...

Tomás intenta formar un rompecabezas que más le parece un cuento de Hoffman que una historia real. Tiene la boca seca por efecto de la ansiedad. Empieza a comprender el papel de la benefactora del orfanato, la mujer de la fotografía, medio fea medio guapa. Comienza a dolerle el brazo. El discurso de ese desconocido que se ha revelado como su padre lo enajena por completo.

¿Es que pretende volverle loco?

David estornuda un par de veces y se suena la nariz con el pañuelo antes de abrir un cajón de su escritorio para coger una llave. Se incorpora cansado de la butaca, como lo hacen los ancianos, y se da la vuelta. Va hacia un armario y abre una puerta, desliza hacia arriba la tapa de un cofre y saca un voluminoso libro que deja encima de la mesita inclinada. El sol vuelve a salir de entre las nubes e ilumina el volumen.

Cuántas sensaciones inexplicables ha experimentado Tomás desde que saliera de Madrid, a las siete de la mañana. La portada del libro tiene una mano oriental repujada en el cuero. Parece un códice, cosido y encuadernado por un hábil artesano, cuando David lo abre. Podría estar escrito en latín, con glosas a los lados del texto. Las páginas están amarillas en los extremos y David le dice que se acerque, quiere enseñarle dónde aparece escrito el nombre de Tomás, el de su madre y el de todos sus antepasados.

—Es el libro de la familia —aclara David, y mira a su hijo con piedad.

Necesita descargar la culpa de ser su padre.

Tomás pasa las yemas de los dedos por la tinta de las hojas, finas al tacto, como el papel amate. Hay decenas de nombres escritos a pluma, a través de las páginas. Algunos tienen la tinta desgastada, como el de Miriam de Vera y Ezequiel Anglada. Parece que alguien ha pasado los dedos o los labios infinitamente por la superficie de esas letras. Le pregunta a David quiénes son.

—Descúbrelo tú mismo.

Y él mismo sigue el recorrido de ese árbol genealógico hasta llegar a su propio nombre y saber que son sus abuelos paternos. Al principio de otra página aparece escrito el nombre de su madre, con una letra altiva y orgullosa, y debajo, el suyo, con una letra muy distinta: tímida, ofuscada, arrepentida.

—Yo mismo te inscribí —le dice. Como si eso le eximiera de toda responsabilidad de haberlo concebido—. Mi hermano no ha visto todavía tu nombre en nuestro libro. Desde la muerte de Jimena no lo ha vuelto a abrir. Dice que jamás lo hará; así que hoy voy a enseñárselo delante de ti.

—¿Tanto odia a su hermano? —pregunta Tomás, y lee otra vez su nombre en un libro fascinante; comprueba el día de su nacimiento y ve hasta la hora en que vio el mundo por primera vez—. ¿Cómo sabe a qué hora nací?

Hay tantas preguntas que se agolpan en su cabeza que se siente bloqueado.

—Me lo dijo Lucía. Sé que necesitas rellenar tu existencia, pero ahora creo que tenemos algo importante que hacer.

Coge el bastón y se acerca a la mesita del teléfono.

—Ya soy demasiado viejo para seguir aguantando al demonio de mi hermano y sus apestosas mentiras.

Levanta un auricular de color hueso, gira la rueda y marca unos números.

—Mi hermano está en la fábrica —dice, tapando el auricular con la mano.

Habla con alguien de muy malas formas y cuelga el teléfono de golpe. Acto seguido David se alisa la bata como avergonzado por el catarro y la indumentaria que no le ha preocupado hasta ese momento, y dice con la satisfacción de una venganza:

—Francisco viene para acá. Le he dicho que estás aquí. Va a ser interesante verlo destruido, por fin. Puedo traerte algo de beber; no tienes buena cara. El servicio dispone hoy del día libre, son fiestas en el pueblo y nunca privo a mis empleados de disfrutar de su patrón.

—No es necesario. No quiero nada. Solo terminar con esto.

Tomás cae redondo en un butacón. Tan alto y tan pequeño como un niño indefenso ante una situación inexplicable que le parece extraída de una novela, tan absurda como su encuentro misterioso con el monje y ese libro testigo de una estirpe que cree maldita. No sabe si quiere creer todo eso. Qué locura. Una voz en su cabeza le dice que puede estar soñando en su dormitorio de Arturo Soria, junto a Rosa, y que nada de aquello es real. Ni siquiera el nombre de Tres Robles.

David lo mira y piensa que está sentado como suele sentarse Francisco, con las piernas abiertas. Tomás tiene el rostro congestionado, y a David le preocupa la impresión que pueda llevarse el joven de ese día; sin duda, las emociones del pobre muchacho le están jugando una mala pasada, en pleno síncope emocional. Cuánto se parece al torpe espíritu que siempre ha tenido él desde que nació, a la sombra de su hermano, y piensa: «Pobre criatura».

David le pregunta. Quiere saber de él. Y a Tomás le gustaría contarle cómo ha sido su vida hasta entonces. Pero no puede mediar palabra. Aun así, hace un esfuerzo y le habla de su hija y de su mujer durante un rato, de dónde viven, a qué se dedicaba Rosa y cómo es esa niña que ha nacido del amor de los dos. Algo bien distinto a lo que ha tenido que escuchar en ese maldito lugar. Tomás mira hacia la ventana. Las colinas. Los olivos que alguien una vez le robó. No se atreve a preguntarle más cosas sobre su madre porque es una aguja clavada en el pecho que le duele desde hace media hora. «¿Cómo era Jimena, qué rostro tenía? Quiero ver una fotografía de ella. ¿Era cariñosa? ¿Cómo de desfigurada quedó su cara tras la paliza con el cinturón?» El cinturón con el que probablemente su abuelo le ató a la puerta del orfanato y que se ha puesto esa mañana. El cinturón en el que iban las escrituras de su casa. Pero sus labios quedan sellados y no quiere seguir hablando, y menos de Rosa y Teresa. Ni preguntarle qué pasó en el sótano de la casa de Arturo Soria, que le produce tanta angustia bajar allí. No halla dentro de su corazón ningún sentimiento de cariño hacia ese desconocido, por mucho que se le parezca.

Se oyen pasos por el recibidor y resuena el eco de una voz poderosa llamando a David. El picaporte se mueve y es Francisco Anglada quien abre la puerta del despacho.

12

Nochebuena y esperanza

Madrid, 24 de diciembre de 2003

Teresa se ha quedado dormida en la silla y, al despertar, la oscuridad es total en la habitación. Y el silencio. Se levanta a subir la luz de la cabecera de la cama y aumenta su intensidad con una rueda que cuelga de un cable.

Camina para estirar las piernas y se acerca a la ventana. Apoya la frente en el cristal y observa la calle. Una mujer con un abrigo de piel cruza el paso de peatones de un semáforo, lleva las manos cargadas de regalos. Un autobús municipal se detiene en la acera, va tan lleno que no cabe un alfiler. Las guirnaldas de la calle de O'Donnell están iluminadas en la noche festiva. Jimena respira con tranquilidad. Teresa piensa en el médico argentino. Lo que le ha contado cuando ha pasado por la tarde y han hablado de nuevo. Ella ha tenido curiosidad por su origen y él la ha complacido. Su tono de voz es el tono de un hombre que está desposeído de ambiciones profanas. Como si hubiera nacido con la vocación de salvar el cuerpo de los hombres que, por otro lado, suscitan en él tan poco interés como la posición de un valor en la bolsa.

Se da la vuelta, se acerca a la cama y observa el rostro de su hija durante largos minutos que nunca se acaban. Hace cuarenta y ocho horas que la encontraron y quiere creer que pronto despertará. El rostro de la niña es el rostro más bello que jamás ha visto. Ninguna de sus hijas se parece a ella. Son altas. Tienen el cabello negro y la piel muy pálida. En cambio Teresa tiene la piel morena, como la de su madre, siempre parece estar bronceada. Cuando van a la playa se pone negra y las niñas se queman con los primeros rayos. Las gemelas tienen los ojos azules, y Teresa, no. Nadie diría que son sus hijas, salvo por el mentón y los labios.

Cuando era niña le gustaba jugar a los parecidos. «De mamá he sacado los ojos y las cejas. También el culo respingón. De papá la piel suave, la forma de los pies y la manera de reírme.» Pero desde que dio a luz a sus hijas, renegó de un juego al que las niñas nunca podrían jugar.

A los pocos minutos mira hacia la puerta. El sonido del pasillo inunda la habitación para avisar de que no es una noche cualquiera. Durante toda la tarde Santa Claus se ha paseado por toda la planta visitando las habitaciones. Una por una, con dos ayudantes cargados de cajas que han ido dejando en cada cama. Ha habido jaleo de niños y visitas por los pasillos. Voces infantiles a los teléfonos móviles, cuyos pitidos alteraban la tranquilidad de la planta. Ella ha dejado en el control una nota para que nadie entrara en la habitación de su hija. No hubiera soportado a un hombre disfrazado de grueso Santa Claus con un regalo en la mano, y solo tiene ganas de llorar. Algo ha ocurrido en ella. No es la misma mujer. El incidente del museo, como denomina la desaparición de Jimena y su posterior encuentro, ha ido a modificar algo importante en sus entrañas. Toma la mano pequeña y dormida de la niña y la besa cuando la puerta se abre y el ruido se hace tan presente como una onda en expansión que revienta en sus oídos.

El doctor Ayala aparece vestido de calle. Es la tercera vez que ve a ese hombre con ropa diferente. Lleva un pantalón vaquero, camisa de cuadros, de leñador, y unos zapatos Panama Jack. Ha perdido el glamour de su profesión y su aspecto intelectual. Lo ve más bajo y más pequeño, demasiado delgado. Lleva una bolsa de papel en la mano.

—Le traigo algo para cenar, no el espantoso menú del bar. Nadie merece comer algo así en Nochebuena.

—Gracias, no tenía que haberse molestado. Iba a sacarme un sándwich de la máquina.

Ella se acerca al paquete que ha dejado el médico sobre la mesa junto a la ventana. Se asoma a su interior con curiosidad. Hay unos emparedados envueltos en papel parafinado, servilletas y una bandejita dorada de algo que parece dulce. Levanta la mirada y no sabe qué decir. Piensa en Ricardo. Todavía no ha llamado desde que ha salido del hospital por la mañana. Estará en su casa para la estúpida cena, vestido de gala, atendiendo a sus estúpidos invitados, junto a su estúpida mujer, figurando ser la pareja mejor avenida entre sus amistades, y nadie sabe que se odian. Entra en cólera mientras mira los emparedados de Mallorca. Es una fatídica Nochebuena, en un hospital, con su hija en estado de coma o como narices lo haya llamado el médico, algo así como vigilia no sé qué...

Perfecto.

—He metido la pata, lo siento —añade él al comprobar la cara que ha puesto ella—. Me lo llevo y no ha pasado nada. Puede usted ir a la máquina a por su sándwich y borramos la película desde que abrí la puerta.

—No haga caso de mi estúpida cara. Se lo agradezco de veras, solo pensaba en lo absurdo de mi vida.

—¿Por qué creés que es absurda, y no sencillamente normal?

Ella no sabe qué responder, solo dice:

—¿Lo compartimos?

—Dale. No tengo planes para cenar.

Son las primeras expresiones argentinas que escucha de él, y esa noche recorren juntos el primer tramo de la madrugada sentados en el sofá cama sin desplegar. Se toman los emparedados. Bajan juntos en el ascensor y recorren los pasillos para coger bebidas de la máquina expendedora, en la primera planta. Se tutean. A veces ríen. Él cuenta cosas divertidas de la gente de Buenos Aires, y juntos observan a la niña y hablan de su evolución. A las tres de la madrugada, Teresa ha adquirido la suficiente confianza para confesarle que no se fía de los hombres y odia el compromiso. No sabe qué le sucede para contarle con tantas ganas su secreto: el secreto de cómo se sintió al traer a sus hijas al mundo y lo mal que reaccionó cuando supo que venían dos, porque la ciencia no es exacta. Y añade:

—Empiezo a dudar de si hice bien en privar a mis hijas de un padre. Como yo fui privada del mío.

Se hace el silencio. Walter lo rompe y pregunta si está enojada por ello. Teresa contesta que siempre lo ha estado; ese mal carácter suyo, enfadado con el mundo y agresivo con los hombres.

—Salgo con un casado porque es lo único de lo que soy capaz. Nunca me pedirá más de lo que yo quiero dar. Pero ahora...

—Escuchame una cosa... Igual por ahí aprendés algo que cambia tu vida. Ahora necesitás tiempo. Date un respiro.

Ella le toma la mano y lo mira de cerca, agradecida por su buena fe. Observa el lunar que tiene cerca del labio, en el borde superior de la perilla, y dice que hay algo que le preocupa más que esa vorágine que le dificulta ser completamente ella.

—Mi hija desapareció el día veintiuno.

—Lo sé, estaba de guardia. Fui el primero en atenderla.

—¿Sabes que mi padre desapareció un veintiuno de diciembre y que mi abuela murió en el Hospital Provincial de Atocha un veintiuno de diciembre?

Es la segunda vez en cuarenta y ocho horas que se oye a sí misma decirlo. Esa idea la obsesiona. Walter le dice que en la vida a veces pasan cosas que no nos podemos explicar, y para congraciarse con ella le cuenta cómo murieron sus dos tíos abuelos paternos a la misma hora y mismo día del mes de octubre, en la revuelta asturiana de 1934. Se queda prendado durante un rato con la historia de la rebelión de los mineros, su pretendida marcha sobre Madrid y su ideario al estilo de la Comuna de París de 1871. Le da todo tipo de detalles de la batalla más sangrienta de la retaguardia. Murieron más de sesenta obreros, y solo en Sama de Langreo. Luego se queda pensativo, se apoya la mano en el mentón y pregunta de qué murió su abuela.

—No puedo dejar de ser médico. Aunque ame la historia —añade.

Ella da el último sorbo a la lata de su Coca-Cola y se siente animada. Los dos han perdido algo importante en el pasado. Hay una intimidad alrededor de sus mutuas confesiones que les han hecho olvidar quiénes son durante unas horas. Ella le explica lo poco que sabe al respecto, lo fortuito de tal conocimiento y de la ambigüedad de la religiosa que crio a su padre y a la que visita de vez en cuando.

—No sé por qué a las monjas les gusta ser guardianas de tantos secretos —añade ella al final.

—Reminiscencias de los comienzos del cristianismo, supongo. Si querés saber de qué murió la abuela, puedo hacer algo por vos.

Los oscuros ojos de Teresa se iluminan y se hacen inmensos. Él se acerca más a ella y, a dos centímetros de sus labios, le dice que en el Gregorio Marañón se encuentran los archivos del General de Atocha. Cuando se inauguró la Ciudad Sanitaria Francisco Franco, el 18 de julio del 68, se trasladó todo. Ese hospital es el antiguo Francisco Franco.

—Impresionante —susurra ella, y lo besa.

—No me hagás sentir un pelotudo —dice él, y se retira mordiéndose los labios, loco por seguir en su boca.

—Si estás dispuesto a cotillear, encantada de que sea así.

—Los archivos son públicos. Pero si sabés dónde buscar, encontrás.

Teresa le da el nombre de su abuela, y él abre los ojos. Luego le dice los de su padre.

—Dale, te traeré lo que encuentre sobre Jimena. Y tu Jimena es tan linda… Estaría bien que su hermana la visitara.

—Mañana estará aquí. Bueno, dentro de unas horas.

—Buen regalo de Navidad.

Él se levanta del sofá y estira las piernas. No se atreve a más y no quiere volver a besarla allí, delante de la cama de la niña. Es muy tarde. Ella se disculpa por haberlo entretenido tanto, seguro que una noche así, habría quedado con alguien. «No tengo quien me espere», ha dicho él en algún momento de la conversación, «vivo solo desde los catorce años, cuando llegué a España. He dedicado mi vida a la medicina; cada día me hace conocer a personas lindas como vos». Y Teresa se ha sonrojado, con los zapatos quitados, abrazándose las piernas en el sofá.

—No os levantés —dice él—. Descansa, y pasado mañana nos vemos.

—¿Vestido de doctor?

Él asiente con la cabeza. Le recomienda que duerma un rato y se da la vuelta con la cazadora en la mano. Le acaricia a Jimena los pies cuando pasa junto a su cama y se queda observando el cuerpo inmóvil de la niña durante unos segundos, antes de salir.

Ella vuelve a acercarse a la ventana. En el silencio. Descalza. Siente el frío de las baldosas. Grupos de nubes rojizas desfilan en el firmamento mientras amanece, y los edificios se abren paso con las primeras luces del alba. Las calles se dibujan solitarias en la ciudad. Los días caminan siguiendo una estela sombría y profunda, hundiéndose cada vez más en el paisaje helado de su vida. Pero una nueva y agradable sensación despunta en ella.

«Basta por hoy.»

13

El hombre que le abandonó

Tres Robles, 21 de diciembre de 1970

Un cuerpo de roble surge en el dintel de la puerta. Parece tallado a golpe de buril, algo encorvado, como el árbol que hunde sus raíces en lo más profundo. Tomás siente que se acalora aún más y se queda clavado junto a la ventana cuando lo ve entrar. Quiere escapar de sí mismo, desea borrar del calendario el día de hoy, pero tiene los pies anclados al suelo. Una bandada de mirlos vuela por el cielo como el humo de un incendio, extendiéndose como una gran mancha hacia el este.

Francisco mira a Tomás de arriba abajo y se deja caer en el sofá, junto a la chimenea encendida por David. Viste una americana de pana verde y unos pantalones marrones. Lleva el pelo teñido, demasiado negro. Su ancho semblante es como el de una piedra. Abre las piernas y se sujeta la cabeza con las manos, en un gesto de pesadumbre, por ser descubierto. Sigue su mirada hundida en Tomás, sin decir nada. Observa que su hermano está de pie, con una mano en la empuñadura del bastón y la otra oculta a la espalda, como si llevara una piedra para golpearlo en cualquier momento. Nadie habla y los tres se observan.

Intentan reconocerse.

Ese joven tiene los ojos de Jimena y está seguro que hasta la voz. La amada Jimena que ya no está. La amada Jimena que parió un hijo al que él abandonó en el hospicio de Lucía. Siempre pensó que las monjas lo cuidarían mejor que él. El niño tenía dos años, el niño hambriento que él llevaba en brazos cuando fue a visitar a su hija al hospital, la mañana del 21 de diciembre de 1936. Odiaba tener que cuidar del hijo de Pere Santaló, que quitó a su hija la poca salud que le quedaba, mamando de sus pechos hasta secarla. No podía ver a ese niño grandullón, lo odiaba con toda su alma en medio de una guerra que se llevó a Jimena, y a Lucía a Italia para siempre. La guerra se había establecido en el barrio de Moncloa. Parte de él fue evacuado, y su casa, con un boquete en la fachada, como muchas que quedaban en el frente oeste de Madrid, fue desalojada. El interior del Hospital Clínico era una batalla cuerpo a cuerpo y él sacó a Jimena y al niño del barrio y se establecieron en el chalé de Arturo Soria; había que salvarse de los bombardeos. Pero no pudo salvar a su hija de la enfermedad, de los huesos que se pudrían en su carne.

A las pocas semanas de instalarse los tres en la Ciudad Lineal tuvo que llevar a Jimena al hospital, ya no podía caminar y su cuerpo no la obedecía. Pobre hija, pobre de él en aquellos tiempos. Fueron días de naufragio. Esperaba cada mañana que su hija se encontrara mejor cuando llegaba al hospital de la calle Santa Isabel y dejaba al pequeño Tomás amarrado a una cama en el sótano, hasta su llegada, sobre medio día, con víveres y provisiones comprados en el estraperlo porque no había nada que comer. Ese último día le había prometido a Jimena que le llevaría al pequeño; ella no dejaba de insistir en ello, de llorar. Él no quería darse cuenta de que su hija se estaba muriendo, pero se estaba muriendo, por mucho que se lo negara, y cuando llegó con Tomás esa mañana era demasiado tarde.

No la halló en su cama.

Habían dado la vuelta al colchón.

Se volvió loco.

Llevaba al niño en brazos, su madre quería verlo, debía verlo, era su pequeño, pero ella no estaba. «¿Dónde está su madre, por el amor de Dios?», gritaba en la enorme sala, fría y blanca, atestada de enfermos que a su vez gritaban de dolores y miserias. Francisco sintió que la enfermera que cuidaba a Jimena se burlaba: «¿Qué pensaba, que los ricos no se mueren?», creyó oírla o quiso oírla, aunque dijera: «Pues… ¿dónde va a estar? En la morgue».

Francisco, mientras piensa y siente que el pasado corre de nuevo por sus venas, no puede entender hasta qué punto ese niño convertido ahora en un hombre se parece a su hermano. El mismo cabello rizado, esas manos enormes con la tranquilidad de un moribundo. Cree estar delante de David cuando tenía su edad. ¿Cómo es posible el parecido? Si Tomás debía parecerse al desgraciado de Pere Santaló, tan pequeño y esmirriado. Reconoce, observando el atractivo aspecto de Tomás, que las monjas lo han cuidado bien; ahí está la prueba. No necesita saber mucho más.

—¿Vive todavía la hermana Juana? —le pregunta a Tomás, intentando desechar los pensamientos apocalípticos del pasado, deseando reconocer en los gestos de ese joven algún parecido con Pere Santaló. Pero no lo ve, por mucho que se empeña.

Francisco no puede olvidar que esa monja se hubiera negado a ayudarlo. Ni siquiera quiso recibirlo cuando fue a pedirle ayuda, unos días antes de la muerte de su hija, para que se quedara con el pequeño durante unos días; no sabía qué hacer con el niño, el ama Fernanda había desaparecido durante el bombardeo de la casa de Pintor Rosales. Pero la hermana Juana lo despreció, ni salió a saludarlo. Luego le fue muy sencillo dejar a Tomás en la puerta del convento, salir huyendo de Madrid, sin ataduras ni testigos, y desaparecer del mapa al ver a Jimena en el depósito de cadáveres envuelta en un lienzo. No tuvo más remedio. Qué iba a hacer con un niño de dos años, con su hija muerta.

Mirando de nuevo a su nieto, después de treinta y cuatro años, se acuerda de algo que pasó en el hospital y que había olvidado: el tiro que le disparó en la cara a la enfermera, su cabeza destrozada en el suelo de la sala. Su mano ensangrentada. Los músculos de los brazos agarrotados de apretar a Tomás contra su pecho. No iba a detenerse a recordar los ojitos de su nieto, tan claros y acusadores, llenos de lágrimas por el ruido del arma y los gritos de los enfermos. No tuvo más remedio que apretar el gatillo y eliminar a la conspiradora y culpable de la muerte de su hija: una enfermera comunista del Socorro Rojo. Luego disparó al doctor Monroe, delante del niño, cuando se coló en el despacho del médico de la segunda planta para pedirle cuentas, con Tomás, en brazos, que no dejaba de mascar un trozo de pan duro.

Mató a dos personas ese día.

Los únicos crímenes que ha cometido en su vida. Lo hizo por Jimena. ¡Maldita guerra! «Toda guerra es escuela de crueldad», había leído en un discurso de Indalecio Prieto. «Ni siquiera cuando los sangrientos combates cesen, habrá sonado la hora de la paz. El rescoldo de los odios lo estará avivando a cada instante. Y acaso surjan nuevas llamaradas.»

Pero ahora no piensa decir nada de lo que pasó el día en que murió su hija. Se vio obligado a dejar al niño con las monjas. Lo ató con su cinturón a la anilla de la puerta del hospicio antes de desaparecer en la bruma de diciembre, entre las chabolas y los descampados de la Prosperidad. Y recuerda perfectamente lo que dentro del cinturón sus manos culpables y desesperadas introdujeron con el dolor de la derrota: cincuenta mil dólares y la escritura de la casa de Arturo Soria, a nombre de Tomás. Nadie le puede reprochar que dejara a su nieto sin un pan debajo del brazo. Dejó a su nieto todo lo que le quedaba en Madrid, tras el bombardeo de su casa y la confiscación de sus cuentas bancarias. El dinero no valía nada. Tuvo que abandonar su despacho de la calle del Factor, la policía política iba tras él. No halló lugar donde refugiarse. La casa de Arturo Soria era un polvorín, vigilada día y noche por las milicias y el ejército. ¿Qué iba a hacer con ese niño?, ¡si su hija estaba muerta, la mujer a la que amaba en Roma y su hermano al otro lado del frente! Después no quiso volver a escuchar el nombre de la criatura jamás. Pero no es malvado, por mucho que su hermano lo lleve en el semblante y desee matarlo en ese momento. Algo se le ocurrirá en su defensa. Sigue dando vueltas al parecido de su nieto y su hermano. No quiere pensar mal. Pobre hija. ¡Cómo murió!

David continúa en silencio, con la fiebre escalando por su ajado rostro. Podría abalanzarse sobre Francisco y golpearlo con el pisapapeles de vidrio que esconde en la mano; descalabrarlo, como hizo David con Goliat, y matarlo ahí mismo, junto al libro de las genealogías. Se ha dado cuenta de que Francisco ha visto el libro abierto, encima de la mesa, y no ha dicho nada. David le ve mirarlo de reojo. Recuerda su antiguo juramento con Dios y los Apóstoles, las epístolas que leía a los feligreses, y aunque de aquello hace una eternidad, sus votos siguen vigentes como una maldición que no puede arrancarse.

—La hermana Juana murió, yo tenía seis años, casi no me acuerdo de ella —dice Tomás.

—¿Se portó bien contigo? —pregunta David.

—¿Cómo no iba a portarse bien esa bruja, con los cincuenta mil dólares que iban con él? —interviene Francisco, y le pregunta a Tomás—: ¿Sabes algo de ese dinero, muchacho? ¿O se lo han quedado las monjas?, nunca tienen suficiente. Son almas pedigüeñas, chupan la sangre a todo el mundo.

Tomás niega con la cabeza, a la vez que dice «no». Desconoce la existencia de ese dinero. Piensa en la hermana Laura. En los apuros económicos por los que han pasado durante tantos años. Él es el contable de la institución, jamás ha visto reflejado en los libros, ni en ninguna parte, una suma semejante, y menos en dólares. Las palabras de Francisco y la incredulidad de Tomás son detonadoras de la violencia entre los dos hermanos. David va hacia Francisco y éste le detiene el brazo, con el pisapapeles en alto. Tomás los separa. David tiene la bata abierta. Está muy delgado, famélico, la piel flácida, con horribles cicatrices por todo el cuerpo. David se echa hacia atrás. Enseguida se tapa con la bata y va gritando, con la cojera de un lisiado, hacia el interior de la casa, envalentonado por la presencia de Tomás:

—¡Te voy a enseñar algo que va a acabar contigo, cabrón! Debí haberlo hecho hace muchos años: ¡ya no me das miedo!

Su voz tiene el sonido de los cristales rotos.

14

Despertar de otro lugar

Madrid, 25 de diciembre de 2003

Ojos que buscan otros ojos, la nariz, la frente, los labios de su hermana. Están hambrientos de toda ella. La niña balbucea y mueve la cabeza hacia los lados como diciendo «sí». «Sí.»

Jimena ha despertado.

Luego varias palabras salen de su boca, junto a unos sonidos guturales en una frecuencia extraña para el oído humano. Parece un animalillo que sufre. Y todo su ser se ha puesto en un sincopado movimiento.

Comienza la vigilia. Está débil y furiosa. Su piel parece más blanca todavía, y sus ojos más azules, junto al cuello azul de su camisón.

—Me duele la cabeza —susurra, con un hilo de voz que apenas entiende Leonor—. Y la espalda.

Leo está sentada en el borde de la cama con las piernas colgando y la mano de su hermana entre las suyas, como ha visto en las películas, cuando el sacerdote toma las manos del moribundo para darle la extremaunción.

Teresa está detrás, observando a sus hijas, en segundo plano, de pie; no se atreve a hablar. Lágrimas silenciosas recorren su rostro, que gira hacia un lado para que nadie la vea.

Raquel está callada como una muerta, sentada en el sofá. Paralizada. Su cabello negro azulado, hasta la cintura, recogido con una goma sencilla, le da aspecto de india que resalta la angulosidad de sus pómulos y la redondez de su oscuro rostro. Sus ojos, semicerrados, parecen responder a una oración interior, a una letanía que no se atreve a exteriorizar, por no molestar a Teresa, que le ha recomendado, tiempo atrás, que se las guarde para ella. En varias ocasiones le ha dicho que se depile el entrecejo porque se parece a Frida Kahlo, una pintora a la que Raquel no conoce, pero que le resulta simpática solo por parecerse a ella. Y esa mañana por primera vez en su vida, antes de salir de casa, Raquel se ha depilado solo por complacer a Teresa y sacarle una sonrisa. Ahora no se atreve a mover ni un dedo, casi ni a respirar, como si ello fuese a dificultar el milagro del despertar de la niña, que al poco de oír la voz de Leonor ha comenzado a emerger de las tinieblas y del mundo de los vivos encerrados en el más allá.

Parece que Jimenita ha podido encontrar la puerta para salir de donde estuviese, piensa Raquel, pues le gustan las revistas de misterio y ciencias ocultas. Desde que entró a trabajar con Teresa, durante el embarazo de ésta, es como una segunda madre para esas criaturas a las que ha visto nacer.

Toda Raquel está en un orden interior estable y sencillo, y ahora, de pronto, ante la cama del hospital viendo a su niña postrada, unas extrañas emociones hacen que su paz espiritual se tambalee. Una llamarada de sensaciones negativas aniquila su tranquilidad y siente sombras que acechan a Jimenita. Las niñas siempre han estado a salvo de malos presagios y profecías como las que hay en su país, donde entregan a los niños a la purificación del agua bautismal el día de su nacimiento para alejar a los demonios, las supersticiones, la brujería de los que nos quieren mal. Ella nunca ha tenido que recurrir a santeros para restablecer el orden perdido de ningún miembro de su familia, y la familia Anglada es todo lo que tiene en España. Ella ha criado a tres hijos que viven en Asunción con el padre, con el que no se ha casado, pero al que mantiene desde el día que llegó a Madrid en un vuelo de Iberia, como tantas mujeres que salen de Hispanoamérica para mantener a sus familias.

¿Por qué Raquel piensa todo esto? Sin duda porque hay imágenes sobrecogedoras en su cabeza que ha visto en fotografías de fantasmas que publican las revistas de fenómenos paranormales que compra en el kiosco de Doctor Fleming. Cree a ciencia cierta en las cacofonías que emiten los cuerpos etéreos de las personas que mueren en extrañas circunstancias y que nadie en su sano juicio puede ver, porque no se muestran a cualquiera. Está segura de que una puerta oculta se ha abierto para Jimenita y ha entrado en un mundo paralelo. Lo ha leído en un libro, y para ella son palabras mayores. Tiende a creer como real todo lo que lee.

De vez en cuando, Teresa la mira de reojo con cara de pocos amigos, porque la conoce bien y odia que Raquel piense en clave de superstición. Pero está tan preocupada por su hija que ni siquiera se ha dado cuenta de que Raquel se ha depilado las cejas, y si lo ha hecho no ha abierto la boca.

—Mamá, me encuentro mal —dice Leonor, y gira la cara para mirar a su madre. Suelta la mano de su hermana, que tiene la mirada clavada en sus ojos como dos alfileres—. Estoy mareada. Creo que me voy a desmayar.

Leonor parece perder la conciencia en los brazos de su madre. Está rígida. Convulsiona. Las mandíbulas le chirrían y toda ella tiembla con los ojos cerrados. Jimena da un grito ronco al ver así a su hermana y se echa hacia atrás, hundiendo la cabeza en la almohada. Es una especie de gemido extraño que pone los pelos de punta a Raquel, la cual da un salto y se levanta enseguida para ayudar a Teresa.

La situación es de pánico.

Aparecen dos enfermeras seguidas por un médico de planta, ataviado con una bata blanca a medio abrochar. Los tres atienden a las niñas, mientras dos auxiliares corren por el pasillo hacia allí para desalojar la habitación. Teresa no quiere salir, pero obedece.

—¿Qué está sucediendo? ¡No lo puedo entender! —grita, y apoya la cabeza contra la pared del pasillo. Se golpea varias veces.

Raquel la abraza y la trae hacia sí. En pocos segundos entra una camilla en la habitación y sale después con Leonor sobre ella, seguida por el médico y una enfermera; la otra se ha quedado dentro, con Jimenita. El doctor se aproxima a Teresa e intenta tranquilizarla. La niña está bien, no hay que preocuparse, solo tiene la tensión baja. Teresa intenta contar al doctor lo que ha ocurrido. Casi no puede hablar. Raquel se hace con el control del relato, con valentía, y le explica lo extraño del desvanecimiento de Leonor y cómo han vivido la situación. Cómo ha sido el reencuentro de las dos hermanas, cuando Leonor ha comenzado a hablarle a Jimena y ésta abría los ojos para entrar en una crisis. Raquel ha notado una corriente invisible entre las dos gemelas que las ha llevado a la catarsis. Y le dice al médico, añadiendo, muy segura de sí misma, como si lo hubiera estudiado en un libro, que Leonor ha entrado en trance en cuanto su hermana ha despertado.

—Si le hacen un encefalograma, comprobarán que hay ausencia de ondas alfa continuas. Leonor está hipersugestionada y no sabemos por qué, señor doctor.

—Raquel, estás fantaseando —la regaña Teresa—. Deja de leer revistas absurdas.

El médico está acostumbrado a lidiar con las crisis de los familiares y le van a hacer a Leonor un análisis. La tendrán en observación unas horas. Respecto a Jimena, se está despertando del coma. Es normal cierta excitación.

—No se preocupe, señora, nos estamos ocupando de todo —termina por decir, y le apoya la mano en el hombro—. Le dejo prescrito en el mostrador de planta un relajante para usted. Tiene que mantener la fortaleza.

El médico se da la vuelta y Teresa se dirige a Raquel en medio del brillante pasillo, decorado con dibujos infantiles.

—¡Cómo has podido decir esa sarta de tonterías! Eso de catarsis, alfas continuas, metafísica... ¡¿Qué narices te pasa?!

—Sé lo que digo, señora. No es nada malo. Pero me callo y me meto en mis asuntos, si es lo que quiere. Yo solo quiero ayudar a mis niñas.

Las dos entran en la habitación de nuevo y la enfermera sale a los pocos minutos, tras administrar a Jimena un sedante y la medicación, porque ha estado gritando desde que ha salido su hermana en la camilla. La niña sonríe tímidamente a su madre en cuanto la ve entrar, no puede mover bien los labios, postrada en la cama, con el rostro pálido y demacrado, y dice otra vez que le duele la cabeza y pregunta por Leo.

—Está bien, cariño. No te preocupes. Enseguida volveremos a casa.

—Gracias, mami. —Vuelve a cerrar los ojos como si estuviese eternamente cansada. El calmante le está haciendo efecto.

Raquel se acerca a la cama, indecisa. La preocupación ha dado paso al desconcierto. Le toma la mano y se la besa. La observa intentando averiguar qué esconde Jimenita tras ese pelo y ese rostro, ahora somnoliento. Piensa que la vida se tuerce cuando uno menos se lo espera.

Unas horas más tarde, Leonor es dada de alta y sale del hospital de la mano de Raquel, completamente restablecida de la impresión y el desvanecimiento. Teresa la despide en la puerta del taxi y la besa en la mejilla. Ha anochecido. Las ve partir en dirección a casa, circulando por las calles recién asfaltadas, bajo las luces de los semáforos, abetos luminosos, los focos de los coches. La sensación de vacío se le impregna en la piel. Raquel tiene por misión llamar a Rosa y ocultarle el incidente del día. Solo habrá buenas noticias para ella. Esas que alegran por un instante la vida y la hacen más soportable.

El amor de todos los tiempos viene a reunirse en el más allá de los sueños. Sueño del que despierta para traer el sueño de otro mundo, de otra época, de otras vidas cautivas en el mismo sueño de la muerte. Eso es lo que balbucea Jimenita en la noche de ese día, de madrugada, en un paisaje de silencios, cuando los sueños te atrapan con ferocidad. Pero Teresa no duerme, guarda vigilia y custodia el sueño revuelto de la pequeña, en la butaca de la habitación, con los oídos alertas y el pensamiento posándose en todas las ramas del árbol de su vida, abatidas por la tempestad del accidente.

La noche de Navidad da paso al día de San Esteban, el primer mártir que murió lapidado por seguir la doctrina de Cristo.

—Mamá, he estado todo el tiempo contigo, solo que no me podías oír —dice Jimena a su madre, nada más despertar, a las nueve y media de la mañana.

Quiere levantarse de la cama y no puede. Le tiemblan las piernas. Tiene todavía el cuerpo entumecido y parece que la memoria del movimiento está perezosa en su cerebro. Pero regresará, poco a poco, dice el doctor Ayala.

A última hora de la mañana, llega el fisioterapeuta para los ejercicios programados de la niña y Teresa sale de la habitación para llamar a su madre.

—¿Cómo estás, cariño? ¿Cómo está la niña?

Teresa le cuenta los progresos, la felicidad que San Esteban le ha regalado ese día y, aunque ella no es creyente, necesita consuelo. Su madre no quiere oír hablar de santos y le dice que se alegra, y también que Leonor es una impertinente. Tendrá que hablar con ella. No hace ni caso a Raquel; esa mujer es demasiado tolerante y le consiente todo.

—Lo haré. Dame un respiro.

—No hace falta que te diga lo mucho que me gustaría estar con vosotras. Todo lo que sufro por no estar con mi nieta. Te prometo por lo más sagrado que lo he intentado.

—Olvídalo.

—Anteayer por la tarde me eché el abrigo y me puse el mejor vestido. Hasta me cogí unos rulos, cosa que no hago desde hace veinte años. Saqué del armario el abrigo de astracán con el cuello de zorro, el que te ponías de niña, y lo cepillé, con idea de usarlo.

—Para, madre. No es necesario.

—Sí, es necesario. Has de saberlo. Pensé que si triunfaba mi plan me podría reunir con vosotras, en el hospital. Llamé a un taxi. Estaba esperándome en la puerta cuando atravesé el jardín y abrí la cancela. Había tanto tráfico… Fui capaz de poner un pie en la acera y otro después, pero no de sentarme del todo en el asiento del taxi, ni de cerrar la puerta. No pude acabar de juntar las rodillas y girarlas para acomodarme. El olor del vehículo me daba náuseas, creí que no podría resistirlo. Fue una experiencia aterradora. Tuve que salir corriendo… y encerrarme en casa. El taxista se quedó helado, salió del coche y comenzó a llamar al timbre de la calle. No tuve más remedio que dejarlo entrar, con el miedo que me da, y decirle que no me encontraba bien y pagarle lo que me pidió; pero eso era lo de menos; me sentí tan ridícula… tan asustada… Las dos horas siguientes fueron horribles. Lo siento, cariño. Lo he intentado con toda mi alma, pero no lo he conseguido. Quiero que lo sepas, porque me siento culpable por no estar con mi hija en los días más amargos de su vida. Y no quiero que te enfades conmigo.

—No están siendo tan amargos. Y lo siento, madre, no debiste intentarlo.

—Sí debí. Es mi obligación.

Teresa siente el impulso irrefrenable de decirle la fecha de la muerte de su abuela Jimena. Claro que le tendría que contar cómo se ha enterado, y se ha prometido mantener a la hermana Laura fuera de su universo. Lo último que quiere Teresa es alterar a su madre.

Cuando el doctor Ayala aparece ejerciendo de médico con su bata blanca por la puerta de la habitación, Teresa se deja caer en el sillón, dice adiós a su madre por el auricular y se tapa la cara con las manos para rendirse a la emoción de los dos últimos días.

15

Frente a frente con el destino

Tres Robles, 21 de diciembre de 1970

David ha salido del despacho en busca de algo que mostrar a su hermano. Francisco tiene una actitud perdonavidas cuando la fuerza del día irrumpe en el despacho y la luz estremece a Tomás, frente a su abuelo; le parece un hombre sin piedad ni inquietud por la situación que ha generado su inesperada presencia entre los dos hermanos.

—No hagas demasiado caso a ese viejo —le dice Francisco, y cierra el libro que hay sobre la mesa inclinada. Se lo lleva y lo guarda en el cofre y éste en el armario. A continuación, cierra el armario con la llave que está en la cerradura—. Mi hermano nunca superó la muerte de tu madre, ni la de Juliana Roy. Así es la vida. Ellas eran mi hija y mi mujer, y mi fortaleza no ha calado en mi hermano. Te veo bien, muchacho. —Mira a Tomás con una nueva insistencia y dice—: ¿Estás seguro de que no sabes nada de esos cincuenta mil dólares? Yo mismo los metí en el cinturón: diez billetes de cinco mil dólares, toda una fortuna inalcanzable en aquellos años. ¿Qué hermana te encontró?

—No tengo ni idea de ese maldito dinero. ¿Es lo único que le importa?

Tomás no entiende que ese hombre pueda ser su abuelo y mirarlo así.

—Ni mucho menos, muchacho. Pero quiero saber qué han hecho con mi dinero esas brujas: te pertenece. ¿Qué ha sido de la casa de la Ciudad Lineal? ¿También te la han usurpado?

—No hable así de las hermanas. Me han dado un futuro.

—Mejor para ti.

—Soy matemático. Trabajo en una gran empresa, estoy casado y tengo una hija. Vivo con mi familia en esa casa. La hermana Laura me entregó la escritura de la propiedad, cuando cumplí la mayoría de edad. Dijo que yo la llevaba en un cinturón cuando me encontraron, casi muerto, en la puerta del colegio. ¿Se lo tengo que agradecer a usted?

—¿Nada más te dijeron esos demonios?

—¿Le parece poco?

—¿A qué has venido, muchacho? Nadie te ha llamado. Si hubiéramos querido saber de ti, yo mismo te habría ido a buscar donde te dejé. ¿No te parece suficiente la casa que tienes? Y ya que lo niegas, estoy dispuesto a ofrecerte una suma equivalente en pesetas para que no vuelvas a molestarnos. Mi hermano está mal de los nervios. Enfermo. No le convienen emociones como las de hoy. ¿Verdad que me entiendes? ¿No te parece suficiente desgracia haber nacido? Tu madre murió por tu culpa. Nadie te pidió que nacieras. Ni siquiera ella.

A Tomás le arde la cara. Le duele la mandíbula. El cuello. La nuca. El dolor del brazo aumenta. No puede respirar. ¿Es real lo que está escuchando? ¿Es una pesadilla? Francisco ha tenido la sangre fría de guardar el libro sin mirar que el nombre de Tomás Anglada ha sido escrito en una página por su propio hermano. Tomás quiere gritárselo, pero él no es nadie para hacerlo, solo un intruso. Y balbucea:

—¿Qué pasó en el sótano de mi casa?

—Nada, que yo sepa. Vivimos en la casa de Arturo Soria desde que perdimos nuestra casa de Rosales. Había quedado en el frente de Madrid y las bombas la destruyeron. Nos refugiamos los tres en la Ciudad Lineal. Tu madre enfermó allí y tuve que ingresarla en el hospital. En el sótano me refugié contigo. Eras muy pequeño. La casa estaba vigilada y era insegura. Yo cada día iba a ver a mi hija y a buscar a gente que nos pudiera sacar de Madrid y de la zona republicana. Cuando bajaba a la ciudad te dejaba en el sótano. Nunca te pasó nada malo. Llegaba con comida y te cuidé lo mejor que pude. Pero...

Y Francisco guarda silencio, conmovido por primera vez desde que ha entrado en el despacho. Sus ojos se iluminan a medida que habla del pasado. Tomás quiere irse, escapar de la influencia de ese hombre adusto con ojos verdes y el pelo hacia atrás, con gomina, como si tuviese cuarenta años y que intenta hacerle correr lo más lejos posible de esa finca y de ese pueblo. Nunca debió viajar. Pero ya es tarde. No puede respirar y ve a Francisco, que lo mira, alarmado. ¿Por qué de repente se está preocupando por él? Siente un fuerte impacto. Se ha caído al suelo. Náuseas. Mareo. Se ha golpeado en la cabeza con algo duro y el fuego de la chimenea lo tiene muy cerca. Siente su calor. Puede ver los ojos verdes de su abuelo cerca de su rostro, con la boca abierta. Boca con boca. Unos dedos le abren la boca. Boca. Lengua. Angustia.

—Tomás, mírame, habla, por Dios. Di algo, Tomás. ¿Cómo te llamas? ¡Mírame! No te duermas. No cierres los ojos. ¿Cuál es tu nombre? ¿Me puedes ver?

Francisco le abofetea la cara. Boca con boca otra vez. Aire de ese demonio en sus pulmones. Más aire. Boca con boca. Mucho tiempo así.

—Tomás, no te vayas. Abre los ojos. Por Dios, Tomás, no tomes en serio lo que he dicho. Lo siento. ¡Tomás! ¡Respira! No te duermas. Saldrás de ésta. Te lo prometo. ¡Abre los ojos, Tomás! ¡Abre los ojos!

«Te quiero mucho, grandullón, te quiero mucho», dice mamá, continuamente. Leche en polvo. Galletas rancias. En el rincón del techo la araña teje su red. Argollas de hierro. Cama que chirría. Todo queda subordinado al error y la confusión. Húmedas paredes. Araña laboriosa. Excrementos. Pantalones cagados. Huele mal. Orines y maldiciones. Soga con nudos, las muñecas duelen. El amor tiene los ojos azules. Madre, hueles a lavanda, a hierba recién segada. No te vayas. Tu camisón tiene un enganchón y se deshace por él. Huele a plomo fundido. El monje dice que regrese a casa. Teresita, no te pareces a tu madre. Ay, madre, no estás en tu cama, y necesito tu pecho descubierto, dispuesto a saciar el hambre. El silbido de un disparo es el único sonido que existe.

16

El sueño de Leonor

Madrid, 26 de diciembre de 2003

No, no vengas —le dice con el móvil en la mano, que sostiene como si sujetase el filo de una cuchilla.

A Teresa no le ha dado la gana contestar la boba felicitación navideña de Ricardo. No tiene ánimos ni cuerpo para nada y menos para entrar en una nueva disputa. Él le responde, y ella lo contradice:

—No creo que sea buena idea. Deja de insistir; no voy a permitir un traslado.

Ella piensa llevarse a Jimena a casa en los próximos días, hay esperanzas para ello. Ricardo le habla, ella se revuelve y contesta que se le va a atragantar el desayuno, está en la cafetería tras una noche en vela, y que por ella puede hacer lo que le dé la real gana; no piensa impedírselo: ojos que no ven corazón que no siente. Él grita. Ella se aparta el móvil de la cara porque le parece que no debe escuchar esas pataletas, y mantiene la calma, no levanta la voz y le susurra:

—No me amenaces, y deja de mandarme mensajitos. Llamaré al director del programa cuando me venga bien. —Teresa tapa con la mano el micrófono del teléfono, resopla, y apunta como epitafio a la conversación—: Eres un gilipollas. Tengo que colgar.

Walter rebusca en el bolsillo de su bata un billete para dejar encima de la mesa y apura su café solo. Es el tercero de la mañana, y hace ademán de levantarse de la mesa. La cafetería está muy llena a esa hora.

—No quiero molestar —dice—. Hablamos en otro momento.

Ella le ruega que se quede, lo sujeta del brazo. Ya ha terminado la conversación. No sabía que era Ricardo; es tan infantil que a veces llama desde números desconocidos para sorprenderla, y le dice a Walter que el mundo se aparta cuando ve pasar a un hombre que sabe adónde va. Guarda silencio y luego añade:

—No es mío, es de un filósofo al que suelo citar en el programa.

Es la primera vez que piensa en el trabajo durante los tres días de encierro en el hospital. Se va a volver loca. La conversación con Ricardo la lleva por territorios a los que no quiere regresar, dominada por un sentimiento de hartazgo que está segura tendrá que pagar en algún momento, solo espera que el precio no sea excesivo.

—No ha sonado muy amistosa la conversación —dice Walter.

—No, no lo ha sido; ya estoy habituada.

—Nadie tendría que acostumbrarse a eso. Disculpe; no soy quién para dar lecciones.

—Anteanoche nos tuteábamos. Me gustaría que fuese anteanoche ahora.

—Eso suena muy bien. Dale. —Y se acaricia la perilla con placer y con el codo apoyado en la mesa.

—La otra noche me quedé con ganas de preguntarte por qué decidiste ser intensivista. No es nada agradable ver a las personas en sus peores momentos, por no decir algo peor.

Él sonríe, lo entiende. Agacha la mirada y dice:

—Me gusta lo intenso de la vida; quizá quiera participar de algo grande; sentirme algo así como se debe sentir Dios cuando nos salva de arder en el infierno; ser capaz de aplazar la muerte que asedia a la mayoría de quienes entran en una UCI. No soy el

Doctor Muerte, como me llamó un tipo al que no pude salvar. Prefiero ser el Doctor Vida. Sí, en serio; pero no me mirés así... Me alegro de que vuestra niña ya no esté a mi cargo; eso quiere decir que no corre peligro. Es buena señal.

Se quedan los dos en silencio mirándose con ternura, en medio del ruido infernal de la cafetería a esas horas. Se oyen golpes de tazas y platos. La cafetera exprés suena como una locomotora. Una camarera calienta la jarra de leche con el vaporizador. Dos molinillos de café funcionan sin parar y al unísono: sin cafeína y con cafeína; y no dejan de salir por la ventanilla de la cocina sándwiches calientes y pinchos de tortilla, a golpe de voces. Pero Teresa deja de oír el ambiente bullicioso para seguir embelesada con la voz cantarina de Walter.

—Sos una mujer desconcertante... Esa llamada os ha transformado. He contado quince noes en setenta segundos de conversación.

—Me desquicia. Ricardo tiene la facultad de hacerme resucitar, pero no en la dirección que necesito.

—El amor, a veces, es así.

—No es amor.

—¿Qué creés que es entonces?

—Haces preguntas difíciles, Walter.

—Mi nombre suena muy bien viniendo de vos. —Teresa se sonroja y agacha la mirada—. He averiguado cosas de vuestra abuela. Esta mañana me di una vuelta por los archivos. Una gentil amiga que labora por allí me ha pasado unas copias de lo que ha encontrado. —Guarda silencio unos instantes y se acaricia la barbilla—. Todos los archivos y documentos del General de Atocha están aquí. Hemos tenido suerte, el periodo de la Guerra Civil ha sido digitalizado. Hay una asociación de la memoria histórica que anda recabando datos de desaparecidos o heridos de la guerra por los hospitales de la época.

Walter deja encima de la mesa dos hojas dobladas por la mitad que se saca de un bolsillo de la bata arrugada, con el olor del suavizante que debe de poner él mismo en la lavadora, piensa

Teresa, y él dice con solemnidad que hay cosas que uno ha de leer en la intimidad. Ella lo mira con agradecimiento. Él se levanta de la silla y desaparece abriéndose paso entre el tejido humano de la cafetería.

Cuando abandona Teresa su última inquietud, alarga la mano, coge los papeles fotocopiados y se los guarda en el bolso. El ruido de la cafetería vuelve a sus oídos y sale de allí un minuto después de que lo haga Walter. En el mostrador de planta le informa la enfermera de que todavía no han subido a su hija de la rehabilitación ni de las pruebas que tiene programadas para el día.

—Gracias, esperaré por aquí.

El bolso le pesa una tonelada, colgado del hombro. Antes de abrirlo y leer las dos páginas que parecen de iridio, camina por el pasillo hasta el vestíbulo de la planta, saca el teléfono móvil y teclea un número. Se sienta en una butaca, junto a la vidriera de la escalera exterior del edificio, por la que sube y baja gente de un piso a otro.

—Soy Teresa.

—¡Joder, Teresa!, cuánto siento lo que te ha pasado. No he querido molestarte, cielo.

—Estaré lista para empezar a grabar a principios de enero. Mi hija se recupera y puedo continuar.

—No creo que estés tan pronto en condiciones de enfrentarte al ritmo endiablado del programa.

—Estaré, créeme. Necesito reincorporarme. Puedo tomármelo con más tranquilidad.

—Lo dudo.

—Nunca te he fallado.

—No podemos ralentizarnos, ya sabes cómo funciona esto.

—¿Cómo funciona? Dímelo tú.

—¿Has hablado con Ricardo?

—¿De qué tengo que hablar con él? Tú eres mi jefe.

—Y él también. ¡Es el sumo sacerdote de esta puta jaula de grillos! Es el que decide si mañana amanece para todos nosotros dentro o fuera de este edificio. No me fastidies.

—¿Por qué estás tan agresivo?
—Lo siento, hoy tengo un día jodido. Soy un desastre para dar malas noticias, y menos a ti. Que te cuente él ya que ha sido idea suya.
—¿De qué estás hablando?
—Tienes una sustituta. Pero yo no te lo he dicho, ¿vale? Relájate, cielo. Deja pasar unas semanas y hablamos. Cuida de tu hija, te necesita.
—Vosotros, no. Ya lo veo.
—Teresa, tengo que colgar, me espera un directo.
—¿Sabes qué te digo? Eres un cabrón.
—Te lo tolero, por lo que te ha pasado, pero no me jodas, ¿vale? A finales de enero hablamos tranquilamente. Da un beso a tus hijas. Cuelgo.
No sabe qué hacer con el mudo teléfono en la mano. Quiere estrellarlo contra el suelo. En la calle habita el invierno: cielos de papel carbón y árboles de Navidad con luces brillantes. Un niño rubio con el pelo rapado y pijama de cuadros pasa por su lado con un coche de policía en la mano, seguido por una mujer muy gruesa. Teresa mira con melancolía hacia el niño, que pronto desaparece tras la puerta del ascensor. El móvil vuelve a reclamar su atención. Observa su movimiento sobre la palma abierta de la mano, mientras suena como un bicho extraño que se le ha encaramado entre los dedos. Escucha la voz de Raquel, amistosa, cálida, de afectuoso y suave acento hispanoamericano; pero está apurada. Tensa. Leo está muy rara, dice. Se ha despertado muy temprano y no quiere vestirse. Todavía anda en camisón. Tampoco ha querido peinarse. La niña ha estado encerrada en su dormitorio durante toda la mañana. Durante horas no la ha dejado pasar. Ha atrancado la puerta. Raquel intentaba abrirla para hacerla salir, hasta que la niña se ha puesto a llorar. Al final Raquel ha podido entrar en el dormitorio y Leo ha caído de rodillas en el suelo, delante de ella, y se ha tapado la cara con las manos en un largo sollozo; no ha desayunado y repite constantemente que dentro de su hermana hay alguien y no la deja en paz.

Continúa explicándole a Teresa, con su mejor disposición para ser entendida:

—Señora, me ha dicho muy seria y afectada que, gracias a ella, ese alguien ha parado. Pero no será por mucho tiempo, porque sigue en Jimenita, escondida.

—¿Ha dicho «escondida», en femenino?

—Creo que sí. Me da escalofríos escuchar esas cosas de mi niña. Ha estado en duermevela toda la noche. De madrugada parece que ha entrado en un sueño profundo y gracias al Señor ha podido descansar algo.

Teresa intenta calmar a Raquel. Le dice que es la excitación de haber visto a su hermana despertar de un coma. Y todo lo que le ha sucedido… Es una niña impresionable.

—Lo será ahora; nunca me lo ha parecido, señora.

—Raquel, ya eres mayorcita para asustarte con las fantasías y la preocupación de una niña.

—No creo que sean fantasías. Usted no la ha oído, señora.

—¿Qué tengo que oír?

—No parecía su voz. ¡Cómo hablaba!, bendito sea Jesucristo Redentor.

—¿Me vas a decir que mi hija está poseída?

—¡No diga eso! Estuve leyendo sobre niños en coma, señora; son gemelas; y le aseguro que la voz de Leonor no era su voz, parecía la voz de su hermana y la suya al mismo tiempo, revueltas.

—Mira, Raquel, no estoy para esoterismos. Jimena mejora. Esta tarde hablaré con el especialista y me dirá cómo está para llevármela a casa. Llevo encerrada cuatro días en un maldito hospital. Y para colmo me han echado del programa.

—¡Qué penita…! Yo solo quería que usted lo supiera, nada más. Tengo una lengua demasiado larga.

—¿Te ha pedido Leo venir otra vez?

—No, señora.

—Mejor. Porque no es buena idea, visto lo que ha pasado. Llévala a algún sitio. Compra la *Guía del Ocio*, y buscad juntas cosas para hacer hoy. Algo que le divierta y distraiga. Son fiestas de Navidad, por Dios. Estad todo el día por ahí, merendad en el Vips, y que se desplome rendida esta noche en la cama. Pásamela y hablo con ella.

La voz de Leo es una tormenta, arremolinada, inestable, y lanza a su madre cristales de hielo cuando dice que no quiere salir de casa ni ir a ninguna parte sin su hermana; pero su verdadera hermana, no la que está en Jimena. No quiere ir al hospital. No quiere hacer nada. Nada. Ni hablar con nadie.

—Tengo miedo —dice su vocecita, la de siempre, la que en nada se parece a la voz que le ha descrito Raquel.

«¡Esta Raquel! Esto es cosa de Raquel», piensa Teresa.

—¿De qué tienes miedo, cariño?

—Del sueño de mi hermana.

—Ya ha despertado, preciosa. Es Jimena. Nuestra Jimena. La de siempre. Intenta ser razonable.

Se esfuerza en convencer a Leonor por todos los medios para que salga con Raquel, aunque sea al Fridays de Concha Espina, a tomar unos aritos de cebolla.

—No tengo hambre. Quiero que vengas a casa, ¡prométemelo!

—Te lo prometo; y tú hazme caso. En la plaza de los Sagrados Corazones están los puestecillos de Navidad. Cómprale a tu hermana algo que te guste.

—Te paso a Raquel —dice Leonor.

Sufre una oleada de ira mientras termina la conversación con Raquel, y su mirada se reencuentra con la del niño del pijama de cuadros, que ahora sale del ascensor, llorando, de la mano de la mujer gruesa y sin el coche de policía.

Esa misma tarde Jimena es capaz de bajarse sola de la cama y consigue andar por la habitación con la ayuda de su madre que la sujeta por el brazo. Teresa sonríe por el logro, aunque su hija esté tan somnolienta como si despertase de un sueño de mil años.

—Es como volver a aprender a andar, a comer, casi hasta a respirar —le ha dicho el neurólogo—. No se desaliente. Su hija se acuerda muy bien de cómo hacerlo. Ha estado ausente pocos días y su cerebro y las funciones metabólicas son normales. El nivel de consciencia es bueno. Desconocemos cuál es el origen de la jaqueca, pero los dolores de cabeza irán remitiendo y la somnolencia disminuirá. En cuanto al dolor de espalda, no hemos hallado nada en las radiografías. Puede ser una pequeña contractura de estar en la cama.

Teresa pasa el resto del día contemplando el intranquilo sueño de su hija y sus ratos de vigilia. Observa con atención el perfecto perfil del rostro de la niña, la voz, el movimiento de sus pupilas y de su cuerpo, y no nota nada raro en toda ella ni en su comportamiento que pueda llevar a pensar en algo tan extraño como lo que han sugerido Raquel y Leonor.

—Si sigue progresando tan rápidamente, en un par de días saldrá del hospital para continuar el restablecimiento en casa —dice el especialista.

Al anochecer, cuando el cielo regresa a las sombras alargadas del invierno y la niña entra en el sueño, Teresa enciende la lamparita de lectura del sofá y encuentra las fuerzas suficientes para leer las dos hojas de Walter, antes de que él llegue para despedirse del día. Piensa en él. Lo ve como un muchacho más que como un hombre, y le asalta el espectro de Ricardo, las maniobras ocultas que debe estar tramando para doblegarla. Es el juego que más la atrapa, cuando decide alejarse de él, y él se pone en marcha para que no suceda.

¿Realmente habrá buscado a otra para apartarla del programa que ella inauguró con todo su esfuerzo? ¿O es un farol para hacerla regresar al viejo territorio de placer y desenfreno de habitación de hotel que han estado cultivando durante diez años?

Quiere leer los documentos que tiene en el bolso y tirar a la basura las imágenes de dormitorio que bombardean su recuerdo. El placer. El sexo. Las muñecas atadas al cabecero de la cama. Las piernas abiertas con las bragas puestas y el pene de Ricardo rodeándolas para atacar el epicentro mismo del placer. Se excita. La quietud de la habitación. La paz de la penumbra. El movimiento rítmico, bajo las sábanas, de la respiración de la niña y el olor de su perfume le erizan la piel. Se acaricia suavemente el pecho entre los botones de la blusa. Sus dedos aprietan los pezones por debajo del sujetador. Entreabre la boca. La puerta se abre. Le huele a él. Pasa, siéntate a mi lado. Él obedece y se aproxima despacio, dándose cuenta de que la niña está dormida.

Se queda de pie ante ella, siguiendo con los ojos la mano de Teresa por debajo de la blusa. Él se la retira y la conduce hacia el baño, ansiosos los dos por abarcar el destino que buscan. Él de pie y ella sentada en el borde del lavabo, con las piernas enganchadas a las caderas de él, y las bragas apartadas. Pero así no sucede. Ocurre de otra forma en el baño. Él la besa en la boca y la abraza, de espaldas al espejo. No se abre la bragueta ni se baja los pantalones ni le acapara los pechos con las manos, sino que le retira el pelo de la cara con los dedos. Rostro con rostro. Él huele todos los matices de su piel y, parándose en las pecas de las mejillas, las besa una por una y en todo su conjunto. Ella lo quiere todo, pero él dice: «Aquí no». Salen del baño y de la habitación. Ella lo sigue por laberínticos pasillos, ascensores, rellanos, puertas batientes. Entran en una habitación. No encienden la luz, pero una ventana delata la cama y las paredes les protegen de lo que va a suceder en breve. En la oscuridad se palpan los hombros, las caderas, el perfil de las caras, se muerden las orejas y la lengua sin actitudes de falso pudor, con la infinita ternura que les sorprende a los dos, enredados entre sábanas blancas y desinfectadas.

Lejos quedan la tristeza y la angustia de una pesadilla de la que despierta. El rechazo y los noes ahora son síes. Ya no es la niña que esperaba a un padre que no regresaba, día tras día, hora tras hora, tapándose los oídos para no oír el llanto de una madre que vagaba por el jardín en camisón como un felino encerrado en una jaula, llorando delante de cada objeto que le recordaba a su marido, hasta que Teresa cumplió veintitrés años y terminó la carrera, y con el primer sueldo de becaria de una cadena de radio dijo adiós a esa madre que seguía con el mismo camisón, raído y desgastado, vagabundeando por la parcela descuidada, tropezando con cada bache de su vida, rebelde, con el pelo sin cortar desde hacía años y sin atreverse a cruzar la puerta de la calle, donde habita el mundo real que ha olvidado tras la valla de su casa.

Ahora, desnuda y a tientas, Teresa descubre el cuerpo de un hombre con el sentido del tacto, lo besa con el sentido del gusto y exprime todos los demás para entregarse con los ojos vendados a la vida que repudió su madre.

17

La muerte del hijo

Tres Robles, 21 de diciembre de 1970

La angustia es atroz. Insoportable. El viejo sacerdote rebusca en los cajones de su cómoda. Necesita calmarse, no encuentra las cartas de su sobrina.

—¿Dónde las he escondido?, miserable de mí —se grita. Le tiemblan las arrugadas manos, grandes y culpables.

¿Cómo es posible que Tomás esté vivo?

David recuerda lo que leyó en una de las cartas que le envió Jimena, tan trágica y desconsolada como siempre fue ella:

> Cuida de nuestro hijo. Mi padre ya no es un hombre, es un ente que vaga fuera de su cuerpo buscando la felicidad del pasado. En este hospital me están torturando de nuevo, como en Bildur. El doctor Monroe, las enfermeras. Sus agujas me perforan y mi parálisis no responde a esos líquidos que penetran en mi columna. Es posible que Tomás muera de inanición en el desván o en la leñera de la casa de la Ciudad Lineal, donde nadie puede oír el llanto de nuestro hijo. Ahora solo tienes que hacerme una promesa: cuida de Tomás. ¡Protégelo! Abre bien los ojos: mi padre no quiere nada bueno para él, y algún día deberás contarle la verdad; ¡es tu obligación!

Y su obligación de dar la cara, postergada indefinidamente, va a ponerla en el curso de la historia cuando tiene entre las manos las dos únicas cartas que le llegaron de su sobrina a Tres Robles, tras buscarlas frenéticamente por todos los rincones de su dormitorio. Las encuentra en el arcón, bajo las viejas sotanas, que guarda entre bolas de naftalina.

—¡Señor, ten piedad de mí, de tu humilde siervo! —grita, desesperado.

Coge un marco de madera con una fotografía de ella que hay sobre la cómoda y se golpea con él el dorso de la mano que sujeta las dos cartas. El golpe cae en una antigua cicatriz. Es la segunda vez que se lacera en el mismo lugar. Esta vez no sangra, pero el dolor le paraliza la mano. Debe volver inmediatamente al despacho y aclarar la situación con su hermano. ¡Que lea las cartas de su hija y abra los ojos de una vez por todas!, aunque sea para morirse. Inspira. Aguanta la respiración y se mitiga el dolor que le sube por el brazo. El daño le reconforta, y la angustia pierde intensidad. Mira la fotografía de nuevo. Ella le sonríe, lo está mirando con sus ojos infinitos. «Mátate», le está diciendo. Ve con claridad cómo su sobrina mueve los labios: «Ven conmigo. Me has traicionado».

No piensa negarla de nuevo. Coge la fotografía y la estrella contra el suelo para dejar de escucharla. Tiene su aguda voz metida en el tímpano, le va a reventar. Ella le grita con su rostro fantasmal de cuando yació con ella y le pedía más y más sobre la alfombra, con las piernas abiertas y el rostro dañado, en la oscuridad del gabinete. Y entonces se dejó llevar por el sueño de otro tiempo que terminó en un instante.

Va hacia el marco desvencijado. El cristal se ha roto. Cae de rodillas en el suelo como el sacerdote que fue y coge uno de los listones de madera, roto y astillado, y se hiere con él otra vez, sobre la misma herida de la mano. Y otra más. Y otra. Siente el placer hasta el padecimiento más hermoso. Ahora ya está preparado para bajar a enfrentarse a Francisco y consolar a Tomás de tanta villanía.

Pero su hijo está muerto. Él no lo sabe, cree que ha sufrido un desmayo cuando lo encuentra tirado en el suelo. El gran cuerpo de Tomás yace inmóvil en medio del despacho. Con las piernas abiertas y el jersey rajado desde el cuello hasta la mitad del estómago, por encima del pantalón. Francisco está encima de él con las rodillas apoyadas en el suelo intentando reanimarlo. Lo está golpeando en el pecho con las palmas de las manos. Al oír a David, levanta la cabeza y le mira con la expresión enajenada del cirujano que ha perdido una vida.

—¡Está muerto! —grita—. ¡Está muerto, no tiene pulso!

Y sigue presionándolo en el pecho durante más de cinco minutos. El cuerpo del viejo Francisco, grande y ajado, encima del cadáver de Tomás, está tenso y rígido como un *fascio*.

David lleva las cartas en la mano herida. Le sangra. Le tiembla el pulso. De la impresión no sabe dónde está, ha perdido la noción del espacio, del tiempo y la cordura. Las cartas se le escurren de la mano y se deslizan sobre la oscura tarima. Él se deja caer en el suelo, frente a su hijo derrumbado, y se tapa la cara. La habitación de pronto se ha oscurecido, no ve ni oye, solo es un rostro de anciano con la mirada vacía. Pero dice:

—¿Qué has hecho, Francisco?, ¿qué has hecho?

—Nada, lo juro. Él solo se ha desplomado.

—¿Qué le has hecho?

—Te esperábamos, nada más, ¡joder!

David va recobrando la memoria a medida que pasan los minutos. Francisco se incorpora, va hacia las cartas que ha visto caer y las coge del suelo.

—¿Es esto lo que has ido a buscar? —dice, desafiando a David, blandiéndolas.

Mira los sobres. Ve la letra de su hija, el nombre y los apellidos de ella en el remite y los de su hermano como destinatario. Los matasellos pertenecen al día 6 de junio de 1933, y al 23 de diciembre del treinta y seis, dos días después de su muerte.

—¡Devuélveme mis cartas! ¡No tienes ningún derecho a leerlas! —le reclama David de rodillas en el suelo.

—¿No es lo que querías hace un rato, envalentonado por la presencia de este pobre diablo? —Mira con lástima el cuerpo tendido de Tomás.

—No hables así de él. ¡Es el hijo de Jimena!

Y calla lo que realmente quiere decir: «También es hijo mío; no de Pere Santaló, ¡pobre idiota! Siempre has creído lo que te ha interesado».

Pero no sale nada de sus labios y le vuelve a suplicar a Francisco que le devuelva las cartas de ella, las cartas de su oscuro pecado.

—Es lo único que me queda de tu hija, por favor.

Francisco se apoya en la chimenea y vuelve a mirar la letra de Jimena. Pasa los dedos por encima de su nombre varias veces. Y le dice con frialdad:

—Tú eres lo único importante de mi vida, hermano, y te quiero, no destruyas lo que queda entre nosotros.

Y David, lentamente, mueve los labios para decir:

—Devuélvemelas.

Francisco se abanica con los sobres, como si el aire que respirase le intoxicara los pulmones. Da unos pasos hacia su hermano y se las entrega.

David no sabe dónde ha dejado el bastón, sigue desorientado, pero se acerca como puede al cuerpo de Tomás. Le abre el bolsillo del pantalón y le mete dentro las cartas de su madre.

—Es el lugar donde deben estar —dice, y junta las manos para rezar durante un rato, mientras Francisco piensa qué hacer y se enciende un cigarro observando la locura de David y el cuerpo de su nieto en una escena que nunca imaginó.

«Mala suerte. Pobre chico.»

El viejo despacho de Ezequiel Anglada ha vivido una muerte inesperada. Francisco tiene el corazón como una roca de granito que antes fue magma y se enfrió lentamente, con una compleja textura granulosa que hace de él el hombre más poroso al sufrimiento.

—Tenemos que deshacernos de él —dice.

David no le oye. Está enajenado pensando en una de esas

cartas de su sobrina en que le confiesa cómo murió Pere Santaló. Ella misma lo asesinó. Luego se deshizo del cadáver con la ayuda de Lucía. Fue un accidente. No tuvo más remedio. La aviación republicana sobrevolaba el Cuartel de la Montaña. El parque del Oeste era una riada de personas que se acercaban a liberar el cuartel. Se habían encerrado en él el general Fanjul con sus hombres y un puñado de falangistas rebeldes. La ciudadanía armada inundaba las calles de Argüelles y la Guardia de Asalto sitiaba el cuartel con cañones y artillería. Pere Santaló entró en la casa de Rosales a golpe de fusil, a primera hora de la mañana. Se había inscrito en las milicias populares y jugaba a la revolución. Jimena estaba sola en la casa, con el pequeño Tomás y la ama Fernanda. Francisco ya había salido. Lo terrible que allí dentro debió de pasar se lo imagina por lo que su sobrina le cuenta en la carta. También le dice dónde está el cadáver de Pere Santaló, en el antiguo cementerio de la Florida, en lo más profundo del parque del Oeste, y que murió junto a la chimenea, como ahora yace su hijo.

«Pobre Tomás.»

—Creo, hermano, que deberías retirarte a descansar —le dice Francisco—. Yo me encargo de todo esto. Te acompaño a tu dormitorio. Voy a llamar a Claudio. Es mejor que te mantengas al margen. Duerme y, cuando despiertes, te darás cuenta de que todo esto no ha existido más que en un sueño.

Y ayuda a su hermano a levantarse del suelo. David es incapaz de mover un solo músculo, está agarrotado, sin capacidad de reacción alguna. Francisco le coge por la cintura y lo acompaña al dormitorio. Lo sienta en la cama y le quita la bata. Abre el primer cajón de la mesilla, saca tres pastillas de un frasco y se las mete en la boca, sin encontrar resistencia alguna. Sirve un poco de agua de una jarra y David bebe con ansia. Sujetan los dos el vaso, mano sobre mano; la de Francisco lo aferra con fortaleza y David se derrama sobre las solapas del pijama saliva amarillenta. Se ha tragado las pastillas y pronto caerá en un sueño que le hará olvidar el día de hoy.

—¿Otra vez te has lastimado, hermano? —dice Francisco

mirándole la herida mientras lo arropa—. Siempre haciendo de las tuyas. Descansa, anda. Nunca cambiarás.

Mientras deja la bata de David sobre el respaldo de una silla, le pregunta por lo que ha hablado con Tomás; si alguien sabe que ha llegado hasta Tres Robles; si lo han visto por el pueblo. David no puede hablar, solo murmura. El terror lo tiene paralizado. El pulso le golpea en las sienes. Tiene ganas de vomitar. Le duele la mano. Balbucea que no se lo ha dicho a nadie, ni siquiera a su mujer; iba a ser una sorpresa.

Francisco se sienta en el borde de la cama. Le dice que descanse y luego sale del dormitorio. David se acurruca y se encoge bajo las sábanas como un feto, abrazado a sus rodillas, intentando respirar por el cordón umbilical. Las cartas. Sus cartas. Ya no las tiene. Debe olvidarse de ellas. La muerte de su hijo reverbera en su cerebro en una dimensión irreal, y el miedo lo paraliza. No puede pensar siquiera en la posibilidad de llamar a la policía. Eso nunca. Jamás. Su hermano se hará cargo de todo, como siempre ha hecho, él necesita dormir y olvidar lo que ha sucedido.

La casa está silenciosa. Solo el batir de las manillas de los relojes de pared susurra en la oscuridad. El sol ha desaparecido entre los estratos grisáceos del cielo. Francisco vuelve al despacho, descuelga el auricular y hace una llamada ante el cuerpo inmóvil de Tomás. Lo contempla como si se hallara en otra galaxia, a mil años luz de Tres Robles, del hogar que mandó construir su padre Ezequiel Anglada.

18

El espíritu de Jimena Anglada

Madrid, 30 de diciembre de 2003

Nadie entiende muy bien lo que está ocurriendo. Creyeron que con volver a casa sería suficiente para sanarla. Para que se recuperase. Pero no es así. Raquel, la fiel niñera medio guaraní, medio española, nacida en Asunción, piensa que la mejoría de la niña puede suponer un sutil enmascaramiento del verdadero origen de su desaparición.

Nadie, absolutamente nadie, es capaz de construir una hipótesis definitiva de lo que le ocurrió entre los viejos e impenetrables muros de un museo. Tampoco explicar cómo llegó hasta la cámara más profunda de las catacumbas del edificio. Ni lo que le pudo suceder para que perdiese la consciencia. Ni por qué su hermana ha salido espantada del dormitorio, de madrugada, la primera noche que Jimena ha dormido en casa.

Leo no ha querido acostarse con ella. Ha rogado a su madre, tirándose al suelo, que no la obligara; pensar en la proximidad con Jimena durante la noche, en la cama de al lado, despertaba todos sus terrores infantiles. Pero al final ha accedido por no ser tan grosera, ni porque nadie pensara que no se alegraba de su regreso. Pero, a la una de la madrugada, ha saltado de la cama despavorida y ha corrido hacia el dormitorio de su madre tan blanca como había venido al mundo. Su cara era el rostro del desconsuelo. Teresa creyó que era Jimenita la que entraba bajo su edredón para abrazarla, tiritando, en la oscuridad de la noche y con la rapidez de un gato, tras haber pasado por tan dura experiencia, deseosa de abrazar a su madre y sentirse al arrullo del consuelo; pero no era ella: era Leonor, con su frágil mirada estallando en lágrimas como fuegos artificiales. Un enorme terremoto inexplicable acontecía en su interior.

—No es mi hermana. Lo sé —decía una vez y otra. Y otra más—. Ya no somos iguales; y no me puedo ver en ella. Ayúdame. No quiero estar con ésa. No me obligues, por favor.

Teresa quería saber por qué decía eso.

—No me podía dormir, mami. Le he preguntado cosas... Las cosas que todos pensamos y nadie le quiere preguntar.

—¿Qué le has preguntado?

—Lo que quería saber. ¿Por qué se fue del taller? ¿Qué le pasó en el museo?

Leo ha apretado a su madre contra ella. Luego ha dicho:

—Me ha dado tanto miedo... —Y ha guardado silencio. Parecía que el silencio podía protegerla.

—Dímelo, cariño. Estoy aquí para cuidar de ti.

—Ha dicho que era estúpido ese taller de mierda, y que alguien la llamó. Era una voz insistente. Una voz que estuvo persiguiendo por todo el hospital, por el aire, como si fuera una mariposa, hasta que la encontró.

—¿Ha dicho «hospital»?

—Sí, lo ha dicho. Yo no la entendía bien y le he contestado que no era un hospital, sino un museo, y su voz se ha transformado, mamá. Sonaba rara, como gritona, y ha insistido: «No es un museo, es un hospital, idiota. ¡El hospital donde he muerto!».

—¿Estás segura de lo que dices, cariño?

—Yo no lo digo, lo dice ella.

—¿Encontró la voz?

—No lo sé, ha dicho que encontró la cama donde se desangró. Había un biombo que la separaba de su compañera, la mujer a la que regaló el anillo de su tío. Quería recuperar su anillo de oro con una perla preciosa. Pero no encontró a la mujer. Luego estuvo corriendo de un lado a otro, siguiendo la voz. Hasta llegar a su propio cadáver. Se vio muerta, mamá. Me ha dado tanto miedo... Estaba de lado, mirándome todo el rato, pero no me veía, porque sus ojos estaban vacíos. También ha dicho que había vivido su muerte, y que yo tenía que buscar a su hijo. Pero ¿qué hijo, mami?, ¿por qué hablaba así? Me he escondido bajo el edredón y me he tapado los oídos para no oírla, porque seguía hablando, diciendo cosas extrañas que yo no quería oír. Hablaba de su hijo todo el rato. Qué miedo, no me he atrevido ni a moverme; luego se ha callado; y cuando creí que se había dormido, no he aguantado más y he salido corriendo. Oh, está loca, mamá, está loca.

Teresa ha abrazado a Leonor. Sin respuestas. Las caricias eran todas sus armas para combatir el desconcierto de su pequeña. Más tarde Teresa se ha levantado en cuanto el sueño ha vencido a Leonor y ha entrado en el dormitorio infantil.

Jimenita descansaba en su cama, junto a la ventana. La claridad de la calle le iluminaba medio rostro, delicado, sutil. En paz y armonía con el sueño. Nada justificaba la alteración de Leo. Teresa le ha rozado con los labios la frente y la ha besado. La ha sentido fría, demasiado para el confortable calor de la casa. La ha tocado por el cuerpo. Toda ella estaba impregnada de una frialdad alarmante. Ha ido hacia el botiquín y ha sacado el termómetro digital. Tras unos minutos bajo la axila, marcaba tan solo treinta y cuatro grados y dos décimas.

De pronto Jimena ha abierto los ojos, dos focos luminosos y claros en la oscuridad.

—¿Qué haces, mamá? Déjame dormir —ha balbuceado, y ha vuelto a penetrar en el sueño.

Teresa le ha puesto por segunda vez el termómetro, que ha vuelto a marcar la misma temperatura. Uno siempre sabe qué hacer ante la fiebre, pero con la hipotermia no se le ocurría nada que no fuera una barbaridad en ese momento de apacible sueño; algo así como meterla en la bañera con agua caliente. Por otro lado, dudaba que fuese lo correcto. En su mente resonaban las palabras de Leonor sobre su hermana. La ha observado dormir tan tranquila, pequeña e inocente, y ha intentado mantener la lógica en todo momento y resistirse a cualquier idea irracional.

—Siento llamarte a esta hora —dice, al auricular del teléfono de su estudio, sentada en su silla, con la caja de los medicamentos abierta y varios prospectos desplegados encima de su escritorio—. Tengo un problema, Walter.

En cuanto Teresa le indica la temperatura de Jimena, él dice que va para allá.

—Dame la dirección.

En cuanto él llame por el telefonillo, Raquel se despertará, su dormitorio está junto a la cocina, así que le pide, antes de colgar, que la llame al móvil cuando llegue al portal. Cuelga el teléfono, va hacia el mueble bar y se pone un coñac. Siente que le baja su propia temperatura. Se sienta ante la pantalla del ordenador, sin atreverse a teclear lo que le preocupa. Bebe un buen trago de la copa. Siente el calor resbalando por su garganta y le gusta. Es mejor que Walter la tranquilice, antes de lanzarse a leer y que salten todas las alarmas que circulan por internet. A los veintiocho minutos de reloj, su móvil parpadea y baja a buscarlo. Antes de conducirlo al dormitorio de las niñas, le hace entrar en el despacho. No sabe cómo empezar el relato. Él se quita la cazadora y deja el casco de la moto encima de una silla, su rostro es expectante y risueño dentro de la seriedad de la situación. Teresa camina por la alfombra, un paso tras otro en el silencio de sus pensamientos. Comienza por contarle que ha notado cosas extrañas en Jimenita desde que ha llegado a casa esta mañana.

La niña se encontraba débil, cansada, el dolor de cabeza no remitía ni con los comprimidos que le había administrado, siguiendo las pautas de la medicación y del informe de alta. Enseguida se ha quedado dormida, serían sobre las doce de la mañana. No ha querido comer nada. Ha despertado sobre las cinco de la tarde. Ha tomado unas cucharadas de sopa y el resto las ha escupido. Le ha pedido a Raquel un huevo frito y patatas asadas. Esa petición les ha extrañado, a Jimena nunca le han gustado los huevos, siempre le habían dado asco, pero se los ha comido con auténtico apetito y ha seguido descansando hasta la hora de cenar. Ha vuelto a despertarse a las ocho y ha estado un rato levantada, curioseando entre sus juguetes como si hubieran perdido todo aliciente. Abría y cerraba los cajones de su armario y miraba con desinterés la casita de muñecas con la que tanto se había entretenido. Ha hecho algo muy extraño: ha sacado todas las Barbies de la casita; unas acostadas, en pijama, vestidas por ella antes del accidente; otras a la mesa del comedor, almorzando, y otra en la bañera, con su perrito, tomando un baño de sales.

—¿Sabes lo que ha hecho con ellas? —dice Teresa con una desagradable sensación, sentándose en el brazo del sofá con la copa de coñac en la mano—. Las ha tirado fríamente a la papelera del dormitorio. Acto seguido, ha cogido la papelera, con esas muñecas que adora con locura, y la ha llevado a la cocina. Ha abierto el cubo de la basura y ha vaciado en él la papelera. Sin inmutarse. Las muñecas no cabían y algunas han quedado prisioneras cuando ha caído la tapa sobre ellas. Luego ha vuelto al dormitorio y se ha metido en la cama. Si lo llega a ver Leonor, se vuelve loca; hubiéramos tenido una crisis de histeria en la familia. Para cenar le ha vuelto a pedir a Raquel otro huevo frito y se lo ha tomado enseguida. No ha querido nada más y la hemos acostado. Seguía cansada. Volvía a quejarse de la cabeza y le dolía la espalda. Ha aceptado con agrado un masaje, en la zona dolorida, sobre la parte baja de la columna, hasta que se ha quedado dormida. Sobre las once de la noche, Leonor se ha acostado como siempre, en el dormitorio de las dos. Pensé que sería buena idea que Leo durmiera con su hermana, como siempre; volver a la normalidad cuanto antes. Pero me he equivocado.

Walter la escucha con atención, se acerca a ella, la abraza y le levanta el mentón con dulzura. La besa en los labios y dice que no se preocupe.

—Cómo quieres que no me preocupe —responde ella—. Con

lo rara y evasiva que también ha estado Leonor todo el día, evitando a su hermana, sin entrar en su dormitorio hasta la hora de irse a dormir, y no ha querido separarse de Raquel en todo el día.

Y le cuenta a Walter el episodio de terror que ha sufrido Leo hace un rato, antes de que ella descolgase el teléfono para llamarlo.

—Me da escalofríos solo pensar en lo que ha dicho mi hija: ¡que ha vivido su propia muerte! Iba detrás de una voz y se perdió por el hospital buscando un anillo con una perla.

Walter guarda unos segundos de silencio. Piensa. Y dice, con una idea en la cabeza que le endurece el rostro alargado, aceptando una copa de coñac que le está sirviendo Teresa:

—El lugar donde encontraron a Jimenita había sido la morgue del hospital. Quedó destrozado en un bombardeo en el año treinta y seis.

—Mi hija dice que ha vivido su propia muerte. Ha dado detalles que no pueden salir de la imaginación de una niña. —Le entrega su copa y los dos beben—. Mi padre nunca nos habló de su madre ni de cómo murió; él no lo sabía, la mía tampoco creo que supiera algo así; y, de saberlo, jamás se lo habría contado a mis hijas, ¡por Dios!

Walter quiere estar presente en todos los momentos de Teresa, en los de sufrimiento, sobre todo, y ausentarse de sí mismo para entrar en ella. La mira. Observa el estudio con la copa en la mano, los marcos con fotografías que hay sobre la librería y la mesa, en las que aparece ella junto a personas famosas de la televisión: al lado de un presidente de gobierno, abrazada a una periodista rubia y simpática de los informativos 24 horas, saludando al príncipe Felipe, acompañada de un escritor de novela histórica... Termina la copa y dice muy serio que caben dos explicaciones al comportamiento de la niña que tanto asusta a Teresa.

—Una: que Jimena haya leído algo sobre el uso anterior del museo. La prensa sensacionalista ha hablado muchas veces de fantasmas en el Reina Sofía. Hay programas de televisión sobre ello. O ha visto algo en internet o en el colegio, y su imaginación ha hecho el resto. Dos: que haya experimentado una ilusión de *déjà vu*.

—¿Estás seguro? ¿No es una invención? Paul Verlaine habló de ello en su poema «Kaléidoscope». Siempre pensé que era algo literario, una fantasía. O de gente paranoica o esquizofrénica. Es una niña, tiene siete años.

Él dice que es médico y siempre será médico, y la medicina explica también hechos mentales. La mente es el arma más poderosa del cuerpo, y la más desconocida. La agonía de Teresa es tan real como real es lo que cuenta su hija. Acaba de salir de un coma, no es raro un *déjà vu*. Puede tratarse de una pequeña paramnesia, un trastorno delirante y efímero. A él le gustaría hablar con Jimenita en cuanto pasen unos días y se encuentre mejor. La medicación le irá bien. Le explica a Teresa cómo ponerle el termómetro cada seis horas, en la axila y durante cuatro minutos, para anotar las temperaturas. Quiere hacer un gráfico con las oscilaciones y le pregunta si le ha notado temblores o confusión mental. Teresa dice que no.

—Vamos a ver cómo está.

—Mi hija no ha podido haber vivido la muerte de Jimena Anglada. Tengo que saber más de esa mujer. Preguntarle a mi madre, a la hermana Laura… Buscaré en los registros. Mi padre nunca regresó, si es que fue a alguna parte. Desapareció de la noche a la mañana; la tierra se abrió para engullirlo el veintiuno de diciembre de 1970. Nunca debí llevarlas al maldito museo.

Walter piensa que ha habido dos Jimenas Anglada separadas por una línea temporal de sesenta y seis años, en el mismo lugar.

—¿Por qué fuisteis precisamente ese día, el veintiuno de diciembre, al museo? El año es muy largo, Teresa.

—¿Cómo narices lo voy a saber? Tenía el día libre, era domingo, me gusta el arte, quería que mis hijas entraran en contacto con él… Tenían vacaciones. Quería ver el *Guernica*. ¡Yo qué sé…! Casualidad. Pura casualidad.

—Tengo una amiga juez que está convencida de que las casualidades no existen. Siempre dice que hay un porqué para todas y cada una de las acciones humanas, sobre todo para las más oscuras y prohibidas; solo hay que averiguar ese porqué. Vamos, el famoso móvil. Estás muy guapa alterada, ¿te lo había dicho? Pero te prefiero tranquila.

Caminan juntos por el pasillo de la casa sin apenas hacer ruido. Teresa va delante, solo le falta el candelabro con las velas encendidas, y empuja ligeramente la puerta entreabierta del dormitorio de las niñas. En la penumbra distinguen las dos camas, pero están vacías. Ella enciende la luz. Jimena no está en la suya, ni debajo ni tras las cortinas. Abre los armarios y entra en el baño de las niñas. Walter mira a su alrededor, extrañado, en medio del dormitorio. Comprueba que está bien cerrado el picaporte del balcón y mira hacia la calle tranquila. Teresa tiene la cara desencajada. Le dice que el abrigo de Jimena no está en el armario, ni sus zapatillas por ninguna parte.

Levantan a Raquel enseguida y buscan entre los tres por toda la casa sin despertar a Leonor hasta que, rendidos a la evidencia, Teresa va en busca de la tarjeta del policía, en su billetero. Coge el auricular y llama al comisario Ernesto Suárez, aunque sean las tres y media de la madrugada, mientras Walter baja por la escalera, piso por piso, rellano por rellano, y revisa el portal, el edificio y las calles aledañas sin hallar su rastro, en medio de la noche, entre los árboles vacíos y solitarios en el silencio de la madrugada.

Bajo el brillo de las farolas, Walter se levanta el cuello de la camisa de cuadros y se frota las manos. Las calles están mojadas por el camión del ayuntamiento. Llega a la boca de metro del Santiago Bernabéu, está cerrada, y no encuentra ni rastro de la niña.

19

Bautismo de sangre

Tres Robles, 21 de diciembre de 1970

Francisco retira el visillo y su vieja mirada recorre el camino de acceso a la casa. Puede sentir la aspereza de sus labios con la lengua. Las lindes boscosas han desbordado el horizonte. Da cuerda a su reloj de muñeca. Faltan dos horas para que aparezca Claudio en su coche. Las nubes se han apoderado del cielo, sin estrellas, opaco y blanquecino del anochecer. Los últimos mirlos cruzan el barbecho como una gasa enlutada sobre un rostro.

Piensa que no es el peor escenario al que ha tenido que enfrentarse en su larga y tormentosa vida. Aun así, reconoce que no va a ser sencillo solucionar el triste suceso que yace sobre la regia tarima del despacho. El pasado no es digno de ser recordado. Todo él debería perderse en un mar sin fondo. Sin ruido. En silencio. Como el silencio que grita a su alrededor. Se tapa los oídos. La catástrofe no debe acabar con todo su esfuerzo. El destino vuelve a conspirar, pero no piensa quedarse de brazos cruzados, ni mucho menos. Maldito Tomás. Malditas monjas. Maldita vida. No obstante, se levantará de otra caída para continuar erguido como un estandarte. Remendará la tela destrozada por el huracán, para entregar el relevo a Claudio en cuanto esté preparado; hoy va a ser su bautismo de sangre.

En breve sabrá si Claudio es su mejor vasallo, digno de gobernar su imperio como el mejor de los césares. Todos a su alrededor le han fallado, empezando por Juliana y finalizando por Lucía. Cree que las mujeres de su vida plantaron la semilla del mal para continuar con el declive de la especie humana. Es la extinción de la vida por todo el planeta, eso es lo que piensa. Las huellas del hombre en la luna son una ilusión. Si el fruto de Juliana fue envenenado, el de Lucía deberá madurar en Claudio como un árbol torcido y hueco. No es la mejor opción: es la única opción. Claudio no es su hijo, pero podría haberlo sido; tenía un año cuando él conoció a su madre, en una notaría de la calle de Alcalá, esquina con Gran Vía, que entonces se llamaba avenida de Conde de Peñalver, en la que él firmó la compra de su antigua casa de Pintor Rosales.

Así empezó su romance con Lucía, en el año veintiocho, en un edificio con el ascensor averiado. Recuerda hasta el último detalle de su indumentaria de mujer buena y distinguida: los guantes con botones, las medias transparentes y toda ella envuelta en un perfume que jamás ha olvidado y que todavía usa. Pero no huele igual en una piel marchitada por los años. El tiempo se lo lleva todo. Aquella época fue la más feliz de su vida y, como suele ocurrir con la felicidad, es efímera. Lucía no debió quedarse embarazada de él, pero ocurrió, y nació Blasco, de esa unión secreta que los dos intentaban esconder en estables encuentros. Cuando la conoció, ella vivía en la calle Marqués de Urquijo con el pequeño Claudio, en casa de sus padres, los marqueses del Valle. Roberto Arzúa, su marido, viajaba constantemente en aquellos años, durante la República y hasta comienzos de la guerra, y todavía piensa que Roberto nunca debió de enterarse. Era un hombre demasiado preocupado por su carrera militar en Italia.

El amor por ella no ha decrecido desde entonces, es algo inamovible y eterno. Reconoce que no estuvo a la altura cuando en 1931, recién estrenada la Segunda República, Lucía le confesó que Blasco estaba de camino, y no era de Roberto. Qué mal la trató entonces. Se comportó como un villano durante aquella discusión en su despacho de la calle del Factor en que Lucía deseaba abandonar a Roberto y que supuso la ruptura con ella que vino después. Aunque no para siempre, como suele ocurrir con los amantes que se aman, porque el destino los volvió a unir, pero no por mucho tiempo; la guerra había comenzado y Roberto reclamaba a su mujer y a sus hijos, desde Roma. El gobierno republicano le había prohibido la entrada en España y sacó de Madrid a su familia una fría mañana de inverno a través de la embajada de Italia, a finales de 1936.

Desconoce si alguna vez Lucía le contó a su marido que Blasco no era de él; jamás se lo ha querido preguntar. Y, de todas formas, qué más da, si Roberto murió sin poder disfrutar de su familia como tenía previsto al sacarlos de Madrid y de la influencia de Francisco. Éste se odió a sí mismo durante aquellos años de desastre. Tras la marcha de Lucía, todo era un caos a su alrededor: Jimena había muerto, él se había convertido en un criminal y había abandonado a su nieto en el orfanato de las monjas. La desesperación le hizo pensar en Blasco, en el hijo que aún le quedaba. Pero estaba la guerra de por medio y esperaba su oportunidad para reclamarlo, cuando terminara la contienda y pudiera rehacer su vida. El destino, sin embargo, volvía a ponérselo difícil: por un lado, se alegró al conocer la buena noticia de la muerte de Roberto en Lombardía, cuando huía de los aliados, que invadieron Italia para derrocar a Mussolini; por otro, no le duró muchos años la alegría: Lucía se negó a volver a Madrid y mucho más a permitir que el pequeño Blasco lo hiciera cuando la paz regresó.

Durante la posguerra el niño ya no era el pequeño Blasco que había salido de Madrid; era un joven que en nada se parecía a él. Con los años se estaba transformando en la viva imagen del vividor despreocupado, solo pensaba en cómo gastar a manos llenas y vivir de la fortuna de Francisco Anglada y de su madre. Con todo lo que había sufrido Francisco con la pérdida de Jimena, no le importó consentir a ese hijo una vida despreocupada y de derroche en Roma, y enseguida se dio cuenta de que no valía la pena ni tan siquiera intentar que su propio hijo fuera el sucesor de sus empresas en España. De haberlo querido, las habría arruinado; así que era mejor mantenerlo en Italia, alejado de cualquier tentación de sentirse empresario. Dejarlo vivir tranquilo con sus pasatiempos y derroches; al fin y al cabo, para algo debía servir una fortuna que nadie gastaba.

La otra cara de la moneda era Claudio, su hermano mayor, que se parecía más a Francisco que su propio hijo. Claudio había heredado la determinación de su padre y su espíritu de sacrificio y moderación, convicciones férreas, una gran avaricia y frialdad de carácter. Los dos hermanos vivían en Roma con la madre, y a Francisco no le falló la astucia al elegir a Claudio como sucesor de su reino y apartar a Blasco, dejarlo disfrutar de la vida, en compañía de Laura Bastiani, su novia y esposa después. Pero el destino volvió a golpear a Fran —como Lucía lo llamaba—, de la forma más cruel: un accidente de carretera puso un trágico final a su segundo hijo, al que de nuevo sobrevivía. Si Jimena lo había abandonado en los peores tiempos, los mejores no fueron capaces de retener a Blasco. Sus dos hijos habían desaparecido y Claudio fue el heredero que le entregó Lucía.

Con los años, él se ha encargado de completar la educación de Claudio y de armarle un pulso de hierro, el pulso que le faltó a su abuelo, Alfonso Oriol, el desdichado marqués del Valle, arruinado y fallecido en el exilio y al que tanto debe Francisco, empezando por los terrenos de la Ciudad Lineal que le compró al comienzo de la Guerra Civil, a precio de saldo, más los del ensanche de la Castellana, para finalizar con todas las acciones del marqués del Banco Hispano Americano, con las que se hizo antes de que éste muriera en Roma, para su escarnio, de un ataque al corazón, en la Piazza Venezia. Lucía le contó que su padre se vio entre los empujones y la exaltación de la muchedumbre, mientras Mussolini declaraba la guerra a Francia y a Reino Unido desde el balcón de su despacho de la Sala del Mappamondo, del Palazzo Barbo, sujetándose con las manos el cinturón del uniforme militar y gritando: «Es la hora de la decisión irrevocable». La multitud enfebrecida arrastró hacia la muerte al marqués por la tierra del exilio y murió en la calle, aplastado por el gentío, el 10 de junio de 1940, ante las miradas indiferentes de extraños que gritaban: «*Viva l'Italia fascista*». Lucía lloró a su padre y comprendió que ella había sido el puente entre la fortuna de Francisco y la ruina de su familia, y Claudio es el trasvase perfecto para encargarse de la nave cuando a su capitán le llegue la hora. Y esa hora está muy cerca. Francisco lo siente en el profundo cansancio de su ancianidad.

Cuando las ruedas del descapotable de Claudio frenan en seco delante del porche de Tres Robles, él repara en un dos caballos aparcado. Francisco abre la puerta de la casa para hacerlo pasar inmediatamente. Las luces del interior del Mercedes pierden intensidad lentamente, hasta apagarse, y Francisco abraza a su hombre bajo la marquesina. El anciano impulsivo, frente al hombre con la mirada de halcón, de cuarenta y tres años, al que Francisco ha nombrado su sucesor en la tierra, tartamudea. La desgracia lo persigue por todas partes, le dice al hijo de Lucía, con una expresión impostada de indefensión ante una catástrofe imprevista.

—Ha caído muerto a las quince cuarenta y cinco —le cuenta a Claudio con la voz trastabillada, mirándose el reloj—. Mi hermano está descansando, le he tenido que dar sus tranquilizantes; no sé cómo ha sobrevivido a la terrible desgracia ni cómo ha podido suceder algo así...

Francisco le explica cómo ha acontecido todo, desde la llamada de David a la fábrica hasta que ha encontrado a Tomás con David en el despacho y todos los detalles para saciar la curiosidad de Claudio, que lo mira desconcertado en el vestíbulo de la casa. Francisco ha tenido que hacer memoria y desenterrar hechos que ocurrieron en 1936, para justificarse y contarle a Claudio quién es Tomás Anglada, sentados los dos en la intimidad en un sofá, bajo la escalera del recibidor. Y, con un frío sudor en la frente, Francisco le narra cómo Tomás se ha venido abajo:

—Tomás estaba de pie, de espaldas a mí, apoyado en la repisa de la chimenea. Yo intentaba saciar su curiosidad; se ha dado la vuelta para mirarme y lo he visto fatigado. Ha dicho que sentía náuseas por lo que estaba escuchando, pero yo creo que habría comido algo que le ha debido sentar mal, y así se lo he dicho al muchacho. Ha contestado que no había probado bocado desde que salió de Madrid. Yo he atribuido su malestar al disgusto de hallarse ante mí. Ha comenzado a tocarse el brazo izquierdo, ha dicho que le dolía desde que ha llegado, y que en ese momento era el pecho lo que le oprimía. Entonces se ha llevado la mano al corazón, no podía respirar, y ha caído al suelo. Todo él estaba húmedo, la piel la tenía helada. Lo he tocado, no respiraba, he intentado reanimarlo. Estaba muerto, Claudio, Tomás estaba muerto.

»No sé cómo ha podido llegar hasta nosotros, ni lo que pretendía de verdad con ello. ¡Chantajearnos, seguro! Solo te digo que ha llegado buscando algo: dinero, probablemente; como su padre, el maldito Pere Santaló, que arruinó la vida de mi pobre Jimena, que en paz descanse.

Claudio lo observa intentando averiguar lo que esconde la excitada narración del viejo, y por lo que dice, es posible que ese hombre haya muerto de un ataque al corazón.

Antes de que Claudio pase al despacho, Francisco lo sujeta del brazo y le pregunta si está preparado para enfrentarse a un cuerpo, a un cadáver, y vuelve a implorar:

—¡Ayúdame, Claudio! —Sus ojos saltones, empequeñecidos por la vejez, parecen más grandes e inhumanos, y le reitera quién es el hombre que ha muerto delante de él—. ¡Ha venido a chantajearnos! A llevarse lo que piensa que es suyo. Nunca creí que, tan pequeño como era, pudiera haber sobrevivido al derrumbe del ala del hospital cuando lo vi sepultado entre toneladas de piedra. —Vuelve a mentir, y no deja de justificarse—. La gente me expulsaba. Luego el humo, el estruendo y la desesperación. Heridos y gritos por todas partes.

Francisco intenta convencerle por todos los medios con la misma historia que contó a todo el mundo cuando llegó a Tres Robles, en 1937, en la carreta de un agricultor, con documentación falsa que le acreditaba para moverse con libertad por las dos zonas en conflicto, como periodista. De esa forma pudo escapar de Madrid y regresar a la finca en medio de los bombardeos, las milicias y el barro corrompido de la contienda.

Claudio está cansado de explicaciones y confía en su inteligencia, y también en su benefactor. No va a defraudarlo. Y sabe que la memoria es adaptable a los intereses y a Francisco le interesa hacer desaparecer el cadáver. Es el momento que siempre ha esperado Claudio para tener al viejo atrapado, definitivamente. Las maderas de la casa crujen. El día ha virado hacia la noche más profunda y Francisco gira el pomo de la puerta del despacho y abre. Claudio se concentra en observar. Sabe lo que Francisco espera de él: busca soluciones y piensa rápido. Ha de actuar. Siente calor en las venas ante el cadáver de Tomás. Es el segundo cuerpo al que se tiene que enfrentar en la vida.

La luz de la lámpara del techo cae sobre el cuerpo de un hombre con el jersey rajado con un abrecartas. Según Francisco, lo ha hecho él para reanimarlo, sin éxito. El cadáver tiene abiertas las piernas. Se le ve el pecho hasta el final del esternón. Su piel es pálida, y el vello, abundante y rubio. Rizado. Es una piel de hombre joven, blando, pero terso. Claudio piensa que debió ser agradable cuando vivía. Da un paso adelante y cierra la puerta del despacho tras su jefe.

Francisco está tranquilo. Ha pensado en todos los cabos sueltos desde que ha llamado a Claudio. Confía en el hijo de Lucía como en sí mismo. Más aún. Sabe que no le fallará, porque Claudio es demasiado orgulloso para mostrar cualquier falla en su capacidad de decisión, y está seguro de que le va a solucionar el problema. Claudio tiene alma de soldado, dispuesto a cumplir con el deber sin preguntar ni juzgar una orden, y la orden del jefe es deshacerse del cuerpo de Tomás. No ha de preocuparse por David. El sacerdote olvidará lo que ha visto, como ha hecho siempre, le asegura Francisco. Él se encargará de su hermano.

—¿Estás seguro de que no llamará a la policía, de que sabrá olvidar? —observa Claudio, con ojos sagaces y desconfiados.

Su cara es estrecha y alargada, y su rictus, tenso, no más que en otras situaciones. Ha cumplido cuarenta y tres años, y sabe muy bien obedecer órdenes. Pero no quiere tener problemas con la justicia, ahora que a los viejos el reloj les va descontando las horas y pronto todo lo que sus ojos abarcan será definitivamente suyo. Toma asiento en un sillón y piensa con los ojos clavados en el cadáver.

—¿Quién sabe que este hombre está aquí? —pregunta, evitando pronunciar el nombre del muerto; sería como dotarlo de vida. Sabe que los nombres son atributos peligrosos.

Francisco no lo sabe con certeza; ha llegado en un Citroën rojo. Parece que no se lo ha contado a nadie. Claudio confía en ello; acaba de pasar por Milmarcos y estaba desierto. La fiesta ha arrasado el pueblo. No había ni un alma por las calles ni en la plaza. De todas formas, si alguien preguntase por él, deben negar que llegó hasta la casa: a Tres Robles no ha llamado nadie. Va a eliminar cualquier huella. Ha visto el dos caballos y lo hará desaparecer. Necesita saber todo lo que Francisco sepa sobre él: dónde vive, a qué se dedica, dónde trabaja, qué familia tiene. Es preciso saberlo todo, estar preparados y establecer un plan.

Claudio da una vuelta alrededor del cadáver. Los rescoldos de la chimenea pierden su intensidad y el mundo se le hace irreconocible durante unos instantes. Él no dudó en viajar a España con Francisco y dejar a su madre en Roma con la viuda de Blasco. Pobre Blasco, cómo murió. No puede evitar acordarse del accidente de su hermano ante el cadáver de Tomás aún caliente y sin rigidez. De la pétrea piel de Blasco, de ese rostro almidonado en el tanatorio de Pitigliano, donde viajó para reconocer el cuerpo. «Cuánto se parecen los cadáveres», piensa, y experimenta una falta absoluta de turbación en ese punto de encuentro de las dos situaciones. El cuerpo de Tomás le abre la memoria enterrada en un alma sin empatía. Sin emociones. Un alma que desdeñó cuando salió de Roma al acabar la carrera. En Italia se quedó cuanto amaba, y su madre y su absurdo juramento de no regresar a España. Ahora todo da igual, porque no se reconoce en la piel de ese joven estudiante medio italiano medio español, pero de ninguna parte, que siguió a Francisco Anglada a Madrid para aprender el negocio y hacerse cargo de las empresas que, según su madre, éste le había usurpado a la familia. «Porque todo lo que ha salido de los Oriol debe regresar a los Oriol», le explicó Lucía, envuelta en su collar de perlas australianas, que costaba una fortuna, en el Palacio Bastiani, cada vez más delgada y más hermética, más italiana. Ha desaparecido de los pliegues de su piel de toro cualquier resquicio de hispanidad. Pronto Claudio le podrá decir a su madre que Hispania ha sido conquistada, para entregársela. Aunque jamás ella vuelva a poner un pie en su país.

Mientras Claudio rememora, Francisco lo observa con mirada sagaz, sentado en su butaca de cuero con las piernas tensas y el rostro paralizado, como si algo más que un muerto los uniera como lo estaba haciendo Tomás. Cree saber lo que piensa el hijo de Lucía. Él también se acuerda de la muerte de Blasco. Y maldice cómo murió, porque era su hijo.

—No es momento ni lugar para otra cosa que no sea solucionar este asunto —dice el viejo, adivinando la melancolía en el rostro de Claudio.

—Así sea, Francisco.

Claudio va hacia la ventana, es un hombre delgado y anda con decisión, corre el pesado cortinón y la ciega con el terciopelo. Enciende la luz de una lámpara de pie y se agacha para registrar el cadáver. Dice que hay que saber lo que lleva encima, cuando Francisco repara en el cinturón de Tomás. Lo reconoce inmediatamente. No puede ser cierto. Un mechón de pelo negro le ciega los ojos y se lo retira de un manotazo. Se acerca a mirarlo de nuevo y se arrodilla ante el cuerpo tendido. Acaricia la piel del cinturón con los dedos, grandes y ásperos. Le tiemblan. ¡Es su cinturón! El que compró al guarnicionero de la calle de Velázquez, hace más de cuarenta años. Aún conserva su buen cuero. Está recién abrillantado, todavía rezuma grasa de caballo.

Lo ahueca, toca la pequeña cremallera del forro; los recuerdos le machacan la mente, y dice en voz baja:

—En esta piel de tafilete está escrita toda la tragedia de cuantos en el pasado estábamos vivos, y no en los cadáveres en que nos hemos convertido.

Claudio no le oye.

Francisco no quiso pegar a su hija con él, y mucho menos que la hebilla le rasgara la mejilla. Fue una discusión absurda. Ya no recuerda cómo empezó, pero él tenía el cinturón en la mano y descargaba su ira contra la desobediencia de la rebelde Jimena, que lo retaba a un castigo ejemplar. Tan orgullosa como lo era él. Maldito Pere Santaló. Hizo bien en desaparecer. Maldecía el día en que su hija había conocido a ese muchacho en la universidad. «Maldito», se dijo. Quiso culpar de los males de Jimena a Pere, sin reconocer que el papel principal en la vida de su hija lo habían desempeñado su hermano y él.

—¡Quítale el cinturón! —le grita a Claudio, aterrorizado—. ¡Arráncaselo y tíralo al fuego!

Con ese maldito cinturón ataba al pequeño Tomás a una cama, en el frío sótano de Arturo Soria; no le debía ocurrir nada malo en su ausencia. No quiere recordar la guerra ni las miserias de un hombre desesperado por la enfermedad de su hija, sin saber si estaría viva o muerta cuando llegaba al sanatorio cada mañana, escondiéndose en el Callejón del Niño Perdido, esperando que saliera del hospital la policía política que andaba armada por las habitaciones, rastreando a los traidores de la República y del pueblo.

Él nunca fue un traidor, pero nadie lo sabía.

Francisco se incorpora, excitado, con ganas de disparar al cielo, sin arma en la mano. Claudio lo obedece y no pregunta por qué. El rostro de Francisco se ha transformado: la contención y el desconsuelo han dado paso al odio. Su nariz se ve más afilada que nunca, y las arrugas de su frente se mueven sin control por algún tic nervioso. Claudio tira de la hebilla levantando ligeramente el pesado cuerpo de Tomás. La rigidez post mortem comienza a extenderse. El cinturón se desliza por las trabillas del pantalón y sale enrollado como una serpiente dispuesta a envenenar. Francisco va hacia la chimenea, deja caer un par de troncos y los empuja con el pie. Se apoya en la repisa de mármol y aviva el fuego con el atizador para ver cómo las llamas hacen desaparecer para siempre el desgraciado objeto que ha sobrevivido a la guerra y a la catástrofe de su familia.

—Muere, como morimos todos —maldice, con la vista fija en las llamas que han revivido para quemar su pasado.

—Solo tiene la llave del coche, y dos cartas viejas en un bolsillo —dice Claudio tras registrar el pantalón de Tomás y rebuscar por el jersey, los calzoncillos y los zapatos—. En el coche debe tener la cartera y todo lo que iba con él.

—Deja esas cartas donde están —le ordena Francisco.

—¿No quieres sabes qué dicen? Parecen antiguas.

—Tú haz desaparecer el cuerpo, con ellas. Sácalo de mi casa inmediatamente.

Francisco no quiere mirar cómo su hombre de confianza comienza el macabro trabajo. No piensa preguntarle cómo lo va a hacer.

—Debes descansar, Francisco. Cuando termine hablamos —le dice Claudio con la mirada despierta y la cabeza funcionando a toda velocidad.

—Tienes razón, soy demasiado viejo para esto. Es muy doloroso ver a este muchacho aquí tendido. Debo ir a ver cómo está mi hermano: es lo que más me preocupa ahora. Gracias, Claudio, te lo pagaré como mereces.

Y lo sujeta por el brazo. Sus dedos se le clavan a Claudio a través de la camisa; se ha quitado la chaqueta y la corbata, y tiene aspecto de un hombre que se remanga para hacer el trabajo más sucio.

Francisco sale del despacho y se adentra en el viejo caserón de la infancia. El repicar de la lluvia ha comenzado de pronto, como en las películas cuando suceden tragedias, y reverbera en el vestíbulo. La penumbra la hace más siniestra todavía. El tragaluz expande por todos los rincones el sonido inclemente. Piensa que el agua se llevará todo rastro de Tomás por las laderas de Tres Robles. Como se llevó el de su mujer, Juliana Roy.

«Maldito Tomás, por qué habrá venido.»

Al cabo de un rato, escondido tras las cortinas de la ventana de su dormitorio, en el piso de arriba, ve a Claudio sacando un bulto en la noche, entre los arbustos y el perfil de las sombras. Ha dejado de llover. El cuerpo es depositado en el profundo maletero del Mercedes y enseguida el automóvil desaparece por el camino, con las luces apagadas, deslizándose en el silencio de los vencedores.

A la hora y media, aproximadamente, se oye de nuevo el Mercedes. Claudio sale veloz de él y entra en el dos caballos, lo arranca y lo saca de Tres Robles. Francisco seguirá junto a la ventana el tiempo que haga falta. Es de madrugada cuando aparece una sombra caminando por el sendero. Es Claudio, al filo de la extenuación. Lleva el abrigo puesto y su silueta parece cansada y débil. Francisco, con la bata anudada a la cintura, baja a recibirlo y abre la puerta.

—Misión cumplida —dice Claudio—. Peino el rastro del Citroën y me voy a Madrid antes de que amanezca. Mañana hablamos, es lo más prudente.

—Claro que sí, hijo. —Es la primera vez que lo llama hijo.

Sus miradas se cruzan. La de Claudio es de agitación, y la del anciano, de agradecimiento. Francisco lo abraza contra su pecho, le da una palmada en el hombro y se da la vuelta para cerrar la puerta de la casa e irse a dormir, si puede.

20

Madre, qué pena me das

Madrid, 24 de diciembre de 1970

Tomás no regresó a casa el lunes, ni el martes ni el miércoles. Rosa no puede explicarse que en el centro de cálculo le dijeran, todas las veces que ha llamado por teléfono, que Tomás no había acudido el lunes al trabajo porque tenía solicitado el día libre y había faltado también los dos días siguientes.

A las ocho de la mañana del jueves, Rosa está en la puerta de las dependencias centrales de IBM, en el paseo de la Castellana. A mediodía todo el mundo se irá a sus casas. Es Nochebuena. No encuentra explicación alguna a que su marido le mintiera. La noche del domingo pasado, como es habitual en Tomás, colocó sobre el galán, junto a la ventana, su ropa de oficina: una camisa azul, una corbata gris y los pantalones de franela con la raya planchada; unas prendas que solo usa para ir al trabajo. Por casa le gusta llevar viejos pantalones de pana y camisas amplias e informales, y ella no tuvo por qué sospechar que no se dirigiría al trabajo. O sí se dirigió al centro de cálculo y algo le pasó por el camino, por lo que nunca llegó.

El director de personal de la compañía se halla tan extrañado como ella y es quien le recomienda que acuda a la comisaría a denunciarlo.

—¿No es mejor esperar un poco más? —le pregunta compungida, a punto de perder los nervios; las lágrimas afloran y se lleva el dedo enguantado a los párpados para ocultar la desazón, como queriendo sacarse una pestaña del ojo. Solo pensar en poner un pie en una comisaría le produce un desasosiego como si de verdad a Tomás le hubiera pasado algo malo.

—No deje transcurrir más tiempo; vaya a denunciarlo. Puede tratarse de un abandono de familia —dice él, modulando la voz como un actor en escena mientras se enciende un pitillo.

Ella lo ve como un hombre apuesto y presumido, y si no fuese porque la situación es dramática, la podría ver con otros ojos. Ella sabe cuándo atrae a un hombre, y ese «abandono de familia» le causa un estrago moral y es una impertinencia.

—Igual Tomás aparece, y todo se queda en un malentendido —dice ella.

—Bueno, señora Anglada, usted sabrá, pero es mi opinión, y nosotros deberemos ponerlo en conocimiento de las autoridades si mañana no acude a su puesto de trabajo.

—Claro, claro —se limita a contestar, con las lágrimas ya resbalándole por las mejillas—. Tiene usted razón, es mejor hablar con la policía.

—Piense en su niña, y en usted. Hay hombres que actúan con muy poca moral. Tenemos varios casos en la empresa de...

Ella lo interrumpe, no está dispuesta a dejar que nadie acuse a Tomás de lo que no es.

—Mi marido es un hombre íntegro, y si no ha llegado a casa es porque algo le ha sucedido.

—Por supuesto —añade él—. No hay ningún motivo para pensar mal. Pero, según usted, salió de su domicilio a la hora habitual en su vehículo para venir al trabajo. Igual ha sufrido un accidente.

Rosa ha comprado esos días los diarios: *Ya*, *Informaciones* y *Pueblo* y no ha encontrado ningún suceso del que pueda sospechar. De haber tenido un accidente de automóvil, se hubiera sabido; los periódicos lo habrían publicado. En Madrid nadie tiene un accidente de incógnito, y más por el trayecto que recorre Tomás habitualmente, muy transitado y en el que resulta imposible perderse o sufrir un percance del que nadie se haga eco.

—Pero, aun así, ¿ha llamado a las casas de socorro? —dice el jefe de personal, fumando con parsimonia, mientras observa a Rosa con cierto descaro, como si la culpara de algo.

Ella niega con la cabeza diciéndose que ha sido una estúpida, la parálisis ha ganado al ingenio, ¿o es que en el fondo presagia que Tomás la ha abandonado?

La fuerte discusión de los días anteriores no la deja vivir. Ve continuamente el rostro de su marido sumido en la desesperación por las palabras horribles de sus malditos amigos; ¡en qué hora se los encontró! Algo en Tomás anunciaba un peligro inminente. Nunca lo había visto así; él, tan pacífico y tierno, cariñoso, y de pronto se comportaba como un hombre celoso y resentido; y ella ni se acuerda de esos jóvenes; eran tantos y diferentes los niños que iban por el taller mandados por las monjas a por las composturas, que apenas recuerda a Magdaleno y Reigadas; hacía tanto tiempo… Entre la bronca y el acaloramiento con Tomás se avergonzó para sí misma, como si hubiese sido algo malo que a veces le gustase esa compañía infantil y despreocupada de los niños del orfanato. Los veía tan tiernos y desvalidos que sentía una profunda cercanía y le alegraban el rato y, reconoció ante Tomás, acorralada en la butaca del despacho de él creyendo que su marido la iba a pegar por primera vez en su vida, que se había comportado con un cariño que se podría malinterpretar por mentes calenturientas, o eso le dijo mil veces para excusarse de algo que ella no deseaba admitir ni nunca admitiría.

—Siempre nos ha parecido un hombre cumplidor y responsable —le oye decir al director con tono condescendiente—, no se apure, señora Anglada. Pero hágame caso, acérquese a la comisaría más próxima, y le agradecería que me mantuviese informado de cualquier novedad. Yo haré lo mismo. A su marido lo apreciamos, es un gran trabajador.

Pero lo cierto es que Tomás ha desaparecido de la faz de la tierra.

En la comisaría de Chamartín la situación ha sido más dramática. Al principio de su declaración apenas la toman en serio, hacen unas cuantas llamadas telefónicas y dicen que intentarán dar con él por los hospitales o en los depósitos de cadáveres. Mirarán entre los accidentes y crímenes sucedidos esos días por si encuentran a un individuo con esa identidad o parecido. A veces los hombres van a por cigarrillos y no vuelven jamás, le dice el agente que le toma la denuncia, y luego añade que algunos hasta disfrutan de dos familias, y abandonan a la que más gastos tiene.

Ella, sentada en una silla barata, muerta de miedo y de indefensión, escucha comentarios absurdos del policía que aporrea con un dedo la máquina de escribir sobre una denuncia por duplicado con papel de calco. Nota a su alrededor miradas hostiles y guasonas de agentes que entran y salen del despachito o se asoman a él, tras el quicio de la puerta. Rosa no puede entender que esos policías disculpen el comportamiento de cientos de hombres que, según ellos, abandonan a sus familias sin dejar rastro. Como si se los tragara la tierra. Está segura de que no se van a tomar demasiadas molestias para encontrarlo.

La comisaría está empapelada con carteles de terroristas de ETA. A los diez minutos de estar declarando sobre las circunstancias de la desaparición de Tomás y los detalles relacionados con su forma de vida, entra un hombre que debe de ser un superior y se sienta junto a ella, arrimando con autoridad una silla que hay junto a la pared. Se sitúa demasiado cercano a Rosa. Ella puede oler su aliento a chicle de clorofila. Lleva unas grandes gafas de sol, a pesar de que el cuartito no tiene ni ventana. Rosa piensa que ese hombre puede suponer una amenaza. Es la viva imagen de un policía de la Brigada Político-Social, lo que queda claro cuando él, modulando la voz de forma tétrica y autoritaria, le pregunta si Tomás está metido en política o en algún partido ilegal. Y evita pronunciar el apellido, con familiaridad al hablar del desaparecido, como si lo conociera de toda la vida.

El agente que le toma declaración ha escrito que Tomás es natural de Guipúzcoa, y eso huele a terrorismo y hace saltar todas las alarmas en la comisaría. El *social* le hace preguntas íntimas y desagradables con una voz circunspecta y un rostro acartonado y sombrío que la atemoriza; preguntas del estilo de si se ausenta Tomás de casa a menudo, si viaja a Vascongadas o simplemente viaja, aunque sea de vez en cuando. Si en el domicilio entra y sale gente, amigos o amigas de él con acento vasco, o que a ella le parezcan del norte. Si frecuenta reuniones sospechosas. Rosa niega esas preguntas, que parecen afirmaciones. Tomás es un experto informático. Un buen trabajador. Y eso tampoco le debe de gustar demasiado porque se acaricia continuamente el estrecho bigote con claros signos de interés, como si ello en sí mismo fuera una amenaza o una profesión poco clara. Rosa apenas quiere mirarle a los ojos, tapados con esas gafas de mafioso; no comprende nada, le parece una pesadilla y se arrepiente de haber hecho caso al jefe de personal de IBM.

Ella intenta explicar, casi tartamudeando, que su marido no es de ese tipo. Es un hombre dedicado en cuerpo y alma a su familia y su trabajo, y todo el tiempo libre lo invierte a reparar su antigua casa de Arturo Soria. Jamás viaja; más aún, odia alejarse tan solo unos kilómetros de Madrid y nunca se ausenta sin ella. Rosa no hace más que bajarse la falda para taparse las rodillas, porque son osadas las miradas del *social*, al que no parecen gustarle las minifaldas, como si fuese un pecado contra la Santa Madre Iglesia. Debería haberse vestido más recatada, y las botas tampoco ayudan. No quiere dar aspecto de ser una mujer moderna, porque está segura de que en esta situación no la beneficia en absoluto. Podrían retenerla indefinidamente, e incluso llevársela a los oscuros sótanos de la comisaría y violarla o torturarla con impunidad, ahora que saben que no tiene a nadie. Pero ha de ir a recoger a la niña al colegio. Teresita saldrá en una hora, nadie iría a buscarla. Comienza a llorar de nuevo y el pánico se apodera de ella.

—Usted sabe que ahora nuestra prioridad es el terrorismo. Detener y aniquilar cualquier sublevación contra nuestro Régimen, ¿verdad? No tiene más que leer las noticias. Y, por supuesto, erradicar el comunismo de las calles.

—Claro, claro. Sí, señor.

Antes de aventurarse a denunciar la desaparición, Rosa no ha valorado lo suficiente el momento en que están, lo acontecido durante todo el mes de diciembre. Y los meses anteriores. Con el monumental disgusto y la ausencia posterior de Tomás, ha olvidado completamente lo que está sucediendo en España. Solo hay un pensamiento obsesivo en su cabeza, y es él. Ha arrinconado en su mente el juicio de Burgos; los atentados de ETA contra Melitón Manzanas, jefe de la Brigada Político-Social de Guipúzcoa, asesinado dos años atrás, y de otras dos personas: un guardia civil, en un control de carretera, de nuevo en Guipúzcoa, y un taxista, en Bilbao; las detenciones masivas de etarras; las huelgas; las manifestaciones; los desórdenes en las universidades; el estado de excepción decretado el año pasado; la reorganización del Partido Comunista en la clandestinidad, pero... ¿qué tiene que ver todo eso con Tomás? Parece que cualquier persona es sospechosa y más si nace en Guipúzcoa, aunque nunca haya vivido allí, como es el caso.

Dos semanas atrás, en la sala de justicia del Gobierno Militar de Burgos, se ha juzgado, en consejo de guerra, a dieciséis militantes de la banda terrorista, y se espera la sentencia. Todavía se hallan los jueces deliberando. Se organizan manifestaciones en todas las provincias, también contramanifestaciones como la de la plaza de Oriente de Madrid del 17 de diciembre, de exaltación patriótica, de unidad de España y homenaje al Caudillo, que se afana a sus setenta y ocho años en presumir de buena salud y no le tiembla la mano para mantener el Régimen y los principios del Movimiento, a pesar del Parkinson que sufre.

Todo el mundo habla de una condena masiva de los dieciséis presos, de cientos de años de cárcel, hasta de pena de muerte, de la que está convencida la oposición al Régimen. Se espera un castigo ejemplar que humille a la rebelión vasca y sus atentados. El fiscal ha solicitado en total, para los dieciséis etarras, seis penas de muerte y setecientos cincuenta y dos años de cárcel. Nadie sabe todavía cómo va a terminar todo, pero a ella nada de eso le importa ahora, ajena a cualquier reivindicación política. En estos momentos no existe otra cosa que encontrar a Tomás.

—Vamos a ver qué podemos hacer, señora, cálmese y deje de llorar. Si su marido da señales de vida o aparece, han de presentarse los dos inmediatamente en esta comisaría. Y ahora, sea una buena ama de casa y cuide bien de su hija. Un agente la acompañará a su domicilio para velar por su seguridad, no quisiéramos que le ocurriera nada malo.

«¿Eso qué significa? ¿Es un aviso? Quizá es su forma de hablar, como amenazando a la gente, sobre todo a las mujeres indefensas», piensa Rosa, que se levanta de la silla con las piernas temblando y sin haber sacado un compromiso claro de buscar a su marido.

Tras pasársele el susto, Rosa, al día siguiente, armada de valor, se presenta otra vez en la comisaría de Pío XII, tras dejar a Teresita en el colegio. Y el siguiente también. Y el otro y el de después. Y todos los días durante varios años, hasta que se cansa y el tiempo va deteriorando su mente y su estabilidad. No ha vuelto a ver al *social* que la interrogó en diciembre de 1970, pero sí a los demás agentes, que con el tiempo la ignoran y la tratan con resignación y paciencia, porque Tomás no aparece. Durante el primer año ha comprado *El Caso* en el kiosco de Gerardo, igual halla un suceso en el que aparezca alguna fotografía de un cadáver con su cara o su ropa o sus zapatos, o un vehículo como el de Tomás. Los periodistas a veces encuentran más que la policía, pero su desánimo también le llega con el semanario de sucesos y deja de comprarlo y de ver las tristezas y tragedias que aparecen en él.

Se pregunta si un día realmente existió Tomás Anglada o solo se halla en su mente, y pierde la noción de lo real para entrar en el mundo de la ensoñación, del pasado, de una vida que ha vivido como verdadera y que poco a poco entra en un espacio de espejismos. «Nada es tan terrible como la ausencia, el vacío, levantarse sola y pensar en él, en que existió a tu lado, en su cama, entre sus brazos, te besaba y decía: "Te amo". Se esfumó como si jamás hubiera existido. Es la nada.»

Y nada parece real a su alrededor, ni tan siquiera Teresita, que se ha convertido en Teresa sin que nadie se dé cuenta. Rosa se halla prisionera en un mundo de recuerdos y pesadumbre, de desolación, como si una bomba atómica hubiera caído en el jardín.

El 21 de diciembre de 1970 en su vida se abrió un paréntesis que continúa abierto y al que nadie puede acceder, e intenta por todos los medios ser accesible a Teresita, preocuparse por ella, atenderla de verdad, hacerle caso cuando le habla, pero solo escucha palabras vacías de su pequeña, como si la niña hubiera caído en un profundo agujero, y solo oye el eco de su voz, preguntándole: «Mamá, ¿me escuchas? No hay nada en la nevera, tengo hambre. ¿No te das cuenta de que llevo la falda rota y las medias sucias? Hazme caso, nunca me haces caso. Me ha dicho la profesora que quiere hablar contigo. Lávate, que estás horrible. ¿Por qué nunca vas a las reuniones con los profes? ¿No te das cuenta de que me tienes abandonada? ¡No me ignores! Ojalá estuviera papá aquí».

Con el tiempo, estas sentencias cambian de tono para convertirse en: «Yo me encargo, anda, acuéstate. Preparo la cena y te la subo. Si llaman del colegio no hables con ellos, no digas que eres mi madre; yo me encargo. Dame la lista de la compra. Hoy subo a bañarte a las nueve. Te he comprado un camisón en el rastrillo. Mañana no te levantes, descansa, que iré al médico a por tus medicinas; y deja de andar descalza y en camisón por el jardín, ¿no te das cuenta de que está nevando? Madre, qué pena me das».

21

Noche de terror

Madrid, madrugada del 31 de diciembre de 2003

El vértigo del abandono, de la misma muerte sin ser muerte, porque no hay cuerpo al que llorar, vuelve a asolar el territorio del miedo.

Del terror.

Walter conduce el Audi. Ella no puede mediar palabra por una turbación oscura y amenazadora en las entrañas, sentada junto a él. Hay un policía vestido de azul en la entrada del edificio de la avenida Pío XII, esperándola. El comisario Suárez enseguida llegará. Ese hombre ha sido muy amable al teléfono, cuando ella lo ha llamado, a pesar de la hora. Casi no entiende la sintonía que hay entre los dos. Walter le aconseja que lo aproveche; no siempre se puede contar con una ayuda así, y parece que Teresa va a necesitarla.

—No me digas eso —le contesta ella, mientras él maniobra para aparcar el automóvil unos metros antes de llegar a la comisaría de Chamartín, frente al perímetro del edificio de la Nunciatura Apostólica.

Comienza a llover. Enseguida es agua nieve, cuando caminan juntos por la acera, ella con una gabardina beige y él con su cazadora de motero, forrada de piel de borrego. Antes de alcanzar la puerta, Walter la atrae hacia sí, la besa y le acaricia el cabello. Están en medio de una oscuridad apenas rota por dos farolas amarillentas. Su luz se estrella contra la lluvia que comienza a solidificar, y los pequeños copos se posan silenciosamente en sus espaldas cuando entran juntos en la comisaría.

Tras poner la denuncia de la nueva desaparición de Jimena, con auténtica dificultad y angustia por recordar y explicar los prolegómenos a una agente joven y somnolienta, con una coleta rubia, que teclea con suavidad, aparece en el pequeño habitáculo la sólida presencia del comisario Suárez. Su mirada es de sorpresa al reconocer al doctor Walter Ayala sentado junto a Teresa con actitud preocupada y protectora. El comisario frunce el ceño y achica la mirada. Solo le hacen falta unos segundos de sabia observación para darse cuenta de lo que hay entre ellos.

Teresa, al verlo, abre inmensamente los ojos, que chispean, y salta de la silla, ansiosa, con ganas de abrazar al policía. El comisario Suárez la calma. «Tranquila», le dice. Hay algo en él que le transmite confianza, quizá sea su mirada paciente, de atento análisis, que transciende hacia la comprensión y la empatía. Inhabitual en un comisario, piensa Teresa.

—La hemos encontrado, de nuevo. Estese tranquila.

Él tiene la edad que tendría Tomás. Hasta podría parecerse a él si Teresa supiera cómo sería ahora su padre. Solo recuerda su cara risueña y sus ojos saltones cuando estaba junto a ella; es posible que ahora pueda estar gordo, como el comisario. O muerto. O que viva en alguna parte bajo otro nombre. Con otra identidad. Otra familia.

Salen los tres de la oficina y entran en un despacho. Se oye el murmullo del viento a través de un alto ventanal con rejas. El comisario los acomoda en un sofá y les explica que la han encontrado resguardándose del frío, bajo la marquesina de una escalera de acceso al parquin Sánchez Bustillo.

—Enseguida llegará en un coche policial —añade—. Está en perfecto estado. No hemos creído conveniente llevarla a un hospital. —Mira a Walter—. Usted es médico, valórelo. La niña ha debido de llegar hasta allí caminando, desde su casa. —Se vuelve hacia Teresa—. El vigilante del parquin les ha contado a los agentes que la niña acababa de llegar. La ha visto aparecer a través de la cámara de vigilancia, se ha acostado en el suelo, en uno de los escalones que llevan a la plaza del Reina Sofía, y enseguida se ha quedado dormida.

—¿Ha hablado?, ¿ha dicho algo? —quiere saber Teresa.

—Su hija se ha resistido a entrar en el coche policial. Ha estado un poco agresiva para ser tan pequeña. Al ver a los agentes, en cuanto la han despertado, ha salido corriendo hacia la escalinata del museo. La primera impresión es que ni ella misma sabe por qué quería entrar allí. Los agentes van a hacer un informe detallado.

—No entiendo cómo ha podido salir de casa. Y caminar tanto...

—No es mucho recorrido —contesta el comisario—. En una hora y algo se hace sin problema. Calculo que ha debido de escaparse entre la una y la una y media de la madrugada, por la hora a la que ha sido vista. Los niños hacen cosas que nos parecen inexplicables.

—Los mayores, también. Espero que no sea otro *déjà vu* —suelta Teresa, molesta quizá con la teoría de Walter.

—Interesante —señala el comisario—. Llevo toda la vida en este oficio, he visto cosas muy raras...

—¿Tan raras como lo que le está ocurriendo a mi hija? Como las tres coincidencias... —Mira a Walter, que guarda silencio.

El comisario achica los ojos y da una profunda calada al cigarro. Sus dedos índice y corazón están demasiado amarillos, y tiene la uña del dedo meñique excesivamente larga. Piensa. Y pregunta:

—¿Me pueden ustedes explicar qué son las tres coincidencias?

Walter dice que él no es quién para explicarlo y ella le cuenta el significado de una fecha: 21 de diciembre, y tres sucesos: una muerte y dos desapariciones. Y cómo el incidente del museo y el posterior comportamiento de su hija en casa están derrumbando su vida y su familia.

—Mi madre no sabe nada de todo esto —añade Teresa con

decisión. Se siente en familia entre ellos dos, sin explicárselo, como si los conociese de toda la vida—. Vive en clausura, en el santuario que ha creado alrededor de la figura de su desaparecido esposo como si fuera un Mesías que ha de regresar para redimirla. ¿Cree usted, comisario, que debo contarle a mi madre todo esto? Quizá arroje una luz en el túnel por el que voy dando palos de ciego. —Tras la última palabra que ha pronunciado se acuerda de repente de Enrique Maier.

—No lo sé. Quizá le haga salir de ese santuario.

—Creo que la señora Rosa se siente muy bien en él —interviene Walter.

Teresa añade que es su forma de protegerse. A su madre nunca le ha importado destruir a su hija y dañar a sus nietas con ello.

—Andate... Tiene casi ochenta años...

—No siempre fue mayor.

El comisario apaga la colilla apurada en el cenicero de aluminio de una hamburguesería mientras le pregunta a Teresa si puede haber alguna relación entre la desaparición de su padre y de su hija, en el museo.

—No lo sé. ¿Cree que mi hija pudo ser secuestrada por su propio abuelo? ¿Que anda escondido en alguna parte de Madrid, al cabo de tantos años...? ¡Qué locura! Siempre he pensado que le pasó algo terrible. Nadie puede desaparecer sin dejar rastro.

—No lo crea —dice el comisario—. Es más habitual de lo que parece.

—¿Quién entonces se iba a tomar la molestia de hacer coincidir con la muerte de mi abuela la desaparición de mi padre y de mi hija? Demasiado macabro, si es que alguien lo sabe y ha provocado alguna de ellas. O las dos. Mi madre siempre ha creído que él la abandonó por otra mujer. Que se encuentra en algún lugar del extranjero. Con otra familia, otros hijos... Es su forma de atormentarse. Nunca superó la desaparición. Creo que yo tampoco. Pero he sobrevivido, y tengo dos hijas a las que proteger.

—Voy a desempolvar el caso de su padre —dice el comisario.

—No deseo remover el pasado, señor Suárez. Pero si averigua algo, dígamelo. No creo en los *déjà vu*, ni en espíritus atormentados que entran en los cuerpos y en las almas de sus descendientes. Tiene que haber una explicación racional, o simplemente una coincidencia.

—Tres coincidencias —apostilla Walter.

Alguien llama a la puerta del despacho y aparece Jimenita con el pelo revuelto, demacrada, con profundas ojeras azuladas y una manta por encima de los hombros. La joven agente de la coleta rubia se la entrega a Teresa con cariño y acaricia la cabeza a la niña antes de salir.

—Es la segunda vez que me devuelve a mi hija, comisario. Tengo una deuda impagable con usted.

Teresa se agacha y se pone a la altura de la niña. La palpa con las manos como una ciega que ha de cerciorarse de que no le falta nada, que está entera, aunque ausente. Teresa la interroga. La niña no responde a ninguna de sus preguntas. Walter la reconocerá en casa y valorará si hay que llevarla al Gregorio Marañón.

—Quiero irme a casa. Estoy cansada —es lo único que dice la niña. Y su madre la abraza.

Tras firmar unos documentos, salen los tres de la comisaría a las cinco y media de la madrugada.

Ha sido una noche intensa. El comisario Suárez medita sobre la extraña conversación que ha mantenido con Teresa y tiene otro cigarro entre los dedos, recostado sobre la silla giratoria de su mesa. Por ahora, lo único que puede hacer por la hija de la mujer de los ojos grandes es revisar el caso de Tomás Anglada. Espera que esa niña se encuentre en sus cabales, si es que no hay nadie detrás de su comportamiento y de lo que le ha ocurrido. Descarta un secuestro, ni esta noche ni la del 21 de diciembre. Es probable que haya heredado las rarezas de su abuela, Rosa de la Cuesta. A veces la locura pasa a los nietos. Por no hablar de que ni su madre conoce la mitad de los genes de esas niñas, y los que conoce, tienen toda la pinta de tener problemas.

Pobre familia.

Se alegra de que Teresa se haya liado con el médico. Le parece un hombre centrado y vivaracho, jocoso, con un punto de humor irónico y entretenido que no le va mal a esa mujer, a la que encuentra algo triste y, aunque el médico argentino no acaba de encajar con ella, sin duda, dará aire fresco a la familia Anglada, compuesta únicamente por mujeres, se da cuenta, en ese punto de sus pensamientos. Intenta interpretar la coincidencia de la muerte de Jimena Anglada, en el Hospital de Atocha, con la desaparición de su bisnieta y de su hijo. Enciende el ordenador con intención de buscar en la base policial lo que pueda encontrar sobre esa mujer que murió en el año treinta y seis.

En toda su carrera no ha conocido ningún caso relacionado con el antiguo edificio del Reina Sofía. Pero hace memoria y recuerda que un compañero investigó hace años una denuncia. Una aseguradora médica había llevado a los tribunales a dos vigilantes del museo. Les acusaba de ausentismo laboral, fraude y falsos testimonios, durante más de tres años, en los que no acudieron al trabajo por presunta baja médica fraudulenta. Los hombres en cuestión y una asociación de trabajadores del recinto alegaban diversas enfermedades y malestares físicos entre algunos miembros del personal nocturno, como depresión y ataques de ansiedad por ser víctimas de fenómenos extraños que ocurrían dentro de las dependencias del museo cuando cerraban al público las instalaciones. Verá lo que consigue encontrar: fechas, cualquier relación que pueda establecerse con el caso de la niña y de la bisabuela...

Parece que el destino ha vuelto a poner a los Anglada en su camino. Le despierta la curiosidad. Conoce la extraña casa de Arturo Soria y comienza a refrescar la memoria, a desempolvar, como ha dicho antes, la historia de un caso que no logró resolver. Quizá por ello le atrae la familia de esa niña que felizmente han encontrado por segunda vez. Él tampoco cree en el destino ni en el *déjà vu*, quizá porque está demasiado apaleado por los cientos de individuos oscuros y nebulosos, criminales, ladrones, abusadores con los que ha tenido que tratar durante toda su carrera como policía, y el saldo arrojado es de absoluta frustración, suspicacia y escepticismo hacia cualquier ser humano que asome las narices por su puerta.

Piensa acercarse por la casa de Rosa de la Cuesta. Quizá hable con ella. Hay algo atractivo en su historia y en la de su hija. Siente deseos de ver de nuevo a la mujer de los ojos grandes. ¿Cómo habrá envejecido? Debe ser una anciana. Aun así, siente un arrebato; ahora se da cuenta; entonces era demasiado joven para dar rienda suelta a ciertos deseos carnales por una viuda angustiada y alborotadora, medio trastornada. Pero puede que no esté tan loca como entonces creyó, cuando la veía diariamente acosando a los agentes de la comisaría para recibir noticias de su esposo desaparecido, un hombre espigado de mirada melancólica, delgadísimo y alto como la torre de una prisión.

Han pasado muchos años. Le ha dado tiempo a divorciarse dos veces y a tener tres hijos a los que no ve; todavía mantiene a uno de ellos y a una exmujer, con un sueldo de funcionario público. Demasiados errores le pesan, pero no los bolsillos; siempre limpios, y no por llevar sus arrugados trajes a la tintorería. Se frota las manos y antes de teclear piensa que no es tan descabellado retirarse de la locura del mundo a una parcela de mil doscientos metros, en uno de los barrios más tranquilos y elegantes de Madrid, en una villa de principios del siglo pasado, aunque sea decadente.

Va a resultar que esa mujer no está tan loca como entonces creyó. Hay muchas formas de atrincherarse de la insoportable levedad del ser, como el nombre ostentoso de una novela que leyó hace años. Y la trinchera que Rosa de la Cuesta se ha construido no es de las peores que ha visto.

22

¿Te has preguntado por qué?

Madrid, 31 de diciembre de 2003

¿Qué piensas, mi niña?
—Mi hermana ya no se parece a mí —susurra Leonor, a través de las dos manitas, algo regordetas, que se ha puesto sobre la boca como si fuesen un cucurucho para amortiguar la voz—. Eres mi guardiana, ¿verdad, Raquel?

—Claro que sí, preciosa, y la de ella. —Levanta Raquel el mentón hacia Jimena, dormida y arropada bajo las sábanas.

La medicación le ha hecho efecto y el suceso de la noche pasada transita por los territorios de su mente infantil. Nadie más que ella, en sus sueños o vigilias, sabe qué impulso siguió para escaparse en plena noche hasta conseguir atravesar medio Madrid en zapatillas y llegar al museo sin que nadie advirtiera la presencia de una niña sola en las calles solitarias de la madrugada. Ha dormido todo el tiempo, desde que Teresa y Walter la han traído de la comisaría al amanecer.

Leo observa a su hermana con el rostro crispado, como si contemplara el sueño de un pulpo repugnante que no se está quieto del todo.

—Ella no te necesita; yo, sí.
—¿Por qué dices eso, mi niña?
—Porque alguien la protege. No le va a pasar nada malo. Y no me gusta estar aquí, a su lado. Me da miedo. Le voy a decir

a mamá que me deje con la abuela unos días. ¿Me ayudarás a convencerla? La abu estará solita esta noche.

—Si a ti no te gusta la casa de la abuela. Siempre te portas fatal, mi niña.

—Pero ya no, te lo juro. Convence a mamá, por favor. Seré buena, me portaré bien, ayudaré a hacer la cena, pondré la mesa, recogeré los platos y los fregaré. Porfa, porfa, convéncela. Esta casa es un funeral.

Y abraza a Raquel por la cintura mientras las dos salen del dormitorio. Leo piensa que ya ha estado el tiempo suficiente por hoy con su hermana y, aunque esté dormida, parece que el pulpo todavía se mueve.

—El doctor es buena persona, señora, y muy agradable. Entiende muy bien a Jimena. Hay que ver cómo la trata... —dice Raquel, cuando entra en la cocina.

Teresa apenas la oye. Está sentada en una silla con una lata de cerveza en la mano. Hace un rato se ha conectado a internet y ha solicitado las partidas de nacimiento y defunción de su abuela. En unos días las recibirá en casa. En la otra mano tiene el teléfono móvil. Todavía está la pantalla iluminada con el texto del último mensaje de Ricardo.

Vale, como quieras. Descansa y cuida de tu hija. Piensa, lo necesitas. Espero que recapacites. Me voy a Baqueira. Estaré en Madrid el 5 por la mañana. Te llamaré. Feliz 2004. Besos a las niñas.

—Gilipollas. Y se ha ido a esquiar..., con su estúpida familia.
—¿Decía algo, señora?
—Pensaba en alto.

Raquel propone que no sería mala idea que cenase Leonor con la señora Rosa. Así no estará sola en una fiesta tan señalada, pobrecita...

—¿Crees que querrá ir?
—Estoy segura.
—Cuánto está cambiando Leo... Pero, si ha de irse, la llevas

pronto y regresas. Me gustaría acostarme enseguida. No estoy para fiestas.

Está agotada. No puede pensar con claridad. Tampoco cree que un comisario pueda entenderla, ni siquiera por el interés que ha observado en la mirada compasiva de ese hombre. Quizá Walter sea capaz de hacerlo. Hasta ahora, su padre era una figura que se desvanecía en el pasado y, de pronto, se ha recompuesto para regresar al cabo de treinta y tres años. Se le nubla la vista y solo pretende meterse en la cama y no despertar hasta el día siguiente. Atrapar el sueño y que el sueño la lleve a lugares lejanos, ignotos de toda humanidad, donde las montañas sean tan altas que escondan toda turbación. Tomar un ansiolítico y relajarse. Walter se lo ha prescrito antes de irse al hospital, pero sin alcohol, y ya es la segunda cerveza que tiene entre las manos. Hace años que no pierde el control. Ahora está Walter. Es más fácil con él. No es su tipo, pero le es suficiente. Experimenta un placer extraño, relajante, nuevo. Solo ha de dejarse llevar. Nunca ha bajado la guardia con los hombres, pero él no representa una amenaza. ¿Hasta cuándo va a estar despidiéndose para siempre de todos los que ha conocido? Ricardo se resiste, pero también caerá. Como lo han hecho otros; aunque éste es arrogante, un ganador, en definitiva. Sabrá deshacerse de él en el momento oportuno, ya no tiene nada que ofrecerle; hace tiempo que esa relación ha comenzado a suponer una pérdida. Menos en el sexo. Apenas oye a Raquel por la cocina cuando le dice que va a preparar la ropa a Leo y algunas prendas de más por si quiere quedarse unos días con la señora Rosa.

—Ya me gustaría...

—Déjelo de mi cuenta, señora. Yo me encargo de todo, de las dos casas también y regreso inmediatamente para que pueda irse a descansar.

—No olvides cerrar con llave; no quiero más disgustos. Y gracias, Raquel, no sé qué haría sin ti.

Hay un número de teléfono en su cabeza que se ha repetido en las últimas horas. Puede que a él le alegre, el último día del año, recibir su llamada; hace años que dejó de pasar. Es el hombre más sabio que ha conocido. El más brillante de todos sus profesores de universidad. El más atento, el más humano, alguien que con su tono de voz era capaz de borrar de un soplo cualquier temor que la corroyera. Parecía haber nacido de la meditación y el conocimiento, de la poesía y la heroicidad griegas. Tal vez se equivocó de siglo. Podría haber escrito el tratado iniciático de una filosofía, en el que el espíritu del hombre pudiera colmar las ansias de toda humanidad.

Siente la extrañeza de lo cotidiano al pensar en Enrique Maier.

Quizá sea el fruto que ha estado madurando hasta llegar al alcance de su mano para poder comprender lo incomprensible. Quizá no debieron abandonarse así. Quizá deba enmendar un error. Quizá pueda ahora decirle que tenía razón, porque quizá la tuviera. Él lleva la fuerza que le inculcó. La conoce mejor que nadie, pues ella jugó a sentarse en el diván de psiquiatra de Enrique desenredando la madeja que hilvanó para fabricar su guarida. Recuerda cómo él transformó su pensamiento cuando lo conoció en la asignatura de Psicología de la Comunicación. Enrique no era un ente abstracto, el profesor inalcanzable, de gran belleza interior, sino un ser humano con forma definida y única. Ella fue su pupila, alumna, amiga, y casi paciente, durante trece años.

«Adelante, puedes ser madre, si es lo que deseas de la vida. Pero ¿te has preguntado por qué?», fueron sus palabras cuando ella asumió la decisión que había tomado, tras reflexionar durante años sobre una idea convertida en deseo obsesivo.

Fue él quien acompañó a Teresa a la clínica. Le abrió la puerta del taxi como el padre que lleva a su hija a parir con diez kilos de más. Se sentó en la sala de espera y se mordió las uñas por primera vez en su vida, con lo mayor que era, y esperó impaciente a que ella saliera con el vientre fecundado para llevársela a su casa unos días. Tal vez le gustara ese acto supremo de creación de una vida sin intermediaciones de apareamiento. Para un viejo soltero, profesor de universidad, era toda una hazaña; para un psiquiatra, un desafío; para un hombre, una prueba; para un ciego, la luz. Y nueve meses después sintió el orgullo de un padre cuando nacieron las niñas. Y durante los primeros años las mimó como un abuelo y las amó como si él hubiera sido el donante del semen que había hecho posible el embarazo de Teresa. Luego, la relación fue enturbiándose, tuvo que pasar por demasiadas pruebas. A ella le dolió que Enrique no aceptara su nueva relación con el director de la cadena en la que entró en el año noventa y dos, el año de las olimpiadas de Barcelona; ni que abandonara Televisión Española; ni que aceptara una basura de programa —según palabras de Enrique Maier— que le había propuesto su nuevo amante.

Nunca vio con buenos ojos la nueva vida de Teresa. Estaba escrito en su ciega mirada, en el gesto de su cara, en los golpes nerviosos de su bastón, en la crispación de las arrugas de su frente cuando ella le hablaba de Ricardo y cómo éste la perseguía por los estudios hasta arrojarla a la cama de una *suite* del Villa Magna, y aplastarla con su cuerpo e influencia. Y sin que ninguno de los dos pronunciara una sola palabra, dejaron de quedar todas las semanas, luego todos los meses y después los años, para no volverse a encontrar en Knight'n'Squire, donde almorzaban juntos para ponerse al día, él tras salir de su consulta de la calle Félix Boix, y ella, de los estudios de Televisión Española del paseo de la Habana donde comenzó a trabajar como periodista de los servicios informativos regionales de Madrid. Luego se despedían y él bajaba la calle dando un paseo hasta su apartamento del Viso, entre las callejuelas del barrio con el bastón en la mano, recorriendo la geografía del pavimento, y usando los dedos para descontar los días que faltaban para que ella dejara de verlo. Durante el trayecto, hasta llegar a casa, iba con los ojos abiertos, bajo el opaco cristal de sus gafas, y nadie veía las lágrimas que corrían por ellos.

«La fama no le sienta bien a nadie», le dijo a Teresa, uno de los últimos días que se vieron. A ella no le gustó, porque luego vino: «Dejarás de ser quien eres; te convertirás en otra cosa; piensa por qué lo haces; lo que buscas no lo encontrarás en él, solo reanimarás tu ello y reprimirás tu yo». Teresa le contestó que no era una de sus pacientes, y se enredaron en una disputa con palabras hirientes. Y sin poder ver, Enrique Maier era capaz de entrar en el interior de Teresa y echar un vistazo al nido de avispas de su inconsciente. Con los años, Enrique Maier se convirtió en un hombre decadente, entregado a pasiones intelectuales, como la ópera y el jazz. Coleccionaba fósiles, relojes, monedas, grabados italianos del Renacimiento, libros antiguos que, por supuesto, no puede leer, aunque sí puede deslizar las sensibles yemas de sus dedos sobre los lomos y la rugosidad de las páginas, acompañado siempre de su fiel perro Dante, al que nunca saca a la calle como lazarillo, porque odia ser ciego.

«Seguirá soltero, es lo más probable», piensa Teresa cuando oye la voz de Enrique, fina y metálica, como la de un androide. Hola, Enrique, dice, soy yo, Teresa. Dios mío, Teresa, eres tú, dice él, sabía que eras tú, mi nariz judía te olfateaba esta mañana. Luego vienen palabras y más palabras que la reconfortan como si lo hubiera visto ayer, en Knight'n'Squire. Él es capaz de lo imposible en la última noche del año 2003. Como hacerla sentir la joven idealista que había sido dieciocho años atrás, después de dos horas de conversación, en las que Teresa le cuenta lo humano e inhumano de sus últimos años, meses, semanas, días, horas, minutos y segundos que han pasado desde que dejó de ver la silueta de un ciego caminando con el bastón sujeto de forma armónica y elegante, haciendo pequeños semicírculos en la acera con un solo movimiento de muñeca, pegado a las fachadas para verlo torcer en la calle Doctor Fleming y desaparecer de su vida.

Y ahora Enrique Maier vuelve para despedirse «hasta pronto», con la frase de Hesíodo: «Que los dioses no nos oculten lo que hace vivir a los hombres».

23

Enrique Maier

Madrid, día anterior a la Epifanía de 2004

Mi padre ha vuelto a hacerme compañía. Pensé que había dejado encerrada su sombra entre las paredes de la casa, junto a mi madre, eternamente. Pero ahora vuelve a mis sueños y lo veo en la oscuridad de mi piso, por la terraza, escondido tras las plantas, en el baño, en la cocina y mi dormitorio, cruzando el pasillo y observando a Raquel cuando hace la comida. Parece que el dolor de su ausencia me visita de nuevo.

»Jimenita sueña con su abuelo, y nunca lo conoció; dice que su madre tiene un mensaje para mí. Le pregunté qué madre y qué mensaje, y me respondió fría y ausente que la mamá del abuelo Tomás, y que debíamos encontrar al niño. «¿Qué niño?», me enfurecí. «Debes ir a buscarle», me imploró con la cabeza hundida en la almohada. Yo le pregunté adónde, desquiciada, con ganas de pegar una bofetada a mi propia hija, inocente y afectada todavía por el coma del que no termina de recuperarse. No me contestó, se dio la vuelta y dijo que estaba cansada; la cabeza le ardía y deseaba dormir. Cuando despertó, susurró que no recordaba nada de lo que me había contado.

»Los recuerdos que tengo de mi padre se han hecho tan vívidos como si ahora tuviese cinco años, cuando caminábamos los días de verano hacia la piscina Formentor contando señales de tráfico. Me enseñaba a nadar soltándome lentamente de sus brazos sobre el agua. Y luego se tiraba varias veces del piso más alto del trampolín como si fuera un actor. Tampoco dejo de acordarme de cómo se le estiraba el cuerpo mientras realizaba sus ejercicios diarios colgado de la barra en una esquina del garaje, donde construyó una especie de gimnasio casero, y yo lo imitaba y me subía a una silla para alcanzar la barra. Él me balanceaba con sus manos grandes sujetándome las piernas para que no me hiciera daño. Esas imágenes me angustian. Estoy reviviendo situaciones de mi infancia. Y odio no acordarme de ninguno de los sueños cuando despierto, pero sé que he soñado con él durante toda la noche, porque me asalta una sensación de angustia y veo su rostro grabado en el cuadrilátero de mi mente. ¿Por qué me persigue su fantasma? Tengo treinta y nueve años, y el estremecimiento de regresar a la infancia.

—¿Desde cuándo estás así?

—Desde que la encontraron en los sótanos del museo. Pero cada día se hace más intenso. Sobre todo desde que Leonor comenzó a decir que en su hermana había alguien, y luego tras lo que he ido descubriendo sobre mi abuela, que ya te he contado. Walter dice que es la impresión del descubrimiento: nos hace vulnerables.

—¿Y qué dice Ricardo?

—No se lo he contado. Todo está muerto entre nosotros. Se resiste a la ruptura; son diez años de relación y los hombres como él no aceptan perder fácilmente. Poco a poco irá replegando velas... Tiene una familia. Estoy segura de que jamás dejará a su mujer; tiembla con solo pronunciar el nombre de Daniela.

—Eso está bien, un conflicto menos.

—Tengo problemas más grandes, Enrique; bueno, dos problemas, pero enormes: mis hijas y la terrible presión por volver o no volver al programa. Me estoy dando cuenta de lo que ha sido mi vida profesional en los últimos años. Creo que necesito un cambio. Ni tan siquiera voy a forzar nada por recuperar mi puesto. Ricardo me chantajea. Como dueño omnipotente de la empresa, ha maniobrado para que me sustituya una compañera que presenta un programa matinal y por la que no siento ninguna admiración. Es buena, pero una ambiciosa sin escrúpulos, hace bien su trabajo, pero ¿sabes qué te digo?: ahora todo me da igual. No creo que vuelva. Tengo dinero ahorrado para tirar una temporada, me lo he ganado con lágrimas de sangre; bueno, más bien con las lágrimas de los demás. Hacer que la gente cuente sus penas delante de una cámara es lo más vil que he hecho nunca. Todavía me persigue la angustia horrible de la pobre pareja que había perdido a su bebé. —El viejo profesor asiente con la cabeza. Se le han deslizado las gafas oscuras por la nariz y se las sube enseguida por su rostro impertérrito, como una máscara que no deja trascender ni un rasgo de humanidad, recordando el suceso de aquel programa—. Esa mujer no podía tener más hijos por una enfermedad congénita y los servicios sociales de la Comunidad de Madrid le habían negado la idoneidad para una adopción. Alguien hizo una llamada y comenzó a injuriarla. Ella se derrumbó en el plató. Aquello fue deplorable. Terrible. Tuvimos que cortar la comunicación. No entendí cómo dieron paso a esa llamada; claro que, en directo, es difícil controlar lo que a la gente le da la real gana de decir. A esa mujer le dio un horrible ataque de ansiedad, en directo, delante de millones de personas. Fue duro el linchamiento del desalmado que llamó para insultar a la pareja por la forma en que habían perdido a su niño: ahogado en una piscina. Solo se despistaron un segundo, solo un segundo, el segundo que separa la vida de la muerte. ¡En una piscina de Chamartín a la que me llevaba mi padre cuando yo era niña! Dios mío, ¡qué culpa tenían ellos de la miseria en la que vivían, en el poblado chabolista de las Cárcavas, del barrio de Hortaleza, y de su mala suerte, joder! Nadie debería perder a un hijo de esa forma. Quise abandonar el programa. Luego volví a dejarme convencer por mi jefe y por Ricardo. Bajamos el nivel y nos mantuvimos prudentes, eligiendo mejor a los participantes, con un perfil menos dramático y cochinadas de ese tipo. Soy una mierda de periodista, ¿verdad?

—En absoluto, y tú lo sabes.

—Ahora lo único que pretendo es cuidar de mis hijas. Ser una buena madre. ¿Es tanto pedir? Superar este bache y que nuestras vidas vuelvan a la normalidad. Si es que la normalidad existe en alguna parte. A Leonor la he obligado a volver a casa, quería quedarse con mi madre hasta que empezara el colegio, después de Reyes. Estoy segura de que no quería volver por Jimena. Dice Raquel que le tiene miedo. Y yo no sé qué hacer, cómo actuar, si he de obligarla a estar con su hermana o dejarla unos días más con mi madre.

—No pasa nada porque la dejes con la abuela. Ellas se necesitan. ¿Cómo está Rosa?

—De salud, perfecta. Apenas toma pastillas con la edad que tiene, solo la de dormir. No puede prescindir de ella.

—¿Qué tiene prescrito?

—Va cambiando: Orfidal, Xtilnox, ahora está con Noctamid y le va bien, eso dice. De manías, las de siempre, sin salir del recinto amurallado de su casa. Ni empeora ni mejora. Ha conseguido el equilibrio. Se dedica a ver la televisión y a mantener en orden los recuerdos de mi padre y la vida como piensa que era antes, en el castillo que se ha construido. A veces pienso que es como la princesa encerrada en la torre que se ha congraciado con sus carceleros, solo que el carcelero está dentro de ella. Con mis hijas se lleva bien, protesta por tonterías, pero lo normal para una mujer de su edad. Está encantada con Leo. Tengo miedo de que le hable de mi padre, y de que mi hija se vuelva como nosotras dos. Mi madre ha construido un mito alrededor de su marido.

—¿Has hablado con ella del tema que te preocupa? ¿Le has contado lo que sabes de tu abuela?

—Todavía no. ¿Crees que debo hacerlo?

—No hay ningún motivo para ocultárselo, parece que emocionalmente está bien. Pero halla el momento oportuno, y sondea un poco. Tiene derecho a saberlo. Mi querida Teresa, los secretos no son buenos compañeros de viaje. Tampoco para ti. La verdad ontológica nos ayuda a soportar nuestro ser, la verdad moral se conquista poco a poco. ¿Qué estás leyendo?

—Algo raro: *Soldados de Salamina*. Me está afectando esa lectura.

Enrique Maier deja escapar una sonrisa.

—No te rías, bobo —dice ella—. Ahora sé que tengo vínculos con esa guerra. ¿La has leído?

—Todavía no —contesta, y se ajusta las gafas con el dedo índice y mantiene la cabeza muy erguida—. Pero lo haré, quiero saber por qué te afecta tanto.

—Te lo digo yo: habla de cómo la Guerra Civil, esa locura terrible de todos contra todos, nos sigue perturbando a los españoles. Después de sesenta y cuatro años, continúa condicionando nuestro comportamiento; el odio, también el amor. Ahora comienza a perturbarme a mí. Quiero saber cosas de esa mujer. Mi padre tuvo que verla morir. Él tenía dos años y medio. En esa época a las mujeres ingresadas en los hospitales les dejaban tener con ellas a sus niños pequeños. Me atormenta pensar que mi padre viera morir a su madre. Hay una frase de ese libro tomada de Faulkner que dice que el pasado no pasa nunca, ni siquiera es pasado.

—Vamos, Teresa, no te dejes impresionar por una novela. No alimentes el sentimentalismo, no te hará bien. El pasado, tal y como creemos que ocurrió, solo está en nuestro cerebro y en los libros, y éstos hay que ponerlos en cuarentena. Esas frases son buenas en la ficción y en la literatura; en la realidad nos derriban, y más cuando estamos débiles.

—No es una novela, es la biografía novelada de Rafael Sánchez Mazas, fundador de la Falange. Una de las tesis del libro es cómo unos cuantos soldados fueron capaces de modificar la historia actual de Europa. Y cómo y por qué unos cuantos hombres listos e intelectuales, refinados y cultos, nos llevaron a una orgía de sangre, según palabras del autor. Las tengo en la cabeza.

—Mejor me lo pones. No hay nada peor que novelar la vida de la gente, y más si son intelectuales o escritores. La leeré con atención y te doy mi veredicto. Ahora te aconsejo que cambies de lectura. ¿Qué te parece *Sin noticias de Gurb*?

—No estoy para extraterrestres.

—Pues deberías, son divertidos.

—Nunca pensé que te gustara la literatura ligera.

—Te falta humor, querida Teresa. Hazme caso, no hay nada más profundo y que invite a la reflexión desafectada que un buen e inteligente humorista. Si quieres algo erudito lee a Saul Bellow, te divertirá. Y, para entrar en el tema, y por lo que me has contado, no creo que haya nada extraño en Jimenita. Nada paranormal o como quieras denominarlo. Raquel es una mujer supersticiosa, su cultura y formación la derivan a buscar argumentos fuera de la lógica científica cuando no entiende algo o se enfrenta a una situación que no puede comprender. No te dejes impresionar por sus tesis nigromantes. Los espíritus de los muertos no deben preocuparnos; sí los de los vivos. Estate tranquila, querida, porque el alma de tu abuela no anda entre nosotros buscando a su hijo. A las que sí les gustaría encontrar a Tomás es a vosotras: a tu madre y a ti. Lo entiendo, pero no te dejes confundir por el deseo y la necesidad de reencuentro con el ser amado. No des ningún fundamento a la tesis que te propone Raquel. Deberías mantener distancias intelectuales con tu asistenta.

El viejo profesor no puede ver a Teresa y se esconde tras los oscuros cristales de sus Ray-Ban de aviador, pero sí inspirar el perfume de vainilla y sándalo que impregna su cuello. Oye el roce de sus medias contra la piel cuando cruza las piernas frente a él, y hasta el deslizar de una lágrima por su mejilla. No le ha cambiado la voz ni su manía de tocarse el pelo constantemente. Se lo echa hacia atrás cuando está nerviosa, se muerde el labio y chasquea los dientes sin darse cuenta de todos los tics que posee, como el ruido explosivo que hace con la nariz intentando expulsar la ansiedad y la desazón de la que no es consciente.

—Lo que tu amigo Walter llama *déjà vu,* no lo veo —dice, como si hubiera visto alguna vez, para continuar su reflexión percibiendo la angustia de Teresa, que no deja de mover las piernas—. Jimenita ha sufrido un episodio alucinatorio, puede ocurrir cuando se ha padecido una alteración de la conciencia. No te voy a decir que no sean extrañas las condiciones que han rodeado la desaparición de tu hija. Pero, indudablemente, se perdió en el laberíntico museo; se encontraría sola; abriría alguna puerta; buscaría la salida; correría más rápido equivocándose de pasillo; bajaría por escaleras que también debían tener el acceso cerrado, hasta perderse definitivamente por los pasadizos que comunican la antigua edificación con el ala de lo que ahora es el Real Conservatorio de Música y antes el Hospital Universitario de San Carlos. En sus bajos estaban el anatómico forense y el depósito. Yo hice allí algunas prácticas cuando estudiaba medicina, antes de perder la vista y de que se trasladara el San Carlos a la plaza de Cristo Rey. Soy más viejo de lo que crees, querida Teresa. ¿Y qué significa todo eso? No significa nada. Solo que a una niña aburrida en un taller al que no quería ir le dio por curiosear y se perdió en un laberinto subterráneo. Y un hatajo de ineptos no la supo encontrar, creyendo que no podría ir tan lejos.

»Vivir esa experiencia es un trauma para cualquiera, y más para una pequeña de siete años. Me gustaría charlar con ella, hacerle unos test, intentar que confíe en mí; ya verás cómo, poco a poco, la impresión de lo que le ha sucedido disminuye hasta desaparecer. También me gustaría ver a Leonor; quizá en algún momento las quiera tener juntas en consulta.

—No te prometo nada. Ya sabes lo que puede impresionar a un niño acudir al psiquiatra.

—Yo soy tu amigo. Las niñas me conocen desde que han nacido, aunque es posible que no se acuerden de mí. —Teresa baja la mirada y no dice nada ante el comentario—. Puedo verlas en tu casa. —Sonríe—. No me importaría.

—Lo pienso. Dame un respiro.

Enrique Maier acomoda sus manos buscadoras sobre el reposabrazos de su sillón y cruza las piernas. Llega hasta el gabinete el ruido de alguien que ha abierto una puerta y se oye el lamento de un perro que parece dirigirse hacia allí. Sus uñas repican contra la tarima del pasillo. Teresa apenas se ha dado cuenta, pero su viejo amigo ha hecho un ruido con los dientes y el perro ha entrado enseguida. Va hacia su amo moviendo el rabo. Se tumba junto a él. Enrique Maier le acaricia el lomo con el cariño y la necesidad como solo un ciego sabe agradecer.

Teresa se levanta, se despide de él y le besa en la frente. Los dos saben que no volverán a quedar en mucho tiempo. Su amistad es así. A intervalos de necesidad. Hay palabras que no hacen falta pronunciarse porque dañan demasiado. Ella ha vuelto a la vida de su viejo amigo, pero no para quedarse mucho tiempo.

Atardece cuando Teresa entra en casa de su madre y oye una voz de anciana, ronca y asonante, que la llama desde el dormitorio. Sus pasos cruzan el umbrío y largo pasillo. Lleva las llaves de la casa en la mano. Se las guarda en el bolso y sube por la escalera hasta el rellano de la primera planta. La barandilla está suelta al llegar al final de ese tramo y hay un hueco en el suelo al que le faltan dos baldosas.

—Soy yo, madre —dice, salvando el bache y asomando la cabeza por el vano de la puerta, hacia la oscuridad.

—Ya era hora —contesta Rosa, desde la cama, y se asoma entre las sábanas como un conejo en su madriguera—. Ven, acércate, que te vea, y enciende la luz.

Teresa acciona el interruptor y se queda de pie mirando a su madre, que lleva un camisón de flores sintético, desgastado. Está despeinada. El pelo corto y canoso, tieso por la frente. Debe de llevar en la cama por lo menos todo el día, por su aspecto somnoliento y ajado de los sueños diurnos. En la mesilla de noche no existe espacio para más medicamentos. Envoltorios de Nolotil, ibuprofeno, paracetamol, caramelos de eucalipto, un termómetro de mercurio, una jarra de agua, un vaso de plástico con labios marcados en el borde y varias cajas de somníferos.

—¿Desde cuándo tomas tantas pastillas?

—Llevo en la cama desde ayer. Y no me mires con esa cara, tengo gripe.

—¿Por qué no me has llamado?

—Lo sabe Raquel, tú ya tienes suficiente —contesta, y continúa con una sarta de reproches—. ¿Qué se te ha perdido en ese museo? Qué estúpida ambición intelectual la tuya, mira que llevar por la fuerza a las niñas a un idiota taller... ¿Te crees que van a ser artistas? Pero dejémoslo. Bastante tienes. Alcánzame esas pastillas, tengo un asqueroso dolor de cabeza.

—¿No puedes ser más amable?

—No, no puedo. ¿A qué has venido, con tus hijas en casa? Más vale que las atiendas como es debido. Y no sé por qué tanta obstinación por quitarme a Leonor; tengo derecho a estar con mi nieta. Creo que he sido una buena madre para ti.

—No quiero hablar de eso.

—Nunca quieres hablar de lo que no te interesa.

Ella siempre tan directa. Jamás le ahorra ningún sinsabor. Teresa quiere saber si ella conoció a algún familiar de su padre, si alguna vez supo algo de la madre o del padre: quiénes fueron. Siempre dijo que era un huérfano de guerra y no conoció a ningún miembro de su familia, pero Teresa supone que, en la vida, nadie está completamente solo. Y se lo pregunta directamente.

Rosa revive. Emerge de entre las sábanas azules y aguza la mirada como si la mujer que tiene delante fuese una extraña que pretende robarla. Y le reprocha:

—¿A qué viene eso ahora? Me choca que preguntes por algo que tú has negado a tus hijas. Y no, no sé nada, ni conocí a nadie. Tu padre era tan reservado con sus cosas como tú con las tuyas. Tienes a quien parecerte.

—¿No podrías hacer un esfuerzo y ser, por una vez en tu vida, algo amable conmigo y decirme si sabes algo de su madre?

Rosa hace un espaviento con la mano como si su hija estuviera loca, e ignora a qué viene todo esto. Se arregla el pelo ahuecándoselo con los dedos. Sus ojos negros están opacos y desvaídos, y dice que su padre se pasó media vida encerrado en ese maldito orfanato hasta que ella lo rescató de las garras de esas monjas y lo hizo un hombre. Fueron felices. Muy felices.

—A veces eres odiosa, madre. Me voy. No volveré hasta que te encuentres de mejor humor. Siento haberme llevado a Leo de tu lado, pero tiene que estar con su hermana.

—Cierra bien antes de irte. Necesito dormir y no hablar de bobadas.

—¿No vas a preguntarme por Jimenita?

—Lo sé todo. Raquel me cuenta lo que mi hija me oculta.

—Como tú digas. Voy a buscar unos libros que necesito.

—Haz lo que te dé la gana. Ah, y no debiste llevarlas a ese museo. Siempre andas metiendo las narices donde no te llaman.

Tras cerrar la puerta del dormitorio, Teresa vaga por la casa, de puntillas, con una sensación infinita de culpa, esperando que su madre se duerma. Huele a naftalina, a humedad y a fracaso. Pero hace calor, se está bien y es el hogar de su infancia. Entra en el estudio de su padre y se sienta en su butaca. Hojea varios libros antiguos sobre baldas de madera pintadas de marrón brillante. Están todos los que utilizó para hacer la carrera. Hay decenas de marcos, con fotografías en blanco y negro, por los muebles. De él con ella, de él con su mujer, de él solo, de él en el dos caballos, de él en bañador, de él asomándose al ventanuco del baño de la parte de atrás del jardín, de él pintando un techo subido en una larga escalera y todas las variantes que existen para representar a un hombre en imágenes de las que se hacían en los años sesenta con una cámara Werlisa. El estuche estará en uno de los cajones del armario.

Siente que la noche acapara la habitación, mal iluminada con una bombilla de bajo consumo que alguien ha colocado dentro de un globo de cristal que pende del techo. Rebusca en todos los cajones con intención de encontrar la carpeta marrón donde su madre guarda las escrituras de la casa y los documentos importantes, como el libro de familia, el certificado de bautismo de ella y sus libros escolares, el título de licenciado en matemáticas de su padre y sus matrículas de honor de la facultad. También vio una vez la partida de matrimonio de ellos dos, de la iglesia de San Juan Bautista, cerca de la M-30. Y evoca a su padre sentado en su butaca, con el tejido raído por el tiempo y el polvo acumulándose en los brazos desvencijados, leyendo el periódico, frente a una vieja chimenea que no funciona. Y ella, detrás de la puerta, desobedeciendo a su madre por no estar haciendo los deberes, porque quiere escuchar la música de su padre todo el rato, sentada en el suelo con las piernas cruzadas, poniéndose triste con esas voces francesas tan apenadas que, luego, años después, ha escuchado mil veces sentada donde se sentaba él, colocando los discos de él bajo la aguja, como si fuera él, o fuera él a entrar en cualquier momento para estar a su lado como si el tiempo no hubiera pasado, y oír juntos a Yves Montand y a Édith Piaf, y las largas canciones de *boîte*, de Isaak Hayes, que debía de bailar con su madre cuando salían por la noche.

En el tercer cajón del mueblecito, con un televisor en blanco y negro que no se enciende desde hace treinta años, encuentra la carpeta marrón, junto a la Werlisa. Pone la carpeta encima de la mesa y le retira las gomas de las esquinas. Impaciente, pasa varios legajos hasta llegar a la escritura de la casa, la aparta. Sigue ojeando documentos hasta sacar la partida de matrimonio de sus padres, también la deja a un lado. Y el libro de familia. No hay ningún otro documento donde pueda encontrar la filiación paterna.

Enciende una lámpara de pie. Lee con atención la primera página de la escritura. Jamás la había leído. Todo lo que sabe es por su madre: «La casa es de tu padre y mía», le dijo hace años, comprada a unos extranjeros cuando se casaron, con el dinero que obtuvo Rosa de la venta de su tienda de modas de López de Hoyos y los ahorros de IBM de Tomás.

Tras una lectura atenta, no entiende bien lo que está leyendo. Se frota los ojos y se desabrocha la gabardina. Nada de lo que ha creído durante tantos años está ahí escrito. Saca el teléfono y hace una foto de cada una de las páginas amarillentas, en las que aparece como compradora Jimena Anglada Roy, su abuela, la que murió en el hospital, pero lo hace en calidad de representante de su hijo, Tomás Anglada Roy, nacido en Guipúzcoa, en 1934. El vendedor es Francisco Anglada de Vera, que compró a su vez la propiedad, en 1928, a unos alemanes: Felipe Hauser y Kobler, médico de profesión, y Paulina Neuburger, que adquirieron la parcela y la edificación a la Compañía Madrileña de Urbanización, en 1911. Los sellos oficiales y la firma del notario apenas son legibles.

Se desploma en la butaca de su padre con las finas hojas en la mano. Las lee otra vez, rebuscando en el silencio. La última venta, a Tomás, a través de su madre, es del mes de abril de 1936. Faltaban tan solo ocho meses para que la muerte llegara a visitarla y tres para el comienzo de la guerra. El documento solo dice de Jimena que es vecina de Madrid, de la calle Pintor Rosales número 6. Ni procedencia ni edad... De Francisco Anglada lee lo mismo, vecino de Madrid, con la misma dirección que su hija y su nieto.

En el silencio de la casa desea resucitar el orden de los acontecimientos. Los tres vivían juntos en Pintor Rosales: Francisco, su hija y su nieto sin padre. ¿Qué debió pasarle a ese hombre para que desapareciera de la vida de su nieto cuando murió su hija? Tomás fue dejado en el orfanato el mismo día de la muerte de Jimena, según el certificado médico de defunción de ella que le ha entregado Walter. ¿Lo hizo el propio Francisco? ¿Abandonar a su nieto? ¿Por qué? ¿Qué fue de él, de ese hombre del que nunca ha oído hablar y que le ha dado el apellido?

«¿Pudo mi padre ser el fruto de una violación o de un amor prohibido o simplemente fue de alguien que no quiso hacerse cargo de un hijo? —medita Teresa—. ¿Habrá ido mi padre alguna vez a preguntar a esa dirección del barrio de Moncloa, frente al Templo de Debod?»

Le arrasa el estómago la tormenta que ha encontrado en esas páginas.

Del libro de familia no saca nada nuevo, mirado con otros ojos, de policía, de buscadora de secretos. Solo dice que su padre vivía en la dirección que ella conoce del derribado e insignificante orfanato de López de Hoyos, antes de contraer matrimonio con su madre.

De la partida de matrimonio, lo mismo. Sin otro dato relevante.

¿Por qué su madre le ha mentido? Rosa no aparece en las escrituras. Durante toda la vida no ha hecho otra cosa que inventar historias. Pura ficción. Cuentos chinos. Ya la ha pillado Teresa en varias extravagancias. Como falsear su edad o inventar que tuvo un hermanito que murió en la guerra, de tuberculosis, cuando en realidad era hija única. O regala a su hija viejos manteles, con mil años, que saca de los armarios diciendo que los ha comprado para ella.

Guarda todos los documentos en la carpeta y ésta en el cajón cuando nota algo en el fondo. Es un sobre grande. Lo abre y ve un fajo de recibos, atados con una goma. Al ojearlos, la goma se rompe y se deshace. Son resguardos rectangulares, pálidos y viejos: giros telegráficos. Todos a nombre de Rosa de la Cuesta, por un importe que ronda las diez mil pesetas cada uno, con pequeñas oscilaciones en el importe. Están cuidadosamente ordenados por fechas. Se sienta de nuevo en la butaca y repasa uno por uno; las fechas son correlativas, mes a mes, desde enero de 1971 hasta septiembre de 1995. Apoya la cabeza en el respaldo y respira. El olor a humedad encharca la habitación y sus pulmones. Solo el tictac del reloj de la pared parece estar vivo allí dentro. Pura naturaleza muerta y enterrada a su alrededor. Cree sentir la sombra de su padre y la de su abuela Jimena, que se está convirtiendo en un fantasma para ella. Cuánto le gustaría ver una fotografía de esa mujer. ¿Se parecería a su padre, a sus hijas? ¡Qué joven era cuando murió! Siente un escalofrío. Pero la realidad se impone y en un breve cálculo mental salda una cantidad aproximada de unos tres millones de pesetas.

No ve en ningún recibo el titular del envío ni la procedencia, solo un número de orden y un número de origen. El emisario está codificado. Hace varias fotografías de los recibos y los deja de nuevo donde estaban. Vuelve a sentir miedo. El mismo miedo infantil, con el mismo rostro, que provocaba su madre en ella cuando era niña. Siempre creyendo que sus rarezas algún día se le harían insoportables, como así había sido: por su forma de andar por la casa como un espíritu atormentado, detrás de cada puerta, de cada pared; hablando sola; escuchando los sonidos de su cabeza; manteniendo largos soliloquios con su marido, omnipresente en todos los rincones de la casa; mirando a su hija sin verla cuando pasaba por su lado; haciéndole la comida ante los fuegos de gas sin estar en la cocina; dándole la cartera, sin prestar atención a si llevaba hechos los deberes o los cuadernos en blanco, con un beso despistado y ausente que no significaba nada cuando decidió no volver a salir de casa, y Teresita se despedía de su madre pisando las zarzas del jardín para cruzar la verja, con la cartera en la mano y el uniforme sin planchar, para sumirse en el bullicio de la calle hasta llegar al colegio, en la plaza de la Cruz de los Caídos.

¡Casi veinticuatro años recibiendo dinero!

Se siente confusa y aturdida. ¿Cómo es que nunca se enteró? Pero recuerda al cartero, en su bicicleta; a su madre pendiente del timbre; ahora cae en la cuenta de que era siempre a primeros de mes, coincidiendo con las fechas de todos los recibos. El rencor que nunca ha sentido hacia su madre la aplasta como si le cayese la casa encima. Va hacia el cajón y vuelve a sacar el fajo de recibos. Con él en la mano, corre hacia el dormitorio de su madre impulsada por saber la verdad. Sube por la escalera con el bolso colgando y la gabardina abierta. Se para ante el dormitorio y abre la puerta. Tiene el rostro crispado y le arden los labios. Pulsa el interruptor, enciende la luz y le tira sobre la cama el fajo.

—¿Qué quieres ahora? Apaga la luz —protesta Rosa con la voz ronca.

—¡Dime qué es esto!

Rosa se frota los ojos y mira lo que ha caído, adormilada. Asoma la cabeza y lo esconde enseguida bajo las sábanas, como si fuera un tesoro que ha recuperado.

—¿De dónde lo has sacado? ¡Deja de cotillear en las cosas de los mayores!

—¿Estás en tu sano juicio? Soy una mujer adulta.

—¡Pues métete en tu vida y deja la de tu madre en paz!

Teresa le pregunta quién le ha estado mandando todo ese dinero.

—Posiblemente tu padre, ¡de su sucia conciencia, supongo!

—¿Se lo dijiste a la policía?

—¡NO! ¡NUNCA!

—Podrían haber dado con él. Menuda burla. Tantos años haciéndote la loca, la mujer perdida, y callada como una muerta. No estás en tu sano juicio, madre. ¿Has pensado en mí, en que yo sí necesitaba saber que mi padre estaba vivo?

Teresa se coge la cabeza con las manos, intenta comprender. Formula a su madre mil preguntas: si lo vio alguna vez, qué es lo que sabe, dónde puede estar. Pero no logra sacar nada en claro. A Rosa le han subido los colores y parece que le va a estallar la cara. Sus negros y rasgados ojos, su frente despejada sin apenas arrugas y el blanquecino pelo alborotado le dan un aire de joven anciana que no ha envejecido como todos los mortales.

—Solo hay una explicación posible a todo esto —grita Teresa, junto a la cama de su madre, echándose hacia atrás—: que quieras castigarme a mí. ¿Quizá por haber nacido?

Rosa se levanta de la cama para abrazar a su hija con las manos extendidas, como pidiendo perdón.

—¡No me toques! —Teresa sale corriendo del dormitorio y de la casa.

En su mente solo hay una idea: llegar cuanto antes al número 6 de Pintor Rosales. ¿Y si él vive allí?

24

En el parque del Templo

Madrid, noche de la Epifanía de 2004

La sombra de los árboles del parque desciende hacia el ocaso. El invierno golpea la hierba a la vez que Teresa aparca el coche en la esquina con la calle de Ferraz en medio del rojizo descender del sol.

Antes de dirigirse al segundo edificio de la calle, donde comienza el paseo, se detiene a mirar el templo de Debod y contempla su silueta recortada contra el cielo púrpura. Hace años que no camina entre esas piedras de más de dos mil años, traídas una a una, desde Egipto. En una ocasión llevó a las niñas al templo y jugaron a ser hijas de Horus en la oscuridad de sus catacumbas, construidas en la región de Nubia, a orillas del Nilo, como ofrenda a Isis y a Amón. También dieron de comer a las palomas que se aproximaban al estanque. Ahora el agua está resquebrajada por el frío en un melancólico atardecer de invierno.

Los pasos de Teresa suben por la escalinata hacia el promontorio del parque, junto al monumento esculpido en la pared de la escalera, por encima de la calle Ferraz. Es la figura de bronce de un soldado mutilado, caído en la trinchera que fue una vez la Guerra Civil. «La sangre de España se derramó en este lugar varias veces», piensa Teresa, con las manos en los bolsillos de la gabardina y el cuello levantado, a medida que asciende a la cima.

Siente el viento en el rostro y se estremece al pensar en la primera vez que estuvo aquí. Era una niña. ¿Por qué su padre la llevó en el coche justamente a ese lugar, que no era un parque entonces, sino un solitario páramo, a montar en bicicleta, tan lejos de casa? Todavía llevaba ruedines. Él iba en mangas de camisa porque hacía un calor de mil demonios y sudaba; se agachó y con destreza le quitó a la bici los ruedines. Le viene a la memoria que estaba triste, decaído, por algún motivo que a un niño le pasa desapercibido. ¿Por qué eligió este parque para enseñarle a mantener el equilibrio? Quizá ella esté viendo simbolismos ocultos donde no hay nada. Pero es que cruzando la calle vivía él de niño, con su madre y su abuelo. Es posible que en esa época él lo supiera. No debía de ignorar que había vivido en una buena casa, antes de acabar en el orfanato y perder a su familia. ¿Cómo debió de sentirse entonces? Enseñando a su hija a montar en bicicleta frente al hogar en el que había existido una familia que se llevó la guerra: su familia.

Teresa levanta la cara hacia el cielo y respira el aire perfumado del parque del Oeste. Lo siente suyo. Sobre ese cerro que se asoma al precipicio al oeste de Madrid se libraron dos guerras. Antes de que instalaran el templo egipcio, era un descampado, un solar en ruinas, arrasado. Ella pedaleaba, sin apenas equilibrio, sobre la tierra yerma, sin una sola brizna de maleza. Se acuerda de cómo era: una llanura lisa y pedregosa, inhóspita. Murió demasiada gente en ese lugar en el que se alzaba un cuartel con cincuenta mil cerrojos de fusil y un general de la República levantándose contra ella, atrincherado con mil quinientos soldados. El vetusto cuartel de granito quedó en ruinas tras la guerra. Pero antes de que construyeran el recinto militar, en ese montículo, se acuartelaba una parte del ejército francés que cometió una masacre. La retrató Goya en *Los fusilamientos del 3 de mayo*. Y ella camina sobre las reliquias de un pasado atormentado por las guerras de España. Hay pocos lugares en la ciudad tan significados y torturados por la catástrofe española como el parque de la Montaña, antes del Príncipe Pío de Saboya. Se pregunta si está paseando por un barrio fantasma, con la memoria bombardeada de sus habitantes.

Ha llegado hasta el final de la explanada. Ha cruzado los estanques y el templo. Se apoya en la barandilla del mirador. La puesta de sol es demasiado fría, y la ciudad se extiende bajo el promontorio, blanca y ladrillada, junto a la Casa de Campo y el valle del Manzanares. Desconoce por qué le gusta ese lugar solitario, donde los novios se retratan y se besan. Quizá se hagan promesas de amor, sorprendidos por la puesta de sol, junto a niños que corretean entre los parterres y juegan bajo la atenta mirada de sus madres. Piensa en ese barrio. En su padre. Un barrio perdido. Reconstruido. El barrio también de su abuela.

¿Qué ha quedado de esa mujer, de Jimena, después de muerta? ¿Cómo es la mirada de los muertos? La mirada de ella antes de morir. ¿Qué fue lo último que vieron sus ojos? «A mi padre, con dos años observándola en su enfermedad, con sus grandes pupilas, al lado de su cama.» O tal vez solo viera la oscuridad de la muerte, la sombra de sus antepasados guiándola a través del túnel que recorre el final de la vida.

Se gira y observa a su izquierda los altos edificios de Rosales que sobresalen entre las copas de los árboles; se arma de valor y se va del parque y de los Jardines del Templo y entra en el presente. En el bullicio de la vida.

Hay un banco en la acera, frente al número 6. Es un edificio elegante. Hay una antepuerta de cristal y unas rejas que trazan dibujos geométricos pertrechando un vestíbulo, antes de acceder al portal. Se está haciendo de noche rápidamente. Todos los pisos tienen terrazas que miran al parque y son espaciosas y refinadas, con los techos de madera. Las luces se van encendiendo en la intimidad de las viviendas. Se pueden ver algunos árboles de Navidad tras las ventanas, sus luces parpadeantes, atroces. ¿Por qué se siente tan deprimida, sentada en ese banco vacío, replegándose sobre sí misma?

El edificio debe de datar de la década de los sesenta. No presenció el horror del Cuartel de la Montaña en el año treinta y seis. Ni el comienzo ni el fin de la guerra. Se siente decepcionada. Esperaba encontrar un inmueble antiguo, de esos de comienzos del siglo xx o de finales del xix; no algo tan moderno y señorial, de los mejores tiempos del franquismo.

Las hojas revolotean cerca de sus pies y se encoge en su gabardina. Su perfil desamparado, a la luz de las farolas, le da un aire de mujer desdichada, invisible. El frío arrecia. La melancolía hunde su poder en ella. Observa a la gente pasar por la acera. Abre el bolso y se pone los guantes. La entrada de vehículos del inmueble se ve cerrada a cal y canto. Se abre la puerta de servicio, a la derecha de la principal, y sale una criada hispanoamericana con un abrigo sobre el uniforme blanco y un caniche en brazos, mira a Teresa y cruza la calle. Ahora atisba al conserje a través de los cristales. Lleva un uniforme azul marino y es alto y delgado.

Antes de armarse de valor y entrar para preguntarle por algo que todavía tiene que pensar, se levanta del banco y baja por la calle, indecisa, frotándose las manos enguantadas. Se para ante un bar. Rosales 20. Ojea el interior y abre la puerta atraída por la música de jazz y un ambiente cálido y relajado para tomarse un café, reponer fuerzas y tomar decisiones. ¡Decisiones!

Se relaja al calor del bar y su mobiliario atemporal y elegante. Se siente más humana, menos enfadada con su madre y con la suerte de su padre. Se sienta a la barra y cambia de idea: mejor un gin-tonic, de Bombay Sapphire. El camarero le sirve también unas aceitunas y patatas fritas. Deja el bolso en la barra, da un trago reconfortante y un hombre se acomoda en el taburete de al lado, de unos setenta y tantos años, enfundado en un elegante traje de sport. Tiene un pañuelo rojo de seda anudado al cuello y pide un gin-tonic.

—Como el de la señora —le dice al camarero.

Ella apura su copa en dos tragos y pide la cuenta. No piensa aguantar a ningún anciano que le haga la corte a las seis de la tarde. El hombre mira ahora hacia la televisión sin volumen, apoyado en la barra, y cruza los brazos. Hay un partido de golf. Parece que es un buen cliente, porque le pide al camarero que baje la música y suba el volumen.

—¿Le gusta «El Niño»? —pregunta el hombre, volviéndose hacia ella con la copa de Sapphire en la mano—. Sergio García —aclara.

—Igual usted me puede ayudar —le contesta ella.

El hombre no la mira con ojos de viejo ligón de discoteca. Solo parece desear conversación y ser simpático con alguien. Quizá conozca la zona. Ella le pregunta si vive cerca. Él contesta que en el número seis de la calle, desde hace más de treinta años.

—Pregúnteme lo que quiera del barrio. ¿No será usted periodista? O detective. O agente inmobiliaria.

—Busco a un hombre. También a una familia que vivía en el número seis de esta calle, antes de la guerra.

El hombre sonríe dejando ver sus blancos implantes y las arrugas de sus mejillas. Deja la copa en la barra y se acoda en ella para mirar a Teresa con mayor atención.

—¿No le parece que hace demasiado tiempo para acordarse de alguien?

—Depende. El tiempo es relativo.

—¿Sabe qué día es hoy?

—Claro.

¿Cómo ha podido olvidar que es la noche de Reyes? Raquel ya le advirtió, porque la conoce, que llegara pronto, iba a acercarse con Leo a la cabalgata del barrio.

—¿Qué familia busca?

Ella pronuncia su apellido, sin pensar, como una autómata, el nombre de su abuela y el de Francisco.

—En ese año vivían en el número seis. Ella tenía un niño pequeño cuando empezó la guerra. Ese niño tendrá ahora sesenta y nueve años, y se llama Tomás Anglada.

—No me suenan esos nombres. Entonces vivíamos en la calle de la Princesa. Compré el piso al contraer matrimonio con mi difunta esposa, en el año sesenta y nueve. El edificio se construyó sobre el sesenta y ocho. La antigua edificación quedó arrasada en la guerra, como casi todo el barrio. Dese cuenta de que el frente estaba sobre nuestros pies. Desconozco qué edificio había con anterioridad y quiénes vivían en él. Pregunte usted a Paco.

—¿Quién es Paco?

—El conserje. Juega al tute como nadie.

Ella le da las gracias y deja el importe de la bebida en el platillo dorado que ha puesto el camarero sobre la barra. La música ha descendido de volumen. Las llorosas trompetas y las cálidas voces negras son reemplazadas por los susurros de las parejas de los sofás de detrás.

—Espere. Si lo desea, la puedo acompañar a que hable con Paco, no es amigo de dar conversación a extraños, raro en un conserje. Me llamo Alfonso.

Caminan juntos hacia los números inferiores de la calle. Le cuenta Alfonso, en un alarde de cultura con las manos en los bolsillos de la americana y la voz engolada, que Rosales es el más bello mirador de Madrid. Es como una pintura velazqueña. Y añade:

—Ernest Hemingway escribió un relato en honor a nuestro barrio, «Paisaje con figuras», creo, y propuso rodar en las ruinas del número catorce de la calle una película contra Franco.

—¿Es usted escritor?

—En absoluto; soy rentista, doña Teresa. No he trabajado en mi vida.

—Qué suerte.

Ella está impaciente por dejar a ese hombre y llegar a casa.

El conserje es un hombre esquelético vestido con un uniforme impecable, con gafas de pasta, cejas muy juntas y cara adusta, alargada. Alfonso los presenta y se despide de Teresa con una flexión caballeresca, invitándola a su sencillo hogar a tomar un gin-tonic o el té de las cinco, si es de su agrado, en el tercero A.

—A sus pies, *madame*, que encuentre lo que busca.

Y desaparece, erguido y delgado, reflejándose en el gran espejo, torciendo a la derecha, hacia los ascensores. Hay una gran planta que llega hasta el techo, adornada con guirnaldas y luces amarillas. Todo es majestuoso.

El conserje dice que lleva de empleado en la finca desde el año sesenta y nueve, en que se inauguró el edificio, y no conoce a ningún Anglada. Antes se erguía un elegante y siniestro palacete. Sufrió grandes daños en la guerra. Fue bombardeado con obuses, como todo el frente, desde el cerro Garabitas de la Casa de Campo. Esta zona del barrio fue desalojada. Solo había trincheras y socavones. Todavía hoy, si uno sabe buscar en el corazón del parque del Oeste, puede encontrar restos de armas soviéticas y alemanas, granadas de la FAI, munición rusa... Madrid fue bombardeada continuamente, durante los tres años de guerra. A su fin, se demolieron las edificaciones más dañadas y otras se reconstruyeron, con añadidos y modificaciones. El edificio que quedó mejor fue el número ocho de la calle.

—¿No sabe usted de nadie que haya conocido a los antiguos inquilinos o propietarios de ese palacete? —pregunta Teresa.

—No sé qué decirle —contesta, y levanta los hombros con escepticismo—. La propietaria más antigua falleció hace unos años. Era una anciana. Aristócrata. Creo haber oído que heredó el palacete y lo vendió años después a la constructora del edificio. Era la propietaria del ático.

—¿Quién vive ahora en él?

—Una familiar de ella. Pero está en el extranjero.

Ella quiere que le ponga en contacto con esa persona. Él es reacio a dar más información y dice que el piso lleva cerrado muchos años, ella nunca viene. No es española.

—Y ahora disculpe, pero tengo que recoger las basuras. Ya le he dicho todo lo que sé y más de lo que debiera.

Teresa se despide, agotada. Desanimada. Le gustaría echar un vistazo a los buzones y ver el nombre que aparece en el casillero del ático, pero no quiere abusar del conserje. Parece que no le quita los ojos de encima cuando ella se da la vuelta y sale al exterior dejando que la puerta de cristal se deslice muy lentamente, con la suerte de que no acaba de cerrarse del todo.

En la calle mira hacia el interior del portal y ya no ve a Paco. Vuelve a entrar, silenciosa. Los casilleros están detrás de la mesa del conserje. Se cuela y echa un vistazo. Quiere comprobar por sí misma si hay algún Anglada entre los vecinos. Ninguno, tras repasarlos todos. Pero encuentra un nombre que puede ser el de la mujer, justo en el ático, porque ha dicho: «No es española». «Laura Bastiani de Montferrato», lee. Suena a aristocracia, desde luego. «Ya tengo algo», piensa, cuando se gira y ve a Paco acarreando un enorme cubo de basura mientras sale de la escalera de servicio. La mira como si hubiera visto a una delincuente robando la correspondencia.

—Lo siento —dice ella.

—Pero yo la conozco... Ahora caigo... Sabía que era usted, desde que ha aparecido por esa puerta. Sale en la televisión: es periodista. Váyase ahora mismo, no necesitamos propaganda. No sé si estará investigando, pero le juro que como salga algo de lo que le he dicho en la televisión, hablaré con el administrador y el presidente, y la demandarán; son abogados importantes. Pero igual llamo a la policía. Usted no tiene ningún derecho a colarse en este inmueble. Por muy amiga que sea de don Alfonso.

«Esto no me puede estar sucediendo. Voy ciega por la vida», piensa. Y rápido se da la vuelta, abre las dos puertas del edificio, que parece un búnker, y sale del portal antes de que ese hombre la eche con sus propias manos.

Sobre el promontorio, el templo de Debod está iluminado en la noche y el frío remueve su conciencia para decirle que está viva. Los kioscos que bordean el parque, un poco más abajo de la calle, están cerrados, con las mesas amontonadas y las sillas plegadas. El rugido de los árboles la ensordece por el viento del oeste que baja de la sierra, estimulante y escarchado. Llega a la esquina con Ferraz, a la placita del Marqués de Cerralbo. Cruza la calle entre las luces de los semáforos, las farolas iridiscentes, los automóviles que circulan por el paseo en dirección al Palacio Real, que se yergue al fondo, y no como un cuadro de Velázquez, sino como un lienzo tenebrista de Goya.

«¿Por qué me trajo mi padre a montar en bici al parque de la Montaña?», no puede dejar de repetirse. Es un pensamiento obsesivo. «Es él quien me ha guiado hasta este Madrid desconocido.» Abre el bolso y saca las llaves del Audi. Necesita ir a casa, abrazar a sus hijas, dejar de temblar, se dice en silencio, muerta de frío, antes de entrar en el coche y olvidarse de perseguir fantasmas. Comprende que el rastro de su padre se ha perdido en la oscuridad del pasado, y el tiempo no es más que un enemigo atroz que le ha robado toda esperanza de saber dónde está.

De repente todo ha cambiado en su vida. El accidente de Jimena ha detonado una bomba y ahora trata de recoger los restos del impacto lo más limpiamente posible. Pero es incapaz todavía de darse cuenta de las dimensiones de la explosión.

Arranca y sale de allí conduciendo por Marqués de Urquijo, hacia los bulevares. Quiere salir de ese barrio. El ambiente es más fresco, y la embarga un sentimiento de soledad y de vacío. No ha encontrado nada, salvo un nombre aristocrático de mujer. Han cerrado varios tramos de la Castellana y llega hasta el Santiago Bernabéu por la calle Orense, desviada por la cabalgata de Reyes. Enfila Profesor Waksman y, a medida que se acerca a la entrada del garaje de su bloque, ve a Ricardo salir del Lexus, aparcado en la esquina con Doctor Fleming. En cuanto Teresa detiene el vehículo, frente al portón metálico del edificio, él ya la ha alcanzado. Los dos se miran a través del cristal de la ventanilla, y ella lo baja hasta la mitad, como si el hombre que tiene delante fuese un peligro.

Los dos se hacen preguntas: Dónde te metes, dice él. Ella contesta: A ti qué te importa. Él le grita por primera vez en mucho tiempo: ¡Que abras la puta puerta! Saltan los seguros y él se acomoda rápidamente.

—Sigue —indica él—, solo será un segundo; quiero hablar contigo.

—No me gusta que te presentes sin avisar —dice ella—, y menos con la rabia que llevas.

Él contesta que no ha dejado de pensar en ella en todos y cada uno de sus jodidos días. Odia Baqueira, la nieve y todo lo que huele a ella.

—¿Cómo estás? ¿Cómo está Jimena? ¿Y Leo?

Cada día lo lleva peor, le dice que la quiere. Que la quiere de verdad.

—¡No me desprecies! —Él está fuera de control—. Todo va a cambiar, te lo juro.

—Estoy cansada, Ricardo. Te ruego que me dejes tranquila una temporada. ¿Es mucho pedir?

El Audi ha descendido por la rampa y ella maniobra para aparcar en su plaza, al fondo a la izquierda. Se apoya en el reposacabezas y para el motor.

Él resopla, se desabrocha el abrigo azul marino y se quita la bufanda blanca. Lleva un jersey marrón de cuello alto y pantalones con la raya perfectamente planchada. Respira con dificultad y tiene un semblante impaciente, casi grotesco. Se retira el pelo hacia atrás, con la palma de la mano curvada.

—No te quites el abrigo —dice ella—, no es una buena idea. ¿Me estás persiguiendo? —Y lo mira a los ojos.

Él se acerca más, rostro con rostro, y la besa.

—Adoro tu boca —dice—, y tu lengua.

La muerde despacio en los labios, lentamente. La vuelve a besar y ella no hace nada, solo permanece inmóvil. Él le pasa la lengua por la barbilla y la mordisquea. La luz del garaje se apaga. Están solos. Teresa no es capaz de oponer resistencia. Adora las manos de Ricardo, saben cómo lograr lo que buscan. Él repite que la quiere: será suya cuando le dé la gana, siempre que le dé la gana, la real gana, y no podrá moverse ni decir nada: es su prisionera.

—Me perteneces —le susurra al oído y la muerde otra vez en el hombro—. Dónde narices te metes, que nunca te encuentro.

Él siente los escalofríos de la piel de Teresa y tiene la certidumbre de que todas las células de ella van a saltar de un momento a otro. Ricardo le aprieta los pechos y luego los pezones. Se agacha hacia ellos y los muerde con cierta intensidad, la justa. En unos segundos estará dentro de ella. Corre hacia atrás el asiento de Teresa, le baja la falda y las medias, y él se desabrocha el pantalón. Vuelve a repetir: «Me perteneces». Nadie como él sabe lo que ella necesita. Jamás podrá salir de sus brazos, que la aprisionan como cadenas.

—Como a ti te gusta —susurra—. Te quiero, jamás me dejarás, lo sé, eres mía; soy cuanto necesitas, cariño; no me dejes; ningún hombre te podrá dar lo que yo te ofrezco, mi pequeña, mi cielo; no me abandones, que te mato.

Esas palabras articulan en el cerebro de Teresa el desarme que tan bien conoce Ricardo, y sabe lo que ha de decir para anular resistencias. Pero es consciente de que cada vez le duran menos los trucos que ha aprendido para amansarla.

—Eres una niña rebelde. Tendré que castigarte.

Teresa da un grito salvaje de placer. Las piernas le arden, pero lo empuja y las cierra. Él cae hacia su asiento con los pantalones por los tobillos.

—¡Sal de mi coche!

—Joder, ¿qué coño te pasa ahora? Eres una puta loca. No tienes modales.

Él tiene una erección y quiere que Teresa agache la cabeza. Ella intenta deshacerse de las manos crispadas que la sujetan por el pelo.

—¿Por qué me obligas a hacer lo que no quiero? —le reprocha ella.

—Yo no te obligo a nada; es lo que te gusta; y luego me odias. Deberías ir al psiquiatra. Venga, dame un beso. ¡Agáchate, joder!

La luz del garaje se enciende y él se sube el pantalón enseguida. Se atusa el pelo en el espejo del parasol y se abrocha el abrigo mirando a través del cristal por si alguien los observa. Se oyen ecos de voces. Enseguida él sale del coche con la bufanda en la mano. Pero antes le dice:

—No entiendo por qué odias lo que hay dentro de ti.

Teresa baja el parasol, se mira los ojos en el espejito. Ha llorado. Y entonces le viene un ataque de risa frenética y absurda. Intenta contenerla poniéndose la mano en la boca. Pero sigue riendo. No puede evitar las carcajadas histéricas. Tiene la blusa abierta y el sujetador desabrochado. Él se gira sobre sí mismo, a unos metros, en medio del garaje. Ha oído la risa de Teresa antes de llegar a la rampa de acceso a la calle y vuelve hacia ella. La odia. No hay nadie en el garaje. Las voces se han perdido en el interior el edificio. Él se agacha y la saca del coche sujetándola por el pelo, la eleva y la arrincona contra las puertas del Audi y huele el aliento del miedo. Ella tiene la sensación de que está soñando y cierra los ojos, y es cuando él la aplasta contra su cuerpo y le da un puñetazo en la tripa, y susurra con la voz apelmazada:

—Dice Oscar Wilde que hay dos tragedias en la vida: una es no conseguir lo que deseas, y la otra es conseguirlo.

Y la suelta. Él tiene los ojos enrojecidos. Se toca el puño cerrado y la mira con desgana y vulgaridad para darse la vuelta y salir de allí antes de que algún vecino los sorprenda. Se repeina el cabello ahuecando la mano mientras se aleja, con el abrigo bien ajustado a la cintura. Sus pisadas suenan a vacío y a miseria. Teresa las oye desaparecer, sentada sobre el cemento pintado del suelo, junto a la bufanda perfumada de Ricardo. La coge e intenta rasgarla, ensuciarla, morderla, partirla en pedazos, pero es elástica y fuerte. La pisa y le da una patada cuando se pone de pie. Saca el teléfono del bolso y lo llama.

—Si vuelves a ponerme la mano encima te mato, a ti y a tu mujer, y les digo a tus hijos el padre hijo puta que tienen —le grita, arrebolada, y pulsa la tecla roja para cortar la comunicación y maldecir la hora en que lo conoció.

Un todoterreno azul desciende por la rampa, gira hacia ella y aparca en la plaza frente a la suya. Ella entra en el coche enseguida y se limpia el rostro con el puño de la blusa. Se fija en cómo unos vecinos a los que casi no conoce, una pareja joven con tres niños pequeños, recién instalados, sacan del maletero cajas y cajas de regalos envueltos en papeles infantiles.

Teresa espera encogida en el asiento a que entren en el edificio y pueda salir de allí y besar a sus hijas, darse un baño y restregarse con jabón el cuerpo magullado. Solo desea que Raquel se haya acordado de recoger los encargos que hizo para las niñas la semana pasada en Musgo, del paseo de la Habana, de lo contrario deberá salir de nuevo a la calle y enfrentarse a un día incomprensible.

25

F. A. V.

Madrid, noche tras la Epifanía de 2004

El silencio y la oscuridad de la madrugada esconden extrañas sensaciones. Walter agradece estar junto a Teresa, que lo haya llamado inesperadamente. Están sentados en un banco del paseo de la calle Ibiza, a espaldas del hospital Gregorio Marañón. Ninguno de los dos siente el frío retrepado entre los árboles del bulevar. Hace una hora que se fue la Epifanía, hasta el próximo año.

—Es un alivio que se terminen las Navidades —dice ella—. Están hechas para las familias felices, y yo nunca estuve en ese grupo.

—Pará..., no digás cosas así.

Ella se apoya en el hombro de Walter, sobre la piel vuelta de la cazadora que lleva encima de la bata blanca; tampoco se ha quitado los zuecos. Él cruza las piernas y le acaricia el pelo, mechón por mechón, y dice que la quiere. Es posible que pronto vuelva a ser feliz. Él quiere que sea feliz.

Y Teresa quiso sorprenderlo llamándolo a las doce de la noche, justo cuando las manillas del reloj se alineaban en una sola, tras una jornada hogareña. Las niñas dormían. Había sido un día de Reyes tranquilo, de juegos y caricias, sin sobresaltos. No tuvo que salir a Musgo a recoger los regalos. Raquel cuida de todo y siempre le salva la vida, como a Teresa le gusta decir. Parece que la paz vuelve a la casa. Leo aceptó jugar con Jimena con el nuevo Monopoly durante un rato, luego las niñas se volvieron a separar, después del almuerzo; no volvieron a hablarse en todo el día. Raquel se dedicó a jugar con Leonor, y Teresa pasó el tiempo ocupándose de Jimena y su rehabilitación; la trasladó a su dormitorio y lo acondicionó para ellas dos. La niña le volvió a decir cosas extrañas antes de dormirse, sobre las ocho de la tarde, vencida por el sueño y el cansancio. No acaba de recobrar las buenas sensaciones de antes. Sigue ausente durante minutos enteros, mirando al vacío, y no se concentra más que en buscar un rincón aislado para quedarse dormida.

—Hace mucho frío para estar aquí, gorda —dice Walter—. ¿Por qué no entrás conmigo en la sala de descanso? Esta noche estamos muy pocos. Te invito a un chocolate de máquina.

Ella no quiere entrar en el hospital. No guarda buenos recuerdos, y se abraza a él con cierta desesperación.

—De un momento a otro se pondrá a nevar. Entra, dale, tengo algo para vos: unos recortes del año treinta y seis.

Pero ella prefiere el frío de enero y una pulmonía a volver a pisar el Gregorio Marañón, y espera a que regrese en el banco, escondida en su abrigo de plumas. Lleva unos pantalones vaqueros y zapatillas deportivas. El viento huele a nieve y se levanta sobre el bulevar. Walter aparece enseguida. Cruza la calle Ibiza bajo la cetrina luz de la noche con una manta en el brazo. Comienza a nevar. Él le entrega un chocolate en un vasito de plástico y le extiende cuidadosamente la manta por encima de los hombros y las piernas.

Walter ha estado investigando por su cuenta, entre los archivos del hospital y de la hemeroteca de la Biblioteca del Colegio de Médicos de la calle Santa Isabel. Luego anduvo merodeando en el Museo Reina Sofía. Curioseó por sus salas, atraído por la historia de Jimena Anglada y su bisnieta perdida y recuperada, por su hijo desaparecido, por su nieta, de la que se ha enamorado, y por lo que ha encontrado en los archivos sobre unos muertos que parecen resucitar, impresionado quizá por el pasado familiar de Teresa. Una historia sin escribir, inconclusa, retazos por aquí y por allá, fragmentaria y mutilada. Donde nada es lo que parece, está seguro de ello.

Se está involucrando.

De alguna manera se siente responsable de Teresa. Quizá por su profesión y su manía de empatizar demasiado con la desdicha ajena; por haber sido el primero en socorrer a esa criatura cuando entró en la UCI, sin conocimiento y afectada de hipotermia. Quizá también porque es una historia truncada. Quizá porque sabe que el recuerdo del ser amado se va disolviendo con la distancia del tiempo. Ha encontrado algo importante en *La Medicina Íbera*, un antiguo semanario ya desaparecido de medicina y cirugía con noticias y fotograbados de la época. Cuenta un suceso acaecido en el Hospital Provincial de Atocha, un día antes del sorteo de Navidad del año treinta y seis. Ya había comenzado la contienda. Walter lee la nota, sobre todo, habla del sorteo celebrado ese año en Valencia, por hallarse en ella el gobierno de la República. Tuvo lugar en un almacén de maderas incautado. Asistieron cientos de personas, flanqueadas por una gran bandera comunista, la de la República y la *senyera* valenciana, y no fue cantado por los niños de San Ildefonso, sino por los niños del Colegio Imperial de Huérfanos de San Vicente, que, huidos los sacerdotes, eran tutelados por el régimen republicano. El primer premio fue de treinta millones de pesetas, y cayó en el número 5.287, vendido en Madrid.

Walter trata de adivinar la reacción de Teresa y lee:

—El día veintiuno de diciembre, un civil irrumpió armado a las siete y media de la mañana en una de las salas de enfermos y disparó contra una enfermera del Socorro Rojo, causándole la muerte inmediata. El hombre portaba una pistola bajo la chaqueta. Iba con un niño en brazos a visitar a su hija enferma, según testigos presenciales. Al no hallarla en su cama y enterarse del fallecimiento de su hija durante la noche, en pleno ataque de histeria, disparó contra la enfermera titular de planta, generando el pánico entre los enfermos. Según testigos, a continuación, se dirigió hacia el despacho del ilustre doctor don Fernando Monroe de Silva, al que también disparó causándole la muerte al instante. El hombre huyó con el niño, que tendrá alrededor de dos años, según los testigos que lo vieron salir del edificio, entre el bombardeo que en ese momento se estaba produciendo por la hostil intervención de guerra de la aviación italiana sobre la zona. El hospital quedó dañado en su pabellón lateral a causa de una de las bombas que caían del cielo, incendiándose después. El hombre consiguió escapar con el niño entre la confusión, y es buscado por las autoridades, que han abierto una investigación para esclarecer los hechos. La identidad del sospechoso no se ha hecho pública. Podría tratarse del padre de la joven enferma, fallecida por una dolencia congénita. Según fuentes informantes del hospital, el individuo es un hombre de mediana edad, alto y corpulento, de ojos verdes y pelo negro. Podría responder a las iniciales F. A. V. Se pide a la sufrida ciudadanía de Madrid colaboración en estos tiempos de guerra.

»El desafortunado e ilustre doctor don Fernando Monroe de Silva era académico de número de la Real Academia de Medicina de Madrid, con plaza de médico en la Beneficencia Provincial. Premio extraordinario de Licenciatura. Obtuvo el premio Martínez Molina, otorgado por la Real Academia de Medicina. Viajó con el destituido Rey Alfonso XIII a las Urdes, para poner en práctica sus tratamientos terapéuticos y mitigar las graves enfermedades congénitas de la población infantil. Gran humanista, luchador incansable por la Segunda República y sus ciudadanos. Obtuvo múltiples distinciones nacionales e internacionales, por sus estudios en traumatología...

Teresa se incorpora perezosamente del hombro de Walter como si no le apeteciera hablar de ese tema. Y despierta lentamente del letargo agradable de estar junto a un hombre bueno. La nieve ha cubierto de esponjosos copos la manta en la que está envuelta y el frío ha desaparecido de su rostro con la lectura.

—Ha sido una boludez por mi parte. Lo siento —dice él, doblando el papel con intención de guardárselo.

—No, no; está bien. Pásamelo.

Ella saca las manos de debajo de la manta y sujeta el papel fotocopiado. Lo contempla durante unos segundos y lee con tranquilidad, en la penumbra de la calle. La luz mortecina de la farola incide sobre las letras antiguas y el fotograbado de un anuncio, a la izquierda de la página.

Al cabo de unos minutos, dice:

—¿Crees que F. A. V. puede ser Francisco Anglada de Vera? ¿Que el niño era mi padre? ¿Que la enferma era mi abuela? ¿Y Francisco cometió un doble asesinato?

Él se encoge de hombros y ella parece revivir. Piensa. Lucubra. Y sus ojos marrones asustan a Walter.

—En el hipotético caso de que F. A. V. sea el padre de mi abuela —recapitula Teresa—, llevaba en brazos a mi padre. Y si reconstruimos lo que debió pasar después de que él disparara contra la enfermera y contra el médico, tras huir del hospital en pleno bombardeo, lo más probable es que se dirigiera con el niño hasta el orfanato de López de Hoyos. También era un convento de monjas; es posible que las conociera, incluso que fuera su benefactor; debía de ser rico, por la casa de Pintor Rosales en que vivía. En esa época de miseria, nadie residía en un palacete si no disponía de una considerable fortuna. Me imagino que intentaría refugiarse en el convento tras matar a dos personas y, por lo que fuera, allí abandonó a su nieto. Un hombre con un niño tan pequeño no podría ir muy lejos sin llamar la atención. No sabemos qué planes tendría F. A. V., ni lo que hizo después de dejar al cuidado de las monjas a mi padre: si alistarse a luchar por la República, aunque no me da esa impresión, o bien todo lo contrario. No hay que olvidar que era un prófugo, un criminal; lo buscaban. Llegados a este punto, ya solo nos quedan dos posibilidades: una, que huyera de Madrid, que es lo más probable, para desaparecer del mapa, bien hacia zona nacional o al extranjero; y dos, que lo prendieran y acabara en uno de los calabozos del Ministerio de la Gobernación. O en una checa, hasta morir ajusticiado con un juicio legal o sin él. Estábamos en guerra, y me imagino el desbarajuste y la batalla campal que habría de todos contra todos. Sin legalidad ni contención alguna de unas instituciones que resistían para no caer.

»F. A. V. debió morir, estoy segura. Porque si realmente pudo escapar de su delito, hubiera recogido a mi padre del orfanato al terminar la guerra. A él solo le buscaban las autoridades policiales de la República por los crímenes del hospital, que sepamos, si es que esa noticia corresponde a los hechos reales. Lo cierto es que desapareció del mapa, y con ello toda posibilidad de futuro para mi padre, con una madre muerta y un abuelo fugitivo o asesinado.

Walter siente pena y nostalgia, y percibe el tono periodístico que ha usado Teresa para narrar unos hechos que sin duda deben causarle dolor. Él añade, con su acento argentino y un tono ilusionado por haber encontrado algo consistente que ofrecer a la mujer a la que ama, que ha cotejado la noticia con otras publicaciones de esas semanas. Una en *ABC* y otra en *Heraldo de Madrid*, pero no suman nada nuevo. Ninguna información que esclarezca la identidad de F. A. V.

Ella le pregunta si es posible morir de espina bífida.

—Me cuesta creer que tu abuela falleciera de esa enfermedad. Salvo que se complicara con otra o sufriera algún daño irreversible en la médula. También es posible un error en el diagnóstico. En la guerra pasan cosas así.

—¿Crees en fantasmas? —dice ella.

Walter la tiene prisionera entre sus brazos. Él sonríe amablemente, deja ver sus dientes desalineados y responde:

—Vos sos mi fantasma, habés llegado para quitarme el sueño. Sos una presencia continua en mi pensamiento, y si vos sos un fantasma, creo en fantasmas, en espíritus, en presencias, en conjuros, en hechizos y cualquier forma de tortura paranormal que representés. —Cuando termina, añade—: Gorda, os estás quedando helada. Y tengo que entrar.

Ella responde que es una desconsiderada. Lo tiene en zuecos en plena calle, a las dos de la madrugada, bajo la nieve y la crudeza del invierno en una ciudad que apenas reconoce. Sus pacientes deben de estar reclamándolo, y quien lo ha sustituido, deseando que regrese. La noche se recorta en la creciente oscuridad, mientras la luna va cambiando de lugar, iluminando el rostro más oscuro de la ciudad, los bancos solitarios, sin tráfico en las calles. Pero él es feliz de estar junto a ella tras la Epifanía.

Teresa se levanta del banco y se despereza. Le duele todo el cuerpo y no quiere parecer tan vulnerable.

—¿Qué os ha sucedido, Teresa? —pregunta, todavía sentado, con la manta en la mano, observándola sin apenas parpadear—. Nunca hasta ahora vi en vos esa mirada. Un dolor del que no os podés deshacer.

Esas palabras le han sonado a ella como la detonación de un disparo y no le responde. Se da la vuelta para que no la vea llorar. Él la acompaña al Audi, aparcado unos metros más abajo. El alargado rostro de Walter tiene la curiosidad del entomólogo y sus brazos rodean la cintura de Teresa en el centro del bulevar. El cariño brota natural, sin esfuerzo. Ella quiere decirle que le duele el alma por el puñetazo que le ha dado Ricardo con toda su maldad, la noche de Reyes. Quiere decirle que ha malgastado diez años de su vida con un maltratador que por fin se ha quitado la máscara. Quiere decirle que hay dos Jimenas en su hija. Quiere decirle que necesita encontrar a su padre. Quiere decirle que su madre ha estado recibiendo un dinero extraño durante veinticuatro años y se lo ha ocultado. Quiere decirle que tiene una fea historia que contarle. Pero nada de lo que le gustaría decirle fluye con naturalidad de sus labios, y decide guardar silencio, esconder las lágrimas y esperar un momento mejor.

26

Hacia un lugar desconocido

Madrid, 9 de enero de 2004

Ha amanecido hace tiempo y la luz se despereza perfilando los muebles del dormitorio de Teresa. Jimenita retira con los dedos el pelo de la mejilla de su madre, dormida. Siente el roce del camisón contras sus piernas y se mira las florecitas manchadas de cacao de la noche anterior, sentada sobre el edredón. El rostro que observa, una y otra vez, le resulta extraño. Pero sabe que es su madre, porque puede reconocer el cariño hacia ella que perdura en algún lugar de su mente aletargada.

La niña se ha despertado con las primeras luces y ha sentido el calor de su madre y su olor reconfortante entre las sábanas. Ha vislumbrado su sonrisa cálida y maternal, y se ha quedado dormida de nuevo con una sensación de sosiego y tranquilidad.

Hace un rato que ha advertido que se cerraba la puerta de la calle y la casa quedaba sumida en el silencio. Ha escuchado con los ojos abiertos y la cabeza debajo del edredón la voz de su hermana y los susurros de Raquel moviéndose por la casa. Es el primer día de colegio tras las vacaciones y ella no irá. Ha oído a Raquel decir a su hermana que no entrara en el dormitorio de su madre a darle un beso de despedida, antes de salir hacia el colegio. Y Jimenita no ha percibido los pasos de Leonor aproximándose por el pasillo, ni la puerta del dormitorio al entreabrirse, ni sus nudillos al llamar a la puerta. Mejor así.

—Mamá, despierta —dice, tocándole el brazo—. Tengo que decirte una cosa.

Teresa abre los ojos y la niña está sentada en la cama, junto a ella, con las piernas cruzadas. Siente desasosiego al ver a su hija con el pelo tan largo y oscuro, un rostro tan demacrado y ojeras verdosas bajo sus ojos azules.

—Ya sabes lo que pasa, mamá.

—No, no lo sé.

Jimenita se pone la mano en la boca como para contar un secreto y dice que nunca le quiere hacer caso. Pero tiene que hacerle caso. Ya no sabe cómo hacer para que le haga caso.

Teresa se incorpora y apoya la espalda en el cabecero de la cama. Mira a su hija con inquietud, sin comprender lo que quiere decir. La niña repite continuamente que le haga caso, mientras se va excitando. Su pálido semblante pasa de la tranquilidad a la agitación.

—Pero ¿me harás caso, mami? —Se abraza a Teresa.

«¿Es peligroso su estado?», se pregunta porque la niña dice que han de viajar, ir a buscarle.

—¿A buscar a quién?

—Al niño, mamá, al niño.

Teresa abraza a su hija desesperada por una afirmación tan contundente y segura. La pequeña sigue hablando como si hablara con estrellas lejanas que no pueden oírla, para decir al final, que a un lugar desconocido. Teresa le acaricia la frente y le retira una gota de sudor que le moja la ceja y le pregunta, directamente a los ojos, por qué motivo han de viajar.

—Porque sé lo que buscas.

—¿Qué crees que busco?

—Al abuelo. Y tienes que creerme. Le veo en mi cabeza, de día y de noche, en los sueños y también despierta, algunas veces.

Es una cara que no puede salir de su mente. «Porque la cara del niño es la cara del abuelo que he visto en las fotos de los álbumes, y me da una pena terrible, y tengo ganas de vomitar; es como ver a un perro muerto con dos cabezas y las tripas por el suelo.»

Su madre la abraza y le pregunta si ve algo más.

—No me acuerdo, mamá. Pero oigo ruidos de disparos.

«Los disparos de F. A. V.», piensa Teresa.

27

Nemini Parco

Milmarcos, 12 de enero de 2004

Salen de Madrid y el cielo está fosforescente. Luces brillantes acompasan la velocidad de los jardines. El aleteo de cientos de pájaros que despiertan al alba no se oye dentro del coche. Pero están ahí, sobrevolando perezosamente el cielo de la Nacional II. Jimena va detrás, tumbada sobre los asientos, con una manta de suaves colores por encima y la cabeza apoyada en las piernas de su madre. Parece dormida.

Teresa le ha cruzado el cinturón por el cuerpo y vigila el sueño de su hija, mientras en silencio observa la silueta de Walter elevada sobre el asiento del conductor, al volante de su coche. Hace rato que han pasado el puente de la CEA, bajo Arturo Soria. Se ha acordado de su madre. No ha vuelto a verla desde el lamentable día del pésimo descubrimiento de esos giros de dinero, ni le ha querido decir que va en busca de fantasmas, del espíritu de un niño que ha poseído la mente de su hija. Y la suya. Otra obsesión.

Sospecha que no es el niño quien se revela, sino su madre. Una mujer cuyo cuerpo desapareció en la catástrofe de una guerra de hace sesenta y ocho años, y que posiblemente siga encerrado en los viejos muros que la sepultaron.

Ella cree que nada de eso puede ser cierto. Pero se presta a un juego de idolatrías, y algo ha de hacer para consolar a su hija y calmar esa búsqueda que tanto desasosiega a la niña. Salir, aprehender el pasado y hablarle de tú a tú; hay un lugar en el que puede hallarse. «Yo os llevo —le dijo Walter—, voy con vos y lo buscamos. Si el pasado es un territorio inconstante, de ida y vuelta, podemos entrar en él y recuperar al niño, comenzar de nuevo.»

Pero los dos saben que es un juego. Es jugar a lo imposible. Lo imposible está guiándolos, y por primera vez en su vida Teresa se rinde al asombro y a lo extraordinario. Quizá lo imposible se haga posible.

Ahora sabe dónde nació su abuela, porque lleva en el bolso la prueba, su certificado de nacimiento, que llegó el viernes. Walter Ayala se ha dejado arrastrar por Teresa y Jimenita para mediar entre ellas y en la locura que se han propuesto las dos, sin decírselo a nadie, y menos a Raquel y a Leonor. Porque lo vio en los ojos de la niña. En esos ojos que se abrieron como los pétalos jugosos de una planta carnívora, cuando su madre pronunció el nombre de Milmarcos y la invitó a viajar a ese pueblo recóndito, del que nunca había oído hablar en toda su vida, en el norte de Guadalajara, casi frontera con Aragón, en las tierras del antiguo señorío de Molina.

Francisco Anglada, el supuesto F. A. V. del artículo, también nació en Milmarcos; lo dice su partida de nacimiento, que también lleva en el bolso. Y ha leído los nombres de sus padres: Ezequiel Anglada y Miriam de Vera. La esposa de Francisco se llamaba Juliana Roy, y su padre, Felipe. Ha podido armar un pequeño árbol genealógico donde antes no existía nada. Solo desierto. Y si el viaje resulta fallido, piensa que habrá valido la pena, aunque sea tan solo por consolar a su hija. Quizá se tranquilice y deje de sentir esas cosas y de ver al niño continuamente proyectado en su cerebro como una imagen estereoscópica.

El trayecto lo realizan sin detenerse. El depósito de gasolina está lleno y solo hay doscientos kilómetros de viaje. Los tres parecen satisfechos por salir de Madrid y tirarse a la carretera a buscar quimeras y respirar el aire desintoxicado que necesitan.

Teresa no deja de estar pendiente durante todo el trayecto de su hija. La espía con el rabillo del ojo y se pregunta por el tipo de sensaciones que puede estar experimentando la niña, si es que siente alguna.

—¿Cuándo llegamos? —pregunta Jimenita, incorporándose en el asiento.

Mira por la ventana y ve campos verdes, sembrados luminosos de escarcha y oscuras porciones de barbechos pedregosos. Llanuras y pequeñas ondulaciones de tierra rojiza. Hay grupos de encinas sobre el perfil de la llanura. A la izquierda, los olmos persiguen el curso de un río.

—Enseguida tomaremos el desvío, en treinta minutos estamos —responde Walter, al volante.

Cruzan las ruinas de una casa y giran a la izquierda para entrar en la CM-2107, una carretera comarcal estrecha y bacheada. Las nubes bajas y oscuras se adhieren al terreno y van deshaciéndose como hilos de algodón.

—Qué paraje solitario —dice Teresa—. ¿Te importa que conduzca, cariño? —le pregunta a Jimena, que sigue atenta al exterior, con la frente pegada al cristal.

—No, mami, cámbiate.

Walter mira por el espejo retrovisor, la carretera es una línea serpenteante sobre una superficie plana, para luego hacerse curva y ondulada. No hay arcén, pero Walter detiene el coche y se baja de él para subir detrás, junto a Jimena. Teresa ocupa su lugar.

—¿Encontraremos algún pueblo antes de llegar? —pregunta él, mientras Teresa arranca el Audi y continúa hacia Milmarcos.

—Un par: Turmiel y Anchuelo del Campo. Son muy pequeños. Casi aldeas, he leído —responde ella.

—Qué linda zona, me recuerda a Salta. Qué carajo, esto es más verde y mágico. Pero igual de salvaje. Bárbaro. Lindísimo. Ningún signo de vida más que las aves y los animalitos del campo. ¿Os gusta, princesa? —Se dirige a Jimena, que sigue en su estado hipnótico, aletargado, pegada a la ventana y dándole la espalda.

No le contesta. Su madre le ha recogido el pelo en una coleta. Su cabecita pequeña y su cara redonda y triste producen a Walter una ternura infinita. Está ensimismada en el viaje. Y muy crecida para la edad que tiene. Lleva unos pantalones de pana marrones y un jersey rojo de lana. Él está ilusionado por ayudar a Teresa y celebra la oportunidad de sentir esa intimidad doméstica y cotidiana de compartir con ellas una aventura como si fueran una familia.

—Si mirás atentamente, verás algún conejo cruzando por allá. —Y señala hacia el paisaje.

—Ya he visto dos, y pajarillos.

Teresa sonríe y mira a Walter por el espejo retrovisor. Le gustan su perilla recién recortada y esos ojos pequeños y pizpiretos rebosantes de vida. Walter sabe cómo hablar con los niños, piensa, y él pregunta a Jimenita:

—¿Vos querés avistar conejos? Mirá que yo sé muy bien dónde viven.

—¿Dónde viven? Yo quiero ir —dice la niña.

—Bueno, primero llegamos al pueblo, hacemos unos recados y luego jugamos un rato a buscarlos en sus madrigueras y charlamos con ellos, a ver qué nos cuentan... Os aseguro que son superdivertidos.

—Te lo recordaré —responde Jimena, que continúa dándole la espalda como una adulta que le hará cumplir su promesa.

Llegan a Milmarcos con la mañana encapotada. La niebla está a ras de suelo. Las calles, apenas comienzan, desaparecen entre la bruma. Continúan por un camino de tierra y enseguida se dan cuenta de que han salido del pueblo.

—Mamá, da la vuelta —dice Jimena, asomada hacia los asientos delanteros con la autoridad de quien conoce el destino.

Teresa la obedece en un recodo de la senda. Circulan envueltos en el velo de la niebla, junto a un muro encalado que se camufla con la bruma. Al otro lado hay una acequia; se oye el rumor del agua deslizándose por el terreno.

—Para aquí, mamá —dice Jimena, de pronto. Unos metros adelante.

El vehículo frena junto al muro encalado, de unos tres metros de altura, rematado con tejas. Están ante la entrada del cementerio municipal. Walter sale del coche. Teresa lo mira con los brazos apoyados en el volante. Junto a la entrada hay una inscripción acompañada por una cruz y una calavera. Los dos pueden leer:

> NEMINI PARCO. COMO TE VES YO TE VI.
> RUEGA A DIOS POR MÍ.
> COMO VES TE VERÁS Y EN EL CIELO LO HALLARÁS.
> AÑO DE 1833

A Jimena le basta con abrir su puerta para salir corriendo. Va hacia la reja de entrada y la empuja. Tiene un candado, pero está abierto y la niña forcejea con la cadena. Apenas se ve el interior del cementerio, tragado por la niebla. Teresa corre hacia ella con el abrigo rosa en la mano. Walter ya está desenredando la cadena con sus dedos de cirujano.

—No podemos entrar ahí —les increpa Teresa.

—No está cerrado —contesta Walter.

—Yo veo que sí lo está.

—¡No está cerrado! —grita Jimena, mirando a su madre con ojos desmedidos.

—Ponte el abrigo —le pide su madre—. Vas a coger una pulmonía.

—Un vistazo nada más, venga… Es una aventura… —suplica Walter solidarizándose con la pequeña, haciendo de poli bueno. Le coge el abrigo a Teresa y se lo pone a Jimenita, que lo mira de mal humor.

—No me lo abroches —dice la niña, y entra en estampida en el cementerio cuando cede la cadena.

Desaparece entre la niebla.

A Teresa no le gusta. ¿Y si se pierde otra vez? El pánico se apodera de ella. Walter la toma de la mano, entendiendo lo que está pensando, porque él piensa lo mismo, y corren juntos tras los pasos apresurados de la niña. Solo oyen el crujido de la escarcha y siguen su eco. Teresa la llama, y Walter, también. El cerco silencioso de los muertos se extiende a su alrededor. Tropiezan con las lápidas. Cruces de piedra y de negro metal se elevan entre la niebla como clavadas en el aire. Sorprendidos por los acontecimientos, respiran la humedad como si respirasen cenizas. Ninguno de los dos tiene ni idea de las dimensiones del cementerio ni su estructura. Se imaginan una parcela cuadrada, rodeada por la empalizada de cal y altos cipreses. Pero no están seguros de nada, ni tan siquiera de dónde están.

Teresa grita el nombre de su hija. Se retuerce sobre sí misma con un dolor agudo en el costado. Está nerviosa, aterrada, en medio de esa blanca oscuridad. Walter le comprime el abdomen con la mano y dice que es flato. Ha de inspirar profundamente y relajarse. En segundos se siente mejor. Ahora oyen a Jimena, porque tiene que ser ella; no hay nadie más en el cementerio. Ellos mismos han abierto la puerta, pero no la han cerrado, piensa Walter. Él levanta la cabeza y oye un lamento. Teresa también lo ha oído. Luego el lamento se convierte en llanto y parece que la niña está gritando con una voz que no es la suya. Es un chillido tímido, indeciso. Van los dos hacia la voz, a tientas, como dos ciegos con las manos por delante, pisando con cautela el terreno, lápidas y estelas, hierbajos y piedras, hasta que llegan a la voz. Pero ya no hay voz. Ni lamento. Ven algo rojo en el suelo en la lejanía. Es el jersey de Jimenita. Se dirigen hacia él, pero se encuentran con una verja de hierro de apenas un metro de altura que les impide continuar hacia el jersey. Hay un mármol sin pulir con un símbolo grabado y dos listas de nombres. Son los difuntos de un panteón, cuyos muros ven entre la niebla. El cerrojo está abierto, y la entrada, libre. Traspasan la verja, atrapan el jersey y juntos caen sobre él y sobre la niña, que yace en el suelo, junto a la puerta del panteón.

La niebla va despejándose a medida que avanza la mañana. Levantan la vista y ven el apellido ANGLADA tallado sobre la entrada de la edificación con el mismo símbolo de una mano oriental.

—¡¿Estás loca?! —le grita Teresa a su hija, fuera de sí, con ganas de abofetearla.

Jimena mira hacia su madre sin verla, con los ojos vacíos. Tiene los labios blancos y helados.

—Tengo frío, mami.

No lleva el abrigo rosa, lo ha debido de perder. Walter se quita la cazadora, y Teresa, la bufanda, y la arropan.

—Vámonos de aquí —dice Teresa—. La niña está helada.

—Es su temperatura, no os preocupés, ahora tenemos que entrar. Echemos un vistazo rápido. Si vos querés, me quedo con ella.

—Yo entro —replica Jimena—. No tengo frío, déjame entrar, mami.

—No es tan fácil abrir un panteón —arguye Teresa, impaciente por salir del cementerio.

—Es vuestro panteón —dice Walter.

—No, no es nuestro; es de alguien que se apellida igual, que no es lo mismo. Puede que haya en este pueblo unos cuantos Angladas, y Roys...

—Acá no deben de vivir ni cien personas... Esto está perdido de la mano de Dios. ¡Quién va a venir acá a morirse!

—¿Mi abuelo? —formula Jimenita; más que una pregunta es una respuesta.

Su madre la mira atónita. La niña está de pie ante ella, con la cazadora de Walter, que le queda enorme, y su bufanda alrededor del cuello, con la cara lánguida y una expresión de profundo interés, y Teresa le grita:

—¿Qué estás diciendo? ¡Estoy harta de ti! No dejas de torturarme. Eres una niña insolente y atrevida.

Teresa está perdiendo los nervios. Walter la abraza. Intenta tranquilizarla. Es mejor salir de allí y calmarse todos. Pero Teresa ha cambiado de opinión.

—Ahora entraremos los tres. Esto hay que zanjarlo aquí mismo.

Teresa busca una piedra con la mirada, coge la única que halla a su alrededor y rompe el cristal de la puerta. Ahora está enojada. Introduce la mano entre las rejas y hace girar el picaporte del interior del mausoleo.

Es un lugar con más claridad de lo que pensaban. La luz del día se transfigura al cruzar los vidrios de colores de las ventanas, altas y alargadas como las de una iglesia, y se ve el polvo suspendido como a través de un calidoscopio. Hay un pequeño altar y una marca en la pared como si hubieran arrancado una cruz y, a los lados, simétricas, dos filas en paralelo de sepulturas con inscripciones talladas. El lugar parece abandonado. Se respiran el olvido y la muerte. Los jarrones están caídos y polvorientos, sin flores, ni secas ni de plástico. Telas de araña por los rincones. Hay paz allí dentro. Huele a humedad e incienso. Pero un incienso de siglos impregnando las paredes. Como las antiguas catacumbas de los cristianos en las que se quemaban hierbas y sándalos, y se hacían fogatas para protegerse del frío y del miedo y de la persecución.

—No son cristianos los que yacen en estas tumbas —dice Walter, sin embargo—. Tienen la parte superior mirando hacia el este.

Y en todas halla piedrecitas sobre las lápidas. Dice que es una forma de honrar a los seres queridos. Y lee en el mármol sin pulir de la primera tumba que encuentra:

—Miriam de Vera Cuesta. 1860-1912.

—Déjame ver —dice Teresa, acercándose con Jimena, a la que no suelta de la mano—. Es la madre de Francisco Anglada.

Ha memorizado todos los nombres que ha leído en las partidas que solicitó en el registro civil. De pronto se gira hacia su hija y le pregunta:

—¿Cómo has sabido llegar? —Está enfadada con su hija y se agacha para ponerse a la altura de la niña e intimidarla.

—No lo sé. Solo tenía que andar hacia la voz —dice fríamente—. La voz salía de este lugar.

—A otro perro con ese hueso, pequeña —contesta Teresa.

Se incorpora y va hacia Walter, tirando de Jimena. Mira hacia la superficie de los sepulcros y dice:

—En todos está grabada la mano de Fátima.
—Es la mano de Miriam —aclara Walter.
—¿Qué diferencia hay?

Walter le explica que, según las tradiciones, Miriam pertenece al culto judío, y Fátima hace referencia a una hija de Mahoma. Son dos símbolos miméticos de las dos religiones.

—Bueno, realmente de tres —aclara—. También lo usan los budistas. La mano que vemos aquí lleva símbolos hebreos, cada dedo corresponde a un libro de la Torá. En cambio, para los musulmanes simbolizan los cinco pilares del islam.

—¿Quieres decir que las personas que hay aquí dentro eran judías?

—Muy probablemente, pero todas no. Hay una mezcla.

Teresa le pregunta por qué sabe todo eso. Él se apoya en la pared y esboza una sonrisa embaucadora, algo maliciosa, como si no tuviese frío con tan solo una camisa de cuadros rojos y azules y una camiseta interior de felpa que le asoma por el cuello. Se justifica diciendo que los antepasados de su madre llegaron a Argentina huyendo de uno de los pogromos del Imperio ruso del siglo XIX.

—Ya ves… Uno es medio judío medio cristiano. Pero una persona entera. Y por lo que veo aquí dentro, ya tengo algo más en común con vos.

Y sonríe. Ella se siente por primera vez en la boca del abismo. Una sensación desconocida. No sabe si alegrarse o compadecerse. Los tres se han relajado y miran a su alrededor con asombro. Juntos caminan en silencio y con el respeto que merece el lugar, leyendo cada inscripción, acariciando cada tosco mármol y cada surco de las lápidas polvorientas del habitáculo. Juntos también leen el nombre de David Anglada de Vera, 1897-1971, cuya inscripción reza:

TODO AQUEL QUE VE AL HIJO Y CREE EN ÉL,
TENGA VIDA ETERNA;
Y YO LE RESUCITARÉ EN EL DÍA POSTRERO.

—Dios mío, Francisco tenía un hermano —dice Teresa, escuchando el eco de su propia voz—. Murió un año después de la desaparición de mi padre.

Luego leen: «Felipe Roy. 1865-1952».

Y a continuación: «Ezequiel Anglada Benveniste. 1854-1912».

—Es tu trastatarabuelo —le dice Walter a Jimenita.

La niña pregunta qué significa y toca la lápida con el dedo índice, haciendo un dibujo imaginario que forma la mano de Miriam. Sus ojos se vuelven más transparentes todavía en ese lugar coloreado por la luz de las ventanas.

—Un cuarto abuelo —dice su madre—. Dios mío, aquí dentro está enterrada una parte de nuestra genealogía, si son los Anglada y los Roy que presuponemos.

Está asombrada, maravillada por el descubrimiento. Atónita por lo que ha encontrado y preocupada por su hija, a la que no deja de observar.

—¿Sabes que un ser humano tiene treinta y dos trastatarabuelos? —dice Walter a Jimena—. Tú ya conoces a dos; yo también tengo esa suerte.

Teresa se sienta en uno de los tres escalones que elevan el altar: una especie de mesa de piedra caliza, porosa y sucia, y levanta la mirada sintiendo la muerte cercana y familiar. Y con voz solemne, esa voz que se pone para soportar las confesiones, le dice a Walter que en el bolso lleva las partidas de nacimiento de Jimena y Francisco. Casi todos los nombres que hay en las lápidas aparecen en ellas. No sabe si reír o llorar o simplemente salir de allí y olvidarlo todo.

—Míralo de esta manera: todo lo que hay acá dentro, ha de servir para poner en orden vuestra memoria. Nada más.

Y Walter le pone la mano en la frente a Jimena. La encuentra bien, solo la ve algo triste, y dice que el sepulcro de Felipe Roy es el único que tiene una estrella de David, labrada en la piedra. Parece el único enterrado que no pertenece a la familia Anglada. Dan los tres unos pasos hacia el interior y leen: «Juliana Roy. 1895-1919», y junto a ella y como última lápida: «Francisco Anglada de Vera. 1893-1979».

—¡Aquí está, Dios mío! —exclama Teresa—. Junto a su mujer. No quiere decir delante de su hija por qué actos le conocen. En su cabeza se inicia un juego de asociaciones. Fechas y acontecimientos. Como los colores del cubo de Rubik, comienzan a moverse en su cerebro las posibilidades de armar una imagen definida de lo que representan esos difuntos.

Pregunta a Walter si tiene un bolígrafo y él saca del bolsillo interior de su cazadora, que lleva puesta Jimena, uno de tinta líquida. Teresa se sube la manga del abrigo y del jersey y escribe uno a uno, de abajo arriba, los nombres y las fechas de todas las lápidas que hay a su alrededor, asediada por unos antepasados con los que va familiarizándose. Observa que hay espacio para el doble de cuerpos. David no debió de casarse o bien se divorció. Y ahí está Francisco, el supuesto F. A. V., el asesino del hospital, junto a su esposa Juliana, fallecida con veinticuatro años. Dejó huérfana a su hija con seis años, uno menos que las niñas. Es probable que Francisco no volviera a casarse. Hallarlo enterrado aquí, en su pueblo, en el año 2004, significa que no murió en la guerra, ni en una checa ni en ningún otro lugar. ¡Porque vivió hasta los ochenta y seis años sin que su nieto supiera de su existencia ni de la existencia de ninguno de los muertos de esta cripta!

Cuántos secretos y verdades tiene que haber sepultados en estas tumbas, se dice, mientras acaba de escribirse por todo el brazo y parte del otro la locura que ha descubierto.

Quisiera arrancar a esos muertos las historias que se han ido. Abrir un camino para salir de las tinieblas, alojadas durante tantos años.

Su hija tiene el bracito apoyado en la lápida de Juliana Roy y está tan pálida como la moradora que habita en esa tumba. La niña tiene el estómago revuelto y está algo mareada. Su rostro es infantil, pero mira como una anciana. Posa sus ojos en Walter y le dice que Juliana tiene la cabeza destrozada. Él le pregunta si lo puede ver. Dice que no, pero lo sabe; también sabe que tiene agua alrededor del cuello. La niña se retira hacia un lado y su cara se demuda en otra cara, quizá la que poseía la mujer que está en el sarcófago, piensa Walter con el rostro también demudado de preocupación por Jimenita, que se echa a un lado para no mancharse y vomita todo lo que tiene en el estómago: líquido biliar. Él la toma en brazos. Ella se rebela. Él la suelta. La niña se da la vuelta hacia su madre y grita: «¡Él está aquí, está aquí!».

—¡¿Quién?! —le devuelve el grito Teresa, atenazándola por los brazos.

—El niño. Lo siento desde que he entrado.

Jimena vuelve a vomitar, Walter la toma de nuevo sin resistencia y salen los tres de la cripta abriéndose paso a través del cementerio.

Teresa tropieza con el abrigo rosa caído en una zanja junto a una cruz semienterrada, torcida y abandonada, mientras la bruma se disuelve sobre los cerros y los campos sin cultivar, tras cruzar las tapias del recinto.

28

Milmarcos y el hombre de la pelliza de oveja

Milmarcos, 12 de enero de 2004

La niebla se eleva abandonando a su suerte campos y cercados. Suaves rayos de sol penetran en la bruma e iluminan viejas casas de mampostería a la entrada del pueblo. Un perro canela se le enreda entre las piernas a Teresa, cuando sale del automóvil, junto a un pequeño bar en la plaza del pueblo, en cuyo centro hay una iglesia románica, compacta y severa, y dos grandes olmos enfermos.

Walter se queda dentro del Audi, rezagado, hablando con la niña de lo que ha ocurrido en la cripta y de por qué se producen en ella esas sensaciones que no puede controlar. Jimena no quiere profundizar en ello, le da miedo lo que sucede a su alrededor. Su percepción ha cambiado, y hay un sentimiento de irrealidad que no la abandona, como si entrara en un cuento en el que todo sucede como en un sueño: las caras desfiguradas, las voces distorsionadas, las casas retorcidas y las imágenes bañadas en un tinte de color magenta.

Él le acaricia la frente, la ve más tranquila y sale del coche en busca de Teresa.

Está apoyada en el capó, cubriéndose la boca con la bufanda, intentando restablecerse de lo que ha vivido en el cementerio. El perro canela sigue a su lado, olisqueando sus zapatos y luego el abrigo. Hace demasiado frío y hay demasiada humedad. No hay un alma por ninguna parte. A la izquierda ven el ayuntamiento, con un escudo en la fachada. El blasón lo componen un castillo de tres torres y un león, y la letra eme en el centro, rodeada de pequeñas vasijas. La plaza es de tierra, rodeada de casas de dos alturas con muros de mampostería; las más antiguas parecen recién restauradas. Es un pueblo pequeño, de una veintena de calles que se entrecruzan sobre la suave ondulación de un cerro.

Teresa le muestra a Walter media sonrisa que tiene más de confusión que de optimismo. No sabe qué pensar ni qué sentir. Si es que tiene que sentir algo en ese lugar tras salir de un cementerio en el que casi se vuelve loca.

—Se supone que debo experimentar algún tipo de emoción en este lugar —dice—. Si «emoción» es la palabra que más se adecúa a lo que debo esperar de mí. Estoy preocupada por mi hija. No es normal lo que le sucede y no hallo más que extrañeza. No sé qué hago aquí ni por qué os he arrastrado hasta este pueblo que parece haber vivido tiempos mejores.

—Por lo menos hay un bar, y abierto. Jimena ha de tomar algo; no dejés que todo esto os devore.

Siente a Teresa frágil, protegiéndose no solo del frío, en su abrigo con las solapas cubriéndole las mejillas, sino también de algo mucho más peligroso que la roe por dentro. Él mira hacia el interior del vehículo para observar el motivo de la gran preocupación de ella, tumbada en los asientos de atrás, tan grande que apenas cabe estirada con la mantita por encima. Acto seguido él entra en el bar retirando las cuentas de unas cortinas. A los pocos minutos, sale con unas latas de Aquarius y Teresa sube al coche con una. Su hija tiene la cabeza tapada con la mantita. Ya no es la niña que era antes. No es que fuese la alegría de la fiesta, pero tenía sus momentos felices y despreocupados. La felicidad y la risa son contagiosas y sus hijas le hacían regresar a lugares imaginarios que habitaba cuando era niña. Jimena se incorpora y toma unos sorbos de la lata, con el pelo revuelto, la coleta casi deshecha y los labios cortados y pálidos. Dice que se encuentra mejor.

—Se me pasará, mami. Gracias.

Su madre le acaricia el rostro. La besa dos o tres veces en la frente y en las mejillas sintiendo la piel de su hija frágil y fina en los labios, como si fuera una membrana a punto de desgarrarse. Le dice que van a entrar en el ayuntamiento, es el edificio que hay enfrente. Enseguida estará de regreso.

—¿Te quieres venir?

—No, no me apetece. Déjame la bebida, estaré bien, no te preocupes.

Ahora habla como una adulta sensata, como si no hubiera experimentado las sensaciones que Teresa ha visto en ella en el cementerio. Piensa que otra niña estaría absolutamente impresionada, pero parece tranquila, tan solo se la ve cansada. El cansancio es el gran síntoma de lo que le está sucediendo por dentro.

—Creo que nos la deberíamos llevar —dice Walter asomándose por la puerta.

Se frota las manos para calentarlas cuando Teresa sale del coche y él dice que se queda con la niña, a esperarla.

Ella niega con la cabeza, y cruzan juntos la plaza, él con las manos en los bolsillos de la cazadora, pisando fuerte con sus botas Panama Jack, y Teresa envuelta en su abrigo, protegiéndose bajo las solapas. Empujan la puerta de madera de un soportal, bajo unos arcos, y se abren paso a través de un portal oscuro. Una escalera sube hacia un lugar iluminado por luz natural. En el vestíbulo de la primera planta, encuentran una puerta entreabierta, de donde sale el resplandor. Hay alguien dentro. Oyen una conversación telefónica. Esperan unos instantes y se hace el silencio. Oyen ruido de papeles y Walter llama a la puerta.

—Pase —dice una voz de hombre desde el interior.

Enseguida se dan cuenta de que están ante el alcalde. Hay tres banderas detrás del hombre: de la Comunidad de Castilla-La Mancha, la de España y la de la Unión Europea, bastante nuevas, todavía con la señal de los dobleces. Es un despacho sencillo, de mobiliario antiguo. El alcalde parece un hombre de campo, de mediana edad, bronceado con profundas arrugas que horadan su rostro. Tras preguntarles qué desean sentado en una silla castellana, Teresa da dos pasos hacia delante sin que él los invite a sentarse, y le explica lo que buscan.

—El registro está cerrado. Lo que quieran déjenlo escrito en el buzón de la entrada.

—Solo son inscripciones de enterramiento y defunción —le ruega Teresa.

Intenta ser razonable. Ellos dos insisten en su propósito. El alcalde levanta de su ordenador portátil los ojos, igual de arrugados que sus mejillas, y dice:

—¿Les puedo ayudar en algo más? Tengo trabajo.

El alcalde teclea en su ordenador y, sin levantar la vista ni esperar a que salgan del despacho, coge el auricular y marca un número en un teléfono de disco. Si no fuera por el ordenador portátil Teresa tendría la sensación de estar en otra época.

Cuando salen hay un pasillo, a la izquierda, del que pende una bombilla apagada. Al fondo hay claridad. Se cuelan hacia la luz y llegan hasta la puerta de una oficina. Está entornada y tiene una cuartilla de papel pegada con cinta adhesiva al cristal biselado; pone «Registro». Walter empuja despacio y Teresa lo sigue con la seguridad de quien lleva un arma en el bolsillo, dispuesta a no salir de allí con las manos vacías.

Ven a una mujer sentada a una mesa y a un ordenador, de espaldas a la puerta. Hay carpetas unas encima de otras formando montones, un mueble de madera con puertas correderas de pared a pared y dos grandes ventanas que miran a una calle trasera. Se ven los tejados del pueblo y parte de un corral.

—El registro está cerrado —dice la mujer, levantando la cara y girándose hacia ellos.

Lleva una blusa de flores, una chaqueta de lana azul marino y pantalones vaqueros. Tendrá unos treinta años y una cicatriz en el labio inferior que le hace torcer la boca al hablar. Teresa intenta caerle simpática. Vienen desde Madrid expresamente, y tendrán que darse la vuelta para volver otro día y recorrer otros cuatrocientos kilómetros por culpa de unas sencillas partidas que igual están en uno de esos libros que se ven por las mesas.

—Así es. Lo siento. El registro está abierto los jueves, de diez a dos de la tarde.

La cara de Teresa es un poema de terror, no sabe qué decir. Walter da dos pasos al frente y comienza a hablar con una verborrea inesperada. Hasta entonces nunca le había oído arengar de esa manera, con el cuello de la cazadora levantado, una mano en el bolsillo del pantalón y la otra acariciándose la perilla para contar una historia confusa de antepasados milmarqueños que emigraron a Argentina a principios del siglo XX. Ella espera que lo que él le ha contado en la cripta sobre sus antepasados judíos no forme parte de una elaborada estrategia para seducir a las mujeres. Y da resultado. Tras unos instantes de indecisión, sonriendo con su labio torcido, la funcionaria, que a Teresa le parece la viva imagen de Mari Trini, pregunta qué buscan exactamente. Él ve el cielo abierto y se acerca agradecido hacia la mesa de la mujer. Teresa interviene:

—Poca cosa. Será un segundo.

—Está bien. Pero lo tendrán que buscar ustedes; yo estoy muy ocupada. Los libros están clasificados por años. Tengan cuidado, algunos están en mal estado.

Y señala hacia el armario de puertas correderas. Walter parece haber realizado un juego de magia. Cada paso es una prueba. Una dificultad superada. Teresa se arremanga el abrigo y el jersey, y transcribe los nombres y fechas de la piel de sus antebrazos en un folio que le entrega a la funcionaria, quien sigue con su trabajo consistente en copiar los textos de los libros antiguos en una aplicación informática.

Los dos miran en los anaqueles del armario hasta encontrar los pesados y viejos volúmenes correspondientes a los años que buscan. En veinte minutos han dado con todos los documentos inscritos en las páginas amarillentas de unos tomos de fina piel de cordero que parecen fósiles de otras eras. Fotografían entre los dos con el móvil de Walter, una a una, todas las páginas en las que aparecen los nombres que Teresa tiene escritos en los brazos.

—Si quieren certificados oficiales, déjenme la solicitud en los impresos que hay encima de aquella mesa —les indica la funcionaria cuando terminan.

Teresa rellena los formularios para los certificados de defunción de todas las personas que ha encontrado enterradas en el mausoleo y se van de allí enseguida, antes de que el alcalde los pueda sorprender.

El pavoroso frío de esas tierras resucita en la piel de los dos cuando salen al exterior de la plaza como expulsados del tobogán de una feria macabra. El viento baja por las cuestas desembocando en remolinos sobre el centro en la plaza. La niña está sola en el coche. Corren hacia él y no está dentro, pero Jimenita los ve desde el cristal de la puerta del bar y sale a encontrarse con ellos con un vaso de cacao en la mano y la sombra de un bigote.

—Tenía hambre y he entrado a pedir algo —dice—. ¿Qué tal vuestros recados? Habéis tardado mucho.

Su madre se disculpa y se tranquiliza. La ve con mejor aspecto, y a veces su hija sabe cuidarse de sí misma y parece mayor de lo que es. Cosa que le hace sonreír. Le acaricia el pelo y le rearma la coleta.

—Los niños son así —dice Walter—. Tan pronto se sienten morir como resucitan de entre los muertos.

—No bromees con eso.

En el bar no hay nadie más que un camarero joven con cara de aburrimiento, acodado en un extremo de la barra y embelesado en una televisión anclada en la pared.

—En quince minutos cierro —les dice, cuando entran los tres por la puerta.

A los quince minutos abandonan el solitario bar del pueblo, tras tomarse unos cafés y unos bocadillos. Jimenita se acomoda en los asientos de atrás con un donut en la mano, envuelto en papel de estraza. Walter abraza a Teresa antes de entrar en el Audi y le pregunta qué es lo que quiere hacer ahora: regresar a

Madrid o dar una vuelta por el pueblo. El frío es intenso. El viento del norte arrecia levantando las hojas caídas por la plaza. Parece que la niña está bien y se le ha pasado completamente la impresión del cementerio y las visiones que la transmutan. La tarde se les echa encima. Deciden dar una vuelta rápida, alejarse de allí y regresar cuanto antes a Madrid.

Dejan la plaza atrás y suben por una cuesta, hacia el oeste. La calle es estrecha, discurre entre viejas casas de piedra. Antes de llegar a la cima y encontrarse con el final de las edificaciones, un hombre sale de una vivienda seguido por el perro canela de antes. Teresa comparte el donut con su hija cuando le dice a Walter que se detenga, guiada por un impulso repentino, y se baja inmediatamente del coche persiguiendo su instinto, un olfato que tiene poco de azar. Por primera vez desde que han llegado a Milmarcos, siente una corazonada feroz, una pulsión visceral.

El hombre camina calle arriba envuelto en una pelliza de burda lana de oveja. Cojea. Parece que va cayéndose hacia los lados. Teresa lo aborda con varias preguntas impulsivas, introduciendo una breve presentación. El anciano se apoya con inseguridad en la fachada; el viento le da en la cara y su pelo parece bruma. Ella se excusa, le vuelve a preguntar. Walter observa la escena desde el vehículo: los dos hablando y el perro entre las piernas de Teresa, sin dejar de mirarla un solo instante.

—Soy el más viejo del pueblo —le responde—. Y a quien busca me suena de algo.

El hombre se queda pensativo con la boca abierta, mostrando las encías. Achica los ojos, dos pequeñas incisiones en la piel marchita, y dice que hace muchos años, pero muchos años, un forastero le preguntó lo mismo. Él conserva su pertinaz costumbre de pasar el tiempo en la puerta de la casa, a la fresca, llueva o caigan chuzos de punta; y más ahora, que su mujer descansa en el cementerio y no tiene quien se preocupe por él ni quien le prohíba fumar. Teresa lo acribilla a preguntas sobre el forastero.

«¿Cómo se llamaba? ¿Cómo era? ¿Qué edad tenía? ¿Recuerda lo que le preguntó? ¿Dónde fue después? ¿De dónde venía?»

¿Quién si no iba a formular a ese viejo las mismas preguntas que han salido de sus labios? Padre e hija separados por una distancia temporal de treinta y tres años y veintitrés días.

El viejo dice que solo recuerda un bigote y unos ojos azules e intensos de hombre desesperado. Da algún detalle del día que era y de cómo le indicó al desconocido la forma de llegar al sendero del barranco que lleva a Tres Robles.

Pero ya han muerto los Anglada —dice—. En esas tierras vive ahora una familia de extranjeros. Los dos hermanos murieron sin descendencia, porque uno era cura y el otro tuvo una hija que murió durante la guerra. Eso es lo que se sabe en el pueblo.

El viejo le pregunta si es famosa o algo por el estilo porque su cara le suena.

—Soy la hija del hombre que estuvo hablando con usted. Era mi padre.

—Caramba —exclama, y achica aún más los ojos, que desaparecen de su cara intentando averiguar algo que está fuera del alcance de las palabras—. Ande, atienda a la niña, que está impaciente.

Teresa se gira y ve a Jimenita tras el cristal de la ventanilla con la frente pegada al vidrio. Tiene los labios manchados de azúcar del donut y esa mirada que trastorna a su madre. Otra vez. De nuevo. Pero, antes de abandonar al hombre de la pelliza de oveja, Teresa le pregunta cómo llegar al sendero del barranco.

29

Monasterio de Piedra

Monasterio de Piedra, 12 de enero de 2004

Pero el sendero del barranco no lo encuentran. Se pierden por caminos erráticos y bifurcaciones tortuosas. El día se ha oscurecido sobre el paisaje, y una ensoñación extraña les sobresalta a los tres mientras circulan como nómadas hacia lo desconocido, buscando una finca que no encuentran. Ahora saben que Tomás llegó a Milmarcos el día de su desaparición. El anciano les ha dicho que eso ocurrió unas jornadas antes de Navidad. Se acuerda porque su primera perra canela se murió esa madrugada, cuando faltaban tres días para la Nochebuena. «Mala suerte, pobre perrilla», ha dicho, y Teresa ha pensado: «Pobre de mi padre; sus restos se hallarán en una cuneta o en algún recodo del camino donde debió de encontrar la muerte».

En las tierras de Milmarcos se esconden todos los secretos y todas las verdades.

A medida que asciende y desciende la carretera consecutivamente por desniveles y lomas, entran en la estrechez de una garganta sobre el precipicio de un río que horada el terreno. Los dos van pensando lo mismo, buscando lo mismo: los restos de un coche por esos barrancos, quizá sepultado por las lluvias y los sedimentos, u oculto en algún escollo del terreno. Demasiados años para no haber sido encontrado. Las curvas. Un derrape. El exceso de velocidad. La niebla. Una distracción. La lluvia. Un paro cardiaco. Un animal voluminoso. Señales sin visibilidad. Un adelantamiento imprudente. El pavimento helado y resbaladizo. Los terraplenes. Un rayo. Un ictus. Lo angosto de la carretera al cruzar el río Piedra. El río Piedra. Se han perdido. En esa zona solitaria todo es posible. Allí el tiempo se detiene. Y ellos no llegan al destino que se proponen: la finca de los Anglada, torturados por todas las posibilidades que se abren ante el descubrimiento. Se hace tarde y Teresa propone llegar al Monasterio de Piedra y pasar allí la noche. Hace años transformaron el viejo monasterio en un lujoso hotel, y ellos necesitan descansar.

Hay una calma extraña cuando salen del coche en el parquin de tierra del recinto, cansados, con la noche sobre ellos, rodeados de castaños. Cruzan el claustro camino de la recepción. Jimena le aprieta la mano a su madre y le suda la frente. Franquean varios corredores. Ese lugar la asusta.

—Mamá, me voy a marear —dice.

Walter la coge en brazos y Teresa los sigue bajo el eco de sus pasos hasta llegar al vestíbulo del hotel. La recepción está bajo una gran escalera de varios tramos y toman dos habitaciones. Es tan tarde que cenan unos platos combinados en la cafetería. Jimenita apenas tiene apetito, está demacrada y solo quiere dormir, tumbarse en una cama y desaparecer; con un vaso de leche y azúcar tiene suficiente. A las nueve de la noche las dos se despiden de Walter en el largo y abovedado pasillo, antes de entrar en la habitación. Teresa no se halla con ánimos para postergar el intenso día y cierra la puerta despacio, dejándolo a él con el codo apoyado en el vano.

Es una de las noches más extrañas que ha vivido Teresa, y experimenta una sensación de esperanza y expectación ante lo que todavía le queda por descubrir junto a su hija, cuyo tierno semblante sigue agotado, acostada en la cama sobre un lado, con las manitas unidas bajo la barbilla. Las dos son vencidas por el sueño a los pocos minutos de rozar las sábanas.

Durante la hora siguiente, Jimena se mueve, se debate en un sueño inquieto. Teresa enciende la lámpara de la mesilla y permanece un tiempo indefinido observándola, oyendo la voz quejumbrosa y rígida de su hija entre las sombras y los silencios del monasterio. A ratos se calma, a ratos balbucea palabras incomprensibles, y Teresa apaga la luz para dejarla descansar.

No puede dormir. Se levanta inquieta y va hacia la luz de la luna que asoma por la ventana, sin visillos ni ornamentos y mira al exterior ensimismada con la noche y el lugar. Lo vivido en el cementerio de Milmarcos y la conversación con el anciano han dado forma a nuevas fantasías de encontrar a su padre. Quizá sea su hija el eslabón que une pasado y presente, devorada a veces por la fiebre y la ensoñación.

Esa niña sensible que no se parece a ella; idéntica a otra niña de la que se ha desconectado, está trazando un puente para hacerle vivir la tragedia de otras vidas.

Una realidad incontestable se impone en Teresa al escuchar la vocecilla de Jimenita, que balbucea en sueños cosas extrañas e ininteligibles. En una ocasión cree oír palabras inconexas como: «niño», «cementerio», «déjame». Y la niña se revuelve entre las sábanas y suda, envuelta en la blusa de su madre que le hace de camisón. Y Teresa, impresionada, la despierta y la abraza, sentada en la cama. Le retira el pelo de la cara y le ruega que vuelva a pronunciar las palabras de sus sueños.

—No me acuerdo, mamá. Déjame dormir, me duele la cabeza.

Teresa va hacia la ventana como velando a los muertos, insomne y meditando sobre los sucesos que está viviendo al claro de luna que embadurna los arcos del claustro con brillantes reflejos. Oye la voz de su hija, a su espalda, en la oscuridad de la habitación, apenas rota por el plenilunio; dice que han de regresar al cementerio y rasgar la tierra. Luego hay más palabras que no distingue y se hace el silencio. Enseguida vuelve a caer en un sueño profundo.

Ya no puede dormir, y se queda en la ventana a esperar que amanezca y que con el alba partan los fantasmas de la noche. Los fantasmas que cree oír en cada palabra de su hija. Las nubes viajan veloces jugando al escondite con la luna. Mira hacia el claustro y ve la lumbre rojiza de un cigarrillo moverse en la oscuridad de los arcos. Ahora ve el perfil del hombre que fuma el cigarro y reconoce a quién pertenece el perfil de esa perilla y el óvalo alargado del rostro. Le extraña, porque él no fuma. Se echa a los hombros el abrigo, sobre la camiseta de tirantes, para encontrarse con él, y cierra despacio la puerta de la habitación, con la llave en la mano.

Walter está desvelado y, frente a frente, apoyado él en la columna de un arco ojival con un porro de marihuana entre los dedos, la toma por la cintura y la atrae hacia sí. Le ofrece una calada que ella acepta sin pensarlo dos veces. Inspira el humo reparador. El cigarro arde en la oscuridad. Teresa se lo vuelve a llevar a los labios para inundarse los pulmones de olvido y desahogo y se lo pasa a Walter después. Él lo termina, lo apaga sobre la piedra y se guarda la colilla en el bolsillo de la cazadora. Se sostienen las miradas. Ella se abre el abrigo y se desabrocha la camiseta de tirantes. No lleva sujetador. Sus dedos deslizan hacia abajo la cremallera del pantalón de Walter. Se abraza a él y el efecto transformador del cigarro les hace olvidar las sensaciones amargas y absurdas. La lengua de Teresa se afloja. Lo invade. Lo succiona. Se extiende por él para entrar en la boca de Walter, lamer su pecho sin vello, su vientre, su pubis. Él la toma por el rostro y la levanta, le besa los pechos y toda la extensión de su cuerpo, entre la clara oscuridad de la luna. Bajo la protección de ese lugar con mil años, es absoluto el placer del sexo robado. Salvador. Corrosivo. La carne siempre consuela en los peores momentos, disipa toda aflicción y se transforma en una sensación explosiva y creadora que los salva de sí mismos y de la miseria del mundo, hasta caer sobre las piedras del claustro, follando como si la tierra fuera a ser arrasada al levantarse el alba.

Antes de que rompa el día, Walter despierta al conserje, adormilado en su butaca de la recepción, y liquida la cuenta de las dos habitaciones. Sube a por ellas y toma en brazos a la niña, envuelta en su mantita, para salir los tres del monasterio sin esperar a que abran el refectorio para el desayuno.

De regreso a Madrid, Teresa vela el sueño de su hija entre la luz del amanecer y la necesidad de telefonear al comisario en cuanto llegue a Madrid.

30

Puros Karamazov

Madrid - Tres Robles - Roma, 1971-1979

Casi todo lo que sabe Ricardo de esa familia es de segunda mano. Se lo contó su padre. Y su abuela Lucía. Tamizado por el filtro de la memoria, la imaginación y el recuerdo.

Su vida de niño en Italia, cada vez la rememora con mayor añoranza, etérea, como a través de un filtro borroso. Apenas veía a su padre un par de veces al año, en Navidades y por la fiesta de Ferragosto, y cuando creció quedaban en un café del aeropuerto o en un restaurante de lujo, antes de que Claudio tomara el avión de regreso, siempre con prisas por volver a Madrid y a sus asuntos; su padre entonces confiaba en él, en sus buenas notas y en su madurez para comenzar una nueva vida en España.

Él también deseaba terminar sus estudios cuanto antes en el Liceo y comenzar la carrera en Madrid. Su madre siempre estuvo de acuerdo con los planes de Claudio, aun separados. Tampoco a él le gustaba vivir en Roma, sobre todo en la última época de su adolescencia, bajo el mismo techo que el último marido de su madre; ella solícita con un hombre al que él apenas conocía, el tercero en los últimos cinco años que llegaba con la maleta a la Piazza Barberini. La indiferencia hacia su madre llegó a ser tan abrumadora que no le importó demasiado despedirse de Roma, de sus amigos y de todo lo que había conformado su vida hasta entonces. *Arrivederci*, Italia.

Madrid le gustó enseguida. No le costó adaptarse a la ciudad, y no la sintió extraña en ningún momento. La libertad era el don más preciado para él y sabía disfrutarla. Claudio supo ser un buen padre, condescendiente y comprensivo, y la convivencia era buena; solos los dos, en una enorme casa en el barrio del Viso, sin mujeres a su alrededor, y Claudio volcado en cuerpo y alma al trabajo, con lo que Ricardo disponía de su vida. Cualquier cosa que deseara de inmediato la obtenía. Y sin darse cuenta, poco a poco, la situación fue cambiando. Él maduraba y su padre le presionaba para que asumiese compromisos; debía adquirir nuevas responsabilidades. Y así ocurrió al terminar la carrera en ICADE. Nunca creyó que pudiera existir en él el empeño que se iba forjando en su carácter durante la época del máster en dirección de empresas. Los entrenamientos en las sociedades de los Anglada suponían retos que aceptaba para llegar a ser el número uno. Primero, en prácticas, para continuar como técnico de producción, jefe de departamento, director, consejero, el dueño, después. La ambición explotó como una botella de gaseosa que se agita y le estalla el tapón. Así se sintió durante muchos años; el gas nunca se terminaba, siempre desbordándose.

La olla a presión reventó cuando cumplió veinticuatro años. El efecto que le causó la realidad de su padre fue profundo, y al principio le confundió. Los veinticuatro años eran la frontera que separa al hombre del niño. Una línea que hay que cruzar y Ricardo debía hacerlo. Tenía que conocer lo siniestro de la relación entre las dos familias. Tan doloroso como el rito de iniciación de la tribu Sateré-Mawé, cuando el niño ha de meter la mano dentro de un guante con un tipo de hormigas cuya picadura es tan acerada como la de las serpientes; para retirarla destrozada, convertido en adulto. Era la sensación de Ricardo cuando su padre le contó la vida de los Anglada.

La historia completa era extraña y peligrosa. Ricardo no llegó a conocer a David, pero sí a Francisco. Siempre le dio miedo la amargura de ese hombre. Evitaba encontrarse con él por las oficinas y lo esquivaba para no ver su abundante pelo repeinado hacia atrás, a pesar de la edad. Lo veía sobrevivir sobre su propio cadáver, como una sombra, por pasillos y despachos, siempre solo, con la mirada amarga y un humor de perros. Odiaba a todo el mundo, incluyéndose a sí mismo. Su poca humanidad le parecía a Ricardo la humanidad perdida de los millonarios. Un espectáculo del que aprendió enseguida, porque la felicidad consistía en hacer lo que nadie podía hacer. Claudio comía de la mano del viejo Francisco. Ricardo lo odiaba. Odiaba la presión que ejercía sobre su padre; lo convertía en un siervo, en un súbdito agradecido, y creyó durante mucho tiempo que Claudio vivía bajo el yugo del anciano. Nunca entendió la relación que los unía más allá de los negocios, porque Francisco era la noche, la lobreguez. Todo lo arrasaba. Cuando murió de esa forma tan trágica, lo lamentó, pero respiró aliviado. Y su padre, también.

Ahora cree que hay algo de Francisco Anglada en el carácter de su padre, que durante toda la vida ha imitado a ese hombre, hasta el punto de abandonar Madrid y meterse en Tres Robles cuando murió el viejo, hasta mimetizarse con el ambiente de esa finca, de sus rocas, de la tierra, de sus cielos y de la familia estigmatizada que vivió en ella. Aunque Claudio no guarda secretos para su hijo; en eso sí se distancia de los hermanos. La trágica muerte de Blasco había abierto los ojos a su padre. Y aunque Ricardo tenía seis años cuando murió su tío, recuerda el sufrimiento de toda la familia, como si un terremoto se los hubiera tragado. Francisco casi se vuelve loco, lo recuerda en el funeral, con ese sombrero con forma de seta y el rostro trasmutado, junto a su abuela Lucía, que casi no podía mantenerse en pie al brazo del español.

De los episodios más feos que le confesó su padre, estaba la muerte de los dos hermanos y por qué tomó Claudio la decisión de traicionar a David en el lecho de muerte, en 1971, para beneficio de Francisco.

Apenas le quedaban unas horas de vida a David. Agonizaba

en su vetusto dormitorio de Tres Robles, una especie de celda de castigo: con una cama de níquel y colchón de paja, una silla con estampas de santos sobre el asiento de enea, un crucifijo y un armario viejo que algún trabajador de sus tierras habría tirado a la basura. Lo más lamentable no era el aspecto del moribundo, sino que no hubiera nadie que escuchara su última confesión, solo y abrumado por la muerte inesperada y trágica de Tomás y de todo cuanto había amado. Francisco se había ido a Roma con Lucía. No quería estar en Tres Robles cuando muriera su hermano. Y así fue. Le tocó a Claudio ser el último hombre que vieran los ojos del viejo David, consumido por la culpa y el dolor, y fue tan cobarde que quiso remediar con su muerte lo que no fue capaz de arreglar con su vida, para las generaciones venideras.

Claudio estaba junto a su cama. David tenía el rostro blanco y transparente como la piel de un gusano, le pidió una hoja en blanco y un bolígrafo; no podía ni moverse, casi ni respirar. Estaba paralizado de medio cuerpo para abajo. Tenía setenta y tres años y era un anciano acabado, con marcas por todo su cuerpo y llagas que nunca se curaban, fístulas que escondía bajo su ropa de mendigo. Claudio siempre pensó que se flagelaba hasta el desmayo en esa celda que se había construido para su tortura, y que su hermano no se atrevió a desmantelar una vez fallecido. Fue Claudio quien destruyó esa alcoba, en cuanto tomó posesión de Tres Robles nueve años después, como también eliminó todos los símbolos judaicos que Francisco conservaba del origen de la familia, que en los últimos años ya no era un secreto para nadie. Claudio había admirado a Benito Mussolini y a Adolf Hitler, últimos reductos del orden perdido, y no tardó en extirpar de raíz cualquier distintivo inadecuado en la finca. Su padre, Roberto Arzúa de Farnesio, había vivido y fallecido como camisa negra, y le enseñó a amar y a proteger la patria, y a utilizar los términos adecuados, como «populacho», «decadencia», «orden», «nacionalismo», «anticomunismo»… Claudio se enorgullecía de haber participado en los campamentos de disciplina militar de las juventudes del partido fascista cuando era niño.

Ostentaba el honor de haber sido un *Figli della Lupa*. La fotografía más preciada que conserva Claudio de su infancia, en un marco de plata, es la imagen del Duce pasando revista en su escuela con él alineado entre miles de pequeñas cabecitas en formación, tras una exhibición de ejercicios gimnásticos en el Foro Itálico, llamado entonces Foro de Mussolini.

Claudio siempre consideró a los hermanos unos paletos, algo así como una mala hierba hispánica a erradicar.

Según Claudio, David escribía con torpeza y agotamiento en su lecho de muerte. Apenas podía sujetar el bolígrafo y sus ojos estaban tan hundidos que Claudio se preguntaba si verían, pero marcó el papel con profundos surcos de empeño para escribir su última voluntad, que no era otra que compensar con sus bienes a su nieta Teresa y declararse padre de Tomás. Cuando terminó, dobló la hoja, la metió en un sobre con la mano temblando y le dijo a Claudio que se acercara.

—En cuanto Dios me llame, para arder en el infierno, quiero que lleves esta carta, tú y solo tú, a la dirección que hay en el sobre.

Estaba tan agotado que las palabras se extinguían en el aire. Apenas podía oír Claudio el siseo de la voz, pegada a su oído, pero lo entendió a la primera.

De esa manera se enteró Claudio no solo de la existencia de la hija de Tomás, sino de dónde vivía, y todo lo demás vino solo. La niña tenía seis años y ya era una huérfana, sin saberlo, ni ella ni su madre. Porque Claudio escuchó esa madrugada agonizante, que se le hizo eterna, cómo David, entre delirios, balbuceaba la tristeza de la vida de su hijo y cómo murió. También confesó haber merodeado por la puerta del colegio de su nieta en Madrid, durante los primeros meses de 1971, un pequeño hotelito en Arturo Soria con la Plaza de la Cruz de los Caídos. El viejo sacerdote bajaba a Madrid con el chófer; no le dijo a Claudio cuántas veces fueron; pero no muchas, dado el empeoramiento de su salud y sus continuos sacrificios corporales. Las seguía a ella y a su madre en el automóvil por toda la calle de Arturo Soria. A veces las dos, madre e hija, de la mano, se paraban ante los monolitos de la Cruz de los Caídos y Rosa escupía sin disimulo sobre el yugo y las flechas. David conocía la historia del monumento y llegó a temer que fuera detenida por algo así. La cruz de granito, sobre el monolito principal, se había construido con las piedras de la cárcel Modelo de la Moncloa, y había un busto de José Antonio Primo de Rivera, con el que Rosa no debía de simpatizar. Tampoco con los doscientos hombres caídos en Canillejas, Canillas y Vicálvaro, referenciados en el grabado del monumento.

Claudio se sentó en una silla para escuchar al viejo David contarle cómo las perseguía escondido en la parte de atrás de su automóvil, resguardado tras el cuerpo del conductor, calle abajo, calle arriba, hasta verlas entrar en el viejo chalé que había comprado su hermano en los años veinte en la Ciudad Lineal, para citarse con Lucía Oriol. Su amante por entonces y para siempre. En aquella casa, antes de la guerra, retozaban con impunidad y se escondían de los ojos del marido de Lucía y de las miradas indiscretas de la familia de ella. Por entonces, Arturo Soria era una ciudad residencial, periférica, con poca población, la mayoría veraneante.

Claudio le contó a su hijo que estaba seguro de que el viejo sacerdote había terminado con su vida deliberadamente, poco a poco, desde que Tomás cayera fulminado ante la chimenea del salón de Tres Robles, de un ataque al corazón —según la versión de Francisco, que corroboró su hermano en el lecho de muerte—. El empeño de David, desde entonces, no había sido otro que quitarse de en medio, a su manera. Lentamente. Latigazo a latigazo. Golpe a golpe. Hasta terminar con su vida. A su muerte, la criada confesó que el señor David vaciaba su orinal todas las mañanas en el inodoro, con su propia sangre; por eso estaba tan blanco, sin una gota que sonrojase sus flácidas y arañadas mejillas. «El señor se ha desangrado», la escuchó decir una tarde. Así que no le extrañaba a Claudio que Francisco se ausentara de Tres Robles a menudo para ver a Lucía en Roma y olvidarse de su hermano y del olor a muerte de la finca.

Claudio fue quien cerró los ojos a David para siempre, con un sobre en la mano. Luego se sentó en la silla a respirar hondo, ante el cuerpo del viejo sacerdote y pensó qué hacer con el sobre. Se dirigió al despacho y lo abrió. Leyó la hoja y lo supo: no era otra cosa que un testamento ológrafo, y no tuvo más remedio que traicionar a David. No llevó el sobre a la dirección de la Ciudad Lineal, se lo entregó a Francisco cuando éste adelantó el vuelo y regresó a Tres Robles para enterrar a su hermano.

No acudió nadie al entierro, más que ellos dos.

—Siempre hay un precio que pagar —le dijo Claudio a su hijo, mientras le contaba estas historias para no dormir—. Y el mío, al fin y al cabo, no ha sido muy alto.

Tras el fallecimiento de David, los años transcurrían, y Francisco jamás hablaba a Claudio del sobre que le había entregado. Claudio le preguntó varias veces por él durante las largas jornadas de trabajo que realizaban juntos en los despachos de las empresas que, poco a poco, iba controlando Claudio para tomar el testigo. Pero Francisco nunca soltó prenda. «Son cosas de familia, y a nadie más que a la familia conciernen», le contestó la última vez.

—Yo soy tu familia —le replicó Claudio.

—Yo no tengo familia. Tú no eres más que mi relevo, y porque se lo he prometido a tu madre.

Y el relevo llegó en el mes de septiembre de 1979.

El suceso nadie lo esperaba. Francisco había cumplido ochenta y seis años. Tenía muy buena salud. A veces se le veía cansado, pero no más que cualquier hombre de su edad. Y, sin embargo, a pesar de sus años, nadie habría dicho que sus huesos soportaban todo lo que le había tocado vivir, porque su ímpetu seguía con la fuerza de la juventud.

Una tormentosa mañana de finales de verano, Francisco entró en las cuadras por primera vez en sesenta años, por curiosidad, para conocer el nuevo caballo de Claudio; no las había pisado desde 1919, el día en que murió su mujer. Hacía tiempo que Claudio había comenzado a formar una yeguada. El animal acababa de llegar de un criador de Jerez de la Frontera. Era una belleza, salvaje e inteligente. Claudio le había hablado a Francisco reiteradamente de las nuevas instalaciones que había construido en la vieja caballeriza, y éste rehusaba acercarse por allí. Pero esa mañana decidió entrar. Estaba de buen humor y fue a echar un vistazo al animal, pues el capataz aseguraba que nunca había visto ejemplar parecido, bien formado y enérgico. Desde el camino se le oía relinchar, y parece que fue el reclamo definitivo para que, por fin, en tantos años, decidiera Francisco cerrar la herida de la tragedia que había sucedido allí dentro.

Según Claudio, nadie sabe cómo pudo ocurrir. El capataz gritaba como jamás había oído hacerlo a un hombre, entre los truenos de la tormenta que arreciaba sobre el valle y los montes de Tres Robles, cuando el propio capataz encontró a Francisco con el estómago abierto, dentro del box de la yegua. Parece ser que el animal de una coz le sacó las tripas, que él intentaba meterse para dentro con sus propias manos ensangrentadas.

Aun así, no murió hasta tres días después, en su alcoba, al anochecer.

Francisco no solo tenía el vientre afectado; del golpe, al caer contra la pared de cemento, se había roto la mandíbula y era imposible entenderlo. En unas horas se le paralizaron los brazos y las piernas. Claudio se rodeó de un séquito de médicos y enfermeras llegados de Calatayud y de Zaragoza, porque el anciano, consciente en todo momento de que iba a morir, a pesar del dolor y de la cirugía de urgencia que se le practicó en su dormitorio, no consintió ser trasladado a ningún hospital. Debía morir sobre la tierra que le había dado la vida, repetía constantemente. Le cosieron en Tres Robles, sobre una camilla que llevaron del dispensario de Milmarcos. Claudio acompañó a Francisco en sus últimas horas, sin moverse de los pies de la cama, atendiendo el trabajo desde el despacho contiguo al dormitorio. Reunió a sus hombres y dio directrices y disposiciones y les anunció el fallecimiento del creador de la corporación, y los cambios que iban a producirse, a partir de entonces.

Minutos antes de que falleciera Francisco, las campanas de la iglesia de Milmarcos ya tocaban a difunto. La noticia del accidente había corrido como la pólvora por el pueblo. Claudio se arrodilló ante el lecho de su benefactor, decidió preguntar al moribundo algo importante:

—¿Qué hiciste con el testamento de tu hermano que te entregué, en 1971? ¿Dónde está?

Francisco abrió sus ojos agonizantes y supo que Claudio lo había leído. La boca se le retorció, parecía un último estertor, pero no eran palabras, eran gritos, alaridos; quería decir algo a Claudio, se puso nervioso, lloraba, abría y cerraba los ojos tan rápidamente que parecía que le iban a explotar. Claudio no entendía el balbuceo gutural del moribundo, desesperaba por comprenderlo: entender las letras, las sílabas; lo que podía significar toda aquella escenificación. Pero era una arcada continua y agónica de Francisco por decirle algo importante a su sucesor, al hijo de la mujer que le había entregado todo. Durante los últimos años de su vida, había intentado hacer de Claudio la sombra alargada de sí mismo. Y lo había conseguido.

Francisco Anglada murió con la boca abierta, intentando hacerse entender sin conseguirlo, en el mes de septiembre de 1979.

Lucía Oriol no viajó desde Roma para dar el último adiós a su amante; ni tan siquiera tuvo intención alguna de viajar a España. Ya se habían despedido de alguna manera en Roma. Ella no derramó ni una sola lágrima cuando se enteró, por una llamada telefónica de su hijo Claudio, de la muerte del hombre que había marcado el compás de su vida. Pero la forma de morir de Francisco, más que su muerte misma, la sumió en una profunda tristeza. Un mediodía, un par de meses después, en Roma, ella le hizo una pregunta a su hijo. Una pregunta que a éste le extrañó. Almorzaban en un restaurante de la vía Francesco Crispi y las heridas del alma de Lucía parecían cicatrizar.

—¿Cómo se llama la yegua que mató a Fran? —preguntó, cuando se llevaba la servilleta a los labios.

Claudio masticaba la carne desmenuzada de su steak tartar, levantó una mirada astuta y contestó:

—Sara. Llegó del criador con el nombre. No me había dado tiempo a pensar uno nuevo para ella.

—¿Qué has hecho con Sara?

—No creo que quieras oírlo, madre. ¿Por qué lo preguntas?

—Sara se llamaba la yegua que mató a Juliana Roy, la mujer de Francisco. La tiró sobre las aguas del río Piedra y se abrió la cabeza. Cuando Sara regresó sin Juliana a la grupa, David le pegó un tiro en las cuadras. El cura amó a esa mujer toda la vida.

Claudio tenía un trozo de carne en la boca y se atragantó; tuvo que dar unos sorbos de vino para acabar de digerirla. Y siguieron con la conversación. Pero Lucía dejó los platos tal como llegaban. Sin tocar, con la mirada clavada en los tenedores.

31

Giros telegráficos

Madrid, Vips de la calle Velázquez, 2004

Las mesas están vacías, y la cafetería, inusualmente tranquila.

—Los martes por la noche son flojos —se lamenta la camarera, y deja sobre la mesa dos sándwiches de pollo.

Tras los bajos muretes del fondo, se divisan expositores de libros y revistas, y hay varios clientes buscando entre ellos a esas horas de noctámbulos. El comisario hace un comentario intentando recapitular lo que le ha contado Teresa mientras esperaban la cena con una copa de cerveza. Necesita una aclaración sobre el relato pormenorizado que le ha hecho ella, desde que salió de Madrid con su hija y el médico del Gregorio Marañón, hasta el despunte del día siguiente en que amanecieron en el Monasterio de Piedra, en la provincia de Zaragoza, previa escala en Milmarcos, donde visitaron azarosamente el pueblo y su cementerio. Hay cosas que no entiende. Le parece una aventura extraña.

—No llevábamos ninguna intención de llegar hasta el monasterio —le aclara Teresa mirando su plato y las patatas fritas, que no le apetecen—. Ni sabíamos que se encontraba tan cerca de Milmarcos. Fue pura casualidad; nos perdimos, íbamos demasiado nerviosos, necesitábamos descansar. Tampoco había oído hablar de ese pueblo recóndito que ha perdido a casi todos sus habitantes hasta que lo vi en la partida de nacimiento de mi abuela; como mi padre lo debió de ver para llegar hasta allí, el veintiuno de diciembre de 1970. Desconozco por qué se le ocurriría ir solo a ese lugar, pero no hay que pensar demasiado para darse cuenta de que sabía que era el pueblo de su madre. Aunque no salió de esas tierras, estoy segura. Algo le pasó, tengo la corazonada, y no es nada buena.

—No podemos basarnos en corazonadas, pero lo averiguaremos.

—Hay que hacerlo pronto. Ese anciano de la pelliza no vivirá mucho para contar de nuevo que vio a mi padre el día veintiuno de diciembre de 1970, recabando información en Milmarcos sobre la familia Anglada.

—Mandaré a un par de hombres a ver lo que sacan en claro. Ha arriesgado demasiado llevando a su hija tras salir de un coma.

—Usted no lo entiende... Ella es la clave de todo esto. Ella es la que me ha empujado a buscar. Ella... —Guarda silencio esquivando la sagaz mirada del comisario, que no sabe si quiere entenderla.

Teresa no pretende darle una impresión equivocada. Hay fenómenos que escapan a la razón. Ni tan siquiera ella cree en todo lo que piensa, en el peligro que se esconde en algún lugar. Pero algo está sucediendo; nadie puede comprender por lo que está pasando, y menos un comisario, por accesible y comprensivo que se muestre. Le sorprende que el comisario, le haya propuesto, casi de madrugada, tras salir de la comisaría y terminar su trabajo, verse en el Vips de la calle Velázquez, aunque un policía siempre está de servicio. «Uno es policía día y noche: se levanta policía, se acuesta policía y sueña como policía», le había dicho en un programa un sargento de la Policía Municipal durante una entrevista.

Ella se fija en los ojos de él, avispados e inquietos, alertas, en una cara rocosa que confirma la teoría del sargento de la Policía de Madrid. El comisario levanta su copa vacía a la camarera, que enseguida se la sustituye por otra desbordante y helada.

—No dé tanta importancia a esa historia, Teresa. Voy a investigar si en el transcurso de todos estos años se ha encontrado algún vehículo accidentado que pueda ser el de su padre, o a algún hombre o cuerpo no identificado por esa zona. Ahora tenemos un indicio de por dónde buscar, pero... hay otras teorías.

—¿Cuáles? —dice ella, que levanta su copa, inquieta e impaciente, y termina la cerveza.

—Que se fugara tras visitar el pueblo. Es posible. Vamos a ver si encontramos algún indicio de accidente o un suceso inesperado.

—Estoy segura de que le pasó algo malo.

—¿Tiene pruebas para decir eso?

Ella guarda silencio. Se muerde el labio y nota una pequeña calentura por la que se pasa la lengua bajando la mirada hacia el sándwich que no ha tocado, insegura de sus pensamientos. ¿Cómo decirle que su pequeña Jimena le cuenta entre sueños cosas extrañas? ¿Que es posible que Jimena Anglada ande escarbando en la mente de su niña para mostrarle el camino que las lleve hasta su hijo, ese niño que probablemente presenció el asesinato de una enfermera y de un médico en el Hospital de Atocha de manos de su propio abuelo? Pero dice:

—Usted averigüe lo que pueda, que yo se lo agradeceré.

Teresa se fija en la gruesa nariz del comisario y su rostro duro y maltratado, con grandes entradas en la frente y un pelo lacio y escaso por las sienes que ya está canoso. Se ha bebido dos cervezas, ha terminado con el sándwich de tres pisos y llama al camarero para pedirle un J & B con hielo.

—Tómese una copa —dice él—. ¿O le apetece algo dulce?

Enseguida les retiran los platos y aparecen el güisqui y un pacharán con hielo. Ella rebusca en el bolso, saca el móvil para enseñarle una prueba de lo que le ha contado del registro de Milmarcos y le muestra las imágenes que le ha enviado Walter de las páginas con las inscripciones de fallecimiento de Francisco Anglada y su hermano, David. Dos hojas manuscritas con una letra infernal, amarillentas y dobladas por las esquinas, de un viejo libro registral. Él achica los ojos para mirar la pequeña pantalla y descifrar los nombres. Mientras, ella le cuenta, con todos los detalles, lo que ha leído en un recorte de una noticia de la época, en una revista médica. Un incidente que se produjo en el Hospital Provincial, hoy Museo Reina Sofía, en el que un hombre irrumpió en una de las salas y asesinó a una enfermera y a un médico, el día veintiuno de diciembre del año treinta y seis. Iba con un niño a ver a su hija y la encontró muerta.

—¿Le suena de algo la fecha?

—La desaparición de su padre y de su hija.

—Así es.

—¿Qué quiere demostrar con ello?

—Muchas cosas. Afianza mi teoría de las tres coincidencias, y añade dos muertes más a la fecha. Porque no puede ser casual que el mismo día que moría mi abuela en el hospital (tengo su partida de defunción, que así lo expresa), un hombre irrumpiera con un niño y asesinara a dos sanitarios. Estoy completamente segura de que el asesino del hospital era Francisco Anglada; el niño que iba con él, mi padre, y la enferma, mi abuela. ¿Le parece poco? Todo encaja a la perfección.

—Usted y sus coincidencias... ¿No cree que el asesino podría haber sido el marido de la enferma o su pareja y por eso llevaba al niño?

—Imposible. Estaba soltera. La noticia publica las iniciales del asesino y coinciden con las de Francisco. Si me permite, le envío el recorte en un correo electrónico.

—Como quiera. —Saca del bolsillo de su maltratada chaqueta una tarjeta y la desliza por encima de la mesa.

—No sé si Francisco se libró de pagar por lo que hizo. Lo que sé es que sobrevivió a su hermano nueve años y murió de anciano, en Milmarcos, en el año 1979. Tenemos la sospecha de que Francisco fue quien abandonó a mi padre en el orfanato, tras huir del hospital en el que acababa de morir su amada hija. Por eso asesinó a esas personas: los culpaba de la muerte de Jimena. Lo que no puedo entender es por qué no fue a buscar al niño al orfanato cuando terminó la guerra. Siempre y cuando mi hipótesis coincida con lo que de verdad ocurrió.

—Ustedes dos hacen demasiadas suposiciones, Teresa. Tiene usted una imaginación novelesca.

El comisario nota en las palabras de esa mujer, a la que la sobrepasan los acontecimientos, cierto rencor hacia Francisco Anglada, a quien culpa de casi todo, y le da la sensación de que el doctor Ayala está ayudándola en este asunto más de lo que debiera, auspiciando las teorías conspirativas que vuelan desbocadas en la imaginación de Teresa. Observa detenidamente el parecido que tiene con su madre, el mismo arrojo y fogosidad en sus movimientos, y la forma apasionada de mirar. Su mismo rostro, audaz, de piel tostada en pleno invierno. Parece que no teme arriesgar, y tiene tantas caras como un dado que se tira al aire y a su suerte.

—¿Le gustan los juegos de azar? —le pregunta el comisario.

—No sé por dónde quiere ir.

—Es una pregunta sin malicia.

—Sí, me gustan. Por lo menos antes me gustaban.

—¿Ha estado alguna vez en el casino?

—Antes, en mi otra vida —responde, arrepentida de algo—. He trazado una línea para alejarme de quien fui una vez.

El comisario, con la copa de J & B en la mano, se acomoda sobre el escay del asiento, confortable y mullido, y sube un brazo sobre el respaldo en un gesto de distensión e interés por su interlocutora; se le ve la piel de la tripa, abultada y cervecera, a través de los botones que estiran el tejido de la camisa, bajo una chaqueta gris ajada tras un largo de día de trabajo.

—¿Tan mala opinión tiene de sí misma?

—En absoluto. Solo que he cambiado. Estoy en proceso de transformación. Por Dios, qué pretencioso suena eso; bórrelo.

Él sonríe, se termina el güisqui y deja el vaso en la mesa. Teresa piensa en la resistencia al alcohol que tiene ese hombre, y en su mente brota la imagen de Ricardo y las interminables peleas, que se convirtieron en una forma de vida. En las noches en el casino de Torrelodones jugando al blackjack hasta altas horas de la noche: él sin querer salir de una sala privada de póker resistiendo al alcohol y a las ganas de follársela, y ella envuelta en vestidos brillantes y ajustados de absurda y perfecta amante de millonario, sentada en un alto taburete con la baraja en la mano. Eran noches interminables de salas de fiestas, de champán, de finas y largas líneas de polvos blancos, y amaneceres con un espantoso dolor de cabeza, con el vestido, las bragas y los zapatos esparcidos por las moquetas de todos los hoteles de lujo de Madrid y alrededores, que recogía sonámbula para llegar a casa antes de que las niñas se despertasen y ejercer de madre perfecta, desayunar con ellas, llevarlas al colegio y encerrarse en los estudios de televisión durante más de diez horas para volver por las noches a encontrarse con Ricardo. Y vuelta a empezar.

—¿Sabe una cosa, comisario? Ahora conozco más sobre mí. Respecto a mi padre, que es lo que nos ocupa, creo que perteneció a una familia con dinero. Aunque nunca tuvo un duro, era más pobre que las ratas, con esa casa de Arturo Soria, siempre reparándola, y un trabajo mal pagado de insignificante informático. Respecto a mi madre…, es otro cantar. No sé si su agorafobia es una gran impostura: eso de creerse en peligro con solo ponerse los zapatos, la mirada inquieta, los temblores, la respiración acelerada en cuanto oye el ruido de la calle. Una mentira, toda una mentira. Creo que debería saber algo.

Y le explica lo de los giros telegráficos que ha estado recibiendo su madre en casa, durante veinticuatro años. Le enseña una fotografía en la pantalla de su teléfono móvil en la que aparece uno de ellos, y le pregunta por la nomenclatura del emisario. Él saca un bolígrafo del bolsillo lateral de su maltratada americana y anota en una servilleta los números que aparecen en el giro.

—Lo averiguaré para usted. Y no sea tan dura con ella. ¿Qué tal se encuentra?

—Bien, se encuentra bien. Creo que es tarde, tengo que regresar.

Ella da por terminada la conversación y se levanta. Él enseguida le separa la mesa y Teresa sale fácilmente. Se alejan de la zona de la cafetería y, con un apresurado apretón de manos, se despiden en medio de la tienda, entre expositores con peluches, bombones y cojines con forma de corazón.

En realidad, ella no ha dejado espacio para entrar en lo personal con el comisario. Siente que ahora es capaz de llevar una vida real, auténtica; no una vida inventada y falsa, engañosa y desnaturalizada, mientras sube por el pequeño bulevar de López de Hoyos hasta Joaquín Costa con las llaves en la mano y el bolso colgado al hombro, extrañada de sí misma, bajo el frío seco y reconfortante de la noche urbana. Ya no es la hembra apócrifa, como se ha sentido durante los últimos diez años, desde que decidió olvidarse de quién había sido siempre, de las íntimas y acogedoras conversaciones con Enrique Maier que tanto bien le hacían, y de las sencillas andanzas con el monedero vacío y poca gasolina en su viejo Peugeot de segunda mano. Nunca llenaba el depósito, hasta el día en que comprobó todos los litros que cabían.

Introduce la llave y arranca el Audi, junto al Hospital San Francisco de Asís, y comprende que ha de volver a Milmarcos y buscar Tres Robles, encontrarlo. Hacer caso a Jimenita y permitir que Leonor se quede con la abuela todo el tiempo que quiera y recobre el bienestar que ha sentido siempre al lado de su hermana.

32

Cazadores de fortunas

Tres Robles, enero de 2004

Sentados los tres en los sillones de la galería, padre e hijo abrazan su copa de vino tras una larga mañana de cacería. Laura Bastiani parece una sombra que no existe, bordando un pañuelo. Sobre una mesa hay platos de *prosciutto* de Parma, queso manchego en aceite y pecorino romano, pequeñas pizzas con trufa blanca y botellas de vino de Chianti y de Calatayud, de las antiguas bodegas de los Anglada. Es el ritual de los domingos cuando se levanta la veda.

—No ha estado mal la mañana —dice Ricardo.

Tiene esa expresión invariable, tan característica suya, de insatisfacción y ansiedad con todo lo que hace. Se levanta con la copa en la mano y se apoya en la barandilla, de espaldas a su padre y a su tía para observar el resultado del momento más placentero de la semana. Del salón proviene una música de fondo que le trae recuerdos de su país.

Más de doscientas perdices están en el suelo, colocadas en filas de veinte, tapizando un rectángulo de tierra desnuda, frente al porche de Tres Robles. Y cincuenta liebres boca abajo. Los ojeadores se han ido con lo acordado y un par de piezas en el morral, y dos mujeres del pueblo están en el cobertizo desplumando la primera tanda de aves. Ya han terminado con las torcaces que entrarán en los congeladores de la despensa para todo el año.

—Demasiada niebla esta mañana —protesta Claudio—. Me duelen los huesos, y me he hecho daño en la mano.

—Ya no tienes edad. Cuídate esos dedos —le dice Laura Bastiani, con una devoción poco convincente, sin levantar los ojos del bastidor y el bordado.

Hoy se ha levantado triste, se le nota en los movimientos perezosos y le duelen los huesos; sin duda no es su mejor día. El invierno de Milmarcos le recuerda el invierno romano, despejado y limpio, y es cuando la memoria de su marido le asola el ánimo. Asocia a Blasco con los días claros, promesas de días felices. Ya no están las personas a las que ha amado. Y a medida que transcurren los años, desde que salió de Italia, le resulta más difícil levantarse en la soledad de esa finca que le oprime el corazón, al lado de Claudio. Entiende ahora que la soledad no se puede compartir porque es más soledad todavía. Creyó en algún momento que dejarse amar por su cuñado la ayudaría a encontrar la razón necesaria para soportar la muerte de su marido. Una razón que, con el paso de los años, cuesta más encontrar. Durante este tiempo ha podido comprobar que Claudio es puro antagonismo a Blasco; es más, por su carácter autoritario, amargo y siempre alerta, es como si viviera una vida que odia, sin resignarse a vivirla, impuesta como una obligación hacia su madre. Laura Bastiani piensa que la muerte de Blasco supuso un punto de inflexión en la vida de su cuñado, empujado por Lucía para que aceptara, de una vez por todas, las responsabilidades que ella, sin darse cuenta, imponía a su hijo, hasta conseguir que Claudio decidiera quedarse al lado de Francisco para siempre. Y no solo como sucesor y dueño de todo lo que poseían los hermanos Anglada, sino también por lo que Lucía pensaba que Francisco le había robado a su familia en el pasado. Una especie de venganza. Sí, una venganza sutil y poderosa que se refleja en la mirada de Claudio. Sin olvidar que ha maleducado a Ricardo, vívida imagen de él a su edad, pero sin su inteligencia y perspicacia, rayando la estupidez y la simpleza.

Entra en el porche una criada con un plato de perdices escabechadas. Laura Bastiani quiere un Campari con zumo de naranja y unas avellanas, y le dice a Claudio, con su elegante acento italiano, porque sabe modular la voz para ser punzante:

—No pienso tomar ese vino de garnacha ni ese queso vuestro en aceite. Tus dedos artríticos necesitan una dieta. Comes demasiada caza, Claudio.

—Mientras no se muera de gota, como Carlos V —arguye Ricardo.

—Tu padre acabará como él.

—No murió de gota, inculto, sino de paludismo —replica Claudio a su hijo, que va por la tercera copa de vino, a las doce de la mañana.

—Lo que tú digas, padre...

Claudio se frota las manos bajo el sol del invierno, sentado junto a Laura Bastiani dentro de la cristalera del porche. La luz es clara y perfecta. Tiene inflamadas las articulaciones de los dedos y le duelen esa mañana, pero mueve la cabeza al compás de la voz de María Callas, distraído con sus pensamientos de viejo, y murmura:

—¿Por qué no me dejáis morirme de lo que me dé la gana? —Luego, le ordena a Clarisa, que ha vuelto a entrar y está sirviendo el Campari—: Tráete el *foie* de la nevera y la bolsa de agua caliente para mi rodilla. Y sube la música.

—No tienes remedio, querido —dice Laura.

Ahora las voces musicales se oyen mejor y atraviesan el porche. Claudio las acompasa entre dientes: «*Avanti a lui tremava tutta Roma*».*

—Joder, cómo me duele la rodilla —se interrumpe a sí mismo—. Me he quedado frío.

—No digas esas palabras... —le amonesta Laura desde su indiferencia.

Claudio se apoya en el brazo de la butaca para levantarse y se acerca a su hijo, en el borde del porche.

---

* *Tosca*, Giacomo Puccini. Acto II, escena V.

—Ricardo, hijo, vamos a echar un vistazo al despelleje, que esta Clarisa me traerá la bolsa cuando se haya enfriado.

Bajan juntos los escalones del porche y se pierden tras la casa. No entran en el cobertizo. Dice Claudio que en la vida todo está escrito y añade:

—Solo hay que leer *Los hermanos Karamazov*; así eran los Anglada, puros Karamazov. No mataron al padre, pero eso no los exime de ningún otro crimen. El asesinato era un privilegio de los emperadores, por eso las revoluciones acabaron con ellos, para que ese privilegio fuera de todos. Y, si no, mira a Napoleón, a Stalin, a Hitler. En el fondo no eran más que emperadores modernos, como lo era nuestro Duce.

Ricardo le dice que deje de divagar. El fascismo no volverá, por mucho que su padre se las gaste en añorarlo. Claudio lee demasiado desde que vive en Tres Robles y dejó Madrid. Está aislado en esa finca solitaria que a Ricardo nunca le gustó. Pero su padre se empeña en vivir retirado y valora esas tierras porque ahora son suyas.

—La mentira modifica el futuro —continúa Claudio con sus ideas—. El pasado se distorsiona. Ahora todo lo que ven tus ojos es nuestro, hijo mío. Nos lo merecemos. Francisco era un ladrón, un usurpador. Y, como buen magnate, un asesino. Les robó a mi madre y a mis abuelos en la guerra y después de ella; le robó a mi padre el amor de mi madre. ¡Nos lo robó todo! Esos dos Karamazov contaron un montón de mentiras. La mentira es como querer que lo sucedido no se haya producido jamás. ¿Cómo anda esa mujer?

—No sé…, estoy confuso: a veces, me gusta, a veces, no. Es una tía extraña. Tengo que cambiar de método.

—Has de mantenerla alejada. ¿Y sus hijas?

—La rara se recupera, está loca y está contagiando a su madre.

—Las tres son un problema. Entiendes cómo funciona esto, ¿verdad?

Se detienen bajo las ramas extendidas de un arce. Claudio se sienta en una piedra con preocupación. Ricardo se rasca la nuca, piensa y dice:

—¿Es que no había un lugar mejor, padre?

Claudio le contesta que no sabe por qué lo metió allí. Le pareció que en ese lugar pasaría desapercibido: un muerto entre muertos.

—Fue una encerrona, ¿por qué me tuvo que llamar el maldito Francisco? No pude negarme. Me juró por su vida que había muerto de la impresión. Parecía verdad, pero los secretos de esos dos hermanos no tenían límites, y yo les hice el peor trabajo. No es fácil deshacerse de un cadáver.

Ahora dice que cada vez le cuesta más recordar el pasado, erosionada su mente por las preocupaciones. La memoria le inquieta, y le horroriza la maldita palabra Alzheimer. No quiere pensar en ello. Esa enfermedad lo destruirá y pronto no recordará nada, ni su nombre. Escarba con la punta de la bota en la tierra, mientras reflexiona, y su hijo le observa, apoyado en el tronco del arce como si no reconociera a su padre.

—Joder, no me mires así. No sabía qué hacer con el problema de los viejos. Francisco quería que yo me involucrara. Para tenerme cogido por los cojones.

—Hablas como un español, padre.

—Me gusta hablar así, inundarme la boca de mierda española. Era un buen lugar. Y no entiendo cómo tu novia se está acercando tanto. ¿Qué cojones ha venido a hacer a Milmarcos? Me ha llamado el alcalde, ha estado fisgando en los archivos del pueblo, con su amigo el médico. Iba con ellos una de las niñas, se ha quedado en la plaza, dentro del coche. Esa mujer nos está tocando los cojones. Debes pararla.

—Ya lo sé; no dejas de machacarme son eso. Lo tengo controlado.

—No cometas mis errores, solo te digo eso. Y tiene dos hijas.

— Todavía son pequeñas.

—Tú veras…, será tu problema. Yo no viviré para verlo. ¿Cuántos años crees que me quedan de vida? ¿Y de memoria? Mi enfermedad avanza. Soy un viejo, podría encargarme de lo más feo.

Ricardo no quiere hablar de ello, solo desea que su padre esté tranquilo, necesita cuidarse.

—Tía Laura es buena mujer. No te portes mal con ella.

—No lo hago; y no sabe nada de lo que me ocurre. Espero que siga así. No soportaría verla padecer por mí; la quiero demasiado. Con Blasco ya sufrió todo lo que tenía que sufrir.

Ricardo le dice que confíe en él, y que debe tratarse la enfermedad, o por lo menos intentarlo. Él se encargará de sacar el cuerpo de allí.

—¿Has encontrado el testamento de David, padre? —añade.

—¡No! Y no lo entiendo, ¡se esfumó!

Ha desmontado la casa entera varias veces. Le desquicia su mala memoria. Maldice haberlo perdido. Clarisa le ha jurado mil veces que nunca ha visto ese papel por ninguna parte, y Laura Bastiani, tampoco. Cree que lo guardó en la caja fuerte, pero ya no está seguro de nada; es posible que lo escondiera en algún lugar tan extraño que es incapaz de recordarlo. Y le confiesa a su hijo que ese asunto es lo que de verdad le preocupa. Morir no le da miedo. La muerte solo tiene una cara y ya la conoce; la enterró con sus propias manos. Pero antes quiere dejarlo todo arreglado, y un testamento perdido, de esa índole, es un peligro.

—Tú intenta encontrarlo.

Claudio se levanta de la piedra y continúan el paseo. Ricardo no deja de pensar en el maldito argentino. Le está suplantando, usurpando su puesto e influencia con Teresa. Ya no es nadie para ella, lo presiente; tarde o temprano le abandonará por ese mierda de tío que parece un muerto de hambre; pero no se lo va a poner fácil a ninguno de los dos: lo van a pagar. Cree que ahora la odia. Le gustaría estar encima de ella y verla sufrir. Abrir las losas de la cripta de los Anglada y encerrarla bajo tierra, junto a su padre, rodeada de la muerte de todos sus antepasados. Antes de que le dé por visitar el cementerio y a todos los difuntos con sus apellidos. Le dice a su padre que tiene que salir ya hacia Madrid y le recomienda que salga a cazar con Jacinto a diario, le relajará.

—Daniela quiere ir al teatro esta tarde.

—No hagas nada sin consultármelo —le apunta Claudio.
—Como tú digas.

Claudio sabe que no le va a hacer caso, conoce demasiado a su hijo.

—Da un beso a Daniela de nuestra parte. Y diles a Alessio y a Fabio que los espero el próximo domingo para pegar unos tiros. Esos chicos disparan bien, pero les falta sangre en las venas.

Regresan al porche. Laura Bastiani sigue con los ojos en su labor y aguza el oído para escuchar a Ricardo, que, sin apenas acento italiano, dice que a sus hijos ha de dejarlos respirar los fines de semana. Les gusta la ciudad, salen con las novias... Pero lo intentará; se lo promete. Esos chicos están encerrados en el despacho doce horas al día; hacen un gran trabajo.

—Como tú digas... —contesta Claudio con escepticismo.

Laura Bastiani interviene en la conversación.

—Vendré con Daniela y pasaremos un buen domingo —añade Ricardo para despedirse—. Mañana te pasaré unos documentos por fax para que los firmes. La última fusión está lista. Por fin hemos terminado con éxito nuestra hoja de ruta.

—Enhorabuena, hijo; estoy orgulloso de ti. Joder, se ha enfriado el agua —protesta Claudio al coger la bolsa que le ha puesto Clarisa sobre el asiento.

—El domingo os esperamos —dice Laura, dejando el bastidor y las gafas encima de la mesa—. Prepararé vittelo tonnato, le encanta a Daniela.

—Gracias, tía.

De regreso a Madrid por la solitaria carretera que sale de Milmarcos, a medida que cruza sus tierras y sus lindes, Ricardo siente náuseas. La conversación con su padre queda resumida en una acción a la que lleva dando vueltas muchos años, casi desde que la conoció, y que ha estado postergando demasiado tiempo. Es posible que no se atreva a hacer lo que tiene que hacer con ella. Porque todo lo que ha rodeado a la familia de Teresa es tan siniestro y absurdo como el episodio de la muerte de su padre.

Por primera vez tiene ganas de huir y quemar esa finca para siempre. Quizá regresar a Roma y volver a empezar con Daniela. No quiere arrodillarse ante nadie, ni tan siquiera ante su padre, que ha vivido obsesionado por encontrar el último testamento que David le confió en el lecho de muerte. Ha vivido arrepentido de habérselo entregado a Francisco. Aunque al final lo recuperó, para volverlo a perder. Lo cierto es que a Ricardo le parece que esos dos hermanos se han apoderado del alma de su padre, después de muertos. Pero sabe que es importante encontrarlo para que Claudio pueda morir en paz o quedarse sin memoria en paz, cualquiera de las dos cosas le vale. Y es tal la sordidez de esa familia que a veces tiene ganas de correr lejos de esas tierras que se deslizan por el horizonte de su vida como una maldición.

33

Una ciudad extraña

Madrid, 31 de enero de 2004

El ambiente en la casa se ha enrarecido. Las persianas se bajaron y la luz del día es solo un reflejo. Jimena no soporta la claridad ni el ruido que entra de la calle, los cláxones y los gritos de los niños al entrar y salir del colegio que hay al otro lado. La televisión ha dejado de murmurar y la radio no se enciende nunca. Han aumentado sus dolores de cabeza desde que regresaron de Milmarcos. Las pesadillas atormentan su cabecita y las visiones se hacen más vívidas. Comienza a sufrir calambres en las piernas y dolores de espalda. Apenas ingiere otra cosa que huevos fritos y su madre teme al colesterol.

Leonor no soporta el nuevo y agobiante ambiente que se respira, deambula aburrida por la casa y se ha construido un escondite debajo de la cama en el que se resguarda en cuanto ve a su hermana caminar por el pasillo como una sonámbula o estalla en una de sus crisis de angustia, que comienzan a ser habituales.

—Gracias por dejarme ir, mami —agradece Leo.

—Es una gran idea, señora —dice Raquel, pasando por un colador unas hierbas que dejan un olor amargo en la cocina.

—¡Me da lo mismo! ¡Puedes irte a la mierda, si quieres! —se oye gritar a Jimena desde su dormitorio.

Las tres ignoran el abrupto.

—Raquel irá todas las mañanas a casa de la abuela, a preparar el desayuno y a llevarte al cole —dice Teresa—. A las cinco te recogerá y te ayudará con los deberes, os hace la cena y te acuesta.

—Lo que tú digas, pero vámonos —suplica Leonor, muerta de impaciencia, deseando salir cuanto antes.

Teresa está más triste de lo habitual. Leonor lo nota.

—Harás todo lo que te diga Raquel y obedecerás a la abuela.

—Ya lo sé; no hace falta que me lo repitas tantas veces.

Los días transcurren aburridos y monótonos en Profesor Waksman. Todo el piso parece encerrado en una cámara hiperbárica de oxígeno presurizado, ejercicios físicos y descanso continuo. Ahora se hace dieta macrobiótica y respiración abdominal. A Raquel no le gusta la situación que se vive desde el accidente de la niña. Ha dejado de entrometerse en las nuevas costumbres impuestas por Teresa y deja a Jimenita en paz desde que se levanta hasta que se acuesta, porque Raquel permanece todo el tiempo ocupada de una casa a la otra, en los viajes en autobús, cargada con la ropa de Leonor y las bolsas de la compra hasta caer rendida en su cama, en el cuarto junto a la cocina, a las once de la noche. No es fácil desacostumbrarse a ver *Cuarto Milenio*; es lo peor. O los vídeos de los programas de Jiménez del Oso y su serie *Historias para no dormir* que le compró Teresa las Navidades del año pasado.

La noche del sábado emite pequeños estallidos. Los petardos retumban por las calles. Ha ganado el Real Madrid, en el Bernabéu, situado en la manzana siguiente. Teresa sale a la terraza a fumarse un pitillo. Mira hacia abajo y se apoya en la barandilla con el cigarro entre los dedos. Un flujo constante de vehículos serpentea por la calle. Los cláxones aguijonean el silencio de la noche y banderas blancas se agitan por las ventanillas. Parece un desfile, y ella se arrepiente de haber comprado un paquete de Marlboro en el bar de abajo, por primera vez en su vida. Ayer recibió los testamentos de David y de Francisco por correo certificado de un notario de Calatayud. Le escribió una carta adjuntando los certificados de últimas voluntades de los dos hermanos. Ha averiguado muchas cosas. Desconcertantes. Debe aclararse las ideas y pensar en lo que le va a decir a Ricardo en cuanto lo vea respecto a ese tema. Se inunda los pulmones de nicotina para armarse de valor y enfrentarse a él.

Lleva varios días observando el mismo coche en diversos lugares de la calle. Siempre hay un hombre al volante leyendo un periódico. Lo ha visto al salir del supermercado de Padre Damián y en varias esquinas distintas cuando baja a correr a primera hora de la mañana. A veces por la noche también lo ve al bajar la basura, porque Raquel llega agotada de casa de su madre y el portero no transige con las nuevas costumbres de Teresa. A principios de semana está segura de que lo vio y parecía espiarla en la esquina del paseo de la Habana con la clínica a la que lleva a Jimenita, tres días a la semana. Está recibiendo sesiones de acupuntura pediátrica Shonishin. Decidió llevarla a la doctora Matsuko Nijō para intentar armonizar la energía descontrolada de la niña. No acaba de recuperarse de ese estado somnoliento que explota en crisis de mal humor.

Están ocurriendo cosas.

Hubo un suceso, dos días después de llegar de Milmarcos, que la empujó a buscar nuevas terapias para hallar una solución a esos ataques de cólera, sin aparente explicación. La niña despertó alterada. Sudaba y parecía tener fiebre. Raquel ya había salido hacia el chalé de Arturo Soria e intentó hacer beber a Jimenita un poco de agua con la medicación y unas gotas de un extracto de hierbas. Cuando la niña vio aparecer el vaso en su horizonte, le dio un manotazo y derramó por el edredón el líquido anaranjado. Se levantó de la cama de un salto y fue hacia su armario. Cogió toda su ropa colgada, y la que había en los cajones, y la esparció por el suelo.

—No quiero nada. ¡Regálaselo a los pobres! —le gritó a su madre, fuera de sí.

Se quitó el camisón delante de Teresa, que la miraba con inquietud desde una esquina del dormitorio, se quedó desnuda y rebuscó de rodillas por el suelo el pantalón más viejo que encontró, el jersey más feo, las deportivas más usadas y se lo puso todo como quien se quita una camisa de fuerza. Tenía el pelo revuelto, y su rostro no era su rostro. Otra vez transmutaba en otra cosa que no se le parecía.

—¡Estoy harta de obedecerte en todo! —Se puso a gritar y a pisotear toda su ropa nueva y preciosa—. ¡Ahora me vas a llevar a mi parque! ¡A mi casa, donde están mis cartas, las que perdí!

—Tranquila, vamos a donde tú quieras.

Recorrieron Madrid entero en el Audi. De norte a sur, de este a oeste, como geómetras que midieran la superficie de la ciudad. La niña miraba enajenada las calles, los edificios, a la gente, sin saber dónde parar. En la puerta de la plaza de la Independencia, por la que se accede al parque del Retiro, comenzaron la exploración de la ciudad.

—Aquí no —dijo la niña—. Aquí tampoco —añadió cuando llegaron al parque del Capricho, en la Alameda de Osuna.

—Pero tampoco qué —exclamó su madre.

—No lo sé, tú sigue.

En el parque Juan Carlos I rodearon los recintos feriales y no salieron del vehículo. Continuaron hacia el centro de la ciudad por la M-30 y Teresa se detuvo al llegar a Concha Espina, frente el parque de Berlín, junto a la iglesia del sombrero mejicano, como la llama su madre.

—No me apetece bajar aquí. Vámonos —dijo sin reparar en un pequeño tiovivo que daba vueltas junto a la iglesia y en el que en otra situación hubiera querido montar.

Continuaron hacia la Dehesa de la Villa y serpentearon por todos sus caminos. Bajaron hasta al parque de Santander. Teresa se desesperaba. El ruido de la ciudad. El tráfico. El no saber qué buscaban. Se estaba arrepintiendo de seguir el juego a su hija. Pero seguía conduciendo con la esperanza de sacar algo en claro. Tomó la calle Reyes Católicos y bajó por el paseo de Moret hasta el parque del Oeste, donde pensaba finalizar el recorrido, quizá pasear un rato con ella, si se dignaba bajarse del coche, por los jardines del Moro del Palacio Real.

Era un día de invierno. Pequeñas nubes parecían hilos de plata sobre el cielo, y el sol templaba sus ánimos sombríos. Le alegró ver algunas terrazas de Pintor Rosales abiertas. Teresa conducía por el paseo y encontró un aparcamiento delante de Rosales 20. Se preguntó por qué narices se había dirigido hasta el principio de la calle, a reencontrarse con el bar. Recordaba su visita y al hombre al que había conocido en él. Le vino a la memoria el rostro del conserje, y cómo la despidió. En su elucubración no vio salir a Jimenita del coche tan rápido como había entrado en el cementerio de Milmarcos: de una carrera.

—¡Aquí perdí mis cartas! —gritó a su madre, que ya la había alcanzado.

Teresa la agarró por los hombros. La niña estaba histérica, abría las manos como si la hubiera sacudido una descarga eléctrica, la atrajo hacia sí y la abrazó. La besó repetidamente en la cabeza. Le dio miles de besos.

—¿Qué cartas son ésas, cariño? —le preguntó Teresa susurrándole al oído.

—No lo sé, mami. —Dejó caer los brazos, flácidos y cansados, como saliendo de un mal recuerdo.

Teresa no se cansaba de besarla, de sentir la angustia de su hija, mientras su excitación interna afloraba como un mal que hay que extirpar. La niña gemía como lo que es: una niña de siete años, agarrada a la cintura de su madre de regreso al coche. Y recuerda que, mientras daba marcha atrás en el estacionamiento del paseo para salir de allí, vio a través del espejo retrovisor el mismo coche oscuro, parado en doble fila en la acera de enfrente. Cree que la están siguiendo.

Desde su posición en la terraza, no puede ver el recorrido completo de Profesor Waksman. El siniestro vehículo puede estar aparcado en cualquiera de los laterales de la calle, y comienza a preocuparla. Quizá sea su imaginación torturada. O una obsesión neurótica de su nueva forma de vida, solitaria, dedicada a su hija las veinticuatro horas del día, con estrictos horarios, alejada de todo lo que antes formaba parte de su rutina. Ahora todos los días son iguales, uno tras otro, y comienza a angustiarse por pequeños detalles.

Aparecen las luces del Lexus de Ricardo entrando por la Castellana. Apaga la colilla entre los geranios y se desliza perezosa hacia dentro. Entra en el dormitorio de Raquel y la toca en el hombro. Dice que baja a dar un paseo; hace una buena noche. Raquel, somnolienta, se pone la bata para velar a Jimenita y le recomienda a Teresa que tenga cuidado. Es tarde. Esos del fútbol son unos energúmenos.

Ricardo lleva el abrigo negro de cachemira. Su bronceado le parece tan artificial como todo él. Frente a frente, ella no sabe qué decirle. Él tampoco sabe cómo pedirle disculpas, que le perdone, no debió tratarla así, a veces se porta como un auténtico psicópata. Caminan juntos por la acera como dos extraños, entre el griterío de los bares abiertos y el himno del Madrid. Grupos de hinchas, como hordas estridentes, con las bufandas de su equipo, recorren las calles fronterizas al estadio.

—Deberías mudarte. Esto es un infierno los días de partido; he podido aparcar de milagro.

—A mí me gusta. Me distrae.

—Que seas del Madrid no significa que tengas que vivir en este barrio.

—Y tú, ¿me podrías explicar por qué eres del Lazio?

Él no contesta, se limita a recolocarse las solapas del abrigo. El silencio los separa de nuevo como una frontera infranqueable. Ese diálogo nada tiene que ver con ellos. Pero no es puro artificio. Caminan sin rumbo. Él expectante, por la llamada de ella a las ocho de la tarde; no lo esperaba. Se para, la coge de la cintura, con los ojos hundidos, y dice que es un gilipollas, que no sabe qué le pasó en el garaje.

—Lo siento, lo siento —se excusa ante ella en la fría noche, con los güisquis que se ha tomado en un bar de Doctor Fleming corriéndole por las venas. El deseo se mezcla con la furia, los repetidos noes y la indiferencia de Teresa durante los últimos meses. Quizá sea un hombre con poca paciencia, lo reconoce; no es una de sus virtudes—. Lo siento de veras. Cambiaré. Perdóname, te lo suplico.

Piensa que no se merece que ella lo trate así y, midiendo sus gestos, con ganas de abrazarla y besarle la boca y la garganta y escupirle dentro el bendito alcohol que le insufla el valor suficiente para amortiguar esa sensación de vértigo que tiene últimamente cuando piensa en ella y en todo lo demás.

Reanudan el paseo sin rumbo, ella incómoda. Ricardo desliza varias veces la mano dentro del bolsillo de su ajustado abrigo y toca un bulto duro, rígido: le excita, está frío y su mano lo calienta. Le gustaría follarla allí mismo, arrancarle la ropa y succionarle los pezones. Mira a su alrededor como un criminal y se deleita con el cabello suelto y sedoso de Teresa, sus piernas esbeltas y frágiles, bajo sus vaqueros rotos. Le parece una niña agotada en la soledad de la noche, caminando con deportivas sobre los pasos de la gente que se pierden en la oscuridad de las calles. Poco a poco el barrio se va calmando de la perturbación del partido y el silencio se recobra como un enfermo en el hospital.

—Dame la mano —dice él.

Ella obedece y Ricardo se la mete en el bolsillo del abrigo. Siguen caminando unos metros más y Teresa da un brinco.

—¡Joder! ¿Estás loco?

Han llegado a Padre Damián. Él sonríe con malicia y se para junto a la tapia de un colegio. Apoya la espalda en el muro y dice que no está cargada.

—No tengas miedo.

Él la quiere abrazar y ella se retira.

—¿Me has llamado para dar este paseo a ninguna parte? —dice él y se mira las uñas pulidas y limpias con medio rostro en la oscuridad—. Y ya ves…, lo he dejado todo y he venido. Aquí estoy. Necesito decirte que voy a dejar a mi mujer. No te mereces a un tipo como yo, lo sé; ella, tampoco. Pero necesito una oportunidad. Dame tiempo, solo te pido eso: ¡tiempo!

—¿Me estás pidiendo una oportunidad y vienes a verme con

un revólver? ¿Qué quieres que piense…? No solo eres un gilipollas, creo que eres algo mucho peor.

Ricardo quiere concederse unos minutos de tregua y no lanzarse sobre ella. Propone entrar en el hotel Eurobuilding, a tomar una copa y charlar, como antes, con su brazo por el hombro de ella. Pero Teresa toma asiento en un banco de la acera y dice que no; tiene calor, se desabrocha la chaqueta de esquiar que ha cogido del armario del pasillo y él se acomoda a su lado. Ella quiere aclarar ciertos puntos oscuros de Ricardo, como sus apellidos, ¿de dónde vienen de verdad? ¿Cómo acumuló su padre, Claudio Arzúa, toda su fortuna? ¿Por qué la sedujo? Con todas las mujeres que trabajan en la cadena, desde jóvenes becarias recién llegadas de la facultad hasta veteranas periodistas que matarían por salir con él para trepar en su ascenso a los cielos. Aún más sexis, atractivas y fáciles, sin falsas seguridades, con faldas imposibles y tacones heroicos, sin madres trastornadas ni padres desaparecidos, sin tics nerviosos cuando las cosas se ponen feas de verdad, como ahora. Porque hace rato que tiene ganas de cerrar los ojos y no abrirlos nunca más.

—¿Qué cojones te pasa? Voy a cumplir cuarenta y nueve años. Yo sé con quién estoy.

Y la abraza. Teresa nota la rigidez del revólver. Se aparta de su lado, necesita decirle que lo que tiene en su poder no es un arma, sino algo más peligroso; no es para quitar una vida sino para conocer la verdad. La verdad es el artefacto más explosivo. Pero las palabras no fluyen de su boca, no sabe cómo abordar la conversación para pedirle explicaciones de por qué un hombre llamado Francisco Anglada nombró heredero de sus bienes a su padre, porque Claudio Arzúa Oriol de Farnesio es su padre, y él, su hijo, su único hijo, dueño de una inmensa y asquerosa fortuna de orígenes inciertos. Como lo son casi todas las fortunas, porque detrás de las fortunas se suelen esconder infortunios, injusticias, delitos, transgresiones, engaños, abusos… El nombre de Claudio lo leyó mil veces en el testamento de F. A. V., hasta que se le secaron los ojos y las lágrimas corrieron por sus mejillas como ríos de pesar. Luego lo buscó en internet. También tecleó el nombre que leyó en el buzón del ático de la casa de Pintor Rosales. Esa extranjera, como la llamó el conserje, es cuñada de Claudio Arzúa y tía carnal del hombre que tiene delante. Quiere hacer a Ricardo mil preguntas. ¿Encontrará alguna respuesta verdadera que brote de la boca de ese embustero que entró en su vida sigilosamente?

Las obsesiones de los últimos días colapsan su mente sentada en un banco de su barrio, a la una de la madrugada, con un frío que pela, junto a un hombre que probablemente le ha estado mintiendo siempre. Tiene que pensar con mayor claridad. No anticiparse. «Piensa, piensa, Teresa —se dice—. Relájate, no le digas nada todavía, deja de hacer ese ruido con la nariz y sosiégate. Respira. ¿Y si el revólver está cargado y te ha mentido y lo saca y te pega un tiro en esta esquina solitaria, en pleno Madrid? Nadie te encontrará hasta mañana, y ya será tarde, porque estarás muerta. Como está muerto tu padre. Porque seguro que ha muerto, como lo estarás tú si no te alejas de Ricardo. ¿Por qué lleva un revólver? ¿Por qué presume de ello? ¿Cuánta gente es asesinada en las ciudades por personas aparentemente normales que resultan ser criminales en cuanto tienen una oportunidad de quitar una vida y salir impunes?»

—Ricardo, ¿me estás siguiendo…? —le pregunta—. ¿Me has puesto un detective?

Él cruza las piernas y, con un gesto de incredulidad, agacha la cabeza para mirarle la cara como si fuera una loca.

—Vas a la deriva, Teresa. ¡Mírame! —dice, y la sujeta de los dos brazos—. Has tirado la toalla, has dejado de luchar por tu trabajo, los fantasmas te persiguen, no eres ni tu sombra. ¿Dónde está esa luchadora que se comía el mundo? No te reconozco, Teresa; pero quiero ayudarte. Lo de Jimenita te ha afectado más de lo que crees. Necesitas unas vacaciones: mira qué cara tienes, has adelgazado, estás irreconocible. Vayámonos de aquí, con las niñas o sin ellas. Lo que tú quieras, con tal de que te repongas y vuelvas a ser la misma de antes.

—No me digas eso…

Ella tiene la certeza de que no va a sacar nada en claro de él, salvo que le grite con claridad lo que ha leído en los dos testamentos que tiene en su poder. El de David está claro: su parte en las empresas y la herencia familiar se la entregaba a su hermano Francisco, en 1965, seis años antes de fallecer, en un testamento que suscribió en esa fecha. Ni una mención a nadie más, como si no hubiera habido en su vida más que soledad. El viejo de Milmarcos dijo que era sacerdote. Y ella lo ha leído en internet. David residía en el seminario de Zaragoza en el año 1915; vio su cara en una orla de las que circulan por la red, de un libro de antiguos alumnos del seminario: un rostro ancho, el pelo alborotado, rizos sobre una cara que apenas se aprecia en la fotografía con definición, pero fue suficiente para trastornar a Teresa nada más verla, porque era el rostro difuminado de su padre, como si hubiera vivido en otra época y su fantasma estuviera encarcelado sobre la gelatina fotográfica. Luego leyó el nombre de David como docente en prácticas en la Universidad Pontificia de Zaragoza, en la Facultad de Teología del año 1919. No ha encontrado nada más sobre él en las páginas de la universidad ni en ningún otro lugar. No debió de casarse ni tener hijos, porque a nadie más que a su hermano nombra en el testamento. Un velo de silencio se cierne sobre cualquier otro dato de la vida del único hermano de su bisabuelo el asesino, su imaginario F. A. V.

Desconoce cómo se denomina el lazo de parentesco que le une a ese hombre enterrado con la única cruz de Cristo en la cripta de sus antepasados, labrada en su tumba con un epitafio de un evangelio de san Juan que hace referencia a la resurrección y al hijo. Ha dado muchas vueltas al epitafio… Se va a volver loca. Y loca está por haber convocado a Ricardo esta noche y le dice:

—Estoy pasando un mal momento; discúlpame, tengo que irme. Te llamaré cuando esté lista para verte y pedirte explicaciones.

Él se revuelve, la sujeta del brazo.

—¿Qué voy a hacer sin ti? Te quiero. Vuelve al programa. Lo harás por la puerta grande, con las condiciones que tú quieras.

—Le aprieta el brazo un poco más, y más—. Las que pongas encima de la mesa se aceptarán, porque todos quieren que vuelvas: ¡te echan de menos, Teresa! Retoma tu vida; hazlo por tus hijas.

Ella se suelta de él y se levanta. Ricardo tiene la mala costumbre de retenerla. Pero ella ya no lo escucha, a su espalda. Camina hacia su calle, despacio, pisando la acera en el silencio de sus deportivas, sin ecos que estallen sobre los edificios, los balcones y las celosías de las cocinas. Él continúa sentado como una figura borrosa que solo existe en un sueño. Está segura de que la sigue con la mirada, quizá esté pensando en otro ardid. No ha sacado el revólver ni ha intentado matarla; ahora se pone de alfombra, pero ella no va a pisarla ni por un segundo, porque tiene trampa. Está segura. En cuanto entre en la zona de confort, la red volverá a caer sobre ella y la arrastrará. La ahogará. La sepultará para que todo vuelva a ser como antes.

Está cansada. Se mira en el espejo del escaparate de una boutique de ropa de mujer y se ve deformada. Examina su rostro intentando parecerse a la Teresa de antes, con la línea negra sobre los párpados, alargando aún más sus ojos marrones y enormes, con los que tanto éxito ha cosechado. Imaginariamente se pasa la barra de carmín por los labios y halla en las facciones de su cara el miedo y la rabia que antes no había. Y se pregunta quién es Ricardo Arzúa realmente.

Antes de entrar en su calle, abrir el portal y subir a casa en el desamparo de la madrugada, mira hacia atrás y el banco de Padre Damián está vacío.

¿Es que mi vida es un sueño?

34

¡Walter! ¿Dónde estás?
¿Por qué me has dejado sola?

Cementerio de Milmarcos, 9 de febrero de 2004

Cada día que transcurre está más segura de que su padre está muerto. Se accidentó, acabó con la cabeza partida en una cuneta y la muerte le llamó aleatoriamente, como a quien le regalan un décimo, sin creer en la lotería, y le toca. O lo mataron. Esa sensación de muerte la abordó la otra noche con Ricardo. Él llevaba una pistola en el bolsillo. Y también vio en sus pupilas un reflejo siniestro. Las pupilas de los asesinos deben de tener un brillo parecido. Es el placer por la muerte lo que deslumbra, que emerge de las tinieblas del mal y mira el mundo a través de ellas. Una ventana a la vida de la gente. Pupilas que espían, meditan, calibran y matan. Pupilas de criminal.

«Me estoy volviendo loca. Rematadamente loca», piensa con inquietud. Porque, además, telefoneó a Walter para decirle que han de volver a Milmarcos y buscó una excusa para ocultarle la verdadera naturaleza de lo que pretende.

—¿Por qué no probás a contármelo todo? —dijo él, entonces.

En vista de la situación, decidió decírselo abiertamente: había que regresar al cementerio en busca del niño del que hablaba Jimenita.

—¿A buscar qué...? —La sorpresa de él fue total—. ¿Por qué no llamás a vuestro amigo el comisario? Le explicás lo que dice la niña y que él resuelva.

Teresa le aclaró, con todo tipo de detalles, lo que esperaba encontrar en la cripta.

—¡Pero qué carajo...! Vos estás... —contestó, dominado por el asombro, tras el auricular del móvil, y se guardó su opinión hasta que la tuviera delante para intentar disuadirla—. Necesitás un médico, definitivamente. Por eso os acompañaré —acabó por decir.

Ella sonrió y se despidieron.

Los lunes libra Walter. Y cuatro lunes después de haber estado en Milmarcos es la jornada propicia para volver a intentarlo, ponerse en acción y repetir el viaje para desenterrar quimeras. Pero esta vez viajan solos al caer la tarde para llegar al compás de la noche y del silencio protector de la oscuridad. El cielo está despejado y las estrellas se derraman en el cielo como pompas de jabón, le dice Walter a Teresa para animarla, cuando ven aparecer tras los cerros iluminados por la luna el perfil de los tejados de las primeras casas de Milmarcos.

No recuerdan bien cómo llegar al camino del cementerio. Pero el instinto y la orientación de ambos les guían por una vereda de cáñamos y acequias de un prado cercano. La claridad de la noche y la tapia blanca y fosforescente del cementerio rodea la linde a la que se dirigen desde la frontera del pueblo en lo alto de un cerro. Desde allí divisan un cuadrilátero perfecto marcado por las siluetas de los cipreses.

El lugar y la noche disgustan a Walter. Se alegra de que Jimenita no vuelva a presenciar la geografía del cementerio ni a padecer las sensaciones que experimentó en la cripta con sus desconocidos ancestros. La razón ha prevalecido en Teresa, a pesar de los ruegos histéricos de su hija por acometer con ellos el segundo viaje. Walter siente que ahora ellas tres forman parte de su propio éxodo. Quizá haya encontrado en Teresa la patria que lo estuvo llamando en sus sueños de niño para volar hacia España.

Con diecisiete años salió del barrio de La Boca con los ahorros de su abuelo. De un edificio de dos alturas en la Avenida Regimiento de Patricios, recubierto de uralita de color violeta, donde la lucha de clases se hacía en la calle pegando patadas a un balón, desde que salían de clase los chavales del barrio hasta el anochecer. Donde la ropa tendida en las fachadas era fotografiada por los turistas, y en las tiendas, con maderos impensados, se vendía cualquier cosa que reportara unos pesos. Nació en el mismo lugar donde dicen que el almirante Pedro de Mendoza, el primer explorador del Río de la Plata, construyó un fuerte con los tablones del casco de un navío para luchar contra los guaraníes, y donde su abuelo español, de familia de comerciantes, inauguró su comercio de tejidos al cobijo de un barrio orientado al mar. «En todos nosotros se halla un espíritu aventurero», le escuchaba decir a su abuelo como paráfrasis de lo que sería la vida del pequeño Walter. Y la aventura lo llevó a embarcarse hasta la ciudad de Alcalá de Henares para comenzar sus estudios de medicina. Residió en el Colegio Sudamericano con una beca de la Universidad de Alcalá. Desconocía la rutina de apuntes y clases y costumbres y acentos y formas de hablar y de medir las palabras hasta que las palabras le llevaron a terminar la carrera y el MIR con menciones de honor y el orgullo del abuelo, que no dejó de enviarle dinero hasta el primer empleo. Un chico listo. Bien aprovechado. Walter estaba convencido de haber encontrado su lugar en Madrid, hasta que entró Teresa en su vida y supo definitivamente que su viaje estaba próximo a concluir. Podría decir que se siente el prototipo de español de ultramar que regresa a casa por la puerta grande, tras un siglo de exilio. Y Milmarcos es un lugar muy distinto del que procede, y el cementerio no parece el mismo en el que estuvieron.

La noche es fría y estrellada, y observan su contorno, la tapia blanca, los escasos árboles del árido paisaje donde descansan los muertos del pequeño pueblo. El candado está echado. Pero Teresa ha pensado en todo y lleva una cizalla que ha comprado en un bazar, expresamente para cortar de raíz cualquier obstáculo.

Al oír chasquear la cadena, acceden al recinto funerario. No es difícil aguzar la mirada mientras caminan entre tumbas, a cielo abierto, y encontrar el edificio mortuorio de los Anglada. Ni siquiera un temporal bastaría para borrar los muertos que yacen bajo tierra cuando ya se han colado en el mausoleo como dos ladrones que van a saquear cadáveres.

—¿Y ahora qué? —pregunta Walter en cuanto introduce la mano por el cristal roto de la puerta y acceden al interior.

—Parece que no ha vuelto a entrar nadie —dice Teresa, sacudiéndose la manga del abrigo, manchada de herrumbre.

La oscuridad es total hasta que los ojos se acostumbran a ella. Walter respira excitado y enciende la linterna de su teléfono móvil, que saca del bolsillo de la cazadora. El resplandor recorre las paredes y los sepulcros, el techo abovedado y las losas del suelo. Despacio. Deteniéndose en cualquier lugar que pueda hablar de algo extraño.

Teresa saca de su bolso una linterna y ahora son dos las franjas blancas las que rastrean todos los rincones. Parece que toda la familia ha encontrado su lugar sin esperar intrusos. En *petit comité*.

—Esto es una heladera —dice Walter.

—No estás obligado a estar aquí; puedes esperarme en el coche. Tú mismo dijiste que creías en mi hija.

—Pero no era tan literal, vieja. Pensé que era algo simbólico... No sabés lo que impresiona un cadáver... No habrá más que huesos y polvo. Ni siquiera en el de tu papá, de estar aquí, encontrarás más que ropa y osamenta. Polvo. Horror. Lo juro. Soy médico. He visto demasiados. Sé que os sentís en familia aquí dentro..., pero...

Dos rayos luminosos alumbran el polvo suspendido en el aire y uno de ellos se detiene en unas losas con desnivel, en un ángulo del habitáculo. Los ecos de los pasos de Walter y Teresa se oyen como rumores cuando se acercan. Ella dice que una de las planchas de piedra del rincón se movió bajo sus pies la otra vez. Comprueba que está suelta. Apenas un poco de cemento cuarteado recubre las juntas cuando Teresa las mueve con la cizalla. Walter la aparta, con unos pequeños golpes lo comprueba. Él se agacha y con esfuerzo retira la pesada losa unos centímetros. Los suficientes para alumbrar con la linterna y escrutar un espacio profundo y hueco. Húmedo y siniestro. Ella no quiere mirar dentro, está horrorizada, pero le ayuda y entre los dos consiguen retirar el mármol unos centímetros más.

Teresa se queda inmóvil tras él, y Walter, de rodillas, introduce el brazo por el hueco y palpa los restos de un tejido y la dureza de los huesos de un cuerpo humano.

—Un cadáver que no está en su catafalco no es un cadáver ordinario ni legal —dice él, levantando la mirada hacia Teresa.

Ella se arrodilla en el suelo junto a él y la losa desplazada. Walter le acaricia la mejilla, bajo el resplandor de la linterna: su piel tostada está blanca y crispada, y sus ojos, enrojecidos, contienen lágrimas que no llegan a caer. Él le pregunta si quiere abrirla del todo y llegar hasta el final. Ella afirma con la cabeza, han de seguir adelante, y piensa que Walter tenía razón, no ha medido lo suficiente su osadía. La seguridad de hace unos minutos se viene abajo y le ruega que saque lo que tenga que sacar, pero que lo haga rápido para salir de allí cuanto antes.

Ahora Teresa no quiere que sea su padre, el niño al que se refería su hija, y se aleja del mármol abierto hacia el abismo, el abismo que ella misma ha buscado.

«Pobre de él, de mí y de mi madre.»

¿Por qué habrá hecho caso a Jimenita, a su impertinencia, cuando lloraba entre sueños porque debían volver al cementerio a desenterrar al niño? Pero no corresponden a un niño los huesos que salen del abismo; son de un adulto, porque el brazo de Walter arrastra con fuerza parte del tejido de un pantalón desvaído y sin color que se resquebraja cuando tira hacia el exterior. Ha usado tanta fuerza que pierde el equilibrio y cae hacia atrás con el trozo de tela en la mano.

Él se incorpora enseguida y se sacude. Teresa lo deslumbra con la linterna y enfoca un fragmento de cinturilla y el forro de un bolsillo de nailon. El trozo del tejido ha arrastrado unos huesos. Son pequeños y han rodado por el suelo. Le explica Walter, reconociéndolos de inmediato, que pertenecen a una mano. Ella los enfoca con la luz y él los recoge enseguida. Dentro del forro de nailon hay algo. Parece papel. Con cuidado Teresa introduce los dedos y extrae dos sobres amarillentos y bien conservados para llevar ahí un tiempo que Walter no se atreve a calcular en la penumbra. Pero enfoca las caligrafías. Y leen juntos, absortos en medio del olor repugnante de la humedad y de la tierra, sobre el foco de luz, el nombre de Jimena Anglada Roy, en el reverso de las dos cartas. Uno de los sobres lleva el remite de su casa de Arturo Soria. Teresa se marea. Se le nubla la vista y la luz tiembla en su mano. Ninguno de los dos se atreve a leer en alto las letras que la luz les devuelve resucitando fantasmas. La otra carta lleva la dirección de Pintor Rosales, número 6. El destinatario es la misma persona en los dos sobres, y leen el nombre de Tres Robles y su dirección en Milmarcos.

Los sobres no están vacíos. Teresa le dice que se los guarde. Y ella, como un autómata de un museo de reliquias al que alguien ha dado cuerda, abre su bolso y deja caer el trozo de pantalón en el que Walter ha envuelto los tres huesos que ha recogido. Se miran. No hay palabras. Solo silencio y estupor. Él dice que han de terminar de abrirla, ver con sus propios ojos lo que hay dentro. Es un hombre. No es un niño, el niño de Jimenita. Pero Teresa sabe que sí es el niño y agarra a Walter por el brazo. Siente que la cripta se derrumba bajo sus hombros y el estruendo le hace estallar los oídos. Se los tapa, mira a su alrededor y cree que el mundo termina en ese instante. Puede oler la carne seca y nauseabunda de la muerte, de lo que se ama. La ruina de su vida se muestra claramente y los despojos de su infancia están enterrados bajo ese mármol desplazado.

Él la quiere sacar de allí. Sabe que Teresa no podrá soportar ver un cadáver que podría pertenecer a su padre. Porque es lo que ella cree, firmemente. Y él la toma de la mano y salen de la cripta y corren lejos de ese lugar cada vez más lejano y más incierto, bajo las estrellas condenadas a alumbrarlos en la eternidad de esa noche.

En el camino de regreso a Madrid, el silencio es brutal y doloroso. Él no se atreve a pronunciarse. Ella llora, tiene la certeza de saber a quién pertenecen los restos que lleva en el bolso; las cartas son de su abuela, la mujer que se ha apoderado de su hija. Es posible que se esté volviendo loca y que no exista esa noche. Ni Jimena Anglada. Ni su padre. Que Walter sea una alucinación, alguien que no existe y se ha inventado. Ni tenga hijas. Ni ella misma esté en su vehículo regresando a Madrid por los solitarios parajes de Molina.

La estrecha carretera entra de repente en un tupido sabinar en medio de un páramo en cuesta. Walter mira por el espejo retrovisor. Parece que algo le ha asustado. Hay una curva cerrada y el Audi derrapa. La reacción de Teresa es: «¡Nos matamos!». Walter pierde el control del vehículo. Derrapa. Caen en el fondo de una profunda cuneta. Una acequia de tierra compacta y dura. Un gran lamento se abre paso en el interior del coche, en el que dos cuerpos se golpean en todas direcciones, y el automóvil desciende a los infiernos.

La oscuridad da paso a la madrugada. Antes del amanecer se oye un grito en la noche. Es su voz, se reconoce. La piel que rodea el corte de su frente está amoratada, y la sangre de Teresa brota despacio y cálida. Se desata el cinturón. Apenas puede moverse. El airbag la aprisiona como una camisa de fuerza. Intenta respirar y volver a la vida. Pero la vida está ahí, al otro lado de esa bolsa de aire. No ve a Walter. Se desliza hacia abajo, en su asiento, empuja la bolsa y consigue abrir la puerta lo suficiente para salir a rastras del vehículo, encajonado en una brecha del terreno. Sigue sin ver a Walter. El asiento del conductor está vacío, entreabre la puerta y no está, solo hay restos de la bolsa de aire que ha explosionado. Mira a su alrededor. Por todas partes. No hay ningún cuerpo. Se encarama por la trinchera, arañando la tierra hasta alcanzar la carretera. Le duele un codo a rabiar; no lo puede mover. Amanece. El cielo rojizo le devuelve una imagen lunar y respira el aire fresco del campo, tumbada en el asfalto, boca arriba, con los brazos y las piernas extendidas.

Se incorpora lentamente. Busca a Walter, arrodillada, y grita a los cuatro vientos, desgarrando la voz:

—¡Walter! ¡Walter! ¡¿Dónde estás?! ¡¿Por qué me has dejado sola?!

35

Celos

Tres Robles, madrugada del 10 de febrero de 2004

El vehículo de Ricardo circula despacio, con las luces apagadas, por el sendero del barranco. Los enebros se retuercen y las perdices adormiladas alzan el vuelo al oír el motor del Land Rover, vencidas por el sueño y por la noche. El camino de tierra desciende desde la planicie hasta la curva en cuesta de la carretera.

Es un paraje solitario, con álamos deshojados por la furia del invierno, junto a la curva de la estrecha carretera que sale a la general de Molina de Aragón. Faltan kilómetros de campo a través para ver una farola encendida. El paisaje no le parece el mismo que ha recorrido durante tantos años los días de caza. Le obsesiona entender por qué Teresa ha entrado en la cripta del cementerio, con ese médico al que él odia. Un cabo de la Guardia Civil le ha mandado un mensaje de móvil cuando el Audi blanco ha cruzado el puesto de la benemérita de Milmarcos. Estaba seguro de que ella regresaría al pueblo. Es el tipo de mujer que no suelta la presa, una vez mordida por el cuello, y él iba a estar preparado para entonces, aunque no pensó que lo hiciera tan pronto.

Lleva dos noches durmiendo en Tres Robles. Es duro saber que ya no te aman y te sustituyen por cualquier placebo. Ricardo se siente un triunfador fracasado y solo la caza es capaz de arreglarle el ánimo. Pero la cacería del domingo le dejó mal cuerpo, no fueron suficientes veintidós perdices y nueve liebres, hasta tuvo que disparar a los árboles y a cualquier bicho viviente para sacarse la rabia de encima. Esta mañana ha vuelto a salir a pegar unos tiros; cuando está nervioso es lo único que le relaja, porque en su interior palpita una pulsión nefasta. Ha estado caminando de una linde a otra con la escopeta preparada y el ojeador detrás, recogiendo lo que él abatía a su paso. También pensaba salir el martes y regresar a Madrid a mediodía. Las salidas al campo le hacen olvidar la mala leche que tiene últimamente. Y en cuanto ha visto en la pantalla del móvil el mensaje del cabo, ha salido enloquecido de Tres Robles, obsesionado por la figura de un hombre, que le ha dicho el guardia civil, que conducía el automóvil.

No ha tenido más que dirigirse al cementerio para ver el Audi, aparcado en la entrada. De repente le ha vuelto el dolor de la pérdida. En cuanto ha visto a Teresa escarbando entre los muertos, se ha agachado bajo el único ventanal, a ras de suelo, para no ser visto, entre las zarzas de unos matorrales pegados al muro. Los ha espiado con frialdad mientras los escuchaba hurgar entre la herrumbre del pasado. El médico ha abierto la losa que sepultaba al padre de Teresa. Lo ha visto con sus propios ojos, a través de un resquicio de los cristales emplomados de la ventana. Estaba convencido de que volverían por el pueblo, pero nunca creyó que se atrevieran a hurgar en lo más sagrado de una familia. Un presentimiento. Una corazonada de la perfidia de ella.

Las manos crispadas y blandas de Ricardo se aferran al cuero del volante para detener el Land Rover, en el preciso lugar por el que tiene que pasar el Audi, de regreso a Madrid, en unos minutos. Son eternos. Mira la cajita de puros de su padre, en el asiento de al lado. También hay un mechero de oro que Teresa le regaló a Ricardo por su cuarenta y un cumpleaños, una semana antes de confesarle que estaba embarazada. Él entonces se reprimió la cólera de no matarla por esa locura. Sin consultarle siquiera. Sin que ella, en ningún momento, se planteara pedirle a él la paternidad. Puta Teresa. Quizá, si ella le hubiera confesado sus deseos de ser madre, hasta podría haber accedido, y esas hijas serían suyas. Le parece increíble todo lo que ha hecho por ella, por promocionar su carrera de mediocre periodista hasta encumbrarla, para que se lo pague así.

Quiere tirar el mechero por la ventanilla y saborear los años en que sus manos han recorrido el cuerpo de ella. Se mira los dedos. Le gustaría que treparan hasta los pezones de Teresa, para continuar hasta rodearle el cuello, lentamente; acariciar las vértebras de su nuca, una por una, y apretar y desencajar su vida. «¿Manos de asesino?», se pregunta. Traga saliva. Respira con la boca abierta. Tiene una erección. Ganas de eyacular en la cara de esa mujer, en su boca. Se abre la bragueta de su pantalón verde de cazador. Tiene en el maletero la escopeta, desmontada en la funda. Y la bolsa de cuero con los cartuchos. Justo cuando se introduce la mano por la cremallera de la bragueta, y se aprieta el pene con los cinco dedos para sacarse la furia y el semen que le atasca las ideas, divisa por la carretera, entre las ramas de un árbol, las luces de un vehículo.

La excitación no le deja pensar con claridad. Es un utilitario blanco. A medida que lo ve aproximarse, escondido en el bosque, y segundos antes de que el automóvil entre en la curva y salga de su horizonte, el corazón se le acelera al distinguir o creer distinguir el Audi de Teresa, y al médico argentino conduciéndolo en el resplandor de la luna. Arranca el Land Rover y, lentamente, accede a la estrecha carretera asomando el morro para darles un fogonazo con luces largas en el momento en que el Audi aparece en el centro de la curva. El vehículo da un brusco frenazo, derrapa, gira sobre sí mismo y cae hacia la derecha, en una profunda acequia.

Durante unos segundos el rostro de Ricardo es el de un idiota que no sabe ni cómo se llama, parado en medio de la carretera con el cuello contraído, la columna rígida, las piernas en tensión y las manos aprisionando el volante.

Dentro de él siente el animal que ha despertado y quiere morderlo todo a su alrededor. Solo el ulular de un mochuelo rompe el silencio de la noche cuando sale del Land Rover. Con las manos enguantadas, abre la puerta del conductor del Audi, sin dificultad. Apaga las luces del coche y ve que Walter tiene un golpe en un lado de la cabeza. El cristal de la ventanilla tiene rastros de sangre. El airbag lateral no ha saltado. Saca una navaja del bolsillo del pantalón y raja el globo inflado que sí ha saltado. Arrastra el cuerpo del médico hasta su vehículo. Es ligero y delgado, poca carne que remolcar, y lo empuja hasta el fondo del maletero. Le da la vuelta. Lo observa. Puede que esté muerto. Le pone los dedos en la muñeca y no encuentra el pulso del argentino. Le registra el pantalón y la cazadora. Hay algo en un bolsillo interior. Saca de él dos sobres macilentos. Los enfoca con la luz de su teléfono móvil y les echa un vistazo rápido.

Su padre le ha contado en varias ocasiones los detalles de lo que ocurrió la noche del 21 de diciembre de 1970, en el despacho de Tres Robles. También que Tomás llevaba encima unas cartas que Francisco no quiso sacarle del bolsillo antes de que Claudio se llevara el cuerpo. El viejo deseaba que desaparecieran con el cadáver. Claudio respetó el deseo, que más bien fue una orden; aunque se arrepintió en cuanto terminó el trabajo y supo que nunca conocería el contenido. Al cabo de tantos años, Ricardo ha visto, tras los cristales del mausoleo, cómo Teresa y el médico sacaban algo del cuerpo escondido. Al fin y al cabo, esos dos idiotas le han hecho el trabajo desagradable y ahora recupera algo que su padre se arrepintió de no haber cogido.

Guarda los sobres en la guantera del Land Rover y regresa al Audi.

Teresa parece inconsciente y él se acomoda en el asiento del conductor. Enciende la luz para ver un rostro que antes le gustaba. Teresa tiene la cara echada hacia atrás y vuelta hacia él. Los ojos cerrados. Él le toca la mejilla, está caliente, le excita. Está solo. Y ella está viva. No hay nadie como testigo. Observa durante unos segundos el delgado y efímero cuerpo de Teresa: su pecho, prisionero entre los airbags. No le importaría que estuviese muerta. Podría hacerla desaparecer. Sería lo más lógico. Apaga la luz. Siente una náusea, vértigo. Está aturdido. Es como si la viera en una película en blanco y negro, irreal entre los reflejos de la luna. Sabe que se va a arrepentir de no matarla allí mismo, bajo las estrellas como únicos testigos de su despecho. Le desabrocha el pantalón y le mete la mano entre las bragas, acaricia el vello, el pubis. Está excitado. Parece dormida o muerta y él siente una sensación salvaje. Se abre la bragueta y se masturba hasta el final, hundiendo los dedos en el cuerpo de Teresa. Revive la cara de ella cuando lo hacían, las palabras salvajes que salían de su boca: «Más dentro, cabrón». ¿Es posible que Teresa se excite en la inconsciencia? Ricardo nota un movimiento en la cabeza de ella y sale rápido del coche, no se vaya a recobrar.

Deshace el camino andado y su rastro, peinando la tierra con las botas de cazador hasta entrar en su vehículo. Lo pone en marcha y circula durante un minuto. Se detiene en el camino, abre la puerta y se baja. Vuelve hacia atrás y camina en silencio con unas ramas secas en la mano borrando el rastro de las ruedas del Land Rover, y regresa a su coche sobre los rastrojos del campo.

Ha pensado muy bien en lo que hace. Es un momento delicado, le gusta y lo sabe. Ha calculado el tiempo que tarda un cuerpo en desaparecer bajo las llamas avivadas por un líquido acelerante. No quiere pensar en el placer que siente. Jamás ha matado a un hombre. Tampoco cree que el médico esté vivo. Solo arderá un cuerpo, quiere pensar. Le parece tan sencillo como un juego de niños y le gusta ponerse a prueba y experimentar sensaciones descontroladas. Si es capaz de quemarlo, nada le puede detener para conseguir lo que se proponga.

Aparca tras una edificación en ruinas, unas cochiqueras abandonadas. Saca del interior la leña que ha guardado previamente, unos bidones de gasoil y dos placas metálicas. La noche es clara, y el silencio, protector. La luna se desplaza lentamente, y el frío le parece cálido y pesado.

En medio del olor a gasóleo y a madera reseca, prepara una

pira funeraria en un pequeño claro de encinas. Saca el cuerpo del médico del maletero y lo coloca encima de la pira. Ya solo queda prender fuego al gasoil del bidón, que vacía sobre el cuerpo. Coloca sobre el cuerpo de Walter la otra placa de metal, más leña y más gasolina. Le atrae el peligro. La ebriedad del acto furtivo. La respiración se le acelera en ese aislamiento de cientos de hectáreas que lo rodean, seguro pero alerta, entre la espesura de acebuches visitados por las alimañas y las aves carroñeras, durante el día. Hay cerca un riachuelo. Escucha el fluir del agua. Con el encendedor de oro, prende las ramas de la pira, que enseguida arden en la noche enrojeciendo su rostro.

Ahora le gustaría volver al Audi y follar a Teresa hasta acabar con su vida. La excitación y el calor del fuego le provocan otra erección y regresa al Land Rover para masturbarse, presenciando tras el cristal de la ventanilla cómo arde el crematorio que ha construido y cómo prende el odio que hay en él.

Durante dos horas el fuego hace su labor y sus manos, una tras otra, sacuden su pene hasta que no puede más. Se mancha. El cuerpo de Walter se desintegra. Quizá sea un ensayo para lo que piensa hacerle a Teresa, si sobrevive al accidente. Es probable que mañana la encuentre la Guardia Civil, y quizá tenga otra oportunidad de sobrevivir una temporada más. Pero ya no regresará al trabajo. Ni volverá a salir de la vieja casa de Arturo Soria, que será su crematorio, el de su madre y el de esas niñas que buscó porque es una inmadura, una fracasada, como toda su familia. Le horroriza el compromiso a largo plazo con un hombre, no puede soportar la convivencia y nunca debió tener esas hijas, porque es inestable y son la viva imagen de la medio hermana de su tío Blasco. Una cara inolvidable que vio hace muchos años en una fotografía sobre un aparador.

Ya no es tiempo de detectives que sigan a Teresa a todas partes para informar de sus movimientos. Amar a Teresa es lo más difícil que le ha tocado hacer en la vida. También lo más excitante. Saber desde el principio quién era ella le colmó de deseo y de avaricia. También de fantasías sexuales que ella aceptó con agrado. Con morbosidad. Es cierto que él supo contenerse y suavizar. Jugar a un tira y afloja con todo tipo de pulsiones. Y a ella también le gustaba. Una niña que se ha hecho mujer traumatizada por la desaparición de su padre y con una madre neurótica le ha sido muy fácil de manipular y de trabajar su culpa, para hacer con ella, en el sexo, cosas de las que luego quisiera arrepentirse.

Se dice a sí mismo que se acabaron los chantajes, los juegos y otras formas de tortura que ha pensado para ella. El tiempo ha llegado al final de su recorrido. Quemar el cuerpo de un hombre es haber ido muy lejos.

Mientras la hoguera se retuerce en sus estertores finales, y el humo levanta a los pájaros de su sueño en el crepitar de la carne abrasada, Ricardo regresa al cementerio de Milmarcos. Entra en la cripta con una bolsa negra y la llave que siempre ha estado en la guantera. Retira la losa con sus manos enfundadas en guantes de piel. Saca uno a uno los restos que una vez su padre escondió allí dentro. La humedad le entrecorta la respiración. Todo lo que encuentra en el agujero lo guarda en la bolsa, con asco y con prisas por hacer rápido un trabajo tan ingrato y maloliente. Siente una arcada. El hedor del hoyo lo estremece y el estómago se le revuelve. No quiere vomitar, pero vomita, sin poderlo evitar. Se sienta unos segundos en el suelo. Está mareado. Mira a su alrededor. Todos los Anglada parecen querer salir de sus féretros para apresarlo. Tiene alucinaciones. Se mueven. Gritan sus muertos. Grita él: «¡Cabrones! ¡Callaos!». Y limpia como puede los restos de la bilis y el ADN que ha arrojado en el hueco de la sepultura improvisada de Tomás, que limpia con los guantes, a manotazos y golpes, mientras el sudor de su frente cae sobre la tierra y sobre la plancha de mármol, que coloca antes de salir de allí despavorido, dando traspiés como un cobarde, cargado con la pesada bolsa.

En el horizonte del amanecer, las llamas han perdido su intensidad y el calor se resume a unos rescoldos malolientes, cuando llega a la hoguera campo a través, entre las viñas, con las luces apagadas del Land Rover. Alcanza la pira con el aliento entrecortado. Para el automóvil. La terrible crudeza del fuego se extingue.

La lumbre lo adormece hasta entrar en el sueño, tras el esfuerzo y el asco del cementerio. Se queda dormido como una alimaña, desvaneciéndose en la larga noche que toca a su fin.

Amanece. Los pájaros comienzan su escandaloso ritual. Él se despereza en el asiento y sale al frescor del día. Con breves movimientos desbarata la pira consumida y limpia los restos calcinados que han quedado del cuerpo de Walter, confundidos con el polvo abrasado. Retira las planchas de metal ennegrecidas. A unos metros de allí, cava un hoyo profundo con destreza y esfuerzo, bajo una encina. Entierra los restos del médico que han sobrevivido a la barbarie junto a la bolsa negra que saca del maletero. El trabajo está hecho en media hora. Los dos cuerpos descansan donde los animales campan en libertad. Mira el reloj. Es la hora de partir y darse una ducha que arranque de su piel el olor nauseabundo con el que se ha quedado dormido. El sudor de cavar una fosa con sus propias manos. El sudor del miedo. El sudor del ansia. El sudor de un criminal.

Toma la carretera en dirección a Tres Robles con cierto furor por alejarse de esas tierras. Deja a su padre en la mesa del despacho los dos sobres que ha sacado de la guantera, antes de partir hacia Madrid, como el asesino nocturno que se recoge al amanecer hasta la noche siguiente.

Su vida será exactamente la misma, minuto tras minuto. Todo igual, exactamente igual, como si nada hubiera pasado. Ni a su padre va a contarle los detalles de lo sucedido, que ya empieza a borrar de su memoria pulsando virtualmente la tecla *reset* de su conciencia.

36

Huesos de una mano

En el parque del Templo, 12 de febrero de 2004

Todavía se oye a sí misma contándole al comisario lo mismo que ha repetido varias veces a la Guardia Civil de Molina de Aragón al tomarle declaración en el hospital de la ciudad. Pero nadie sabe, qué ridículo, dónde puede estar Walter Ayala. Y tantos periodistas que han llegado de Madrid para cubrir una noticia que de pronto ha estallado como un gran petardo...

Ninguno de sus compañeros ha tenido noticias de Teresa Anglada desde que abandonó el programa y salió en los telediarios la noticia de la desaparición de una de sus hijas. Ahora vuelve a estar en las televisiones y anda escondiéndose de sus colegas, que le preguntan qué hacía ella en esa carretera secundaria, de madrugada, con un médico argentino, posiblemente su nuevo amante, desaparecido misteriosamente en el accidente. Hace tiempo que ella no ve tantas cámaras y trípodes apostados, ni a sus compañeros de profesión esperando largas horas a la salida del hospital de Molina de Aragón para captar la imagen de su rostro y el sonido de su quebrada voz mientras se oculta la cara con el bolso y se niega a hacer una declaración a los carroñeros de la prensa amarilla. Se le ha olvidado que la gente la conoce, que su cara entraba cada semana en miles de hogares conectados a su cadena para ver sus ojos escrutadores y sus preguntas tenaces. Pero nadie se ha olvidado de ella. Mala suerte. Creyó que, con alejarse del estudio, de las cámaras y los focos, sería suficiente para vivir en la paz de un ser anónimo.

El comisario Suárez no sabe qué creer de esa nueva historia del cementerio de Milmarcos y de la profanación de un mausoleo. Esa mujer no deja de sorprenderle. Cree que es tan estrafalaria y fantástica como la madre, o la supera. Le cuesta creer que fuera la pequeña Jimena quien le insistiera para volver a la cripta y desenterrar un cadáver. No cree en las premoniciones, ni en la capacidad de los sueños para desvelar secretos. No pretende poner en duda, abiertamente, la palabra de Teresa, ni lo que realmente esos dos fueron a hacer a Milmarcos por la noche y que culminó con el accidente y la desaparición del médico. El hecho de que encontraran dos cartas de la difunta Jimena Anglada, del año 1936, dentro de un cadáver que Teresa está empeñada en que es el de su padre, enterrado en una tumba apócrifa, le hace pensar que Teresa ha debido de perder la noción de la realidad.

El comisario la observa con auténtica expectación, como si estuviese escuchando una alucinación, producto de la fantasía de una desquiciada. Se ha presentado a la cita con un deslucido abrigo negro, de mal tejido; una bufanda marrón; gruesos zapatos de suela de goma con los tacones gastados y un olor a tabaco que echa para atrás, a las diez y cuarto de la mañana. A Teresa le duele el brazo accidentado. El vendaje le aprieta la articulación del codo. Ella sabe que el comisario no la cree, pero simula creerla. Y, para dejarle más confundido, abre el bolso con solo una mano y saca un pequeño envoltorio de papel de aluminio.

Los dos permanecen en silencio, sentados en un banco del parque, junto a unos columpios sin niños. Él, con el cigarro entre los dedos y cara de haberlo atropellado un camión; y ella, inmóvil y rígida, dolorida, con el brazo izquierdo inmovilizado con una venda. Antes de salir del taxi que la ha dejado en el parque del Templo, Teresa se ha guardado en el bolso el collarín cervical.

—Ábralo —dice ella—. Es la prueba de que digo la verdad. Esto no lo hallará en mi declaración a la Guardia Civil.

Él lo desenvuelve con rudos dedos de estibador.

—Son de mi padre. Espero que hable con el juez, vayan enseguida a esa cripta y lo exhumen cuanto antes.

Él apura el cigarro, mira el contenido con estupefacción y responde:

—¿Por qué está tan segura de que son de Tomás Anglada?

—Lo estoy. Lo que tiene delante es la prueba. Analícelo.

Él se guarda el envoltorio en el bolsillo del abrigo y saca otro cigarro. Da la primera calada y dice, con los ojos clavados en el infinito mirador del oeste, más allá de sus pensamientos:

—¿Por qué me ha citado en este lugar?

—Porque aquí empezó nuestra mala suerte, la mala suerte que pretendo cambiar. Le agradezco lo complaciente que está siendo conmigo, pero no me debe nada.

Él sonríe. No le va a contar el relato de por qué está ahí, en ese parque, a esa hora, con una mujer que podría ser su hija, a la que no cree demasiado, y que con una llamada de ella él sale en su auxilio como acaba de hacer.

—¿Ve ese inmueble de largos balcones? Es el número seis —dice Teresa, dándose la vuelta hacia los edificios, al otro lado del parque—. Toda la planta del ático pertenece a una mujer llamada Lucía Oriol de Farnesio; aunque en el buzón hay otro nombre: Laura Bastiani de Montferrato, debe ser noble o algo por el estilo, y es italiana. Según el portero, no vive en España y el piso está cerrado. Tengo la inscripción registral de la casa. Toda la finca del inmueble era propiedad de una mujer llamada Lucía Oriol, a principios del siglo XX. Se la vendió a Francisco Anglada, en 1928. La escritura está firmada en una notaría, ya desaparecida, de la calle Alcalá. Desconozco por qué avatares Francisco se la volvió a vender a su antigua propietaria, en 1979, unos meses antes de morir. La tal Lucía Oriol tiene que haber fallecido también. En la escritura de 1928 era mayor de edad, por lo que ahora deberá tener unos cien años.

—¿Adónde quiere llegar?

—Hasta el final. Es increíble que el hombre con el que he estado saliendo durante diez años, infelizmente casado, según él, con una fortuna, y que por cierto es mi jefe, sea el depositario final de la herencia de Francisco Anglada y de su hermano. Lo sé porque el nombre de su padre, Claudio Arzúa Oriol, aparece como heredero único en el testamento de Francisco. Y como el segundo apellido de este hombre es Oriol, es muy probable que sea hijo de la tal Lucía, y mi exnovio, su nieto.

—Son conjeturas, Teresa.

—Las pienso demostrar. Es muy sencillo.

—También es curioso que mi padre nunca supiera quién era ni de dónde venía, y que justamente desapareciera cuando intentó averiguar algo. Y ahora su hija, al cabo de treinta y tres años, anda buscando a su padre y también desaparece otra persona.

Ella guarda silencio. Se le escapa una mirada de soslayo hacia el paseo. Espera alguna reacción del comisario.

—Ha estado trabajando duro, Teresa. Debe descansar y relajarse.

—No tengo otra cosa que hacer. Jimena mejora, Leonor está con su abuela y tengo tiempo para dedicarme a una investigación que debí acometer hace mucho tiempo y de la que mi padre abdicó.

—¿Está sugiriendo que hay algo así como un complot de una familia en contra de su padre y de usted?

—Si así lo quiere llamar…

—¿No estará obsesionándose…? Me parece que dispone de demasiado tiempo libre, Teresa.

—Mire, comisario, el hombre que me acompañó a Milmarcos ha desaparecido y eso no es una obsesión. Tampoco es una obsesión que esa Lucía Oriol fuera la propietaria del antiguo hospicio de López de Hoyos donde mi padre fue a parar, con dos años y medio, al morir su madre en el Hospital Provincial. El inmueble y los terrenos del orfanato fueron vendidos a un grupo inmobiliario, en el año 1974, para construir la actual residencia de ancianos, cuyo accionista principal era entonces Claudio Arzúa, el padre de mi exnovio.

»Estoy segura de que cuando hable con la hermana Laura, me confirmará la identidad de la filántropa que estuvo sufragando los gastos del orfanato desde el inicio de su actividad, allá por los años veinte, hasta su liquidación. Y no va a ser otra que Lucía Oriol. Además, esa mujer posiblemente fuera amante de Francisco. ¿Por qué, si no, iba él a pasarle de nuevo su casa de Pintor Rosales? Es como una restitución, o algo por el estilo, devolver a su antigua propietaria y amante una casa en la que él había vivido con su hija y su nieto. Parece que Francisco quiso hacer borrón y cuenta nueva de todo lo que formaba parte de su vida antes de la guerra, o de la muerte de su hija. ¿Quién sabe? Debió ser un hombre muy complicado, con una vida de avatares.

El comisario resopla y se termina el cigarro. Tras la primera calada del nuevo pitillo, parece preocupado y guarda silencio. Dice que tiene una noticia para ella. La nomenclatura de los giros telegráficos que su madre recibía pertenece a la ciudad de Roma.

Teresa abre los ojos desmesuradamente. Piensa, relaciona, especula y se coge la cabeza con las manos.

—La notaría desapareció en 1998 —añade el comisario, mientras observa el peinado de Teresa: un recogido en la nuca que le hace parecer una viuda desolada—. El notario falleció anciano y ningún sucesor se hizo cargo de sus archivos. No tenemos medios para saber en nombre de qué persona se giraba el dinero, y desgraciadamente no vamos a poder averiguarlo.

—¿Por qué no?

Él la mira con la infinita paciencia de un padre, porque hay algo en sus sentimientos de viejo perro apaleado que no puede controlar cuando está delante de Teresa. No tiene por qué sentirse culpable de nada. Existen en sus archivos un buen puñado de casos sin resolver. Hay variables que se les escapan. La policía no es omnipotente. Nadie está exento de desaparecer y no ser encontrado jamás. Hay cientos de casos similares. Los niños desaparecen. Los jóvenes desaparecen. Los adultos desaparecen. Y los ancianos también desaparecen como por arte de magia y nadie nunca sabrá de ellos. ¿Por qué va a ser especial Tomás Anglada? Quizá porque tiene a su hija delante y no puede decirle todo lo que siente ahora por ella y por su madre. Y por todas las hijas y madres que jamás verán a su ser querido. Es un hombre bueno. Demasiado sentimental a veces para ser un poli huidizo y violento, como se ha demostrado siempre con ciertos desalmados a los que detiene.

—Necesitaríamos una orden internacional —dice él—, sin saber si existen esos datos y si podríamos acceder a ellos en el registro de notarías de otro país. Créame. Pregunte a su madre. Es probable que ella sepa más de lo que le ha confesado. La gente siempre sabe más de lo que cuenta. Todo el mundo guarda secretos. Usted también.

—Mi madre sigue inmovilizada en el pasado. Su mundo es inaccesible. Ni usted ni yo vivimos en su época. No le sacaré nada en claro. Creo que está afincada en una idea estática de la vida. No es probable que ella sepa de dónde venía el dinero, ni creo que le importe nada, más allá del mundo imaginario en el que vive. Supongo que habrá estado fantaseando con la procedencia de ese dinero durante todos estos años, igual pensando que era mi padre quien lo enviaba para expiar su culpa por habernos abandonado. Se lo preguntaré. Aunque creo que hay una persona que me podría dar una respuesta mejor.

—¿El hombre con el que ha estado saliendo?

—¿Siempre pone tanta atención a lo que le cuentan?

—Es mi oficio. Me pagan por escuchar, aunque a veces no quiera oír lo que me dicen. Y si no he entendido mal, su exnovio forma parte de la familia italiana que ha heredado los bienes que, en un principio, pertenecerían a su padre, ¿cierto? De confirmarse el parentesco de ustedes dos con Francisco Anglada y, en el caso de que su padre esté muerto, le correspondería a usted la herencia de los dos hermanos, ¿me equivoco?

—Hila usted muy fino. Yo no iba tan lejos.

—Soy un hombre de recorrido. —Se levanta del banco, extiende su fuerte mano hacia ella y la ayuda a hacer lo mismo—. Está usted helada. Con agrado la invitaría a un café, pero tengo una reunión con mis hombres.

—Ha adelgazado, comisario.

—Estoy en ello. He de cuidarme.

—¿Tiene problemas de salud? —pregunta ella, mientras caminan hacia la salida del parque del templo de Debod.

—He tenido dos infartos. Dice el cardiólogo que cierta parte de mi corazón está necrosada. Será por lo bestia que he sido. Nada que no remedie la muerte; y, estese tranquila, Teresa, tendrá mi ayuda mientras siga aquí.

—¿Tan incondicional me es?

Él vuelve a sonreír contrayendo las arrugas de las mejillas, ahora descolgadas por los kilos que ha adelgazado. No le responde, pero la toma del brazo y cruzan juntos la calle. Se detienen ante el vehículo del comisario, aparcado delante del Club Allard, en la esquina de Ferraz con la plaza de España.

—La incondicionalidad no existe, Teresa. Dejémoslo en buenos amigos.

Ella guarda silencio y aparta la mirada de los ojos de él, algo ruborizada.

—A Walter lo han matado —dice ella, mientras él saca del pantalón las llaves del coche—. Estoy segura. Nunca me hubiera dejado allí tirada. He preguntado en el hospital. Nadie ha tenido noticias de él desde el domingo anterior al accidente. He ido a su casa y nadie responde. Dice el portero que no lo ha visto en mucho tiempo.

—Lo sabemos —aclara él—. Analizaremos lo que hay en el papel de aluminio. Necesitaremos su ADN para descartar o asignar parentescos. La llamarán de nuestro laboratorio para concertar la cita. Es hora de que me acerque a ese pueblo, la Guardia Civil no ha dado con el paradero del anciano del que usted me habló y, por lo que hemos indagado, nadie tiene conocimiento de un hombre que fuera por allí preguntando por la familia Anglada en diciembre de 1970, hace treinta y tres años, Teresa. Solo tengo su palabra. Entiéndame.

—¡Walter y mi hija también vieron a ese hombre! Llevaba una especie de capote de oveja. No me lo he inventado. Tenía un perro canela. Salía de la casa que le he descrito, se lo juro.

—No pongo en duda su palabra. Me tengo que ir.

El comisario abre el vehículo con la llave a distancia y entra. Baja la ventanilla y maniobra para salir.

—Pienso entrar en esa casa —dice ella, y mira hacia el paseo de Rosales—. Iré hasta el final, comisario, se lo juro. Hay una monja que debe saber más de lo que me ha contado.

—No se meta en líos, Teresa, y déjeme hacer mi trabajo.

—¿No quiere saber de qué monja hablo?

—Sé quién es y dónde encontrarla. Cuídese.

37

Las sombras alargadas de la guerra

Madrid, 12 de febrero de 2004

Los secretos del universo están todos en el cerebro, esperando su turno para manifestarse.» Esas palabras vuelven a su mente una y otra vez como una revelación. Quien las escribió murió hace mucho tiempo. Son las últimas palabras de una moribunda, el testimonio de una vida y de una muerte, y lo tiene ante sus ojos.

Esa mujer jamás pudo imaginar que las cartas que escribió antes de morir llegarían a su nieta, sesenta y siete años después, porque Teresa no era la destinataria de esos renglones torcidos y desahuciados, sino David, el amor de su vida.

Pero lo más incomprensible y misterioso es cómo han llegado a su poder las dos cartas que llevaba Walter en su cazadora la noche del accidente. Las cartas que estaban escondidas en el forro de un pantalón, en la cripta del cementerio. En la tumba apócrifa, como dijo Walter entonces.

Teresa salió para casa tras dejar al comisario en la calle Ferraz. Se descalzó y se cambió de ropa en el vestidor. Entró en su dormitorio para dar un beso a Jimenita. La niña veía tranquilamente la televisión, recostada sobre unos almohadones. Luego se dirigió a la cocina para prepararse un té, cuando Raquel le entregó un sobre de papel reciclado, sin remite. Solo vio su nombre escrito en una etiqueta blanca, autoadhesiva, y se encerró en el estudio con el corazón en vilo, presintiendo que el sobre custodiaba algo importante.

Sus ojos han leído esas dos cartas varias veces. Pero ¿quién es ella para violar los secretos inconfesables de una mujer que agonizaba en la cama de un hospital, abandonada a su suerte?

Ahora puede entender tantas cosas... Lo que aparece escrito en ellas nada dice de los últimos acontecimientos de su vida, pero sí está relacionado con la desaparición de su padre.

Una de ellas, escrita hace más de seis décadas, ya vaticinaba lo que podría sucederle a Tomás. Y la profecía se ha cumplido. Así comienza:

> *En Madrid, y en las Navidades de 1936,*
> *las últimas de mi vida*

Te equivocaste, mi querido tío, al huir de mí, vencido una vez más por la razón. Un error que deberás sumar a tu afligida existencia. Te equivocas al creer que las mujeres de mi estirpe viajamos por un camino emboscado lleno de desventuras. En mi camino, en el que habéis escrito vosotros, ha germinado algo que tú has arrojado en él. Y mi estirpe es la misma que la tuya, por mucho que trataras de borrar nuestro pasado cuando decidiste ordenarte como sacerdote. Creo sencillamente que eras demasiado joven para tomar una decisión como aquélla y los abuelos nunca debieron apoyarte; en eso le doy la razón a mi padre.

Pero no es tiempo de reproches. Cuando recibas esta carta, es posible que esté muerta y me halle reunida con mi madre. Estaremos las dos protegiendo a mi hijo, desde arriba o desde abajo o desde donde sea, pero en alguna parte, observando cómo tu hermano intenta deshacerse de él. Eso es lo que pienso. El odio es el peor consejero para el orgullo de un hombre, y mi padre posee demasiado: está convencido de que Tomás es del pobre Pere. Decirle, a estas alturas, quién es el padre de mi hijo empeoraría la situación. No sé si odiaría más al niño si conociera la verdad de su ascendencia.

He oído que este hospital era un albergue de mendigos, y como tal moriré. No creo que sobreviva mucho más tiempo. A mi enfermedad ya no le queda trabajo por hacer. Ha carcomido mis huesos hasta vaciarlos y jamás podré levantarme de la cama, ni volver a Pintor Rosales —te acuerdas de esa casa, ¿verdad?—, ni caminar por mi antiguo parque; creo que ya no existe. Ahora es un campo de batalla tomado por la guerra. Trincheras, pasadizos y tumbas de soldados lo perforan, las bombas han destrozado los paseos y los jardines han desaparecido. Mi facultad está sitiada. Dicen que los pilares se rompen y las losas se desprenden. Desde la facultad de agrónomos se han abierto profundos caminos de trincheras, por los que pueden pasar tanques. Madrid ya no es ninguna fiesta bajo las bombas.

Pero, dejando a un lado la guerra, no quiero morirme sin confesar un crimen, y quién mejor que tú para escuchar confesiones. Debo decirte que, en las entrañas de ese parque del Oeste, en la parte más baja y frondosa, enterré a Pere Santaló, el mismo día que comenzaba la guerra. Llamó a nuestra casa, envalentonado por el asalto al cuartel, y le abrí la puerta. Sé que cometí una imprudencia y he pagado por ello. Te voy a ahorrar los detalles, pero lo maté con mis propias manos, ¡en defensa propia!, te lo juro. Fernanda fue testigo. No tuve más remedio que pedir ayuda a Lucía Oriol; la propia Fernanda salió en su busca. ¡No podíamos sacar solas el cuerpo de Pere, convertido en miliciano de la CNT! Entre las dos nos deshicimos de su cuerpo y le dimos sepultura en el cementerio de la Florida. Si alguna vez quisieras conocer más detalles, solo tendrás que preguntar por ellos a Lucía Oriol. ¡Pobre Lucía! Temblaba, asustada como una niña, pero me ayudó. Nunca se lo podré pagar… Reza por ella. Me remuerde la conciencia; involucrarla en semejante situación. ¿Cómo pude…? ¡Es un delito! ¡Pero estaba desesperada…! Lo había golpeado con toda mi alma; él sangraba, estaba muerto, con la espalda partida. Fernanda lo limpió todo, me cambió de vestido, me lavó la cara y las manos, envolvió el cadáver en una manta y restregó el salón y la chimenea hasta hacer desaparecer el rastro de mi crimen. Las palabras del ama me hicieron reaccionar y ahora su desaparición me llena de dolor. He llorado tanto que ya no me quedan lágrimas (...). La desaparición de Fernanda me ha sumido en la más absoluta de las soledades. Su cuerpo debe de estar pudriéndose entre los escombros de la casa. Nuestro barrio ha sido evacuado y mi padre ha intentado acercarse por allí, pero los tanques han invadido nuestra calle.

Todos los días me despierta la misma enfermera. Lleva tatuado en el dorso de la mano la hoz y el martillo. Y esa hoz y ese martillo golpean sobre el yunque de mis días. Has de saber que en el hospital espían a sus anchas enfermeras políticas. Algunas son extranjeras: hay una cubana y una inglesa. Dicen que envenenan con cianuro a los pacientes sospechosos de no luchar por la República con la fuerza que debieran; de ser así, me parece espantoso. Me ha contado la mujer de la cama de al lado que semanas atrás hubo un tiroteo entre ellas; a una la habían pillado pasando información al enemigo. Se las reconoce enseguida, van armadas y llevan un brazalete. Ya no queda ninguna de las hijas de la Caridad por ningún sitio; ni en la botica ni en las cocinas ni en el ropero: «En agosto, las echaron a todas —me cuchichea mi vecina, con una voz extraña—. Huían como cucarachas, hacia el metro, y se refugiaron en los andenes hasta dispersarse por los subterráneos. Tuvieron suerte de salvar la vida».

Todas las mañanas nos sacuden las sábanas buscando armas. De improviso, a cualquier hora del día, sacan de la cama a todo el pabellón para levantar los colchones y ponerlo todo patas arriba. No me gusta cómo miran a mi padre cuando está aquí, sentado durante horas al lado de mi cama. Quiero que sepas que lo he perdonado. Y aunque sabes que no le hablaba, está junto a mí y lo necesito, y sobre todo ha de cuidar a Tomás. Y si no fuera porque viene todos los días con los bolsillos llenos de billetes, la enfermera que me despierta y me inyecta lo que el doctor Monroe le dice y me vigila a todas horas ya le habría pegado un tiro; y solo por su abrigo y su aspecto de hombre rico, aunque estoy segura de que ya han debido de informarse de quiénes somos. El doctor Monroe, de momento, nos protege, pero él también caerá, en cuanto no le necesiten. Aquí se muere muy fácilmente, David. Desaparecen los cuerpos sin dejar rastro.

Mi padre ha conseguido que lo dejen estar a mi lado. El doctor Monroe se oponía, pero ha cambiado de opinión. Y tanto él como mi padre me miran con los ojos vacíos, como si detrás de ellos no existiese nada más que oscuridad y tinieblas. Tu hermano llega con la cara lívida y una mueca sombría en los labios. Apenas reconoce en mi cuerpo a la hija que había en él. No quiero hablarte de mi padre. Ahora ya no es un hombre, es un ente que vaga fuera de su cuerpo buscando la felicidad del pasado, sin conseguirla. Me dice que Tomás está bien, pero no me lo trae. Es posible que nuestro hijo muera de inanición en el desván o en la leñera de la casa de Arturo Soria, donde nadie pueda oír su llanto. En ese barrio campan a sus anchas las milicias, el ejército y la policía política; es tranquilo, pero nadie en Madrid está seguro en ninguna parte.

Aquí me están torturando de nuevo, como en Bildur. El doctor Monroe, las enfermeras…; sus agujas me perforan y mi parálisis no responde a esos líquidos que penetran en mi columna. Acabaré pronto en una caja de roble con destino al cementerio de la Almudena. Le he rogado a mi padre que tale los tres robles de la finca y construya con sus troncos mi ataúd. Ya lo sé, ahora es imposible; pero la guerra acabará y mi padre podrá llevar mi cuerpo a nuestra finca y podréis darme el funeral que deseéis: cristiano o judío, me da lo mismo. Tanto si deseáis rezarme una Shemá Israel o una misa de réquiem. Mi padre ordenó al albañil colocar el sepulcro de mi madre orientando sus pies hacia el este, para que ese día del Juicio Final pudiera dirigir sus ojos a Jerusalén; pero mi corazón está en todas partes y, sobre lo que decidáis, no tendré nada que decir. Podrás llorarme, junto a mi madre y los abuelos, en el cementerio de la colina. Quizá Sara resucite y nos lleve a las dos lejos de España, a un lugar donde siempre sea verano; sabes que el verano es mi estación favorita.

Ahora solo tienes que hacerme una promesa: cuida de Tomás. ¡Protégelo! Abre bien los ojos: mi padre no quiere nada bueno para él, y algún día deberás decirle la verdad; ¡es tu obligación! Inscribe a nuestro hijo en el libro de la familia y cuenta la verdad; no tengas miedo. Lo dejo en tus manos, que adoré y no he dejado de sentir cuando rebuscaban en mí a la mujer a la que amabas, aunque ésa nunca haya sido yo. Solo he de pedirte que cuides de mi hijo.

David, me siento muy sola en esta enorme sala con olor a muerte, donde nos amontonan como a cerdos que van al matadero. Hay unas cuarenta camas, divididas en tres filas. Tu hermano ha conseguido que me pongan un biombo. No quiero ver las horripilantes caras de tragedia de toda esta miserable gente que grita y desespera con atroces dolores. Apenas hay medicamentos, y los que llegan se racionan. Sé que le ha costado a tu hermano una pequeña fortuna conseguirme el biombo, la morfina que me ponen y mi traslado a un extremo de la sala, junto a la pared y una ventana por la que, aunque alta y con gruesos barrotes, puedo mirar el cielo. Y si me pudiera levantar, hasta vería la estación de Mediodía y un trocito de la plaza. Oigo gemidos y lamentos día y noche, propagados por el eco de los techos de este inhumano hospital. Es un moridero. No puedo comer, tengo el estómago cerrado. Creo que lo que nos traen en platos de metal lo rebanan de los muertos de la morgue.

Mañana vendrá mi padre con Tomás, ¡me lo ha prometido! Estoy feliz. Necesito ver a mi niño y acariciar su carita por última vez. Se lo he suplicado hasta el desmayo, y me va a hacer caso, porque ha visto en mi cara el rostro de la muerte. Mis ojos ven borroso. Casi no distingo la cara de mi compañera de al lado cuando sus largos dedos ahuecan la tela del biombo para hablar conmigo. Es una pobre mujer con el pecho agujereado por la descarga de una ametralladora. Nadie entiende cómo ha sobrevivido. No deja de acercarse a mi cama, me pide piedad para sus hijos. ¿Qué tengo que ver yo con sus hijos? No deja de lamentarse de la miseria que arrastran sus pies. Los míos son una enorme herida que recorre la extensión de mis piernas. Sus ojos de hambre me miran con estupor porque sabe que me estoy muriendo, y le he regalado tu anillo de oro con esa perla que tan mala suerte me ha dado, y los pendientes y el broche de mi abrigo. Le he prometido parte de mis joyas, las que tu hermano sacó de la caja fuerte de su despacho antes de abandonarlo. Ya no voy a necesitarlas, pero mi padre se niega a traérmelas y necesito que la mujer lleve esta carta al correo. Me ha prometido por sus hijos que te la hará llegar. Pronto le darán el alta.

Presiento algo horrible en cuanto la noche entre por el este. Tengo que dejarte. Apenas puedo sostener el lapicero. Los huesos de la mano me duelen, y enseguida oscurecerá. Por la noche es cuando el sufrimiento me hace añicos. Este edificio me da escalofríos. Me encanta escuchar el silbido de los trenes y pensar en subir a uno de ellos con destino a nuestra finca, en la que me esperas. Me gustan tus pantalones viejos. Esos de pana gruesa, verdes y con remiendos; eso sí, bien remendados y más gastados que los de un mendigo y que en ti parecen los de un príncipe. Mi príncipe mendigo. Ése eres tú. Ahora cae el frío sobre Madrid como puñales y esta sala está congelada. Hoy no he oído bombardeos, ni a la aviación italiana cruzar por encima de nuestras cabezas. Ayer una enfermera pasaba por las camas pidiendo cualquier contribución para la cena de Navidad del soldado rojo.

¿Sabes qué he hecho…? Les he regalado mi vestido y mis zapatos. Acabo de ver una bandada de pájaros que se dispersa volando hacia el sur. Qué suerte ser un pájaro.

Cuida de nuestro hijo.

Jimena Anglada Roy

Pliega las hojas por el mismo doblez, cuarteado y pajizo, y las guarda en su sobre, despacio, desprendiéndose de la tristeza. Es el momento de las epístolas, de la verdad que ha estado latiendo bajo la tierra como un corazón que ha explotado manchándolo todo a su alrededor.

Ha dejado el collarín sobre la mesa y le duele el esguince como una aguja clavada. No puede ladear la cabeza, pero más le duele el testimonio de su abuela que casi se lo ha aprendido de memoria. Le falta una carta por abrir y la valentía suficiente para enfrentarse a otro pasaje tan crudo y envenenado como el que acaba de leer. Cuánta vida cabe en dos páginas escritas con una letra juvenil, redonda y limpia, abigarrada, de renglones tan juntos como si temiera quedarse sin papel y sin poder contar todo lo que ha escrito en esa carta.

Ahora entiende muchas cosas.

Pobre abuela.

Pobre de su padre y de su destino, y del destino de todas las personas de esta historia.

Pero también es la confesión de un crimen.

Jimena mató a un hombre con sus propias manos y lo enterró en el parque del Oeste. En un pequeño cementerio cercano a la estación de Príncipe Pío, con ayuda de la amante de su padre, en pleno asalto al Cuartel de la Montaña, el 20 de julio de 1936. Y esa amante no puede ser otra que Lucía.

¿Por qué mató Jimena a ese hombre? ¿Cómo ocurrió? ¿Fue en defensa propia o una venganza? ¿Quién era Pere Santaló? ¿Por qué el padre de Jimena creía que Tomás era hijo de Pere? ¿Acaso era su novio? ¿Cómo iba a saber ella que moriría unos meses después de enterrar a Pere, con sus propias manos, en el recóndito y desconocido cementerio de la Florida, y que su padre abandonaría a su pequeño en el orfanato de su propia amante? Ironía del destino. Y que ésta no moviera un dedo por rescatar al niño y lo dejara allí pudrirse, en el anonimato, al cuidado de unas monjas, durante toda la vida. Y ahora ese niño está bajo tierra, a doscientos kilómetros de Madrid, en el pueblo de la familia a la que nunca conoció.

La anciana hermana Laura. Eso es. La hermana Laura tiene que conocer toda la historia. Ella ha de tener la clave, el eslabón de una cadena partida.

En el arrebato, Teresa coge el móvil y marca el número de la Casa Profesa de las Hijas de la Caridad. Piensa que es mejor ir en persona y tenerla cara a cara y observar los matices, los gestos de su rostro mientras Teresa le lee esa carta en voz alta, para acorralarla y que suelte la verdad de una vez por todas. Porque esa monja, que su madre siempre ha dicho que no es trigo limpio, debe de guardar muchos secretos. A las monjas les gustan los secretos y saben preservarlos. Que sufra y se atormente como lo está haciendo ella. Pero el impulso es más fuerte que la paciencia, cuando oye en el auricular la voz de una monja que le dice:

—La hermana Laura falleció la semana pasada. Que Nuestro Señor Jesucristo la esté bendiciendo. Hemos hablado con su señora madre. Dele las gracias por la corona tan bella que nos ha enviado, que Dios las guarde en su seno. Rezamos por ustedes, doña Teresa. La hermana la quería a usted tanto…

—Claro, gracias, hermana. Gracias.

Y Teresa aprieta la tecla roja del móvil y se deja caer en el sofá con la carta de su abuela en la mano y el corazón trastabillado.

38

Una novela rusa

Tres Robles, febrero de 2004

Ella siempre viste igual: amplios pantalones tejanos y blusas de seda con pañuelos de colores anudados al cuello. Es delgada, poca cosa, siempre despertó en su suegra ternura y compasión, y piensa a menudo que la vida no ha sido justa con ella.

Su atractivo pertenece a un tipo de mujeres de otra época. Prefiere mirar por detrás de quienes abren camino y se estrellan contra sus propios deseos. Ya no desea nada ni a nadie. Aunque es valiente. Quizá demasiado espectadora de su vida. Tres Robles se ha convertido en una cueva profunda y macilenta, más de lo que supuso el palacio Bastiani, tras la muerte de Lucía. Cree que todo el mundo intenta espantar sus fantasmas, y ella intenta conservar los suyos, porque el espíritu de su suegra sigue en su alma, intacto y benevolente. Pensó que vivir en España con Claudio mantendría con vida a sus seres perdidos. Pero no ha sido así. Está arrepentida de haber salido de Roma y de haberse dejado convencer por Claudio. Aunque no se siente culpable de nada, y todo lo malo que ha hecho es por ella, por su suegra, como robar a Claudio.

Porque su cuñado ha estado escondiendo dos cartas que no le pertenecen. Primero las tuvo en la caja fuerte del dormitorio, y luego las sacó para ocultarlas en otro lugar que Laura descubrió, gracias a su buen olfato y a la mala memoria de Claudio de los últimos tiempos; siempre buscando cosas que no encuentra: sus gafas, el móvil, u objetos más importantes todavía, como esas dos cartas y un documento firmado por David Anglada que ella también le robó, hace varios años. Él lo escondía, con todo su celo, dentro de un voluminoso libro, en su despacho. Pero ya de nada está seguro Claudio. Laura sabe que se está quedando sin memoria, sus ojos miran vacíos y tienen lágrimas y llora algunas veces, cuando cree que nadie la ve. Ella ha leído los resultados de unas pruebas que Claudio le ha ocultado, de un doctor del Hospital de la Luz, y ha leído lo suficiente para saber que su mente se está vaciando.

Laura le ha estado observando durante las últimas semanas buscar enloquecido esas cartas y el testamento de David, como un maldito condenado a muerte por toda la inmensidad de la casa, incluso en los trasteros, en el cuarto de la caldera, por los parterres que rodean el edificio, palpando metro a metro con las manos; también en las cuadras y las dependencias donde el capataz guarda los aperos. Casi se vuelve literalmente loco. Hasta habla solo y reniega de la maldita vejez, que lo está aniquilando por completo. Maltrata a Clarisa, y a los criados los insulta. Ella desconoce cómo han llegado al poder de Claudio esas cartas que busca con tanta pasión y desconsuelo, como si en ello le fuera la vida.

Las halló dentro del libro, marchitas, a punto de fracturarse el papel, metidas en un sobre de plástico para protegerlas. Una de ellas está escrita a lapicero, y la otra, a pluma. No pudo resistirse a leer el contenido cuando sus manos se apoderaron de ellas, con expectación e intriga. Se sentó en un sillón frente a la ventana, en su dormitorio. La desolación y la tristeza llegaron a sus ojos en cuanto comenzó a leer. El estupor y el silencio le arrancaron lágrimas atroces, mientras el viento arreciaba sobre el alféizar y el marco crujía. Los perros habían dejado de ladrar hacía rato. Tuvo una sensación inconfesable. A lo largo de su vida, ha vivido situaciones muy duras, como el accidente con su marido, pero esa sacudida de tristeza tan grande, en la que se halló tras acabar la lectura, fue lo más difícil que jamás ha vivido.

Son dos escritos de los años treinta, pertenecientes a los últimos meses de la vida de la hermana de Blasco. Los dos están muertos. Y ella está viva para leer un testimonio infeliz que arroja algo de luz sobre la muerte de esa muchacha. Blasco apenas contaba cinco años de vida, estaba a salvo en el exilio, con su familia, mientras ella moría sola, con veintitrés años, en un hospital durante la guerra española.

Esas cartas no pertenecen a Claudio. No debe tenerlas. Desconoce las pretensiones que tiene él al respecto. Sabe que no le va a contar la verdad si le pregunta. Le ha oído hablar con Ricardo sobre Teresa Anglada, a escondidas. Está cansada de secretos. De fantasmas. De todas las personas que hay a su alrededor, incluido Claudio, que la controla como si la observase continuamente a través de un microscopio, y ni siquiera sabe dónde tiene la cabeza. Presiente que padre e hijo están metidos en algo sucio. No puede entender todo lo que hablan cuando viene Ricardo a la finca. Se encierran en el despacho y hablan en secreto. Cuchichean. Conspiran. Ella está harta de esperar algo que no existe.

Sus manos son delicadas. Siempre se las lleva al pelo, recogido en un moño como los de Lucía Oriol. Y nunca tuvo celos de su suegra. Quizá los locos impulsos de su marido justificaban la preocupación de esa mujer por su hijo favorito, de camisas de seda y zapatos de ante. El más loco y rebelde. A veces, descontrolado y caprichoso, como Francisco. Siempre preocupado por preservar su intimidad de los deseos ajenos. Las convicciones de Blasco eran las de un hijo rebelde, rico y sin causa. De mirada italiana y genio español. No terminó ninguna de las tres carreras que comenzó en la Sapienza de Roma y se apartó de los fundamentos familiares de tradición, poder, acumulación de capital, estatus, trabajo y abnegación. Dejó para su hermano los deberes y exigencias de los Oriol y los Anglada, para dedicarse él a vivir la vida y a gastar la fortuna de las dos familias, que nunca se terminaba.

Blasco tenía catorce años cuando su padre oficial cayó asesinado por los partisanos, a finales de la Segunda Guerra Mundial, el 29 de abril de 1945, tratando de huir de Italia por el norte; Mussolini había sido asesinado públicamente, y sus hombres, dispersados; la mayoría fueron apresados y ejecutados, como Roberto Arzúa de Farnesio. Lucía confesó a Blasco, años después del asesinato de Roberto, de quién era hijo realmente. Y lo hizo público, a quienes quisieran saberlo. Blasco lo aprovechó en su beneficio, y también Claudio, que, sin ser hijo de Francisco, había ejercido como tal más que su propio hermano. Blasco nunca se sintió atraído por su origen español ni por los negocios, pero sí por sus beneficios para gastarlos a destajo. Y si la vida había sido un calvario para Jimena, para su hermano Blasco supuso un brindis continuo, hasta que la copa estalló.

Laura Bastiani había decidido, desde muy joven, aceptar a su marido tal como era y como le gustaba vivir. Era un dandi, elegante, alocado; vivía permanentemente en hoteles de lujo; su vida transcurría entre casinos y restaurantes; espejo de Peter Pan con el sombrero ladeado, aunque ello le costara a Laura Bastiani la ruina y su patrimonio personal, como había pensado en numerosas ocasiones, una vez que su madre y Francisco se aburrieran de costearle la ociosidad. Pero no llegaron a hacerse realidad sus temores, porque la vida de Blasco Arzúa, que debía apellidarse Anglada, quedó truncada en la curva de una carretera. Laura le acompañaba. Su Ferrari fue el ataúd en el que el cuerpo de Blasco quedó fundido con la carrocería, entre pinos y adelfas. Laura Bastiani nunca volvió a ser la misma desde esa mañana del 14 de septiembre de 1961, cuando el Ferrari amarillo voló sobre la curva de una carretera montañosa de la costa Amalfitana, junto a las aguas azul turquesa del mar Tirreno, que sirvió de sepultura para Blasco. Y a ella le destrozó el cuerpo.

Ella tardó más de seis años en recuperarse del accidente. Recompusieron su cuerpo como el de un androide que ha perdido sus partes. La mayoría de sus huesos son aleaciones de titanio. Placas óseas de acero inoxidable. Cemento óseo de polimetilmetacrilato. Tendones y ligamentos de teflón. Las biocerámicas fueron incompatibles en su mayoría, años después. Y aunque su movilidad es dolorosa y lenta, ha aprendido a convivir con su destino y con un cuerpo reconstruido por la ciencia, en los laboratorios de Estados Unidos.

Años después del accidente y en contra de los deseos de Lucía y de Francisco, Laura Bastiani y su cuñado Claudio viajaron hasta esa curva del Mediterráneo para esparcir las cenizas de Blasco, el de las camisas de seda y los zapatos de ante, sobre el mar que lo vio morir.

Con veintitrés años estaba viuda. Su suegra, la española exiliada, como a Lucía le gustaba que la llamaran, palió en parte su sentimiento de material inservible, de chatarra corroída. Lucía se trasladó a vivir al palacio Bastiani y la acompañó en su peregrinar por hospitales, tratamientos, rehabilitaciones. Y la amistad y el amor entre las dos creció hasta convertirse en algo insustituible, como un edificio cuyos cimientos han sido construidos a prueba de movimientos sísmicos: era lo más importante que le había ocurrido tras conocer a Blasco. El carácter amable y valiente de Lucía fue para Laura Bastiani el salvavidas que impidió que se ahogara en la soledad.

Lucía, tras el accidente de su hijo Blasco y el esfuerzo que supuso para ella la recuperación de su nuera, fue despidiéndose de la vida, lentamente. Su espíritu invencible se iba marchitando, arrepentida de una vida pretérita que le iba desvelando a Laura Bastiani como se unen las gotas de una fuente para crear la imagen de quien se mira en ella.

El pasado de Lucía en España, anterior al exilio, y ese desfile de personajes que la anciana había conocido en el Madrid republicano fueron avivando en Laura la llama de la curiosidad, y el deseo de conocer esa ciudad de contrastes que entonces le parecía Madrid. Las fuentes del palacio Bastiani y los jardines silenciosos de Roma fueron el escenario perfecto de largas conversaciones y análisis de escenarios pasados que pudieron ser de otra manera. Lucía dejó de tener secretos para su nuera, cuando cerca de la muerte la nombró depositaria de una encomienda envenenada. Pero ya no había vuelta atrás. Laura Bastiani escuchó con todo el amor que fue capaz de encontrar la pesadumbre del pasado de una mujer marcada por una dramática vida que Lucía le contó como una novela rusa, cuyo final estaba por escribir. Laura Bastiani debía poner tinta y papel para terminarla. Aunque ella no formara parte de esas vidas que pasaron por sus oídos en las mañanas soleadas de largas conversaciones. Ni tan siquiera entendía a las personas extrañas de las que le hablaba su suegra, que se comportaban bajo normas anómalas y cuestionables de conducta.

Días antes de fallecer Lucía, con la cara de la muerte tras el velo de su cama, rogó a su nuera que abriera un cajón bajo llave de un antiguo bargueño. Laura sacó dos objetos, creyó que no podría asumir la responsabilidad de semejante petición. Pero a una moribunda no se le puede negar nada, y menos a una mujer a la que amaba profundamente, aunque hubiese cometido errores. Era injusto que Lucía le dejara a ella semejante compromiso. Durante años no supo cómo interpretarlo. Se quedó paralizada. Perdida. Quizá el tiempo le dijera cómo solucionar el encargo de Lucía, que murió durante la noche, en septiembre de 1995. Laura supo ese día que su corazón ya no latiría con el mismo compás de siempre, sino con el ritmo de los muertos en vida. Sin embargo, la vida le proporcionó un cambio de rumbo unas semanas más tarde. Claudio aterrizó en Roma divorciado (para su sorpresa), para asistir a los funerales de su madre. Se alojó durante tres días en su palacio del monte Pincio.

—Tu madre me ha entregado un libro —le dijo a Claudio tras el entierro, mientras caminaban juntos por el cementerio, de regreso a los coches—. Y también unos paquetes con dinero.

—¿Y?

—Lo digo para que lo sepas.

—¿Te lo ha dado a ti por algún motivo?

—Quería que yo lo tuviera.

—Pues ya está. Quédatelo.

Fue todo lo que dijo Claudio. No le interesó saber nada más. A ella le pareció lo mejor y guardó silencio y lloró por el alma de Lucía. Era evidente que Claudio no estaba al corriente de la existencia de esos objetos, tampoco de su historia. Consoló a Claudio. Él a ella. La besó. Se besaron. Se abrazaron con una copa de vino en el jardín e hicieron el amor sin sentimiento de transgresión ni culpa. Para ella fue como acostarse con el marido que regresa de un largo viaje de treinta y tres años, que lo ha transformado hasta la degradación. El frío y el viento que se levantó en Roma el día del entierro de Lucía quedaban tras los cristales del dormitorio y de los salones. Escucharon música, conversaron durante horas hasta caer rendidos. Ella se alegró de que Claudio no le hiciera ninguna pregunta sobre el libro y el dinero, porque le había prometido a Lucía que sería un secreto. Con los años ha aprendido a callar. Y no tuvo el más mínimo pesar de enterrar el secreto en el fondo de su alma hasta que llegara el momento de actuar. Si llegaba. De no ser así, debía destruirlo.

Durante esos días de amor con Claudio, creyó que no podría resistir la soledad y su maltrecho cuerpo una vez él partiera. Claudio había sido un bastión importante en su vida, y debía regresar a Madrid. Solo tuvo que abandonarse a él y dejarle obtener lo único que no había poseído nunca: a la mujer de su hermano. Ya no estaba Lucía para protegerla de las garras ambiciosas de su propio hijo, y para consolarla por los dolores que le causaban sus huesos protésicos. Había cumplido cincuenta y siete años, y no gozaba de la rebeldía de su juventud, ni de demasiada fuerza ni ganas para rechazar a Claudio, impetuoso y complaciente. Le recordaba a Blasco en algunos aspectos; en los ojos grandes y la forma de mirarla. Que fueran hijos de distinto padre nunca lo tuvo en cuenta. Era como si el destino le hubiera otorgado un mal remedio a la soledad. Pero un remedio, al fin y al cabo.

Cerró el palacio Bastiani del monte Pincio y dejó de vagar por los pasillos vacíos y los salones desiertos. Viajó a España y se trasladó al ático de Pintor Rosales con el encargo de Lucía, que guardó en la caja fuerte de la alcoba de su suegra. Sin embargo, no soportó dormir allí más de dos noches seguidas, a pesar del barrio alegre de Moncloa y la vida bulliciosa de Madrid.

Lucía le había dejado a ella en su testamento el piso de Rosales, expresamente mencionado, para que obrara en conciencia. Y tras diez años, todavía estaba inscrito a nombre de la difunta. Ese regalo no le pertenecía. Las dos lo sabían. Lucía conocía perfectamente a Laura Bastiani; el deber dictaría a la noble esposa de Blasco lo que hacer con esa propiedad; justo lo que Lucía no quiso hacer en vida por no herir a Claudio ni alimentar su odio. Al fin y al cabo, era su hijo. El único que la sobrevivió.

Y en Pintor Rosales Laura Bastiani no resistió más de tres de días. Conocía la historia del inmueble. De ese parque y de los sucesos en los terrenos del templo de Debod. Había escuchado de labios de su suegra la tragedia del viejo palacete de Francisco, frente al antiguo Cuartel de la Montaña, que ya no existía; y lo que allí ocurrió; lo que pidió Jimena Anglada a Lucía, e hicieron entre las dos, el mismo día del golpe militar y del asalto al cuartel en que comenzó la Guerra Civil española que llevaría a Lucía, unos meses después, al exilio.

Antes de cerrar el ático, paseaba como un perro enjaulado por el piso. Deseó con ardor y misterio acercarse hasta el cementerio de la Florida, por la cuesta que se hunde en el parque del Oeste, hacia las ermitas de San Antonio. Porque las palabras, las frases que había oído de su suegra, le hicieron revivir los terribles sucesos del año 1936. Esos avatares en su cabeza, con los que Laura Bastiani soñaba por las noches en terribles pesadillas, la hicieron huir despavorida a Tres Robles, junto a Claudio. Lo que Laura Bastiani desconocía el día que salió de Madrid apresuradamente, en el año noventa y cinco, es que la finca de Tres Robles también guardaba el espíritu de sus muertos.

Tras más de ocho años en la finca, nada le causa sorpresa. Ha aprendido que Claudio y Ricardo son las dos caras de la misma moneda que tiró al aire Francisco Anglada, y cayó de canto.

39

Un arma para todas las guerras

Ciudad Lineal, 12 de febrero de 2004

«Madre, madre! ¿Dónde estás? No te podrás esconder de mí ni de lo que sé», repite Teresa por toda la casa en cuanto su llave gira el bombín de la puerta de Arturo Soria. El cielo está oscuro y la noche temprana hace brillar los cristales del interior de la casa.

—¡Mamá! —grita Leonor desde la cocina. Y se echa en brazos de su madre en cuanto la ve aparecer por la puerta de la cocina—. ¡Qué bien, mamá, que hayas venido! ¡Cuánto te he echado de menos! Quiero irme a casa.

Teresa ha olvidado que su hija lleva viviendo con su madre varias semanas y ambas desconocen su accidente y la desaparición de Walter. El tiempo es ahora una ecuación imposible de controlar.

—Mamá, ¿qué te ha pasado en el brazo? ¿Por qué lo tienes vendado? Se te ha hinchado la cara.

Teresa no deja de abrazar el cálido cuerpo de Leonor, que huele a niño recién bañado. Un olor que desaparecerá en algún momento para no regresar jamás.

—No es nada —le dice Teresa.

Su hija la mira con lástima y ella intenta contarle una dulce versión de lo que ha sucedido, omitiendo la desaparición de Walter, el maldito pueblo que no quiere recordar, la verdad de sus últimos días y todo aquello que no ha de saber un niño de siete años. Y de pronto Teresa repara en su madre. Está sentada en una esquina de la cocina, sobre un banquito de enea pelando una naranja con un cuchillo. Las mondas caen en un papel de periódico. La mujer lleva puesto un camisón de flores terriblemente viejo, sus ojos están llenos como lunas y miran a su hija con terror.

«Dios, ¿qué estoy haciendo con mis niñas?» No se explica por qué ha dejado a Leonor con esa mujer extraña a la que no siente como madre. Pero es su madre. En algún momento la quiso como a una madre. O eso cree todavía. Rosa se levanta, la naranja rueda por el suelo y se abraza a Teresa.

Eso no lo esperaba.

—Por Dios, madre —se aparta—, ¿es que Raquel no te lava la ropa y te asea como es debido?

Rosa balbucea. Tiene el pelo tan blanco y tan largo, sin peinar, que indigna a Teresa. Su madre le toma las manos y le da las gracias por el regalo de tener a Leonor con ella. Han sido los días más felices desde que... Pero añade:

—Tú tampoco tienes buen aspecto, y deja de criticarme. No habrás venido a llevártela, ¿verdad? Has venido a vernos, ¿a que sí?, ¿a que no te la vas a llevar?

—Abuela, no voy a estar toda la vida contigo —interviene Leonor—. Mi hermana me necesita y Raquel dice que está haciendo grandes progresos. Cada día es más ella, o sea, más yo. Más como éramos antes. Somos gemelas, abuela, y debemos estar juntas. Entiéndelo.

Leo vuelve a tirarse a los brazos de su madre en cuanto Rosa se agacha para recoger la naranja a medio pelar.

Teresa no sabe qué decir, en medio de las dos. Lleva en el bolso las dos cartas de su abuela y el trozo de tela de un pantalón que sacaron de la cripta. Le arde el bolso como si llevara dentro las llamas del infierno.

—Hoy es tarde, cariño —le dice a Leonor—. Será mejor que duermas aquí con la abuela y mañana lo hablamos las tres, tranquilamente. Raquel está en casa con tu hermana y yo me encargo esta noche de la cena y me quedo con vosotras.

—Qué bien, mami, dormimos juntas y mañana me llevas tú al cole.

—Claro que sí, cielo.

Rosa enseguida se escabulle como una anguila y sube a su dormitorio, del que no sale en toda la tarde, como en sus mejores tiempos de anacoreta; ni tan siquiera cuando Leonor llama a su puerta para que baje a cenar. Solo dice, susurrando desde la cama, sin abrir a la niña, que está acostumbrada a las rarezas de su abuela, que no piensa cenar y que la dejen en paz.

—Como quieras, abu —contesta Leonor y baja por la escalera rozando con sus dedos la barandilla, contenta de estar a solas con su madre, sin el pésimo humor de la abuela, que provoca un mal ambiente que a veces no se puede soportar.

Durante la cena las dos llegan a un acuerdo: dos días más y regresa a casa. Teresa se alegra de que Leo quiera volver con su hermana.

—Ya no le tienes miedo, ¿verdad?

—Es mi hermana, tuvo un accidente y he de ayudarla. Os echo de menos.

—Me alegro.

Las dos se acuestan juntas esa noche. Teresa no puede pegar ojo, en su viejo dormitorio de cuando era niña. Conserva el mismo papel pintado, el mobiliario de los años sesenta y todos sus juguetes guardados en cajas en lo alto del armario; algunos los ha sacado Leonor y andan por los suelos, como una antigua y lastimada caja de Magia Borrás, abierta, debajo del escritorio. Su cabeza hierve de impresiones. ¡Esas cartas! La única que ha leído no la puede soportar en la memoria. La tiene obsesionada. ¿Quién narices se las ha enviado?, no deja de pensar desde que las ha recibido. ¿Dónde está Walter? ¿Quién o quiénes le han sacado esas cartas del bolsillo de la cazadora? ¿Por qué se las han enviado? Él no aparece ni vivo ni muerto, y es imposible que el propio Walter Ayala le esté jugando esa mala pasada. Desdichado de él, al final va a encontrar la muerte en España. Demasiado peso que soportar:

Su padre está en Milmarcos.

Su abuela mató a un hombre.

Francisco, a una enfermera y a un médico.

Son judíos.

O medio judíos.

Un anillo de oro con una perla flota en su cabeza constantemente. El anillo del que habló Jimenita cuando se perdió en el museo. El maldito anillo que su hija buscaba es el anillo que su abuela regaló a su compañera de los ojos de hambre, en el hospital. El anillo que tan mala suerte le dio. Lo dice la carta. También le regaló las joyas que llevaba encima. Se va a volver loca. Pobre Jimena. Cómo murió. ¿Es posible que su hija encontrara el espíritu o el alma perdida de su abuela? Vagando en la eternidad del tiempo, o lo que sea que su hija siente y transmite. En la carta, Jimena quiere ser enterrada en Milmarcos. ¿Será posible encontrar sus restos bajo las piedras del museo, de donde nunca salieron? En el registro de defunción está escrito que su cuerpo no se encontró, y ella lo ha visto en el mausoleo, por lo que su espíritu tiene que seguir allí abajo. ¿Quién sabe, si nadie controla el tiempo ni la materia ni el espacio? Se está volviendo loca. Podía salir un nuevo Einstein y revolucionar otra vez el viejo concepto del tiempo.

Demasiada ansiedad, cree, dando vueltas en la cama, donde los presagios más inverosímiles asaltan la mente. Necesita hablar con el comisario de nuevo.

En el silencio y la oscuridad, se desliza fuera de las sábanas, se echa la bata sobre los hombros, coge su bolso y sale del dormitorio para entrar en el de su madre y encenderle la lamparita de noche.

—Quiero hablar contigo, madre —susurra, de rodillas en el suelo.

Rosa abre los ojos, somnolientos. Ha debido de tomarse la pastilla para dormir, porque le cuesta mantenerlos abiertos, a pesar de que Teresa ahora le enfoca la cara con la lámpara.

—Madre, quiero decirte que he encontrado a papá.

Y Rosa abre la boca, como si emergiera de una piscina en la que se ahoga. Ve a su hija de rodillas en el suelo, junto a ella, con la bata abierta y un camisón de cuando era joven.

—Sí, madre; lo he encontrado. Por fin. Pero está muerto y enterrado.

Teresa se incorpora. Experimenta un gozo extraño y vengativo con la confusión y la angustia de su madre, y se sienta en el borde de la cama.

—Lo he visto con mis propios ojos. Sí, con estos ojos que te miran. Es un esqueleto. Los huesos de su mano los tiene la policía y los están analizando. Pronto podrás darle el funeral que se merece y dejarás de mentir de una puñetera vez, y de montarte las películas que han destruido nuestras vidas. Voy a llamar al comisario para que te interrogue por el dinero que has estado ocultándome. Eres una mentirosa. La hermana Laura ha muerto y no te has dignado a decírmelo. ¡Qué sarcasmo! Encima le has mandado una corona. ¿Qué llevaba dentro? ¿Gas mostaza, para ahogar a las mujeres a las que siempre has odiado? Que sepas que tú no fuiste el único amor de mi padre, quería a la hermana Laura tanto como a ti, y tú los separaste. Con tus celos.

Teresa no puede soportar la belleza de los ojos de su madre; se ve reflejada en ellos; esas pupilas le devuelven su propia imagen. Y lo odia. Es una belleza siniestra que sufre. Teresa se pone de pie. Aprieta su bolso contra el pecho, lo abre, saca el trozo de tela y lo deja caer en la cama.

—Toma, esto es de él. Creo que lo conoces.

Rosa apresa el trozo de pantalón de su marido y se lo lleva a los labios, lo huele y lo besa. Tiene la expresión de arder en el infierno al que ha sido empujada por su propia hija. Su mano se cierne en torno al retal deshilachado.

Teresa sale corriendo del dormitorio, odiándose a sí misma. Se le cae el bolso y continúa escapando de sus propias acciones, como si nunca hubiera amado a su madre.

Sus zapatillas de peluche golpean con furia el jardín. Intenta reconstruir en su cabeza cómo eran la parcela y la vivienda en el treinta y seis, mientras rastrea los árboles, la fuente, los setos salvajes, el terreno de césped amarillento por las heladas y que no poda nadie, bajo el influjo de la luna y las nubes que agitan el cielo ventoso de febrero. Arrastra los pies entre la húmeda hojarasca, no puede olvidar lo que ha leído, y cómo su abuela describe el Madrid de la guerra, el hospital, la Ciudad Lineal. La enfermera roja debió ser la víctima de F. A. V., la negligente, la que dejó morir a Jimena. O a lo mejor no. Simplemente murió porque tenía que morir. Y esa enfermera pagó las consecuencias de manos de un hombre que no se andaba con medias tintas; tampoco su hija.

Da varias vueltas por la oscura parcela, ensimismada en la carta y sintiendo la humedad bajo sus pies.

Enciende el móvil y se sienta en la peana de la fuente, que no ha funcionado nunca. La luz amarillenta de las farolas de la calle ilumina su rostro. Está inquieta.

—Perdona las horas —dice—. Necesito hablar con alguien. Contigo. Acabo de hacer un daño irreparable a mi madre; no te alarmes, no es físico. Siento haberte llamado, perdona.

—Espera, no cuelgues. —Se hace el silencio y en unos segundos vuelve la voz de Ricardo—: ¿Qué ha sucedido?

—No te lo puedo decir por teléfono. Ven. Estoy en casa de mi madre, en el jardín.

—Voy para allá.

—¿Podrás?

—Claro que sí.

«Cuánto ha cambiado Ricardo», piensa, al cortar la comunicación y, guiada primero por un impulso y luego por la reflexión, cruza entre los tilos y abre el portón de madera. Enciende la luz del garaje y se dirige hacia un lugar secreto. Abre el cajón de un mueble de formica y ahí está el estuche alargado. Lo abre y ve el brillo del arma. Su forma es divertida y estrambótica, de otras guerras que no es la suya, con el cañón más estrecho que la boca, y la culata es de madera oscura, con remaches. Es un arma de avancarga que compró su padre en la liquidación de un anticuario del Rastro, cuando era joven. Él le tenía prohibido acercarse a ese cajón cuando era niña. A Teresa le gustaba el ruido que hacía. Pero no puede recordar más allá. Todo lo que cree que recuerda no son recuerdos, sino palabras de su madre que asume como recuerdos propios. A veces es incapaz de discriminar lo real de lo inventado o imaginado. Pero lo real ahora es que hay un arma de su padre del año 1876, con pólvora negra, esferas de plomo y fulminantes, en un estuche de terciopelo. Ella recuerda, está segura, que él la abrillantaba y limpiaba su interior constantemente, como pasatiempo, sentado en una silla y silbando canciones antiguas. Algunas veces la disparaba en el jardín, para susto de su madre y los vecinos, pues, aunque distantes, la detonación y el estruendo alarmaban al vecindario y espantaba a los paseantes de la calle.

Extrae la pistola del estuche de terciopelo con una mano; la otra, vendada, la tiene fuera de combate para maniobrar. El arma pesa lo suyo, pero le gusta la sensación. Vacía dentro del cañón uno de los botecitos de pólvora. Golpea la culata para asentar las partículas negras, levanta el martillo e introduce un fulminante en una especie de cono. El arma está lista para ser disparada. Ve una bolsa de tela colgada de un clavo de la pared. Tiene el anagrama del parque de atracciones y saca todo lo que hay dentro: un bañador de su madre, unas viejas zapatillas de piscina, un tubo para respirar, y guarda el trabuco dentro, despacio, depositándolo en el fondo. Sale del garaje hacia la cancela de la verja con la bolsa en la mano, a encontrarse con Ricardo. Espera que Leonor siga dormida y su madre haya podido caer en el sueño de sus pastillas, porque cuando la ansiedad la agobia, hasta el extremo de volverse loca, se toma una dosis extra; confía en ello con el disgusto que le ha dado.

Se desliza hacia la calle y tiene un deseo inmediato de hallarse frente a él, cara a cara. Se sienta en la acera y apoya la espalda en el murete de su casa, en medio de la noche. Con las yemas de los dedos roza el arma tras el tejido de la bolsa. Siente tentación y vértigo al ver la luz de los faros del Lexus aproximarse por la calle. Se apagan junto a ella y a continuación sale Ricardo. El borde de su abrigo se mueve con rapidez; los zapatos, sin calcetines; los pantalones, de chándal.

—Hola —dice él, sorprendido de verla sentada en la acera, en bata, de madrugada, como si se hubiese escapado de casa con una bolsa de tela como único equipaje, igual que una niña mala. Le excita verla así.

—¿Me haces un hueco?

—Claro. —Se sienta en el pavimento, junto a ella—. ¿Qué le ha pasado a tu brazo?

—Avatares de huérfana; nada que no lo remedie un vendaje. ¿Qué mentira le has contado a tu mujer esta vez?

—Ninguna. No pienso mentir más. Se acabó. Voy a decírselo.

—¿El qué?

—Que me caso contigo en cuanto me dé el divorcio y tú me quieras a tu lado.

—Tú eres idiota.

—Qué humor... ¿Qué ha pasado con tu madre?

Ella lo mira y guarda silencio, y se repite a sí misma: «No puedo precipitarme. Cálmate, Teresa. Cálmate».

—Esta noche te voy a matar.

—Y eso... ¿por qué?

—Porque llevo un arma para hacerlo. La otra noche la llevabas tú y esta noche la llevo yo. Debiste matarme.

El viento viaja por la calle, arremolina las hojas, que vuelan a su alrededor.

—Esa bata es muy fina y te sienta muy bien, pero puedes coger una pulmonía antes de matarme. Salgamos de aquí.

Ricardo se levanta del suelo y le tiende la mano. Ella acepta y bajan por la calle en dirección a la avenida de América. Apenas hay tráfico en Arturo Soria. Son las dos de la madrugada y es una noche limpia y ventosa de invierno. Se paran delante de la escultura de Arturo Soria, y Teresa se sienta en el borde de la acera. Están sobre el puente que cruza la carretera de Barcelona. Se oye el rodar apresurado de los vehículos.

—¿No te parece que me deberías decir por qué me has sacado de la cama? ¿Por qué estás en camisón y en zapatillas, con esa bolsa del parque de atracciones al hombro, en plena noche, lesionada como estás? ¿Te encuentras bien?

—Nunca he estado mejor —dice ella. E introduce la mano derecha en la bolsa y saca el arma y le apunta en el pecho con el trabuco de hace dos siglos.

En el fondo, solo pretende asustarlo; ni tan siquiera se ha molestado en cargar la pistola con las bolas de plomo; pero la pólvora es suficiente para advertir a Ricardo de que esto va en serio: ha de dejarla en paz.

Tiene el corazón de Ricardo a unos centímetros de distancia. A él no le gusta que nadie lo apunte con un arma, y no sabe si reírse o tomarla en serio. La pistola tiene aspecto de funcionar y a esa distancia lo mataría en el acto.

—¿Por qué no me das ese armatoste y dejas de hacer tonterías? No te encuentras bien, Teresa. El accidente de tu hija te ha descentrado completamente. Deberías volver al trabajo. Tu audiencia te espera y te ayudará a reencontrarte con la mujer que eras. ¿Tú te has visto?

—Deja de decir gilipolleces. No voy a volver. Jamás. ¿Quién es Laura Bastiani? ¿Por qué está su nombre en un buzón del paseo de Rosales, número seis?

Él se encoge de hombros con las manos en los bolsillos del abrigo. El ruido de fondo, de colmena, desaparece. Los vehículos pasan bajo el puente de la CEA como abejas silenciosas. Él se retira y da varios pasos hacia atrás, pero está la calzada y pasan vehículos en la noche a gran velocidad. Lo que ve en los ojos de Teresa no le gusta nada.

—Laura es mi tía política, la mujer de mi tío Blasco, el único hermano de mi padre, que murió en Italia hace muchos años en un accidente de carretera. Sé que estás enfadada; crees que tienes motivos. Pero deberías escucharme y tranquilizarte. Te quiero, Teresa. Me gustaría explicarte muchas cosas que no sabes…

—Quiero que me digas quién era Lucía Oriol. O quién es.

Ella sigue apuntándolo con el trabuco.

—Era mi abuela, falleció hace unos años. Tenemos que hablar con tranquilidad, cariño. Estás muy nerviosa, yo te quiero.

Ella no sabe si él responde porque le hace gracia su aspecto, con esa pistola antigua en la mano, o porque ha decidido, como ha dicho antes, decir la verdad. Pero un hombre como él solo dice la verdad si le interesa. ¿Cuántos días y noches han de pasar para que aparezca Walter? ¿Quizá otros treinta y tres años? Ricardo puede saber dónde está. Es un hombre celoso, pudo seguirlos y provocar el accidente. Y, desde luego, parece dispuesto a no dejarla tranquila. Ella ve en la cara de Ricardo, en sus rasgos bronceados, la piel de un asesino.

—Nunca vas a ponerme la mano encima —dice ella—. Eres un miserable. No necesito escuchar tu versión del pasado de mi familia. Ni tus mentiras. Es posible que hayas secuestrado a Walter. Y también que lo hayas matado, porque conozco tu alma y sé que serías capaz de algo así. Yo no te pertenezco, Ricardo, ni te perteneceré nunca. Sé que intentas destrozar mi vida, pero olvídate de mí. Esto es una advertencia.

Y con el brazo levantado, aprieta el gatillo. La explosión retumba por toda la calle. El olor de la pólvora entra en sus pulmones, y la detonación le estalla en los oídos. Baja la mano despacio, el humo se interpone entre los dos y no puede ver el desenlace del disparo.

40

Allanamiento

Madrid, noche del 13 de febrero de 2004

La calle parece bombardeada, y las casas, destruidas. Camina calle abajo con la mirada perdida y el trabuco en la mano. Cree pisar escombros y cuerpos destrozados con las zapatillas de peluche, salpicadas de sangre. Pero no ve sangre en las zapatillas por mucho que las mira. Todo le huele a pólvora: el aire, los árboles, los bancos de madera de los jardines y la oscuridad. La noche es pavorosa. En la esquina con Josefa Valcárcel, aparece un taxi con la luz verde, levanta la mano y entra enseguida.

—A Rosales, seis, por favor.

Ya no hay desesperación ni dolor, ni esa sensación de tener un nido de serpientes en el estómago. Respira aliviada. El olor del taxi, a plástico y a ambientador barato, la devuelve a la exigua realidad. Disparar a Ricardo ha pinchado ese globo inflado de rencor hacia él. En el portal indicado se detiene el vehículo y le dice al taxista que espere. No tiene dinero, ha de llevarla de regreso a Arturo Soria si quiere cobrar. El hombre se da la vuelta y la mira de arriba abajo: la bata, la bolsa de tela y el brazo vendado.

—No me he escapado de ningún psiquiátrico —dice—. Le dejo en prenda la bolsa, dentro hay algo que vale más de dos días de trabajo.

El taxista duda. No sabe qué hacer. Hay gente rara en el mundo. Aunque, pensándolo bien, él tiene un feroz aspecto patibulario y, en la alfombrilla, bajo su asiento, hay una botella envuelta en papel, con una mezcla que se hace él mismo de anís y coñac de garrafa.

—Está bien —dice el taxista, al final—. Si tarda más de quince minutos, llamo a la policía.

—Voy a entrar en ese portal. Confíe en mí. Pero he olvidado la llave y tendré que esperar a que un vecino me abra.

Él frunce el ceño, sus ojos son pequeños y desconfiados.

—¿Sabe la hora que es? —La mira por el retrovisor y exclama—: ¡Su cara! Su cara me suena... ¿No la estará buscando la pasma...?

—Soy periodista. Me conoce de la televisión.

Él pone el brazo sobre el respaldo de su asiento, gira la cabeza y descubre quién es, con un rostro que bien podría ser de un presidiario, en una celda de aislamiento.

—Su hija se perdió en un museo... ¡Salió en las noticias...! ¿Qué hace a estas horas y con esa pinta, señora?

—Tengo problemas, necesito entrar en el portal y no sé cómo hacerlo. Ayúdeme.

—No soy un ladrón.

—Yo tampoco; no voy a robar a nadie.

—Me cago en la hostia... —maldice él—. ¿Por qué he de ayudarla?, ¿qué saco yo en claro?

—¿Sabría abrirlo? ¡Contésteme! —Ella le agarra del brazo y hunde sus frágiles dedos en un músculo terso, pidiendo protección y socorro. Sabe bien cómo tocar a un hombre la fibra sensible.

—Depende... —Sus pequeños ojos se encienden con una luz sofocada y blasfema—. Me cago en la hostia, lo que hay que hacer por un polvo, ¿verdad?

Teresa mantiene la mano sobre el brazo de gladiador del taxista, siente sus venas a través del tejido. Los dos cruzan miradas lascivas, llenas de promesas, y ella sonríe ligeramente y se muerde el labio superior y le susurra:

—Sabré darte lo que necesitas.

Él se agacha y abre la guantera. Saca una bolsita de cuero y sale del coche con ella en la mano, pisando fuerte con sus deportivas malolientes y una sombra sobre los ojos. Ella hace lo mismo. Lo sigue. Alcanzan el portal. El taxista echa un vistazo rápido a la calle, mete una llave en el bombín, da unos golpecitos suaves con una cosa que Teresa no ve y la puerta se abre cuando él tira del picaporte.

Se cuelan en la oscuridad del interior. Se miran el uno al otro como si se conocieran de toda la vida. Los ojos de los dos brillan, reflejados en los espejos del vestíbulo. Él dice que debe de estar loco, volverá a la cárcel si lo pillan.

—Lo siento —contesta ella—, nadie lo va a saber.

—La espero en el taxi.

Teresa le sujeta del brazo cuando él se da la vuelta.

—No, suba conmigo, por favor, se lo ruego. Me duele el brazo. Ya queda poco.

—¡Pero está loca! —La toma por la cintura, la empuja hacia él e intenta besarla.

—Ahora no —dice ella, con el aliento a alcohol del hombre en los labios.

Él la suelta y empuja una puerta del cristal y acceden al portal. Él la sigue, tuercen a la derecha y suben en ascensor hasta el ático. Se bajan en un rellano enmoquetado en el que solo hay una vivienda y un aparador pegado a la pared con un jarrón lleno de flores artificiales. Un gran espejo refleja la elegante puerta de madera.

—Es aquí. Vuelve a hacer lo mismo de antes, te lo suplico.

—Ahora le tutea, sabe que es mejor así; darle confianza.

—Estás loca, joder. ¿Y si no hubieras dado con un pringado como yo?

—Te recompensaré, lo sabes; tuve un accidente, por favor...

Y se ven los dos en el espejo. Ella piensa que hacen una pareja inverosímil, cuando él le abre paso al interior de la vivienda, con la misma facilidad con la que ha abierto el portal, sacando de la bolsita de cuero el material para hacerlo.

—Me vuelvo al taxi, antes de que me meta en la mierda. Te espero abajo, no tardes.

Y desaparece escaleras abajo, silencioso, como humo que escapa por la chimenea.

El piso es lujoso y decadente. Todo está oscuro. Sus pupilas se acomodan a la luz que entra de la calle. Los ventanales del salón dan al paseo y al parque del Oeste. Encima de la chimenea hay un cuadro que representa los fusilamientos del 2 de mayo. Le da un escalofrío ver el lienzo en la penumbra fantasma. Hay un piano pegado a una pared, entre dos ventanas. Abre una puerta corredera y accede a un enorme despacho. También da al paseo. Enciende una lámpara verde de cristal sobre un escritorio de madera maciza, muy elegante y antiguo. Tiene cajones a los lados y Teresa los desliza hacia ella. Uno por uno. Rebusca. Hay sobres, papel con membretes muy viejos y amarillos, estuches con plumas y bolígrafos de oro. Del segundo cajón extrae una carpeta verde. Dentro hay un sobre. Lo abre y saca el contenido.

Es una hoja manuscrita. Puede leer el nombre de David Anglada bajo una firma. Parece algo importante, seguro. Lo dobla y se lo guarda en el bolsillo de la bata y sigue buscando. No sabe qué busca, pero busca. El que busca encuentra. Hay sellos y tampones que llevan nombres de empresas, y sobres con anagramas. Del fondo del cajón extrae un paquete de cartas atadas con una cinta negra, de raso, vieja y pasada. Están escritas a mano. Le palpita el corazón.

¿Por qué sus dedos están robando en la noche, allanando una propiedad, igual que una auténtica delincuente? «Actúa —se dice—. No tengas miedo, Teresa.» Está casi a oscuras, pero ve las cartas, tienen una letra redonda y caligráfica, con la que ya nadie escribe. Reconoce los trazos regulares y redondos. Se las ha de llevar. Lo sabe. «Cógelas», le dice una voz en su interior. Pueden ser las cartas de las que habló su hija. Está segura. Su hija, que a veces no es su hija, porque se transmuta en quien escribió con esa caligrafía que tiene delante.

Levanta los ojos y ve un marco de plata encima de la mesa.

Lo lleva a la ventana. Es la imagen de una mujer morena, con un sombrero de los años cincuenta, bien vestida, junto a un hombre moreno también, con el pelo engominado echado hacia atrás. Es muy alto y tiene un rostro parecido al de su padre. Se da cuenta de que son Lucía y Francisco. No pueden ser otros. Está segura, son ellos: F. A. V. y su amante. El piso pertenece a Lucía. Está nerviosa. Mira hacia la calle y ve el taxi con las luces apagadas, parado junto a la acera.

Todo lo que observa a su alrededor parece de otra época. No corresponde a la modernidad del edificio. Es como si el piso se hubiera amueblado con los enseres de un mundo extinguido. Los ventanales tienen pesadas cortinas de terciopelo sujetas a los lados con pasadores dorados. Hay lienzos de valor por las paredes. No puede permanecer más tiempo ahí, aunque el silencio de sus zapatillas no delate sus pasos y su aliento acelerado apenas la deje respirar. Volverá. Pero antes va a por el paquete de la cinta negra y se lo guarda en el bolsillo de la bata.

Echa un vistazo a la casa. Es enorme, un pasillo a la izquierda y otro a la derecha: el de la izquierda conduce a la zona de servicio, se ven los armarios empotrados; el de la derecha seguro que va hacia los dormitorios. Abre una puerta: es otro despacho, más pequeño, como un gabinete. Abre otra puerta: parece el dormitorio de una joven, pero es todo tan anticuado... Hay un marco con una fotografía, sobre un tocador rococó; se acerca y vuelve a aproximarse a la ventana con él en la mano. El brillo de la luz nocturna le devuelve la imagen de sus hijas en la cara de la joven fotografiada con un vestido blanco de encaje. Pero está triste y demacrada, y tiene una cicatriz en la mejilla. Se le cae el marco de la mano, se abre y hace un ruido espantoso al chocar contra la tarima. Se asusta. Da un paso hacia la fotografía, se ha salido del cristal y la vuelve a mirar, tirada en el suelo. Es un rostro deformado, parece moverse dentro de la gelatina fotográfica, prisionero de sus bordes, queriendo salir, y es Teresa la que sale corriendo por el pasillo y del piso, muerta de miedo y de espanto.

Entra en el taxi y éste arranca enseguida para huir cuanto antes de ese barrio que vivió varias guerras, hacia la zona norte de Madrid. Como ladrones en la impunidad de la noche.

—Tienes mucho valor, ya lo creo —dice el taxista mirándola por el retrovisor.

—Usted también.

—¿Ya no me tuteas? ¿No se te habrá olvidado «lo que necesito»?

—En absoluto.

—De joven fui un loco: un gilipollas, como he sido esta noche —dice él—. Parece que el destino te lo ha puesto en bandeja, señora periodista. No te creas que llevo llaves *bumping* para abrir puertas ajenas. Son de un tipo que se las dejó donde estás ahora.

—No te he pedido explicaciones. Te pagaré lo que me digas.

—Ése no es el trato.

—Me duele el brazo a rabiar, no puedo con mi alma, estoy agotada.

—Yo no soy tu marido. No me vengas con chorradas.

—Tranquilo —dice ella.

Se aproximan por la calle Agastia desde la avenida de América y suben por Hernández de Tejada para girar a la izquierda en Arturo Soria. Ella baja la ventanilla y se asoma. Le dice que circule despacio, están llegando a la altura de la calle de la escultura de bronce del señor Soria, sobre el puente de la CEA.

—En mi vida la he visto —dice él.

—No me extraña, es una ridiculez, con todo lo que hizo ese hombre por Madrid... Está junto al chalé que fue su residencia. Es la casa de color amarillo, la de la esquina con Emilio Vargas.

—¿El chalé de la Comunidad que tutela a chavales extranjeros? Joder, la que arman..., y eso que son menores.

Él sigue conduciendo sin dejar de mirar a Teresa por el retrovisor, que mueve de vez en cuando para tenerla controlada, como si fuese a desaparecer de un momento a otro para convertirse en calabaza. Pero solo observa los ojos de ella, ardientes y fatigados, con ese aspecto de haberse fugado de un manicomio, mientras descansaban los celadores. No le parece tan guapa como salía por la televisión.

Ella no ve nada irregular por la acera, ni por los alrededores, ni en los jardines o bajo los árboles, en el lugar donde ha disparado a Ricardo. La tranquilidad de ese tramo de la calle es la normal, a las cuatro de la madrugada.

—¿Buscas algo?

—A un hombre al que he disparado con un trabuco, minutos antes de subirme en tu taxi

—Ya…, bien… Como tú digas. Yo habré sido ladrón, pero jamás he disparado a nadie.

Teresa no ve el Lexus de Ricardo, junto a la verja de su casa cuando la alcanzan. El taxi se detiene bajo la luz de una farola, por indicaciones de Teresa. Permanecen callados durante unos minutos, en silencio, en la frondosa madrugada. Ella por fin le dice que no está en condiciones de cumplir lo que él espera. Tiene a dos pequeñas en la cama, igual les ha podido pasar algo en su ausencia, y le ha bajado la regla, y puede que su marido, que la persigue día y noche porque es un psicópata y ha jurado matarla, aparezca en cualquier momento. Ha de dejarla ir, le recompensará con dinero. Se lo ruega con una voz lastimosa e impostada y aprovecha el desconcierto del hombre para salir del taxi diciéndole que va a por dinero.

Él sabe que esa mujer se la ha jugado, pero ¿qué puede hacer ahora?

Enseguida sale ella con el monedero en la mano y le mete por la ventanilla dos billetes de quinientos euros.

—Joder, son los primeros azules que veo en mi vida. Me hubiera conformado con menos.

—Olvide que me ha visto. Usted no me conoce. —Ahora utiliza el usted para mantener las distancias.

—Joder, estás pirada. Solo espero que no hayas matado a nadie en el piso que te he abierto; no me busques la ruina. Sé quién eres y dónde vives y…

Teresa se da la vuelta y lo deja con la palabra en la boca.

41

Si la muerte fuese a visitarle

Tres Robles, 13 de febrero de 2004

La música sale de un transistor de los años cincuenta, situado sobre la encimera de la cocina. A su tía le gusta cómo suena, y si le gusta cómo suena es porque añora lo que representa. Es de los pocos enseres que Claudio no tiró a la basura cuando reformó la casa de Tres Robles.

Ricardo odia lo que simboliza esa radio. Le tiembla una pierna. Quiere levantarse de la silla y aparece el transistor, mientras da lentos sorbos de una tila con unas gotas de miel. Pero su tía está junto a él, mirándolo con cierta compasión, y no lo va a consentir. Ricardo se queda quieto, con la angustia en el estómago, el corazón menos agitado, y termina el brebaje que le ha preparado Clarisa.

En el mundo onírico de sensaciones paranoides que habita en su mente, escucha la voz lejana de su tía preguntarle si está más tranquilo. Si se le han pasado el dolor del pecho, la angustia y la sensación de morir fulminado; tiene mejor color. A él no le gustan esas preguntas, lo ofenden, y contesta de mala gana. Ya no es un niño, es un hombre que ha estado a punto de cometer dos asesinatos. Quizá haya culminado uno, pero no está seguro. Odia a la maldita Teresa, tenía que haber hecho con ella lo mismo que con el médico.

Ricardo no ha dejado a su padre llamar al doctor de Milmarcos en cuanto éste lo ha visto aparecer en un taxi, a primera hora de la mañana, por el camino, entre las ramas desnudas de los robles. Ricardo ha salido del taxi como si un tractor lo hubiera aplastado contra el barbecho y, ha exclamado como un loco, en la explanada del porche, que había estado a punto de morir del susto. ¡De un disparo! Se vio en el suelo, con la cara abierta y los sesos desparramados. Pero se levantó. Se palpó la cara, el cuello, la cabeza, el pecho; todo él. Ella había desaparecido entre la humareda que, poco a poco, iba despejando un área enorme de calle. Estaba sano y salvo. Sin daño aparente. Pero el pecho lo sentía triturado; la presión le agobiaba. Creyó que moría allí mismo, como un miserable, en medio de la madrugada, en pleno Madrid, sin más ayuda que sus propias manos, inservibles y temblorosas. Aún no se explica que, en el estado en que se encontraba, pudiera alcanzar su vehículo y arrancarlo. Llegar a casa. Meterse en la cama hasta el amanecer. Decirle a Daniela que debía solucionar unos temas con su padre en la finca, pedir un taxi, a punto de explosionar como una bomba nuclear, y soportar dos horas de viaje, a base de aspirinas y un termo con la infusión de hierbas repugnantes que toma Daniela cuando está indispuesta.

Claudio aparece en la cocina. Lleva una chaqueta de lana verde con botones dorados y pantalón de vestir con la raya perfectamente planchada. Se ha rapado la cabeza para eliminar el pelo canoso de la nuca. Lleva en la mano una caja de Valium: ha hablado por teléfono con un médico amigo suyo.

—Tenías que haber ido al hospital cuando te disparó. ¡Estará loca, esa hija de…!

Laura Bastiani se levanta de la silla sin decir nada y se prepara una manzanilla. Silenciosa. Tiene el estómago revuelto. Observa la situación. Clarisa está arriba, arreglando los cuartos, y se oye a lo lejos el ruido del aspirador.

La luz de la mañana entra por los visillos tamizada y agradable. Claudio desliza encima del mantel una pastillita azul y le pone a su hijo la mano sobre el hombro. Le dice que es solo un ataque de ansiedad. Pero deberá hacerse un chequeo; no le iría mal, para descartar cualquier consecuencia desagradable. Un susto como ése puede matar a un hombre. Y añade:

—No sé cómo te has dejado... ¡Con un trabuco!

Ricardo levanta los ojos, inyectados en sangre, y se traga la pastilla. Lleva puesto un chándal Nike y su aspecto derrotado ahora le avergüenza. Se siente humillado. Mira a su tía y ésta le esquiva la mirada. Ella tiene una taza en la mano y sopla el líquido humeante, en silencio, atenta y sagaz. A Ricardo le parece una mujer demasiado silenciosa, rayando en la aspereza y el desánimo. Ya no la ve con buenos ojos, como antes. Demasiado almidonada. Nunca va a encontrar en ella un aliado, y no entiende cómo su padre soporta la presencia de su tía en la casa, ni por qué ella es tan importante para él. Odia que nunca hable, solo cuando se le pregunta. Es una puñetera espectadora. Una *voyeur*.

—Debemos hablar —dice Ricardo de malas formas a su padre y se levanta de la silla.

Laura Bastiani les da la espalda retocándose el pañuelo de seda que lleva al cuello, y los dos salen de la cocina. Ella piensa que, durante todos esos años, en Tres Robles, se ha resistido a un destino que ya ha llegado. Lucía sigue viva en su recuerdo: sus palabras y sus gestos de gran dama. Siente una punzada en el corazón y se apoya en la encimera para respirar hondo mientras piensa que pronto tendrá que abandonar esa finca y esas tierras. Cada día le son más extrañas. Hasta el piar de los pájaros al anochecer le recuerdan que el tiempo de esa vida prestada está próximo a su fin.

Ha visto derrumbarse todo lo que amaba y Claudio no es más que una sombra borrosa de un pasado que no existe. Tendrá que decirle la verdad en algún momento, cuando la noche abrigue su partida y él se enoje con ella y maldiga su deslealtad. Igual la golpea en su soberbia. Pero recuerda que ella no debe más lealtad que a su conciencia y a las promesas que ha de cumplir. Echa de menos su casa del monte Pincio. De niña correteaba por su enorme propiedad con los hijos de los criados, que eran sus iguales hasta que creció y dejó de esconderse en sus correrías infantiles, entre los muebles, las habitaciones cerradas, los jardines y los setos solitarios y siempre vacíos de su infancia. Se tumbaba en la hierba para esperar a que sus padres regresaran de sus viajes y se conformó con la vida que llevaba. Como se conformó con Blasco y luego con su hermano.

Y de espaldas a la ventana, sale de la cocina, recorre el pasillo de la casa y escucha el pérfido susurro de dos hombres tras la puerta del despacho con la idea de subir a su dormitorio, quizá abrir el baúl y comenzar a llenarlo del tiempo perdido en Tres Robles. Tiene la sensación de haber sacado la cabeza de la tierra para ver el cielo corrompido de miseria.

—¡Es la puta mierda de mi vida! —grita Ricardo, al otro lado de una puerta.

—¡Deja de compadecerte! —grita su padre.

Han comenzado a discutir en el despacho, que es de una frialdad absoluta, con muebles minimalistas de funcional diseño italiano. Lámparas de cristal tipo Guerra de las Galaxias, sillones de piel reclinables con movimientos para el relax, y cuadros abstractos que parecen manchas de pintura por las paredes. Claudio dice con preocupación que no encuentra las cartas que le dejó Ricardo sobre la mesa del despacho.

—Me tenías que haber despertado y dármelas en mano. ¿Las leíste?

—No tenía tiempo ni ganas de leer esas antiguallas, con una letra imposible. Salí para Madrid enseguida, me esperaba Daniela.

—No sé por qué no me quedé con ellas cuando… —Claudio se presiona la frente con las manos, contrariado y arrepentido—. ¿Por qué tuve que hacer caso a Francisco y no las saqué del cuerpo de ese pobre desgraciado cuando pude hacerlo?

—No es lo primero importante que pierdes. ¡Como el puto testamento! Haz memoria, ¿qué narices te pasa, padre? Intenta controlar tu puto Alzheimer.

Ricardo se enfurece más de lo que debiera. Las pulsaciones no le han bajado del todo, la tensión le vuelve a subir, y el dolor del pecho, también y, le cuenta a su padre, arrebatado, con todo tipo de detalles, cómo se deshizo del cuerpo del médico del Gregorio Marañón. Sí, él se interpuso en su camino, se les cruzó en la carretera. Lo tenía todo preparado.

—Lo hice con tu Land Rover —apostilla, con el rostro fuera de control.

Sus propias manos lo sacaron del Audi, a rastras, y se las muestra temblorosas y malsanas a su padre. Éste lo mira con horror. A Teresa la dejó en el coche, y al otro lo hizo desaparecer en una incineradora casera que habría fabricado. Sepultó bajo un árbol los restos que quedaron, junto a los de Tomás Anglada que sacó de la cripta.

—¡Eso es lo que he tenido que hacer por ti! —grita Ricardo—. ¡Y tú lo pierdes todo! ¿O te lo han robado? ¿Confías en tía Laura? Porque recuerda que tampoco encuentras el testamento de David. No puedo entenderte, ni la vida plácida y retirada que llevas en este absurdo lugar que has transformado para hacerlo tuyo.

Pero nunca lo será, ni en su alma ni en las vibraciones malsanas que aquí se respiran. Las huellas de los dos hermanos siguen por todas partes. Mira a su alrededor como si los estuviera viendo a través del aire, como fantasmas abalanzándose sobre él, y abre los brazos.

—Emana tedio esta casa absurda, cuyas paredes tuviste que haber derribado para acabar con la mala suerte, ¿no te das cuenta? Desde que vives en esta finca, las cosas no le van bien a nuestra familia. He estado a punto de morir a manos de Teresa, de un puto ataque al corazón. ¿No lo ves? ¿Y si la tía Laura está conspirando en nuestra contra? No veo otra explicación. A veces pienso que nunca debimos salir de Italia. La mala suerte discurre como un río de sangre en este país.

—Tranquilízate. —Su padre suspira, aplastado contra el blanco butacón de Philippe Starck, de material sintético, con dos grandes agujeros en los reposabrazos, a los que se aferra Claudio para soportar lo que escucha de su hijo, enloquecido de angustia por el disparo de una mujer a la que, a lo mejor, ama.

Claudio se siente culpable del odio que encuentra en las terribles palabras de su hijo. Y quiere llorar. Con el tiempo, él mismo se ha encargado de convertir a Ricardo en alguien tan cruel como su propia imagen, pero más arrogante y soberbio, y se cree que puede salir impune de cualquier acción que se le antoje, ¡como quemar un cuerpo en la finca! ¿Y si tiene razón y este lugar está embrujado? Él mismo ha encontrado objetos judaicos escondidos en varios lugares de la casa. También símbolos cabalísticos que en un principio eliminó sin darles mayor importancia. En un armario encontró un cofre extraño, realizado en madera y repujado con cuero. Un excelente trabajo guadamecí. El artesano debía conocer muy bien los símbolos hebraicos que él no supo descifrar. También encontró lámparas extrañas y manuscritos de papel vegetal, enrollados. Todo lo que le recordase a Claudio las aficiones judaicas de Francisco, lo quemó tres días después de la muerte de su benefactor, en una hoguera que mandó prender frente al porche, junto a los tres robles que daban el nombre a la finca, cuyos troncos estaban enfermos y retorcidos. También ardieron cuando los roció con gasolina, creyendo que con ello limpiaba la casa y las tierras de toda influencia de sus antiguos moradores. La familia Anglada creó con sus manos, piedra a piedra, árbol a árbol, la extensión que su mirada podía abarcar.

—¿Por qué has tenido que vengarte de ella en ese pobre diablo? —le dice a su hijo—. No estás gestionando bien la situación, Ricardo. Tu amante te la está jugando; ¡solo hay que ver cómo has llegado! Igual que una sabandija asustada.

Luego le dice que ha de proteger su matrimonio: mimar a Daniela; es la madre de sus hijos, la que le conviene; y dejar a Teresa definitivamente. No fue bueno liarse con ella.

—Déjame que acabe de solucionarlo por mí mismo, de una puñetera vez. Teresa es una depresiva. Una desequilibrada. Una amenaza. A nadie le extrañaría que una mujer insegura e inestable, que se inseminó porque no soporta a los hombres, con una infancia rota, que ha perdido su trabajo y una de sus hijas ha enloquecido tras un extraño accidente en un museo, pueda atentar contra sí misma y contra su familia.

El rencor que guarda Ricardo hacia ella es infinito y no solo por el disparo; eso, al fin y al cabo, es un acto de pasión desesperado de una mujer que odia a un hombre por haberlo amado con locura —cree que así funcionan las mujeres—. Su inquina hacia ella va en aumento. Él es generoso en el fondo. Se ha dejado llevar por una mujer desprotegida a la que le gustó arropar como un héroe: el amante protector, seguro de sí mismo y de lo mucho que tenía que ofrecerle, sabiendo quién era Teresa y el peligro que podría suponer para él y su familia que ella supiese la verdad de su origen. Se siente odioso. Un inútil. Odia el mundo de Teresa. Es una mujer lamentable, y todo lo que la rodea; incluido él mismo y todas las empresas que entre su padre y él se han encargado de liquidar y absorber para dejar a los Anglada sin nada que hablara de ellos después de muertos.

No piensa permitir que ella lo tire a la calzada como una colilla consumida. Se han bañado juntos en varios mares; han follado en cientos de hoteles, en los aseos de las discotecas; durmieron abatidos en docenas de coches y la risa de Teresa se le clava en el recuerdo como algo a aniquilar. «Se lo dije, se lo he dicho mil veces, que la mataría si estaba con otro; y al otro también —no deja de pensar, aniquilado por la infidelidad de Teresa con el médico—. Maldito cabrón. Maldita puta, tuve su cara entre mis manos, sus pechos; todo su sexo lo he poseído mil veces embriagándome con él; lo chupé y lo escupí; pude haberla matado, ¿por qué no lo hice? La muy puta no tuvo ningún reparo en sustituirme, a pesar de mis advertencias. Nunca me creyó, ¡me cago en ella! Cuántas veces la he insultado, sin tregua, con pasión, y ella reía, le gustaba. ¿Por qué no me di cuenta?»

Ricardo está agotado. Tiene una erección. Ganas de masturbarse. Y también de darse un baño y quitarse el olor a pólvora que hay en su cerebro como un recuerdo nefasto. Hace rato que ha dejado de escuchar lo que le cuenta su padre. Claudio habla y habla como una máquina. Le está contando las obras que hizo en esa casa. La infancia que le tocó vivir en Roma con una madre infiel. La trágica muerte de su cornudo padre, tan joven; engañado durante toda la vida fue duro; menos mal que se murió y no tuvo que escucharlo de labios de su propia mujer, porque Claudio está seguro de que ella, al final, habría acabado por contárselo, en cuanto la guerra terminara, para tirarse en brazos de Francisco Anglada. Aunque luego, cuando pudo hacerlo, dio un paso atrás. A las mujeres no hay quien las entienda.

Es la enésima vez que Ricardo escucha el mismo relato: le tiene sin cuidado la juventud de su padre, y mucho menos que su abuela fuera infiel a su abuelo con el saldo de un hijo bastardo. ¿A él qué narices le importa que su difunto tío Blasco fuese medio hermano de su padre?, por el amor de Dios, a estas alturas del siglo XXI. Ricardo solo quiere que Claudio se calle, meterse la mano en la bragueta y después la cabeza bajo un chorro de agua caliente.

Laura Bastiani abandona el pasillo y deja de escuchar tras la puerta del despacho la conversación, o más bien el monólogo de Claudio desde hace un buen rato. Ya está acostumbrada a que su cuñado exhume sus recuerdos y emociones del pasado, cada vez con mayor frecuencia. Les pasa a los viejos; a ella también.

Se oye el timbre de la puerta y los pasos de Clarisa por el corredor. Alguien ha llegado a la casa. Ricardo sale del despacho de su padre y entra en el baño. Se oyen pasos y voces de un par de hombres. Clarisa los ha debido de hacer pasar a la antesala de la biblioteca. Han sonado las puertas correderas y las voces se han apagado. Laura Bastiani lleva unos pantalones amplios, zapatos de punta y un pañuelo de seda de rombos blancos y negros, anudado al cuello. Espera con impaciencia en su gabinete, sentada junto a la ventana con un libro en la mano, a que Clarisa entre y anuncie a las personas que acaban de llegar. Pero la criada pasa de largo por el pasillo y llama con apremio al despacho del señor.

Laura se aproxima a la puerta y la oye decir que un comisario llamado Ernesto Suárez está esperándolo en la antesala, con otro policía. Claudio sale del despacho, se para frente al gabinete de Laura Bastiani y reanuda su camino sin llamar. Sus pasos apresurados suenan a inquietud por el pasillo.

El comisario ve por primera vez el rostro de carne y hueso de Claudio Arzúa. Ha leído sobre él en internet. Hay abundante documentación. Es un tipo importante. Ha visto su fotografía por varios motivos: uno, por haber sido nombrado empresario del año; otro, por ser hijo predilecto de una ciudad italiana cuyo nombre no recuerda. También hay noticias que hablan de fusiones de empresas de comunicación. Ha sido accionista mayoritario de un conglomerado empresarial que abarca todo tipo de sociedades mercantiles: construcción, bodegas, fabricación de componentes industriales, alimentación, tecnología; una amalgama diversa que reconvierte para generar valor añadido y venderlas después. Su sociedad principal es de capital riesgo.

Los ojos de Claudio no dan al comisario una impresión negativa en cuanto se estrechan la mano: son vivos y cálidos. Su rostro es compacto y grande, risueño, con una nariz poco italiana. Más bien es la nariz rechoncha de un labriego español que cae bien a todo el mundo. Su forma de vestir y sus modales son los de un caballero, pero su rostro es mundano e inteligente. No tiene casi acento y su español es perfecto. Al comisario le parece un hombre campechano, por las palabras que pronuncia al estrecharle la mano a su ayudante, que permanece en silencio mirándolo todo a su alrededor con ojos fotográficos.

Claudio no va a darles una tregua, sentado con elegancia teatralizada frente a los dos policías. Les pregunta a qué se debe la visita inesperada de un comisario de Madrid en un solitario pueblo del norte de la provincia de Guadalajara, perdido en el mapa de España.

—No es el lugar lo que importa —contesta el comisario—, sino las personas que nos conducen a él. Como esta espléndida y antigua finca que perteneció a los hermanos Anglada de Vera.

El ayudante del comisario es un hombre muy delgado, casi esquelético, viste de paisano y la ropa le queda grande. Tiene los ojos oscuros y sagaces. Por su aspecto bien podría ser mudo o padecer un cáncer de algún tipo. Claudio le observa con atención y contesta al comisario:

—Así es: «perteneció», en tiempo pretérito. ¿Han venido a hablar de mis bienes, señor Suárez?

—No, por ahora. Estoy aquí en calidad de comisario de policía, no de inspector de Hacienda, señor Arzúa. Me gustaría hacerle unas preguntas.

—¿He de llamar a mis abogados?

—¿Por qué habría de hacerlo? Es una visita amistosa.

—No creo que haya venido para comenzar una nueva amistad.

—Eso es cierto.

—Ha de saber que, en el día de hoy —interviene por primera vez el delgado policía, con una voz carrasposa y aguda, de enfermo—, hemos precintado el panteón de la familia Anglada del cementerio de Milmarcos.

—¿Qué tiene eso que ver conmigo?

El comisario mueve los hombros y dice:

—Usted ha heredado los bienes de los dos hermanos, y bien sabe que murieron sin descendencia, ¿no es así?

—¿Y?

—Todo tiene que ver, señor Arzúa. Estoy seguro de que hay algo que lo relaciona. Quiero informarle que hemos hallado en el interior del panteón pruebas de un enterramiento que corresponde a un varón, de unos treinta y tantos años, desaparecido en diciembre de 1970 sin dejar rastro.

El comisario se da un respiro y su ayudante se mueve con la lentitud de quien acaba de recibir una sesión de quimioterapia, y dice:

—Estamos seguros de que las pruebas de ADN lo confirmarán.

—Entonces no tienen nada —aclara Claudio.

—El problema —continúa el comisario— es que los restos del desaparecido han desaparecido del lugar, valga la redundancia, por arte de magia. Por los indicios hallados, los han exhumado hace pocos días y no sabemos su paradero. Creemos que los restos óseos de un hombre no andan solos por el mundo. He pensado que usted debe saberlo, por eso estamos aquí, ya que lo más probable es que el desaparecido sea el único hijo que tuvo David Anglada. Por lo cual, en presencia de un juez, se han exhumado en el día de hoy los restos de David Anglada de Vera para proceder a unas pruebas que lo confirmen legalmente.

Claudio mira fijamente un jarrón de porcelana china con unas flores que han perdido su vitalidad y declara abstraído:

—No tengo nada que decir.

—¿Está usted seguro? Porque tenemos otro individuo, en esta ocasión un médico del hospital Gregorio Marañón, de Madrid, que ha desaparecido en los alrededores de su finca. ¿Nos podría decir dónde estaba usted la madrugada del nueve de febrero?

—¿Cree que voy secuestrando hombres? Soy inmensamente rico, digamos que indecentemente rico.

—No encuentro la relación.

La mirada de Claudio quiere fulminar al comisario. Pero el escenario se complica cuando Claudio le dice que no va a responder a ninguna pregunta sin la presencia de sus abogados. La situación comienza a parecerle una escena de terror cuando ve que la puerta corredera se abre despacio, de improviso, y asoma por el hueco la cara de su hijo. Es la cara de un *stronzo*, de un idiota que no piensa antes de obrar. «*Probabilmente la più grande testa di cazzo che abbia mai conosciuto*»,* piensa el altivo Claudio, arrebatado.

El ayudante del comisario se levanta de su asiento inmediatamente e invita a Ricardo a sumarse al interrogatorio. Éste avan-

---

* «Probablemente el idiota más grande que haya conocido.»

za hacia su padre sin saber qué ocurre ni quiénes son esos hombres hasta que los oye presentarse. Se queda lívido. Mete las manos en los bolsillos del albornoz. Lleva unas elegantes zapatillas de felpa, y el pelo mojado y repeinado hacia atrás. Todo él huele a limpio, a recién afeitado, y el olor de su *aftershave* se apodera del ambiente.

Claudio se levanta y dice:

—Estos señores se iban. Hemos terminado la conversación.

Pero el comisario tiene a los dos individuos a su antojo, y piensa que el hijo es una réplica del padre, pero en cartón piedra. No encuentra en el rostro de Ricardo Arzúa una pizca de nobleza. Es atractivo y fuerte, lo suficiente para haberle gustado a una mujer como Teresa. De mentón grande y ojos pequeños y hundidos, pero arrolladores, que le recuerdan a los de un actor americano.

El ayudante pone al corriente de la situación al hijo, en albornoz. El comisario piensa que puede tenerlos cogidos por los huevos, por muy ricos que sean. Ricardo Arzúa tiene cara de estúpido malcriado, contesta continuamente que no tiene nada que decir. Pero la sensación del comisario es la opuesta: Ricardo tiene que ver con todo. Absolutamente todo. Nunca ha estado ante un caso tan evidente. Tantos años perdidos en el vacío, sin pista alguna, y de pronto aparecen este lugar y estas personas. Su intuición y experiencia le invitan a pensar que se encuentra frente a frente con los responsables, de una forma u otra, de la desaparición de Tomás Anglada y de Walter Ayala. Ha de pedir un registro exhaustivo de la casa y de la finca, el ADN de padre e hijo, e interrogarlos en un lugar oscuro y tenebroso donde los hombres antes se meaban encima y cantaban hasta por bulerías. Ahora lo impiden las leyes, pero algo sacará en claro.

Piensa en reconstruir el accidente en la curva en que volcó el Audi de Teresa, que ahora se encuentra en un depósito policial, e inspeccionar la zona con perros y un grupo de investigadores. Mandará peinar la finca y todo lo que le huela sospechoso. Ahora, por fin, tiene algo sólido donde centrarse y escarbar. Se acabó el tiempo de dar palos de ciego. Ha encontrado una mina de oro en esos dos idiotas, que seguro se gastarán una fortuna en probar su inocencia.

Una sensación de placer le invade como si acabara de encontrar la cueva de Alí Babá. Cree estar seguro de que encontrará ADN de Claudio Arzúa y de su hijo en la fosa en la que ha estado durante todos estos años el pobre Tomás. Si el viejo millonario que tiene delante lo enterró, el hijo lo exhumó. Ahora ha hallado una hipótesis solvente. Y observa a padre e hijo moverse y reaccionar como lo hacen los culpables. Imagina por qué y cómo actuaron cada uno, en una época distinta, para borrar las huellas de un delito o de una desgracia. Quién sabe...

Ninguno de los dos se imagina que el comisario lleva una fotocopia del testamento ológrafo de David Anglada dentro de la gabardina, escrito y firmado por el mismo David. Tiene dudas de si sacarlo para dejarlos clavados allí mismo y amargarles la existencia, pero la prudencia acude a su encuentro y decide no adelantar acontecimientos.

Existen dos mujeres desoladas, madre e hija. Una de ellas enloquecida por la desaparición de su marido que huele a asesinato. Y aquí tiene a estos dos hombres, envalentonados por su posición de privilegio. Los adivina preocupados por algo turbio que los conecta a las dos mujeres como se conectan los polos opuestos de una batería encendida que no ha dejado de funcionar durante treinta y tres años. Está podrida y puede explotar en cuanto él la mueva lo suficiente.

Ricardo es la viva imagen de un hombre obsesivo. Ha observado que se muerde las uñas de una forma voraz. Le parece el arquetipo de Otelo. Apasionado, vehemente. Es posible que los celos le hayan conducido a un arrebato, a una acción desesperada, como secuestrar al amante de su amante y deshacerse de él, como su padre se debió de deshacer de Tomás Anglada hace muchos años.

Cree con firmeza que los hermanos Anglada algo tuvieron que ver con la muerte del desdichado Tomás. Algo o todo. Por otro lado, ¿por qué iba a matar Claudio Arzúa a Tomás, en 1970, lo más probable que en la finca, en la misma casa donde están ahora sus zapatos de goma pisando una alfombra persa de veinte mil euros? No cree que fuera un encargo de Francisco, demasiado truculento. Y, aunque se hubiera enterado de que Tomás era producto de un incesto entre su hermano y su hija, un incesto abominable y más viniendo de un sacerdote atormentado como David, no cree que se atreviera Francisco a encargarle a Claudio el asesinato de su propio nieto, porque ya lo hizo en vida cuando le abandonó en el hospicio; y no cree que quisiera matarlo dos veces.

Otra cuestión se hace: ¿de quién era la mano negra que enviaba desde Roma el dinero a Rosa de la Cuesta desde la desaparición de su marido, y que no fue otra cosa que una muerte fuera de todo cálculo? Sin duda, el padre de Tomás, David, ayudado por alguien. Está seguro de que Francisco no debía de saber nada de esos envíos de dinero. No le parece del estilo de un hombre como él. Con la perspectiva que dan los años, el comisario cree que Francisco debió ser un hombre arrogante, pero también generoso, y la cuantía con que compensar a la viuda hubiera sido considerablemente mayor, y proporcional a su implicación en la muerte de Tomás. Pero tal vez era un miserable y su alma estaba igual de podrida que el alma de los dos individuos que tiene delante y que lo están acompañando con postiza e inquieta amabilidad a la salida, para deshacerse de él y llamar a continuación a sus abogados.

Cuando el comisario menciona, en el vano de la puerta, que el juez les va a solicitar un análisis de ADN, a los dos, sus caras se oscurecen como el carbón. Para ser tan ricos no le parecen tan listos. Será porque la riqueza hace a los hombres descuidados.

En el momento en que el comisario se resiste a irse de una casa que le parece una gran impostura, tras su ayudante, que ya está en el porche, y los Arzúa lo echan casi con sus propias manos, entra en el hall una mujer que parece haber salido de la nada.

—¿A quién tenemos el gusto de estar acompañando a la salida? —pregunta Laura Bastiani con aire de gran señora y un fuerte acento extranjero.

El comisario da dos pasos hacia el interior de la casa y se presenta. Pero ella sabe perfectamente quién es él. Nada de lo que sucede entre esas paredes le pasa por alto. Ha escuchado la conversación de los cuatro durante todo el tiempo. Ha visto a su sobrino desde el pasillo del primer piso salir del baño, bajar por la escalera despistado y contento, envuelto en su albornoz y sumido en sus pensamientos, abrir la puerta del despacho y meter las narices donde no le llaman, pensando que su padre atendía una visita menos desagradable: dos policías interrogándolo.

—Soy Laura Bastiani de Montferrato.

Ella piensa que Ricardo se merece el apuro por el que está pasando, tiene la cara enrojecida. Sin duda no le ha dado tiempo a reponerse totalmente del disparo del trabuco. Está lívido. Se despide del comisario con un gutural adiós y se escurre como una anguila hacia las escaleras.

Claudio mantiene una postura rígida y solemne, y añade:

—Le presento a mi cuñada, esposa de mi hermano Blasco —dice, sin entender por qué ella ha decidido hacer esta aparición triunfal.

Laura Bastiani añade que está disfrutando de una temporada en la hermosa finca. Reside en Roma, y España la anima. En Madrid dispone de una residencia encantadora en el paseo de Rosales y siente una devoción incondicional por todo lo español.

—Menos por sus guerras y por las consecuencias que acarrean para las generaciones venideras —añade.

Al comisario le impresiona esa declaración pertinente, que agradece a una mujer con intenciones de largo recorrido. Habla con sosiego y sinceridad.

—Mi hermano Blasco falleció hace muchos años —se defiende Claudio—. El comisario se iba, querida cuñada.

—¿Es indiscreto querer saber de qué falleció su esposo? —le pregunta el comisario, ignorando a Claudio y con un específico interés en Laura Bastiani.

—Un accidente de automóvil —añade, con tristeza en el tono de voz—. Íbamos juntos. —Mira hacia el bastón metálico en el que se apoya, y añade—: Nadie puede entender las secuelas que deja algo así y encontrarse con un cuerpo destrozado para toda una vida.

—Lo lamento —dice el comisario, preguntándose por qué ha querido ser vista por él, exhibirse en el último minuto para decir la última palabra.

Le parece una mujer que sabe aceptar el destino. Su cara le parece la de una muñeca manga, algo mayor, y la mira a los ojos penetrantemente. Tan penetrantemente que Claudio abandona el vestíbulo de una zancada y sale hacia el porche, abre la puerta de la casa, de par en par, y le invita a salir de su propiedad.

Los tres dicen: «Buenas tardes», y la puerta se cierra.

42

El olor de la vida

Ciudad Lineal, 13 de febrero de 2004

Cuando la noche vuelve a reunir a Teresa en el desvencijado chalé, la única casa de toda la calle sin una luz en el jardín, se cuela tras los setos para hallar el refugio necesario a la locura de esa madrugada que comienza su fin.

Ya no es prisionera de nadie ni de nada, de ese desolado guion que ha ido escribiendo y reescribiendo toda la vida. Como la historia de su madre, de encierro y prisión, que ha dibujado una trampa que a Rosa la libera y a Teresa la destruye.

La luz burlesca de la calle dibuja un calidoscopio sobre la fachada del porche, tras salir del garaje y dejar en su lugar el trabuco de su padre, dentro de su caja y arropada por su funda. A medida que sube los escalones, el reflejo de la luz le devuelve la imagen de un triste epigrama contado en dos cartas de su abuela y un paquete de misivas sin enviar, una hoja como testamento, los huesos de una mano y la pernera de un pantalón; un tesoro que se ha ido cruzando en su camino y que la conduce a la liberación o a la condena. O eso siente y piensa y es feliz por dentro, por primera vez en muchos años, y se ríe y vuelve a reírse de sí misma, por el pasillo que la conduce a su antiguo dormitorio, en el que descansa Leonor como un ángel, para acostarse con ella.

A primera hora, antes de colocarle el gorro y los guantes a Leo y salir de casa, deja junto a la puerta del dormitorio de Rosa una bandeja con café, tostadas y un zumo de naranja, y le pide perdón por su crueldad de la noche pasada. Piensa que su pobre madre estará llorando sobre ese trozo de tejido maloliente; antes era una pana gruesa y cálida que conformaba el pantalón de su marido, con el que salió de casa el último día. Teresa se arrepiente de su comportamiento, y de haber deseado con toda su alma leerle a su madre una de las cartas de su abuela Jimena, para ahondar en su herida. Pero da gracias de no haberlo hecho. Ni lo hará nunca. «Vamos, Teresa, no dejes que nadie las lea —se da cuenta de que debe ser así, lo que reafirma su pensamiento—: Has de esconderlas, o quemarlas en un aquelarre de purificación.»

A las nueve menos cinco, da un beso a su hija en el patio del colegio y vuelve a Arturo Soria a hacer lo que cree que debe hacer: llamar a Ernesto Suárez y sacar a su madre de su habitación, de la que no ha salido desde ayer.

La bandeja sigue en el mismo lugar, a su regreso del colegio. El silencio tras la puerta es absoluto. Ni sollozos, ni arrastrar de zapatillas, ni ruidos de cortinas, ni sábanas que se mueven, ni el correr del agua sobre el lavabo, ni el tirar de la cadena del inodoro.

¿Y si le ha pasado algo?

¿Y si está muerta?

¿Y si no ha podido soportar ese jirón de sudario?

—Madre, soy yo. Abre la puerta.

La puerta se entreabre y Rosa asoma medio rostro desencajado y triste.

—Estoy bien. Márchate a tu casa y déjame en paz. Te puedes llevar a Leonor; solo quiero estar sola.

—Lo siento, perdóname; necesito que me abraces. Soy una estúpida.

Y le explica a su madre cómo ha sido su vida desde el día 21 de diciembre.

Toda la verdad y nada más que la verdad. Sentada en el suelo del pasillo, a través del hueco abierto de la puerta, como un confesionario. Rosa, al otro lado, se arrodilla en el suelo, en camisón, y escucha a su hija como una confesora. Hora a hora. Minuto a minuto. La luz del pasillo va cambiando de tonos y colores hasta oscurecerse. En ese trayecto, Teresa omite de la narración todas las cartas que han ido apareciendo de su abuela, poco a poco, como una resurrección, sobre todo las que ella misma ha robado de la casa de Rosales.

Al final de la confesión, la puerta del dormitorio está abierta, de par en par; y las dos sentadas en la cama, conversando como si juntas hubieran cometido un entuerto que tratan de enderezar.

—Pobre muchacho —dice Rosa—. Qué pena. Has de insistir a la policía, hija mía, no vaya a pasar como con tu padre. —Y más tarde—: Llama a Ricardo, por Dios, no estés tan tranquila. Y… ¿dónde has dejado el arma?

—Donde estaba, en el cajón del garaje.

—Hemos de deshacernos de ella.

—No te preocupes, madre. No la cargué con las esferas de plomo, solo puse la pólvora. Hizo un ruido horrible, un humo tremendo y no le pude ver; seguro que salió corriendo. Es un cobarde.

Rosa respira con alivio y Teresa sale del dormitorio para llamar por teléfono. Al cabo de un rato, en la bandeja no queda café con leche ni tostadas ni zumo. Teresa regresa a dar un baño a su madre con jabón de almendras que hidratan la piel, y a elegirle ropa limpia y elegante. Quizá le haga un moño como los que llevaba de joven y que ha visto en las antiguas fotografías de los álbumes.

Van a tener visita.

A media mañana aparca frente a la verja un coche oficial del que sale el comisario Suárez. Las dos lo esperan en el saloncito de fumador. Un anticuado porche acristalado, en la parte de atrás de la casa que da al jardín, con ceniceros de pie, sillones de mimbre y almohadones de flores pasados de moda. Teresa sube los estores con letras japonesas y la luz del mediodía reverdece las grandes hojas de los pothos, en maceteros colgantes de macramé, tejidos por Rosa en tiempos pasados. Y Rosa saca un cigarrillo de una vieja cajetilla de Lola y lo enciende, sentada en uno de los sillones de mimbre, al calor de una estufa de gas. La tos le hace expectorar y se ríe. Hace años que no enciende un pitillo. El paquete forma parte de medio cartón que todavía queda en una caja de puros con higrómetro y bandeja humidificadora, sobre una mesita de bambú.

—¡Cuánto me gustaba fumar! —dice Rosa—. Ahora solo valgo para atragantarme.

Ha rejuvenecido diez años, por lo menos. Pero su vestido de cuadros escoceses y el moño que le ha hecho Teresa, con una trenza postiza enrollada en la nuca, delatan una falla diacrónica en su aspecto. El de Teresa es el mismo de ayer. Con la variante de una chaqueta de lana amarilla que huele a naftalina, de cuando era adolescente, que ha sacado del armario de su dormitorio.

—Le sienta muy bien fumar —le dice el comisario.

—¿Ha encontrado bien la casa? —le pregunta ella, inquieta de estar ante un extraño.

Es el primer desconocido con el que conversa desde hace años. No le mira a la cara y agacha los ojos, huidizos. Está buscando dentro de su cabeza recuerdos dormidos. El rostro del policía le suena de algo. Se avergüenza de los espectáculos que daba en la comisaría de Chamartín, durante los años más duros de la desaparición de Tomás, en los que se forjaron sus terrores. El terror en las venas, cada vez que ponía un pie en la calle. Terror al tráfico, a la gente, a la luz, a las caras desconocidas. Terror a acostarse en la noche, a levantarse y a respirar.

—Una casa original. Es agradable estar aquí —dice el comisario, un poco incómodo, mirando a su alrededor con sorpresa, sin saber cómo empezar una conversación con esas dos mujeres que confían en él—. Pero no traigo buenas noticias.

—¡Sé quién es usted! Ahora caigo —grita de pronto Rosa.

Y abre los ojos desmesuradamente. Se pone de pie. No es un desconocido, como ha pensado. Es uno de los policías que llevaba la investigación de Tomás. Esos ojos pequeños y hundidos, la forma de hablar y de mover la cabeza. Ahora está gordo, pero es uno de ellos. El mismo policía que un día la acompañó a casa en su coche porque llovía demasiado. No sabe qué ocurrió en su cabeza, pero lo cierto es que en el trayecto solo pensaba en abrir la puerta y arrojarse a la calzada. Él iba demasiado rápido. Los semáforos, en verde. Cuando parara el vehículo la violaría, se echaría encima de ella y la dejaría embarazada en las abandonadas callejuelas de atrás de Arturo Soria; lo veía en cómo él la miraba, en su respiración entrecortada y las palabras lascivas que no se atrevía a pronunciar. Nadie podría ayudarla, porque era un poli. Un guarro. Pero no ocurrió así. No ocurrió nada. Ella se bajó casi en marcha del vehículo policial al llegar a la acera, y él pensó que algo le ocurriría a esa mujer.

—Usted ya conoce mi casa —le dice al comisario—. ¡Me lo has debido decir! —le reprocha a su hija.

El comisario se levanta. Teresa contempla la escena en la mecedora en la que se ha sentado. Él ha sabido siempre quién era Teresa Anglada. Trata con cariño a su madre y la calma porque está muy nerviosa, el moño se le ha deshecho de tanto tocárselo y la trenza la tiene en la mano, sin saber qué hacer con ella. Rosa apaga el cigarrillo en uno de los ceniceros y vuelve a sentarse. Pero le tiemblan las manos y ya no sonríe.

—No me gusta fumar. Lo odio —dice Rosa ahora y deja el postizo en la mesita.

—Eso está bien —añade el comisario—. No es bueno fumar.
—Él no ha sacado su tabaco en ningún momento.

—¿Tiene esposa? —le pregunta Rosa.

—Estoy divorciado.

—Me alegro —contesta—. Se lo merece.

—Discúlpenos, comisario. Mi madre se siente inquieta y, como le he dicho por teléfono, al corriente de todo. Es una mujer valiente y estamos preparadas para lo que tenga que decirnos: bueno o malo. ¿Tienen noticias de Walter? ¿Lo han encontrado?

—¡Ese joven se ha esfumado como se esfumó mi marido!

—interviene Rosa con dureza—. Espero que haya aprendido, durante todos estos años, a hacer mejor su trabajo, señor Suárez.

El comisario estira las comisuras de los labios, imitando una sonrisa nerviosa que augura malas noticias, y dice, medio atragantado:

—Lo siento, estamos investigando y no puedo adelantarles nada.

—Ya lo decía yo... Va a pasar lo mismo, la historia se repite. ¡No lo encontrarán, como no han encontrado a mi Tomás!

—Basta ya, madre. No digas eso... ¿No ves el daño que me haces?

Y Rosa se hunde en la butaca, deseando desaparecer entre las flores del almohadón.

—Señor Suárez, hace más de diez días que le entregué la muestra del cementerio. ¿Qué dice el ADN?

El comisario se ha dado cuenta de cómo le mira Rosa de la Cuesta. La misma mirada de dolor de una víctima reconociendo a su agresor en una rueda de reconocimiento. Él no le ha hecho nada, está ayudándolas en todo lo que puede y esa mujer lo trata como a un enemigo. Está cansado y todavía le queda un largo y desagradable día. Ni tan siquiera sabe por qué hace caso a su hija en todo lo que le pide. Quizá porque tiene en la memoria a la niña que esa mujer llevaba en brazos a la comisaría, implorando ayuda. Los ojos de las dos eran ojos de agonía que lo han perdido todo. Los ojos que ahora tiene delante. Y responde a Teresa:

—Hay un 99,99 por ciento de semejanzas. Los huesos pertenecen a su progenitor; lo siento, Teresa.

—No lo sienta —responde.

Rosa está cada vez más nerviosa. Le tiembla una rodilla, se la sujeta con la mano e intenta controlarla. Todo lo que oye le está aturdiendo, abrumando.

—Madre, tranquilízate.

El comisario toma a Rosa las manos en un gesto de empatía y ella las retira como si quemasen. Él necesita que ella recuerde si Tomás tenía algún enemigo; alguien que no le quisiera bien. Cualquier cosa que entonces no les dijera y, que ahora, al cabo de los años, pudiera serles de utilidad. Algo nuevo que haya podido pasar en el transcurso del tiempo.

Los tres piensan en los giros telegráficos. Teresa y el comisario esperan a que Rosa dé un paso adelante. Y Rosa dice que regresa en unos minutos. Se levanta y sale del saloncito acristalado con el peso de la vejez en los hombros.

El comisario no sabe por dónde vendrá el siguiente golpe de Teresa, porque durante todo el tiempo ha visto en ella la ansiedad de los culpables, de los que ocultan un hecho que los corroe. Tiene experiencia en adivinar en la cara de la gente los rasgos de la fragilidad, del temor, de los secretos inconfesables, y es cuando Teresa saca del bolso unas fotocopias que ha hecho para él.

—Son dos cartas de mi abuela. Las llevaba Walter en su cazadora en el momento del accidente. Hace unos días las he recibido, de forma anónima, en mi domicilio de Profesor Waksman.

Teresa se toma un respiro y observa la reacción atenta del comisario.

—Hay declaraciones muy íntimas en ellas —añade—. Nadie debería leerlas, pero una de ellas contiene una acusación de asesinato. Las dos están escritas por Jimena Anglada, en el año 1936. Estaban escondidas en el cuerpo de mi padre, en el mausoleo. Las sacó Walter junto a los huesos que le entregué. Desconozco quién ni cómo me las ha enviado a mi domicilio. ¿Lo entiende? ¡A mi domicilio!

Teresa quiere decirle que esas cartas escritas con una letra redonda y perfecta, que ahora ama hasta el último renglón, la perturban profundamente. Sueña con ellas y no encuentra un reducto de paz en sus pensamientos.

Él mira con atención las cartas fotocopiadas.

—Son para usted —dice ella.

Y él se las guarda en un bolsillo de la gabardina.

—¿Por qué no me las dio en su momento?

—No lo sé, tenía que pensar. Es algo íntimo. Pero ahora ha dejado de serlo. Recibirlas ha sido un duro golpe, significa que a Walter lo tiene alguien. O cosas peores.

Teresa se levanta y comienza a dar vueltas por el saloncito, mirando tras los cristales empañados. Nerviosa. Se masajea la mano que asoma del vendaje, áspera y seca y le duele. Luego dice, sin dejar de mirar el infinito empañado de los vidrios, que no sabe bien cómo contarle algo importante, pero lo hace de la única y sincera manera que tiene de decir las cosas importantes: directamente.

—Tengo en mi poder un documento que he robado de una casa.

El comisario ahora está tan confuso como el ratón de un laberinto buscando el queso.

—Es un testamento de David Anglada que también acusa a F. A. V. de asesinar a Tomás. Y no solo eso, declara abiertamente ser el padre de Tomás, haberse acostado con su propia sobrina y que es su voluntad dejar a su nieta, Teresa Anglada, todos sus bienes, revocando así un primer testamento a favor de su hermano Francisco.

Él tuerce los labios y se acomoda sobre las flores amarillentas del sillón. Saca del bolsillo interior de su arrugada chaqueta un paquete de tabaco. Pide permiso y se lleva el cigarro a la boca, y lo enciende. El comisario pregunta de dónde ha sacado el documento ológrafo. Tiene la copia en la mano y la lee con atención. Ella le aclara que custodia el original, y no puede decir cómo lo ha conseguido.

—¿Cree que un anciano de setenta y tantos años, que son los que debía de tener en el año setenta Francisco Anglada, fue quien mató a su padre?

—Mi padre desapareció en el año setenta, Francisco vivía entonces. Él pudo matarlo en Tres Robles y enterrar el cadáver en la cripta. F. A. V. tenía buenos antecedentes como asesino.

—De ser así, alguien lo debió ayudar. Y no creo que lo hiciera su hermano David —dice el comisario, al que ya no sorprende nada de esa mujer. Puede ser una ladrona.

Ella se acerca a él con la cara descompuesta y le vuelve a hablar de Lucía Oriol y Laura Bastiani, de forma imprecisa, para decirle que ha entrado en la casa de Rosales, número 6.

—Ya le advertí, comisario, que llegaría hasta el final. No le puedo dar más detalles.

Parece que Teresa quiere jugar con él a no contarle del todo la verdad de lo que sabe, y ahora cree que no confía en él plenamente. El comisario odia que le administren la información a cuentagotas y dice que espera que no haya sorpresas extrañas; de lo contrario puede estar segura de que llevará la investigación por otro cauce. También le gustaría saber, si se puede, por qué David, a última hora, dispone de un nuevo testamento. Desde luego, es extraño que lo tenga ella en su poder.

—Yo no me lo he inventado. Y, por ahora, no le puedo confesar lo que he tenido que hacer para conseguido; pero ha sido una casualidad, créame. Y los moribundos dicen la verdad. Será el miedo ante la muerte. El terror por las vilezas cometidas. La rendición de cuentas ante el Altísimo, como dice en él el propio David. Qué sé yo…

—De ser como dice, David debía conocerlas, a usted y a su madre, en 1971, fecha de este papel. Lo tendrá que analizar un calígrafo judicial.

—Por supuesto —señala ella—. El padre de mi exnovio fue el heredero de Francisco y de David. Esa familia se ha quedado con todo el patrimonio de los Anglada. Las empresas de los hermanos han sido absorbidas durante todos estos años por las de Claudio Arzúa. Es posible que ya no quede nada a nombre de ellos dos.

Teresa piensa que Claudio Arzúa también merece un disparo, pero con fulminantes, por lo menos; aunque la justicia no se administra con disparos, sino ante los tribunales. El comisario le recomienda que hable con un abogado. Hoy mismo va a interrogar a los Arzúa. Será interesante conocerlos. En vista de las circunstancias, el comisario quiere analizar el testamento de su tío David y las cartas de su abuela. Pero los originales.

—Podría haber huellas. El doctor Walter Ayala debe estar en alguna parte, vivo o muerto —añade el comisario.

Luego dice que viajará a Milmarcos y visitará el cementerio. El juez ha cursado la orden. Van a intervenir con la rapidez y el debido respeto que merecen los difuntos. Tendrán pronto los informes de las muestras que hoy recojan del lugar, si realmente está enterrado allí Tomás Anglada. Pero si no aparece el cuerpo de su padre, es imposible averiguar cómo murió: si fue un accidente o premeditado, muerte violenta o natural. El juez recabará todas las pruebas materiales que puedan encontrar, pero, para proceder a incriminar a alguien, y llegar a una acusación, deben tener pruebas concluyentes. Necesitan el arma homicida, testigos, testimonios… Van a ver si hallan restos de ADN. Con unas cartas escritas, hace sesenta y tantos años, no puede elaborar una hipótesis razonable, y no es suficiente para una acusación de secuestro u homicidio, y más si no hallan el cadáver. Él tiene dudas de encontrarlo. Y el hecho de que Walter Ayala desapareciera no hace más que complicar el caso.

Rosa entra en el saloncito con un paquete en la mano, cansada y con tristes ojeras de haber llorado. Teresa mira a su madre dándole las gracias. No necesitan palabras entre ellas para saber qué piensa cada una. Son los giros telegráficos. A Rosa se la nota impaciente por despedir al comisario. No quiere hablar ni decir palabra, y se frota el sudor de las manos sobre los cuadros del vestido. La cabeza le da vueltas.

—Gracias, Rosa. Se los devolveré.

El comisario se pone de pie, y Teresa lo acompaña.

—Es usted un hombre muy alto, como mi Tomás —dice Rosa, mirándolo con esos ojos, tan marrones y tan vacíos como cuando necesita volver a la cama y no salir de ella durante días, al arrullo del calor, fingiendo estar con su marido, en sus brazos, y él la besa y le dice que ha vuelto a su lado para desterrar el desconsuelo.

Ahora desea no salir nunca de la oscuridad de su cuarto y la intimidad de sus sábanas. Pensar en él es lo único estable en su vida, el resto son tierras movedizas en las que se hunde. Ahora sabe que está muerto. Quizá lo quiera olvidar. No acordarse de las palabras que se han dicho. Se siente desnuda y enferma. Con ganas de morir. Porque todo ha terminado: la ilusión de un regreso, la esperanza de un reencuentro. La gran pesadilla ha finalizado, y lo que ahora se avecina le perturba con vehemencia.

Salen los tres del saloncito con el día deslizándose entre las copas de los árboles. El comisario se despide, tiene algo importante que hacer. La jornada va a ser muy larga y le estrecha la mano a Rosa. Un calambre le sube por el brazo hasta el corazón por la mirada que ella le sostiene, una mirada de querer morirse.

Los tres se despiden en el jardín abandonado.

En la calle, Teresa para un taxi y el comisario entra en su vehículo oficial, con la gabardina sobre los hombros. Rosa sube al viejo desván del ático, entre telarañas y el polvo de otro tiempo. Abre un baúl de vieja madera apolillada. Hay paquetes y paquetes de dinero envueltos en papel de periódico. No sabe por qué se entretuvo en envolverlos cada vez que llegaba el cartero. Pero lo hizo, y hace cosas que no entiende. Apenas puede con el baúl, pero lo arrastra por el suelo del desván y lo baja por las escaleras, empujándolo peldaño a peldaño, hasta llegar a la cocina. Abre la trampilla del sótano y lo lanza por las escalerillas. Es un lugar horrible. A Tomás le daba miedo, y nunca se llegaron a solucionar las humedades ni se dio una mano de pintura. Rosa todavía lleva el vestido de cuadros, pero sin rastro del maquillaje que le ha puesto Teresa con cariño. Se quita los zapatos y se encaja las zapatillas, tiradas detrás de la puerta de la cocina.

Sale al exterior de la casa. Las heladas de febrero han congelado la tierra y los parterres. Cruje la hierba bajo sus pisadas al cruzar el jardín y abrir el portón del garaje. Saca de un armario una botella de líquido inflamable para encender barbacoas y una caja de fósforos. Con ellos en la mano, regresa a la cocina y baja las escalerillas del sótano. Tira hacia ella la trampilla y se encierra dentro. El cerrojo está roto. No quiere que nadie la pueda salvar de arder como leña con el maldito dinero que nunca debió quedarse. Tomás está muerto: es lo único que hay en su memoria.

¡Muerto!
¡Muerto!
¡Muerto!
Abre la botella de gasolina. La vacía sobre los paquetes y les prende fuego con un fósforo. Las llamas se elevan y queman el oxígeno. Quiere arder como papel inservible. Como carne sin vida. Como un árbol de Navidad. Quizá no deba quemarse, le queda su hija y sus nietas. Y, por muy loca que piense la gente que está, el amor que hay en ella prevalece al dolor y a la muerte.

¡No les puede hacer esto! ¡A ellas, no!

Los reflejos de las llamas iluminan su rostro y su vestido en una ceremonia de regeneración, que termina cuando el último rescoldo se apaga y el frío regresa al sótano y penetra en sus huesos, y ella sube a la cocina y sale al jardín y a la calle, a dar una vuelta a la manzana por primera vez en treinta años.

No le importa caminar en zapatillas, ni su aspecto enajenado de criatura enjaulada. Ya es imposible esconderse de la mirada de los hombres, y huele la calle, a la gente, y huele el olor de estar viva.

43

La mujer que custodia secretos

Tres Robles, febrero de 2004

Llora. Nunca le ha dicho que le quiere. Y seguro que está muerto.

Tiene miedo.

Pero va a buscarlo. Sola. Recorre la misma carretera y se detiene en la misma curva. Sale del coche y vaga campo a través. Hace frío y el sol estremece la tierra con su llanto. Es la primera vez que le llora pensando en que lo han asesinado. Cree que ha sido injusta con Walter. Se ha servido de él para ser más fuerte ante Ricardo y resistirlo.

¿Cómo se va a presentar en esa finca, qué va a decir y qué va a hacer ante ese hombre?

Necesita conocer a Claudio. Tenerlo frente a frente. Ver la cara de ese viejo torrente arrastrar a su paso el lecho del río, las riberas y la vida; se apropia de todo lo que toca. Él vive en la casa. Va y viene a Madrid cuando lo requieren los negocios, se lo ha dicho Ricardo alguna vez: el apego que tiene su padre a Tres Robles.

Es un cazador empedernido. Un depredador despiadado que no da tregua a sus instintos. Teresa quiere ver con sus ojos la colección de trofeos y animales disecados que exhibe Claudio Arzúa en una nave transformada en museo, que mandó construir hace años. Según Ricardo, la armería de su padre es de las mejores que ha visto en su vida. Y ella tiene curiosidad por ver la galería y los animales expuestos en ella, por los disparos de ese exterminador. Ricardo se vanagloria de que hay más de cinco mil piezas abatidas, y un orden riguroso y pulcro en su exposición. Presume de que llegan a su finca cazadores de todos los rincones del mundo, a conocer el museo, a cazar en sus tierras. «Sus tierras, que son mis tierras», se dice Teresa, asustada por sus pensamientos, cuando pisa con rabia y dolor las piedras de sus ancestros.

«Es posible que hoy muera como Walter y mi padre», cree de verdad, y eso busca en el fondo: morir o vivir sabiendo quién es, como lo hizo su padre, que está bajo tierra. Pero vive en su recuerdo. Y cada vez con mayor nitidez. «A medida que pasa el tiempo me parezco más a él. Nunca me parecí a mi padre, pero ahora me mimetizo con su historia y su tristeza, y eso se va reflejando en mi cuerpo; hasta el color de mis ojos ahora es más claro.»

Registra palmo a palmo cada centímetro de terreno que circunda la acequia donde cayó el Audi. Fue todo muy rápido en esa noche cenagosa y deshecha. Tiene la sensación de que no es a Walter a quien busca, sino el cuerpo desaparecido de su padre. Como si pudiese estar escondido entre los árboles o bajo los promontorios de esa tierra tan helada.

«Debí decirle a Walter alguna vez que lo quería. Tendría que estar pensando en cómo ha sido nuestra relación, nuestra historia que no ha existido, en la pasión que nunca hubo. Pero solo delibero en la muerte de mi padre, en sus huesos, en su carne descompuesta, en la ropa que llevaba, en su cara que no vi, en las losas que lo aprisionaban; pero no puedo. No sé amar. Nunca he querido a nadie, más que a él, a mis hijas y, a distancia, a mi madre. Las encinas son muy bellas. La tierra está húmeda y el aire huele a minerales.»

Tiene ganas de llorar y se da la vuelta para deshacer sus pasos sobre la tierra escarchada, sin rescoldo de esperanza. Entra en un Golf de color negro que ha alquilado. Ha tenido que quitarse ella misma el vendaje del brazo, para alquilar el vehículo, antes de entrar en la sucursal de Avis, de Padre Damián. Reanuda el camino por la misma carretera para llegar a Milmarcos. Ahora sabe dónde está Tres Robles. Ricardo le ha descrito alguna vez el camino que llega a la finca, y no es otro que el que aparece escrito en las dos cartas de Jimena.

En el pueblo le dirán cómo no perderse por las sendas y las bifurcaciones desconocidas.

El reloj del pueblo marca las once y veinte de la mañana cuando lo deja atrás, por la calle principal para salir por el este, entre casas de piedra con escudos medievales. Sube hasta la plaza de la Muela, como le han indicado en el bar en el que ha tomado un cortado, animándola a continuar. Pasa junto a un emblema grabado en una fachada: *Veritas amica fides*. Fue un palacio de la Inquisición. Lo dice su escudo. Pobres familias. Los perseguidos. Los sentenciados. Y sale del pueblo con intención de no volverlo a cruzar. Puede regresar a Madrid por otro camino que no le recuerde que estuvo allí la primera y segunda vez con Walter Ayala.

El camino ha terminado entre árboles tan altos que ocultan el perímetro del recinto que parece haber vivido batallas mejores.

Repasa mentalmente la frase que ha leído: «La verdad es mi fe». ¿Y si no existe la verdad que está buscando?, piensa, conforme aprieta un pulsador cobrizo con la herrumbre del tiempo de un telefonillo, sobre el muro de entrada a Tres Robles.

La voz de una mujer habla al otro lado. La puerta se abre en cuanto Teresa da su nombre. Se pregunta si la historia es solo una, repitiéndose en el tiempo, y cuántas veces se ha de vivir con máscaras distintas.

La mujer que sale a recibirla lleva un bastón metálico en una mano y en la otra un libro de Hemingway. Pone: *Un lugar limpio y bien iluminado*. Es mayor y parece consumida por la falta de apetito. Una criada cruza el vestíbulo con una bandeja de plata. Teresa otea sándwiches elaborados con esmero y elegancia, una tetera de porcelana y dos tazas, sobre un paño bordado. La criada desaparece por una puerta, a la izquierda del vestíbulo. Teresa es conducida en silencio, tras la criada, como si la mujer estuviera esperándola hace tiempo, fueran viejas amigas que hace años que no se hablan, y tienen cuentas por saldar.

La habitación es un salón bien iluminado. Pulcro. Paredes empapeladas con flores tropicales y pájaros exóticos. Las cortinas son verdes, los marcos de las ventanas son verdes. Todo es verde.

—Cuánto has tardado —dice la mujer, al tiempo que le ofrece asiento.

Teresa no sabe qué decir. Le parece una situación irreal. Necesita saber si está dormida y ese escenario forma parte de una alucinación de uno de los sueños de su hija, o en realidad es la puerta que accede a lo que está buscando. La mujer tiene un terrible acento italiano y cara de avestruz, y deposita su libro en el aparador.

—Esto es Tres Robles, ¿verdad? Usted me esperaba.

Teresa necesita una confirmación, un punto de apoyo en la realidad.

—¿No te das cuenta? —dice la mujer—. Estás en el epicentro de todos tus problemas. En el hogar que vio nacer a tu abuela. Antes abarrotado de armarios, bargueños, baúles y cajones con cosas ocultas y prohibidas, como en los sueños; también estaban los armarios donde guardaba su ropa. Pero todo ha desaparecido, como desaparecen las personas. Éstos son los muros que escucharon su voz y presenciaron sus juegos con el vestido de encaje que le gustaba llevar. Luego partió a Madrid y el silencio y el vacío lo ocupó todo. ¿No la notas? Yo la siento desde que llegué a esta casa, desde que pisé estas tierras extrañas. Quizá tú seas la única persona que pueda llenar el vacío de su muerte, curar con tu presencia el drama que vivió tu familia. Tienes la oportunidad de limpiar el mal sino de los Anglada.

—¿Es usted una pitonisa o algo por el estilo?

Laura Bastiani se echa a reír con una carcajada estridente y dice que nunca la han llamado pitonisa.

Teresa sigue asombrada. Mira a su alrededor. Los techos son tan claros que deslumbran. Su violencia es infinita. O eso piensa mientras Laura Bastiani le sirve una taza de té y sonríe dejando ver sus dientes separados. Confiesa que no le importa que la llame pitonisa y le asegura que no tiene ningún don de adivinación, mientras observa los emparedados de jamón, dorados y crujientes y se presenta con nombre y apellido.

—Qué desconsiderada soy, ni siquiera me había presentado —añade.

Sin pestañear, dice ser la mujer de Blasco Arzúa, medio hermano de su abuela. Murió trágicamente, como Jimena, aunque no llenó su vida de tristeza. Todo lo contrario.

—Blasco era un vividor. Fiel reflejo de su padre, aunque nunca ganó una lira, las ganaba todas Francisco. Mi marido fue una persona alegre y desenfadada, llena de vida y amor. Si Blasco viviera no te estaría pasando todo esto, querida. Estoy segura. No poseía el alma perdida y la ambición de Claudio. Ahora quiero ver las cosas como eran antes. Limpias como el cielo azul de estas tierras, con las mañanas frías y radiantes, pero es imposible. En este país todo es tan intenso que hace daño. Y no es mi lugar, he de regresar a Italia. Olvidarme de vosotros y comenzar de nuevo. Ya estoy cansada de secretos y de vidas que no son la mía.

Hace una pausa, toma la taza, da una especie de sorbo virtual sin tragar nada, y Teresa dice:

—Usted me envió las cartas de mi abuela.

Y se revuelve en su silla.

Laura Bastiani afirma con un ligero movimiento de cabeza. Está sentada frente a ella, separada por la mesita. A los mayores les gusta tomarse su tiempo y hablar de su vida rescatando fotogramas aislados de una película incompleta que ellos recomponen a su antojo. Asegura que nunca le preocupó no tener hijos, pero no quiere sacrificar los hijos de nadie, y menos los de Teresa.

Hasta hoy Laura Bastiani no se explica cómo han podido desarrollarse los tristes acontecimientos. Le asegura que las cartas de su abuela son la arcada del volcán que ha vomitado a su alrededor para inundarlo todo. Y es tan abstracto lo que dice a continuación que Teresa hace esfuerzos por no interrumpir a una mujer que parece tener la llave del infierno, y está invitándola a pasar.

Lo que está sucediendo en la vida de Teresa es tan difícil de explicar que solo se puede entender por medio de metáforas, porque hablar de ello le produce una erupción por todo el cuerpo. Luego añade que le gustaría ser directa. Contradicción. Y no prolongar más la incertidumbre de su invitada que no se merece la oscuridad que se cierne sobre ella. Quiere contarle la verdad, no por tomarse la justicia por su mano, sino porque nadie merece pasar por lo que está pasando Teresa. También lo hace por su padre. Sobre todo, por su padre, por Tomás, el pequeño Tomás al que no conoció más que por los relatos de su suegra, Lucía Oriol. Y también lo hace por su abuela. «Pobrecilla», dice.

Laura Bastiani encoge sus ojillos hundidos, se ajusta el pañuelo del cuello y continúa:

—Sabes que no te he invitado al té de las cinco, precisamente. Te has presentado aquí porque yo te he avisado de alguna manera, para decirte que te andes con cuidado. Y porque quiero entregarte algo que custodio, muy a mi pesar. Cuando he oído tu voz por el interfono, sabía que era el momento de sacar lo que he estado guardando desde la muerte de mi suegra. Nadie podía custodiarlo más que yo, me dijo, antes de fallecer. ¿Y por qué?, te preguntarás. Pues muy sencillo: porque ella sabía que yo me atrevería con lo que ella no tuvo valor de hacer: decirte la verdad. Ni lo quiso por un instante. Porque enterró el pasado en la garganta más profunda de su infierno, como hizo Francisco.

»Pero ese pasado son tierras movedizas que se revuelven a nuestro alrededor y nos tragan poco a poco. Y solo te digo una cosa: a tu padre no lo mató nadie. Tienes que creerme. Murió del corazón. Al enterarse de la podredumbre de esos dos terroríficos hermanos cuando llegó a Tres Robles, al igual que tú ahora, preguntando. Y se deshicieron del cuerpo. Así, sin más, como asesinos sin crimen. No conozco los detalles de cómo ocurrió, porque yo no lo presencié. Vivía en Italia. Pero mis hábiles oídos han oído rumores y secretos en esta casa, en la que vivo desde hace unos años. Aunque también te digo que no voy a acusar a nadie. La policía encontrará lo que buscas cuando les digas lo que yo te voy a contar y hallen los restos de tu padre y los de ese pobre muchacho.

—¿Por qué no se lo dice usted a la policía?

—*Perché io non sono una spia!*

Habla por primera vez en italiano. Su penetrante mirada de extranjera se aparta de los oscuros ojos de Teresa, que saca el móvil del bolso y apunta en él las indicaciones de un lugar secreto y conciso, bajo el vuelo de los pájaros y el rastro de las alimañas del campo, que cruzan la exacta ondulación de olivos y encinas sobre dos cuerpos ocultos y escondidos.

—Así que toma buena nota de lo que te digo, porque no lo repetiré jamás. Y menos a la policía. Hoy mismo salgo de esta casa: no podré mirar a Claudio cuando regrese esta noche. Así es la verdad, cruel, no nos granjea amigos y nos roba los que tenemos. La amistad es un juego de fidelidades, *come l'amore*, y si te saltas las reglas todo se acaba. Yo me las acabo de saltar contigo. *Hai capito?*

Teresa siente que la han abierto de arriba abajo, sin anestesia. Dice que se está desangrando.

—Sobrevivirás a la hemorragia, querida, *come tutti noi*.

Laura Bastiani, en un gesto de frialdad absoluta, silencia su irresistible acento y se lleva la taza a los labios. Sopla como si el té estuviese hirviendo y ya está helado. Pero es todo lo que puede hacer delante de Teresa: guardar silencio y mantener la cabeza erguida como una emperatriz romana, con la mirada ausente, y la cabeza del emperador en la mano.

Hay muchas cosas que Teresa quiere saber. Pero tiene la certeza de que no va a contestar a ninguna pregunta que le haga.

Laura Bastiani se levanta y camina despacio con el bastón, mirando hacia un objeto que está encima de una mesa de mármol, entre dos ventanas. Parece un antiguo maletín de médico, de cuero desgastado con remaches en la base.

—¿Quién mandaba dinero a nombre de mi madre? ¿Quién lo estuvo haciendo desde la desaparición de mi padre hasta el año noventa y cinco?

—Creo que la respuesta la tienes ya, querida —contesta, desde el otro lado de la sala, acercándose, ladeando el cuerpo a cada paso, con el pesado maletín en una mano.

—¿David?

—*Chi altri se non lui?*

Parece estar dispuesta a contestar a medias y en su idioma, como si detrás de ello se encontrara a salvo y protegida de los peligros de la traición.

—David murió unos meses después de la desaparición de mi padre. No es posible.

—Lucía Oriol lo estuvo haciendo en su nombre. Pero eso ya no importa. Olvídalo.

Deja el maletín encima de la mesita que las separa, junto a la bandeja de plata con los servicios del té, y lo abre. Pero de su interior no extraen sus manos delgadas con las manchas de la vejez un estetoscopio ni espéculos ni pinzas, sino un pesado libro, muy antiguo, con la portada de cuero repujado con símbolos extraños en el lomo, amarillento y brillante, preciosa obra de un artesano. Tiene una mano oriental grabada en la portada.

Teresa lo observa como si observara un meteorito caído del espacio. El libro tiene el aspecto de un códice. Pero no está escrito en latín ni en ninguna lengua extraña, sino en castellano.

—*È tuo, prendilo* —dice Laura Bastiani—. Me lo entregó Lucía días antes de fallecer. *Questa è la vita*.

Laura Bastiani está de pie ante Teresa y, cojeando ligeramente, retira la bandeja, la deposita sobre un aparador y se sienta para seguir percibiendo a su invitada, su estado de ánimo y perplejidad, y cómo sus manos jóvenes y llenas de vida abren el libro pesadamente. Hay tantas páginas, tantos nombres, nacimientos, defunciones, matrimonios. Padres, hijos, nietos, esposas… Un inmenso y poderoso árbol con infinitas ramas que se multiplican con el tiempo, los años y los siglos, por ciudades y pueblos, arrojando sus frutos a la tierra.

Uno de esos frutos es Teresa. Su nombre está escrito en la

penúltima página, junto al de su padre. La tinta traza en el papel sus nombres, apellidos y ciudad de nacimiento.

—¿Es acaso el libro de un mago? ¿De un taumaturgo?

—Es la obra de tu familia. Tu nombre lleva la letra de David, la misma letra que escribe el nombre de tu padre.

—¿Qué sentido tiene esto?

—Para ti, lo ignoro. Para tu abuelo David, *tutto*. Lo que no se atrevió a darte en vida no ha podido negártelo sobre este papel. Era un sacerdote torturado, y más por lo que hizo; no hacen falta palabras para describirlo... *Il suo incesto era il suo peccato*.

Teresa mira por encima de las letras, por debajo, por todos los recovecos del papel y de la tinta, en las curvas y en la linealidad en la que escribió David el nombre de Teresa y de Tomás. Con el pulso firme, pero con dudas, titubeos. Pensando bien lo que estaba haciendo: caligrafía culpable llena de remordimientos, con la penitencia de trazar los nombres de quienes había abandonado; pero una traición a Ezequiel Anglada y a Miriam de Vera no pudo atreverse, ni dejar fuera del libro de las genealogías a su propio hijo y su descendencia. Un libro sagrado. Inviolable. Un libro que le dice a Teresa quién es. Es una voz, un grito. Ella levanta la mirada con lágrimas. Un llanto en el que explota delante de una extraña que la mira con misericordia y templanza y que ahora le parece un ser intangible y etéreo.

—Eres una mujer valiente —dice Laura Bastiani—. El coraje te ayudará a soportar lo que te queda por hacer.

Y se lleva la mano a una horquilla del moño y estira el cuello porque parece dolerle.

¿A qué se refiere? ¿Qué espera de ella esa italiana que la contempla con prudencia, tras la mesita?

—Yo solo soy una *spettatora* de vuestra vida. El libro se lo confió tu bisabuelo Francisco a Lucía, antes de morir.

—¿Por qué no me lo entregó ella?

—*Non lo so*. Pero, junto a vuestro libro, también me confió algo que debes tener: cincuenta mil dólares. Es un regalo que le hizo Lucía a Francisco para una causa justa, unos meses antes de que estallara la guerra de vuestro país. Una especie de donativo que él no usó para tal propósito, sino para algo bien distinto, de manera siniestra y terrible, aunque no con mala intención del todo. Ese dinero Francisco lo escondió en el cinturón con el que ató a tu padre a la puerta del orfanato donde lo abandonó, antes de huir él también de las matanzas en el Madrid de entonces, para cruzar el frente y desaparecer en la contienda. La superiora del convento que recogió a tu padre y descubrió el dinero, se lo envió a Lucía al terminar la guerra. No sé por qué la monja no quiso guardarlo para tu padre. Lo desconozco. Y estoy segura de que no se lo contó a nadie, ni siquiera a la hermana que se hizo cargo de la educación de tu padre a la muerte de la superiora Juana. *Hai capito?*

Y sonríe con cierta pena, dejando ver sus dientes separados y grandes, con el pañuelo bien anudado al cuello.

—Siento si todo esto agita tus fantasmas y te devuelve una imagen distinta a la que te has podido hacer de tu familia. Encontrarás respuestas, también preguntas que solo tú te podrás contestar cuando montes las piezas que has buscado para formar la imagen de quiénes sois los Anglada. Así que coge ese maletín con tu libro y los cincuenta mil dólares que encontrarás dentro y sal de aquí lo más rápido que puedas, antes de que regrese Claudio, que yo he de hacer la maleta y salir de Tres Robles.

Teresa la mira, entumecida por dentro y por fuera, como una querida niña muerta que pide a gritos resurrección.

—No somos más que los muertos que fuimos, querida niña. Oh, por Dios, esa frase la tenía siempre Lucía en los labios, y mira por dónde ahora me toca a mí pronunciarla —añade Laura Bastiani, adivinando las sensaciones funestas de Teresa—. Pero te levantarás de tu sepulcro como hizo Lázaro ante la llamada de Cristo. Te lo aseguro. Yo he cumplido mi parte del trato en el juramento que le hice a Lucía. *Bye, Teresa, ti auguro bene.* Y cuida de tus ángeles.

—No me puede dejar así: hábleme de Walter. ¿Qué le ha sucedido? Dígame algo, no se vaya...

Y Teresa, en silencio, la ve salir del jardín tropical que representa el salón de té, como si fuera una mariposa que alza el vuelo para migrar a un lugar más templado. Mira el maletín y piensa que le gustaría tumbarse en la hierba y despertar del sueño. Pero esa mujer es real, de carne y hueso, y la casa, también. Guarda en el maletín el libro de cuero repujado con la mano oriental que según Walter es la mano de Miriam, la mano que está labrada en las lápidas de la cripta. Y piensa quién fue Miriam. La primera profetisa de la tribu de Leví. Hermana de Aarón y Moisés y libertadora de su pueblo, junto a sus hermanos. Guiaron a los israelitas en su huida a Egipto. Cruzaron el mar Rojo y fueron protegidos por murallas de agua. Las escrituras narran que durante el éxodo, Miriam se levantó contra Moisés, por haberse desposado con una cusita; por ello, Dios le envió a Miriam el castigo de la lepra. A los siete días fue perdonada, pero le había abandonado la gracia de la profecía y no vuelve a aparecer en las Escrituras más que como ejemplo de leprosa. Se cita que murió en Cades, en el desierto de Sin, donde fue sepultada sin alcanzar la tierra prometida.

Este relato Teresa recuerda haberlo leído de niña en los libros de religión del colegio. Ahora le gustaría saber más sobre Miriam, quizá para comprender por qué su mano, el símbolo que la representa, fue elegida por los Anglada como emblema de su estirpe, que bien podría narrar la historia de su familia.

Ve en el fondo del maletín unos paquetes que deben ser los dólares. Se sujeta la cabeza con las manos. Cree que tiene fiebre y que la vida debe ser eso, descubrir quién eres, fuera de tiempo. Y llegar tarde a todos los lugares.

Cuántas vueltas han debido de dar esos objetos hasta llegar a ella y reunirla con su destino. Un destino que ya ha llegado. Y no es como ella creyó, cuando chapoteaba hacia los brazos de su padre mientras él la enseñaba a nadar. Su madre estaba al otro lado de la piscina, sentada sobre el borde, con las piernas en el agua, un bañador blanco y un gorro de goma con flores azules que resaltaba el bronceado de su piel, mientras pronunciaba el nombre de su hija y le decía: «Ven hasta mí, cariño, yo soy tu destino».

44

Cartas perdidas en el tiempo

Madrid, 6 de junio de 1933

Mi amado David:
No sé cómo pedirte que me salves y vengas a por mí. Soy consciente de que es la primera carta que recibes desde que salí de nuestra casa, hace exactamente 1.470 días, días que he contado uno a uno como si estuviera encerrada en una cárcel. Y no es la primera carta que te escribo. Han sido demasiadas quizá, las que han precedido a esta. No fui capaz de enviarte ninguna de las anteriores, tal vez por ser demasiado personales, también indiscretas. El desahogo y el odio sustentan cada letra. Todas han salido de la pluma que me regalaste, que, como verás, está un poco vieja y ya casi escribe doble. El miedo a perder cualquiera de las cartas que te escribí me trastorna y abruma. Por lo cual, tomé la decisión de no sacar ningún escrito de mi cuarto ni de la caja donde los escondo, por miedo a que alguien pueda acercarse al abismo de mi persona.

Sabrás que me he venido abajo. Tal vez te hagas una idea de mi situación cuando termines de leer mis palabras de desencanto.

No deseo disculparme de nada, pero has de saber que vivo en un torbellino de ideas tristes y confusas. No hago otra cosa que leer y leer día y noche, encerrada en mi cuarto; cuando lo abandono, tengo la sensación de entrar en una garganta profunda y oscura que intenta tragarme. Mi vida es un leviatán con dos cabezas: mi padre y tú. El desconcierto abarca toda mi realidad.

¿Te acuerdas de cuando me dijiste que Madrid era una ciudad segura, en la que iba a ser feliz? Pues no acertaste en ninguna de las dos proposiciones. Han resultado ser contradictorias. Nunca debí abandonar Tres Robles. Reconozco mi ilusión de vivir en Madrid, era como la prueba de fuego por la que tenía que pasar. La gran urbe. Un mundo a mis pies. Yo era una niña, David. Han pasado demasiadas cosas en esta ciudad.

No quiero andarme con rodeos. Perdóname si te digo que siento vergüenza por tener que recurrir a ti en este desagradable momento de mi vida, que ni siquiera es vida. Tú has sido como un padre para mí desde siempre, un padre mucho más amado que tu hermano, al que considero mi mayor enemigo y causante de mi más profundo desconsuelo. Ahora la situación se ha descontrolado completamente y ya no le aguanto más. Cada mañana necesito unas fuerzas para levantarme que no me acompañan.

El martes fue uno de los días más amargos de mi vida. Esta vida que detesto con una insistencia sin fin hasta que me saques de aquí o definitivamente yo misma termine con ella. Cosa que me ronda por la cabeza a menudo. Y me consuela. No pienses que lo digo para alarmarte, nada más lejos de mis deseos. Pero mi estado de ánimo solo atina a las reflexiones más tristes e inútiles.

Mi propio padre me desfiguró el rostro. Ya sé que lo sabes, pero quiero decírtelo yo. Te pido perdón por no haberme puesto al teléfono cuando llamaste, pero no sabía qué decir, ni me hallaba con el ánimo suficiente para sujetar el auricular. Discúlpame, pero de momento no puedo hablar contigo. De hecho, no pienso hacerlo hasta que sea en persona y lo haga mirándote a esos ojos que amo en mis sueños y en mi vigilia y te juro que, entonces, volveré a ser la de antes; te lo prometo, no has de preocuparte; aunque una herida delgada y profunda recorra la extensión de mi mejilla. El doctor Monroe, cirujano y amigo de los Oriol, me ha atendido en todo momento. Su intervención ha evitado un mal mayor. Es un médico atento y le estoy agradecida, pero hay algo en sus ojos pequeños y brillantes que me desagrada. Anda como pegado a las paredes, y sus manos blandas y precisas cosieron mi mejilla con habilidad. No puedo hablar mal de su actitud ni eficacia. Gracias a él va a quedar reparada, en parte, la monstruosidad a la que tu hermano ha querido condenarme. ¡Tengo la cara deformada! El pómulo izquierdo está tan hinchado que de momento no puedo abrir el ojo. Dice el doctor que en unos meses estaré como antes, y que la cicatriz apenas se notará. Pero no es cierto. Tengo dos puntos infectados. ¡Qué me van a decir…! ¡Los odio!

Pero no voy a quejarme del trato que he recibido en el hospital, he disfrutado de una habitación para mí sola. Me alegré de no tener que soportar a desagradables vecinos, sabes cuánto detesto a la gente enferma; no lo puedo evitar. Y tampoco puedo evitar odiar a tu hermano. No quiero estar con ese hombre al que aborrezco, y no me gustaría parecerte indiscreta ni hablar mal de Lucía Oriol. Pero tengo una prueba que los acusa a ella y a mi padre de un adulterio que puede poner en peligro nuestro patrimonio y nuestra familia. Hace tiempo que no la veo. Mi padre no sé si sigue con ella o la ha abandonado. Está casada con un italiano, un tal Roberto Arzúa de Farnesio. Un hombre que la deja muy libre y que es algo siniestro. Es un fascista de Mussolini y pisa poco Madrid. Es un matrimonio extraño. Me da la sensación de que ella no puede querer a un hombre tan ensimismado en su país y en cierta política que vosotros no veis con buenos ojos. Aunque los de Lucía solo eran para tu hermano, y también para mí desde el mismo día en que aparecí en Madrid. Te caerá bien si la llegas a conocer. Los Oriol están deseosos de saber cómo eres. Son amables y buenos católicos: creen en Dios y, por extensión también, en el diablo, elemento fundamental en estos tiempos que corren; seguro que se ha apoderado de tu hermano; lo reconoces en él, ¿verdad? Mi padre ha intentado preservar nuestro origen odiándote, como me odia a mí. Pero gracias a ti nos hemos liberado de las ataduras del pasado, de todo lo horrible que le ha pasado a nuestra familia, con tu fe, tío, que es mi fe, como tú así lo has dispuesto, ¿verdad?

David, has de saber lo que está pasando aquí. Temo que regrese con ella. Por lo que os oigo por teléfono, tu hermano te ha ocultado la vida inmoral y rastrera que ha estado llevando con Lucía Oriol. Solo te cuenta los altercados de índole política que acontecen todos los días en Madrid desde que huyó el rey y llegó esta república en la que no faltan disturbios y amenazas. Sé que andáis preocupados en la finca, todos lo estamos, pero las cosas se van a solucionar allí, estoy segura. Lo de Madrid no tiene remedio.

El 15 de enero se inauguró el pabellón de la facultad, en la nueva Ciudad Universitaria. Era domingo, un día desapacible y frío. A las ocho de la mañana entró Fernanda en mi dormitorio con el desayuno y la ilusión en sus ojos por acompañarme al acto. Yo detesto las congregaciones de gente, los mítines, los discursos, las caras repletas de orgullo. Me marean. Pienso en huir y un nudo en la garganta me ahoga. Me negué en redondo. Mi intención de no volver a pisar la facultad ha sido definitiva e irrevocable. Mi padre y el marqués del Valle habían sido invitados por los arquitectos, miembros de la junta constructora: el señor Modesto López Otero, y Agustín Aguirre, amigos muy personales del padre de Lucía. No podían perderse un acto así, con el presidente de la República, el jefe de Gobierno, el ministro de Instrucción Pública, el alcalde de Madrid, el rectorado y gente como Unamuno para dar lustre. Luego, la comitiva al completo almorzó en el hotel Ritz, invitados por la propia universidad y acabaron en el teatro María Guerrero.

Así se vive en Madrid. La Ciudad Universitaria es un enorme descampado, todavía en obras, con las tierras removidas, grandes edificios de ladrillo, estructuras de hormigón aquí y allá y un campus que por ahora es una estepa. Cuando llueve se convierte en un barrizal. Han talado cientos de árboles, y desde el tranvía hay que caminar un gran trecho, cruzar la Escuela de Agrónomos y la casa de Velázquez; o pasar por un nuevo y enorme viaducto de quince ojos para salvar el arroyo y llegar hasta la nueva facultad. Prefería San Bernardo, viejo y vetusto, pequeño y confortable en el centro de la ciudad. La nueva Filosofía y Letras parece un hospital con esos altos zócalos alicatados de azulejos de distintos colores en cada planta, largos corredores, escaleras, luz a raudales. No me gustan los cambios, tanta claridad no invita al recogimiento y al estudio. Todo es enorme. Ya he cambiado demasiado en mi vida. Ahora solo pienso en regresar a Tres Robles y olvidarme de la universidad y de todos sus estudiantes.

La facultad no es lo que parece, todos sospechan de todos y los profesores son gente intimidatoria de amistosa hostilidad. Sus pasillos y salas son un mar revuelto de ideas a la deriva. Yo ya no sé qué pensar. Nunca dije nada por miedo. Definitivamente, tío, me siento incapaz de seguir con la carrera. En un principio la ciudad me gustaba, hasta había depositado algo de entusiasmo en ella. Pero esas ilusiones se han ido oscureciendo con el tiempo. Madrid, poco a poco, se ha convertido en un lugar peligroso, y me asusta. Las calles me parecen engañosas, aunque la gente es alegre, desenfadada y parece no tomarse aparentemente nada en serio, y cualquier comportamiento se disculpa con ese talante madrileño un poco descarado y resuelto. Pero en el fondo se oculta algo atroz que no sé qué es. David, todas estas gentes de apariencia risueña se están transformando y son capaces de los delitos más oscuros. Sí, las mismas personas que se divierten en los toros y en las ferias y van al teatro y llenan los cines de la Gran Vía, a las que les gustan esas zarzuelas con argumento de opereta. Madrid es un mar de apariencias que oculta la verdadera alma de una ciudad en llamas. Y no estoy loca. Hasta mis compañeros de filosofía, que parecen estar en las nubes y son gente culta, resultan combativos y vehementes, cuando hablan de política. Son capaces de matar por defender sus ideas. No hay consenso alguno en esta ciudad. ¿Quieres más motivos para sacarme de aquí? Se discute por todo. De todo se opina de una forma acalorada e intransigente. Presagio cosas horribles, horribles. No quiero volver a la universidad. Añoro el campo, y mi vida, definitivamente, está a tu lado.

Escribo, escribo. Paso de una idea a otra como si viviera en un torbellino que me desplaza hacia tantas cosas que quisiera contarte...

¡Te lo ruego, David, ayúdame! Ven a Madrid para sacarme de aquí y llevarme contigo. Tendremos tiempo para hablar, lograrás consolar lo que me oprime y desespera. Dile a tu hermano que necesito cambiar de aires y reponerme del impacto de la cruel imagen que me devuelve el espejo cada vez que me miro en él. Si eres firme y apelas al mal que me ha causado, y a la vida disoluta que lleva en Madrid, con esa mujer, puede que acepte. Se siente culpable, deprimido por lo que me ha hecho. ¿No te das cuenta? Me ha pegado en la cara con el cinturón. Se abre ante nosotros la oportunidad de estar juntos.

No soporto Madrid. Esta ciudad acabará conmigo, estoy segura. Si muero en ella, será culpa tuya. No me reconozco, tío. Tengo la mejilla hinchada y los puntos me duelen, en exceso. No quiero lamentarme, ni alarmarte, pero no puedo hacer otra cosa más que decirte la verdad. ¡Estoy horrible! ¡Me odio! ¡No puedo verme en el espejo...! ¡Odio a mi padre!

Y para que entiendas del todo la situación y cómo tu hermano ha traspasado los límites de lo tolerable, te voy a resumir los motivos tal y como han pasado de verdad, no como él te habrá contado: ¡todo mentiras!

Discutimos amargamente. Como siempre. Pero esta vez se le fue de las manos. Te prometo que he intentado no enfrentarme a mi padre desde que sobornó a Pere Santaló. Sabes perfectamente que es uno de esos muchachos de la facultad, acalorado y con cierto resentimiento hacia el orden; lo reconozco, no es educado y tiene malos modales. Pero me gusta porque es valiente y en nada se parece a la idea que tiene mi padre de un marido para mí. Y sobre todo porque tu hermano le odia a rabiar: ése es el mayor atractivo de Pere. Nunca tuvo que sobornarle para alejarlo de Madrid. Estábamos saliendo, más o menos, desde el primer curso de la facultad. No estoy enamorada de él y jamás lo estaré, pero es agradable ser importante para un hombre. Me imagino que algo así debe de sucederle a Lucía Oriol con mi padre.

Pere deseaba casarse conmigo, yo no decía nada. Pero una carta que le escribí cayó en poder de mi padre y, a partir de ahí, mi vida ha sido un infierno.

Tu hermano se las arregló para mandarlo a Barcelona y alejarlo de mi lado. Dejó la facultad, y yo, detrás. Le dio un puesto en la fábrica de Mataró y le ha estado sobornando durante todo este tiempo con un sueldo desorbitado. En un principio me enfadé con Pere por haber aceptado esa oferta. Pero él ha regresado a Madrid para casarse conmigo.

Has de saber, David, que mi novio no ha podido soportar estar lejos de mí. Ha regresado de su exilio con las ideas muy claras. Ha cambiado en estos dos años. Ha madurado. En la fábrica, los encargados le han hecho la vida imposible —seguro que por orden de mi padre— y ha sabido luchar contra toda adversidad. No es justo que se le tache de holgazán. No le ha ido muy bien en la fábrica. A Pere no le va el trabajo de un subalterno. Es un hombre de ideas. Y te puedo asegurar que él no tiene nada que ver con todo lo que ha pasado allí. Pere no es responsable de las huelgas. Y quiero decirte, tío, que siempre trató de calmar a los obreros y a los comités, e intercedió siempre por la empresa; aunque diga tu hermano que le ha arruinado la fábrica. Mi novio no tiene la culpa de que los trabajadores estén revueltos, ni de las huelgas, ni del anarquismo, ni del comunismo, ni de nada. Pere me ha jurado que me hará muy feliz. Y le creo.

Su regreso a Madrid es lo que provocó nuestra horrible discusión, imposible de imaginar. Estábamos cenando. Yo no tenía apetito, no sé qué me pasa, pero no puedo comer casi nada. Estoy seca y muchas mañanas me cuesta hasta caminar. Ya no salgo por el parque y me duelen las piernas. Primero mi padre protestó por lo delgada que estoy y empezó a meterse conmigo: que si no como, que si vomito, que si no estudio, que si he abandonado el piano, que no soy constante con nada. No soporta mi negativa a comenzar en la Ciudad Universitaria. En fin, la misma retahíla de siempre. Y de pronto, sin venir a cuento, me sacó unos pasquines de debajo de la mesa y me los arrojó sobre el plato, así, de pronto, colérico. Fernanda salió del comedor; la echó a grito pelado y ella me abandonó a lo que él quisiera decirme, con total impunidad.

Parece ser que tu hermano registró mi habitación y encontró, en un bolso que no uso desde hace años, unos pasquines políticos que no sé cómo habían llegado allí. Me gritó que me estaba metiendo en problemas: esa propaganda confirmaba la mala influencia de Pere. No te puedes ni imaginar lo que salió de su boca, y me prohibió salir con él. Dijo cosas terribles. Nunca lo había visto tan irritado. Se le hinchó el rostro y gritaba y gritaba. No le podía seguir escuchando. Me tapé los oídos. Me levanté de la mesa enfurecida. La silla se cayó hacia atrás y, entonces, tiré del mantel con rabia: los platos, las copas, los cubiertos, la sopa volaron por el aire. En décimas de segundo todo aterrizó, chocando violentamente contra el suelo, en un ruido atroz. Los fideos quedaron pegados a sus pantalones y mi vestido manchado de vino; las paredes salpicadas y la tapicería de las sillas, empapadas; las copas volcadas y los trozos de loza esparcidos por el comedor. Mi padre se volvió hacia mí, enloquecido. Miraba aquello sin creerse lo que estaba viendo. Se quitó el cinturón. Lo agarró por donde no debía. Comenzó a azotarme con él. Estaba totalmente fuera de sí cuando se dio cuenta de que me estaba pegando con la hebilla. Salió del comedor y no le he vuelto a ver todavía. No pienso mirarle a la cara nunca más.

No opuse resistencia, David. Me dejé pegar. Y aunque debí hacerle frente, no lo hice por respeto a mi educación y porque, a pesar del odio de ese momento, por el dolor que me estaba causando la hebilla al chocar contra mi pecho, los brazos, la espalda…, me consolaba sentirme una víctima. Notaba la hebilla caer sobre mi piel como si fuera un hierro candente. Era volver a estar con ventaja. La ventaja moral que tienen los mártires respecto a sus verdugos. Me alegré de que me estuviera pegando, lo confieso; confieso que disfrutaba. Sentí un duro latigazo que me partía la cara en dos. La carne se me hundió. Levanté el rostro para mostrarle lo que me había hecho. Nunca había visto a mi padre tan desesperado, ni olvidaré su expresión de amor perverso. No sé qué debió de ver en mi cara, pero se echó a llorar como un niño. Intentó abrazarme con esos asquerosos brazos que rodean a otra mujer. Me pidió perdón como un cobarde o como un hombre desesperado. Pero ya era tarde. Fernanda estaba paralizada bajo el marco de la puerta del comedor, sujetándose a él como si se fuera a derrumbar el edificio, sin hacer nada. Lamento contarte esta historia. Ruego tu perdón. Mi intención es que vengas a Madrid y me saques de aquí. Si algo he aprendido de tu hermano, es a saber utilizar la adversidad para conseguir los propósitos. Esos fines que justifican los medios más abyectos y perversos. Pobre Maquiavelo, si levantase la cabeza y conociera a mi padre. Pero mis propósitos, David, no son otros que estar contigo y dejar que me quieras y me cuides como cuando era una niña. Voy a cambiar. Hasta es posible que desista de la idea rocambolesca de mi matrimonio con el joven proletario, terror y demonio de mi padre. Pero de lo contrario, y de seguir más tiempo en esta casa de Madrid, que parece un mausoleo, me temo que no podré evitarlo. Es agradable sentirse deseada, acariciada por unas manos ansiosas por complacer. Pere está dispuesto a darme todo el placer que sea necesario si tú no lo evitas.

Lo siento. Me gustaría que por una vez en tu vida intentaras evitar una catástrofe. Perdóname de nuevo, pero la escritura es valiente y es fácil esconderse tras ella. No sería capaz de decirte todo esto si te tuviese delante. Solo te abrazaría hasta olvidar que una vez salí de Tres Robles.

Son las cuatro de la madrugada. Mis sábanas están mojadas y estoy cansada. Me duele la mano y el estómago. Creo que la fiebre me ha vuelto a subir. Voy a bajar a la cocina, ahora no hay nadie levantado. No he comido nada en todo el día y me tomaré un vaso de leche. Me encanta escribirte de noche, porque la imaginación está más viva y te puedo ver claramente, como si estuvieras aquí.

Tu plumilla me encanta. Escribe fino y se desliza por el papel de una forma agradable. Me gusta escribir. Mejor dicho: me gusta escribirte. Un día te entregaré todas las cartas que te he escrito, por ahora son un secreto. De ser así, querrá decir que habré dejado de tener secretos para ti. Y, para terminar, te voy a contar uno que te escribo y no te envío:

Soy feliz por saber que nunca te vas a casar porque eres un cura fiel, por eso estás condenado a vivir conmigo.

Siempre tuya,

JIMENA

P.D.: ¡NO TARDES!

45

Danos la libertad

Madrid, Museo Reina Sofía, febrero de 2004

Abuela:
Hoy me he levantado pensando en ti. En tu vida. En tu muerte. Sola e infeliz en una triste cama de hospital, en una madrugada siniestra de desesperanza y confusión. Has de saber que mi padre fue a verte, como tú querías, como le pediste a Francisco; al final él te hizo caso, te llevó a tu niño para que pudieras despedirte de él y verlo por última vez, tan pequeñito...

No tengo claro lo que ocurrió en el hospital cuando ellos llegaron: pero tú estabas muerta y pasaron cosas horribles. Y aunque no lo creas, puedo hacerme una idea de lo que tuviste que sufrir en él, un sufrimiento que es mi sufrimiento desde que conocí tu historia. Y no sé si resucitaste, o siempre estuviste muerta en vida o viva en tu propia muerte, una vida y una muerte que desconozco porque no queda nadie que me pueda hablar de ti, de cómo eres, de tu risa, de tu forma de ser.

Hace poco vi tu rostro, por primera vez, en una fotografía. Y me aterró, lo confieso. Tu amarga expresión, esa mejilla deformada, y tu cara pálida e inquietante, calco de la belleza de mis hijas, me conmovieron. Y conmocionada me siento cuando pienso en ti y en tu hijo, al que no volvimos a ver desde una aciaga mañana en que salió de Madrid para buscar quimeras; y, ahora, en su hallazgo.

Creo que, durante estos meses, desde que apareciste en

nuestras vidas, me he transformado en otra persona. Mi vida es otra. Es como si hubiera nacido en mí un doble que nada tiene que ver con quien era antes. Siento que estás aquí, en alguna parte. No te puedo ver, pero te huelo y siento una premonición poderosa que me duele por dentro; es una emoción; no como la que siente mi hija, ni mucho menos. Es posible que ella esté dentro de ti o tú dentro de ella, o algo por el estilo que no llego a comprender.

Cuánto me gustaría haberte conocido. Haber oído tu voz. Pero ¿cómo se escucha a un muerto? Dice Jimenita que te oye en sueños. Y si lleva tu nombre es porque estoy segura de que así lo quiso el destino, para que todo sucediera como ha sucedido. Quizá para que yo iniciara una búsqueda enloquecida de mi padre y lo encontrara, y perdiera la vida mi pobre amigo Walter. Es curioso que no sienta la muerte de él con la misma fuerza que padezco la muerte de mi padre. A veces me odio por no saber conmoverme por la desgracia como debiera. Pobre Walter, la policía ha hallado sus restos carbonizados, lo poco que ha quedado de él. Me siento una asesina. Es posible que yo empujara a Walter a una muerte que, sin duda, no merecía.

Para consolarme me digo que ahora los tenemos a los dos: a él y a mi padre, y te hemos hallado a ti, abuela, perdida en una memoria robada. Ahora sabemos lo que de verdad le ocurrió a tu hijo. Hemos recuperado su cuerpo, pero de la muerte no se vuelve; perdió la vida buscándoos a vosotros: a ti y a un posible padre... Buscaba una familia. Qué triste. Esta historia es tan desoladora...

Me hubiese gustado conocer a Lucía Oriol. No se portó bien contigo al final, lo sé. Permitió que mi padre fuese un desamparado, un expósito. Pero a ella también la tienes que perdonar. Y, sobre todo, abuela no quiero guardar rencor a ningún personaje de esta historia, por villanos que parezcan. Creo en la justicia, en la justicia de los hombres; podría no creer, sería lo más lógico en mi situación, pero lo necesito. Hay un comisario que me ayuda a creer en ella, y estoy segura de que los buenos vamos a ganar.

Quiero que sepas que todavía no entiendo lo que le sucedió a Jimenita en el museo, ni cómo pudo perderse. Ni en qué lugar de esas galerías y corredores, entre las piedras o en las hendiduras de sus muros, es posible entrar a otra dimensión y conectarse al pasado. Pero sucedió algo. Y no sé qué es. Si llamaste a mi hija para salvarla o para encarcelarla.

Pero déjala ir.

Que vuelva a ser libre.

Permite que regrese con nosotras y despídete de ella para siempre, si es que eres tú quien la tiene prisionera.

Solo tiene siete años.

Hazlo por mí. Por todo lo que te amo y te amaré hasta el último día de mi vida. Ya nunca estarás sola, te lo prometo, fantasma de mi memoria, espíritu de todo lo que he recobrado desde que viniste a mí para protegernos. Pero tienes que partir, abuela, y ser libre tú también, de una vez por todas. Perdona a David. Perdona a Francisco. El perdón nos hace libres. Nos libera de la esclavitud del rencor, de la venganza, que es el peor de los virus que devora a sus hijos.

Y tu hijo ya está conmigo, contigo, con su mujer, porque lo hemos hallado y es lo importante. Al fin vuelve a nosotras, junto a las mujeres a las que amó profundamente. Incluida tú. Porque te quiso más que a nada, desde que nació. Porque de niña yo lo veía en su mirada, en su voz y en sus manos, hasta en la forma de moverse a mi alrededor y de sujetarme entre sus brazos para decirme: «Eres mi vida». Y yo te digo: soy su vida, soy él.

Tengo pocos recuerdos de mi padre, y la mayoría deben de ser inventados, pero los verdaderos son poderosos y quiero guardarlos para siempre. Y aunque el dolor sea intolerable, también al dolor hay que dejarlo marchar.

Deja ir a Jimena y sé libre, abuela. Danos la libertad.

Te quiero.

Tu nieta,

TERESA

—Mamá, ¿qué le has escrito a la abuela Jimena?

—Una despedida, cariño. También un encuentro. Deja la carta en un lugar en el que pueda hallarla. Pero no te alejes demasiado. Si tienes dudas, la echas en una papelera, como si fuera un buzón.

—¿Y si Jimenita se vuelve a perder, mamá? —protesta Leonor—. Déjame acompañarla, porfa, no me fío de mi hermana.

—No. Tú te quedas —protesta Jimena—. Y no me voy a perder, que lo sepas. Eres una envidiosa.

—Ya está, muchachas. Te esperamos aquí sentadas, cariño. No nos movemos del banco hasta que regreses.

Teresa mira su reloj de pulsera y le recoloca a Jimenita el cuello del abrigo con ribetes rojos, igual que el de su hermana. Le ha dejado ponerse las botas del año pasado. Y añade:

—Tienes cinco minutos para ir y volver. Ya has visto cómo regresar al patio, y recuerda lo que hemos hablado.

—No te defraudaré, te lo prometo.

Sobre la hierba hay expuesta una escultura, frente al banco pintado de verde en el que están las tres. Es negra, metálica, con formas redondeadas, como llegada del universo, brillante y pulida. Se llama *Pájaro Lunar*, pero no parece un pájaro, tiene cuernos por todo el cuerpo. Jimena quiere tocarlo, saber cómo huele, pero no tiene tiempo, ha de dejar la carta.

—Es un adiós, ¿verdad? —dice la pequeña, mirando con ojos lunares el pájaro metálico—. Ya no la escucharé más.

—Eso espero, cariño.

Y la niña se da la vuelta y camina hacia las puertas acristaladas del jardín del Reina Sofía con la carta en una mano, bien sujeta, como un tesoro; y en la otra un paquetito atado con una cinta negra. Teresa y Leonor la siguen con la mirada por el largo corredor que rodea el patio del museo, al otro lado de la cristalera, hasta que la pierden de vista.

Teresa siente la misma sensación de cuando se aferraba a su padre con toda su alma para no cruzar la piscina por nada del mundo. Pero sabe que hoy ha de soltarse de su cuello, definitivamente, y nadar sola hasta la otra orilla, donde su madre la espera. Está segura de que lo va a lograr. Hoy le dirá a Rosa que la perdone y la abrazará de verdad como no lo ha hecho nunca.

—¿Qué piensas, mamá? —dice Leonor.

—En la abuela.

—¿En cuál de las dos: en la tuya o en la mía?

Teresa sonríe y la abraza. El viento se levanta y la llena de esperanza por dejar atrás el terrible invierno.

—Anda, ve a ver el móvil gigante, que empieza a moverse. Tu hermana volverá enseguida.

Agradecimientos

Quiero dar las gracias de todo corazón:

A David Trías, por la ilusión con esta historia de familia, en la que creyó desde el principio, y su decisión de publicarla íntegramente.

A Alberto Marcos, por su preciosa y precisa ayuda en la buena marcha de la novela, forjada durante dieciocho años, desde la muerte de mi padre, en enero de 1999. La primera parte, *Cuando estábamos vivos*, se publicó en abril de 2015, y el final, *Todas las familias felices*, ve la luz en marzo de 2018.

A Antonia Kerrigan y Claudia Calva, por su inestimable apoyo y buen consejo.

Y, por supuesto, a mi familia. A mi madre, Rosa, a mi marido y a mis hijas, principio y continuación de una familia feliz.

Mercedes de Vega

Índice

1. *Les feuilles mortes* 13
2. Desaparición en el Reina Sofía 29
3. Amigos de la infancia 40
4. Miedo y desesperanza 51
5. El orfanato de la Prosperidad 60
6. La hermana Laura 79
7. La abadía del Monasterio de Piedra 87
8. Encuentro con el comisario 99
9. Milmarcos y el destino 109
10. Regresar al mundo 114
11. Tres robles enfermos 122
12. Nochebuena y esperanza 136
13. El hombre que le abandonó 142
14. Despertar de otro lugar 147
15. Frente a frente con el destino 154
16. El sueño de Leonor 158
17. La muerte del hijo 168
18. El espíritu de Jimena Anglada 174
19. Bautismo de sangre 182
20. Madre, qué pena me das 194
21. Noche de terror 202
22. ¿Te has preguntado por qué? 209
23. Enrique Maier 215
24. En el parque del Templo 230
25. F.A.V. 242

26. Hacia un lugar desconocido 249
27. *Nemini Parco*................................. 252
28. Milmarcos y el hombre de la pelliza de oveja 264
29. Monasterio de Piedra........................... 272
30. Puros Karamazov............................... 277
31. Giros telegráficos 287
32. Cazadores de fortunas 294
33. Una ciudad extraña............................. 302
34. ¡Walter! ¿Dónde estás? ¿Por qué me has dejado sola?... 313
35. Celos 321
36. Huesos de una mano 329
37. Las sombras alargadas de la guerra................ 337
38. Una novela rusa 346
39. Un arma para todas las guerras 354
40. Allanamiento 364
41. Si la muerte fuese a visitarle..................... 371
42. El olor de la vida............................... 387
43. La mujer que custodia secretos 399
44. Cartas perdidas en el tiempo..................... 411
45. Danos la libertad............................... 420

Agradecimientos............................... 425